KNAUR

ANNETTE HOHBERG

Stellas Traum

ROMAN

KNAUR

Besuchen Sie uns im Internet:
www.knaur.de

FSC
www.fsc.org
MIX
Papier aus verantwortungsvollen Quellen
FSC® C083411

Ein Imprint der Verlagsgruppe
Droemer Knaur GmbH & Co. KG, München

Covergestaltung: Mediabureau Di Stefano, Berlin
Coverabbildung: Arcangel Images
Satz: Adobe InDesign im Verlag
Druck und Bindung: CPI books GmbH, Leck
ISBN 978-3-426-65336-4

2 4 5 3 1

1

Sie wollten schaukeln. Alle drei. Eigentlich hatten sie Marienkäfer sammeln wollen, von denen es in diesem Juli viele gab. Sie spielten es oft, das Marienkäfer-Spiel. Jeder hatte eine Schachtel dabei, in die sie die Käfer hineinkrabbeln ließen. Am Ende wurden die Punkte auf den kleinen roten Flügeln gezählt; der mit den meisten Punkten hatte gewonnen.

Doch dann hatten sie die Schaukel entdeckt, an einer Kastanie auf dem Nachbargrundstück. Die Besitzer kamen nur an den Wochenenden oder in den großen Ferien. Jetzt waren sie einige Monate gar nicht gekommen, und das Gras stand meterhoch.

Sie waren über den Zaun geklettert und losgerannt. Tim erreichte die Kastanie als Erster; er war stets der Schnellste. Stella und Paul folgten atemlos. Paul fuhr sich mit der Hand durch das strohblonde Haar; das tat er immer, wenn er im Rückstand war. Stella trug Sommersprossen-Backen, die sich leicht gerötet hatten, und ein strahlendes Lachen. Ihr Mund war so groß, dass dieses Lachen den ganzen Garten ausleuchtete, selbst die schattigen Plätze hinter den Thujen und unter den Tannen wurden heller.

Die drei sahen sich an, die Blicke flogen hin und her, zwischen Stella und Tim, zwischen Stella und Paul, zwischen

Tim und Paul und zwischen Paul und Tim – und Stella. In dem Moment wusste sie, dass sie gewonnen hatte. In der Krone des Baums zwitscherte eine Amsel.

Stella schwang sich auf das Brett, das an zwei Seilen hing, die mit dicken Haken an einem Ast befestigt waren. Es knarzte ein wenig, als sie mit dem Po vorsichtig das Gleichgewicht austarierte, ihre Füße baumelten in der Luft. Sie schaute zu dem Ast hoch. Tim und Paul schauten auch. Sie nickte. Ein aufforderndes Nicken. Die beiden Jungen sahen sich unschlüssig an. Es war Paul, der sich schließlich hinter sie stellte und ihr einen sanften Schubs gab, Tim hockte sich vor ihr ins Gras.

Und dann begann sie zu fliegen. Immer höher. Sie lehnte sich nach hinten und streckte die Füße weit nach oben, als wollte sie damit den Julihimmel berühren. Sie fühlte Pauls Hände in ihrem Rücken, die sie mit immer größerer Kraft anstießen. Sie sah Tims Blicke, die unter ihren Rock krochen, der sich jedes Mal hob, wenn sie dem endlosen Blau ein Stück näher kam.

Sie spürte den Wind an ihren nackten Beinen und in ihren offenen Haaren, und sie wollte, dass es nie wieder aufhörte, dieses Schwingen zwischen Himmel und Erde. Irgendwann schloss sie die Augen. Das Ächzen des Astes beunruhigte sie nicht mehr, denn sie fühlte plötzlich, dass ihr nichts passieren konnte. Da waren Tim und Paul, die sie auffangen würden. Dieses Wissen genügte ihr, um die Bodenhaftung aufzugeben.

Als sie wieder unten landete, streckte Stella die Arme aus. Ihre linke Hand hielt sie Paul hin, ihre rechte Tim. Die beiden schlugen ein, und dann liefen sie durch das hohe Gras – Hand in Hand in Hand. Die Schachteln mit den Marienkäfern ließen sie zurück.

Elisabetta hatte Kuchen gebacken. Streuselbutterkuchen, aber ohne Obst, denn Äpfel und Pflaumen und Reineclauden wurden erst später reif, im Herbst. Sie saß in einem der Korbstühle auf ihrer Veranda und las. Als die drei kamen, stand sie auf und winkte. Das tat sie immer. Sie winkte jedem zu, der sie besuchte. Vorher wischte sie sich die Hände an einem ihrer engen bunten Röcke ab. Küchenschürzen trug sie nie.

Der Kuchen war noch warm. Einige Wespen hatten sich darauf niedergelassen. Stella scheuchte sie mit einer energischen Handbewegung weg und griff nach dem großen Messer, das auf dem Tisch lag. Sie achtete genau darauf, dass die Stücke, die sie für Tim und Paul abschnitt, gleich groß ausfielen. Dann hielt sie den Jungen die Teller hin. Und während die zwei in den Kuchen bissen und kauten, sah sie zu ihrer Tante. Elisabetta zog erst die Augenbrauen hoch, schließlich lachte sie.

Da begann auch Stella zu lachen. Zwischen ihren oberen Schneidezähnen war noch immer eine Lücke. Die beiden Jungen hatten keine Zahnlücken mehr.

2

Sie ist zu früh gekommen. Eine gute halbe Stunde zu früh. Normalerweise kommt sie immer zu spät.

Du läufst deinem Leben hinterher, hat ihre Tante oft gesagt, und sie hat dabei gelacht. Genau dieses Lachen war Stellas Begleitschutz gewesen. In den letzten Jahren fast nur noch am Telefon. Stella hat ihre Besuche auf Weihnachten und Geburtstag reduziert, weil ihr für mehr die Zeit fehlte. Aber Elisabettas Lachen hat sie nie verlassen. Bis zu diesem Nachmittag vor drei Wochen. Bis zu diesem Läuten an ihrer Haustür.

Zwei Polizisten standen dort, die sie wegen der ernsten Gesichter sofort in ihre Küche bat. Einen Unfall habe es gegeben, sagte einer der beiden. Und ihre Adresse habe man im Portemonnaie der Verunglückten gefunden. Sie sei mit dem Fahrrad von der Straße abgekommen. Morgens gegen fünf Uhr. Kein Alkohol im Blut, erklärte er.

Als würde diese Information noch etwas ändern, dachte Stella und fragte die zwei, ob sie einen Tee wollten. Sie musste etwas tun, irgendetwas. Wasserkessel aufsetzen, Teeblätter in die Kanne geben, Tassen aus dem Schrank holen. Als könnte sie damit verhindern, dass das eben Gehörte in ihr Bewusstsein gelangte und sich dort niederließ.

Der Wortführer nickte und setzte sich sofort an den Küchentisch. Dabei zog er seine Uniformhose leicht hoch. Stella fiel sie auf, diese altmodische Geste, und ihr fiel auch auf, dass der andere Polizist stehen blieb und seine Krawatte zurechtrückte, die gar nicht schief saß. Die beiden waren jung, Ende zwanzig, schätzte sie. Sie erledigten hier einen Job, der sie überforderte.

Als sie den Tee in die Tassen goss, zitterte ihre Hand. Die Hand reagierte bereits. Die Stimme, mit der sie fragte, wie das genau passiert sei, war noch ruhig.

Wahrscheinlich ein Infarkt oder Herzstillstand, so was in der Art, erfuhr sie. Die Obduktion würde Genaueres ergeben.

Sie zuckte zusammen. Was machten diese furchtbaren Worte plötzlich in ihrer Küche? Sie hatten hier nichts verloren. Stella hätte am liebsten die Fenster geöffnet und sie alle hinausgeworfen und die beiden Polizisten gleich dazu. Sie nahm einen großen Schluck Tee und verbrannte sich die Zunge. Unwillkürlich verzog sie das Gesicht.

Der Polizist, der saß, pustete in seine Tasse, woraufhin sich der Tee zu kleinen Wellen kräuselte. Er ist vorsichtiger als ich, dachte Stella, und etwas in ihr lächelte, einen Moment nur, aber lang genug, um sie zu irritieren. Dabei wusste sie, wie Menschen in Extremsituationen reagierten. Sie hatte es als Ärztin oft genug erlebt. Jetzt, in ihrer Küche, erlebte sie sich selbst. Kurz darauf begann ihr Herz zu rasen, aus dem Stand heraus, als hätte ihm jemand Adrenalin injiziert. Stella versuchte es zu beruhigen, indem sie tief Luft holte. Sie verschluckte sich und hustete.

Der Polizist hatte inzwischen einen gelben Plastikkugelschreiber und ein Formular aus seiner Tasche geholt. Er setzte Großbuchstaben in freie Felder. Es waren krakelige Buchstaben, fast eine Kinderschrift. An der Art, wie er den

Stift hielt, sah Stella, dass er schwitzte. Er schwitzte bis in die Fingerspitzen.

Wir müssen das hier schnell zu Ende bringen, dachte sie, sonst kollabiert noch einer von uns. Rasch schrieb sie ihren Namen auf das Formular, das er ihr über den Tisch schob. Ihre Schrift war rund und ausladend; als kleines Mädchen hatte sie immer über die Linien geschrieben. Auch darüber hatte Elisabetta gelacht.

Elisabetta ... Ein paar Bilder tauchten auf, unscharfe Bilder, die sofort wieder verschwanden, weil Stella nicht hinschaute. Jetzt nicht, dachte sie. Jetzt nur keine Erinnerungen. Und außerdem waren da die Polizisten, die sie nach draußen begleiten musste.

Als die Tür hinter den beiden ins Schloss fiel, lehnte sie sich von innen dagegen. Sie wollte, dass nie wieder jemand hereinkam. Und dann wollte sie gar nichts mehr. Alles Wollen setzte einfach aus. Sie ließ sich langsam zu Boden gleiten, zog die Knie zu sich heran und legte ihren Kopf darauf ab. Erst in dem Moment begann sie zu weinen. Als keine Tränen mehr kamen, kam bereits die Dunkelheit.

An diesem Abend schaltete Stella keine Lampen ein. Sie legte sich auf ihr Bett, Jeans und Pullover und Strümpfe behielt sie an. Ihre Gedanken verknoteten sich, es waren viele, zu viele, um sie entwirren zu können – bis auf einen, der herausfand aus dem Knäuel und sich schwer auf ihre Brust setzte: Nun bist du allein.

Sie zog ihre alte braune Wolldecke bis zum Hals hoch. Doch es war nur eine Illusion von Wärme, die sich einstellte. Das Zittern in ihrem Inneren ließ sich damit nicht beruhigen.

Nun bist du allein.

Der Gedanke blieb in dieser Nacht, der Schlaf blieb aus.

Es lagen genug Tabletten in ihrem Badezimmer, um ihn sich zu holen; als Ärztin hatte sie Zugriff zu Mitteln, die schnell wirkten. Doch sie spürte, dass sie wach bleiben, sich diesem unaufhörlichen Zittern in ihr stellen musste.

Als der Morgen kam, hatte sie zumindest eine Ahnung davon, was zu tun war. Sie stand auf und sah aus dem Fenster in einen dunklen Himmel, der feinen Regen herunterschickte. Auch das noch, dachte Stella und zog ihren Pullover fester um sich. Doch hätte Sonnenschein ihre Situation erträglicher gemacht? Nein, Schönwetter leuchtet den Schmerz nur aus, lässt ihn absurd wirken. Wie oft schon hatte sie Patienten gesagt, dass sie nicht mehr lang zu leben hatten, während draußen gerade der Frühling loszwitscherte. Regen war demnach gar nicht so übel.

Sie duschte nicht. Sie putzte nur ihre Zähne, spritzte sich kaltes Wasser ins Gesicht und fuhr mit den Händen durch das halblange rotblonde Haar. Ihren grünen Augen schenkte sie keinen Blick; sie wusste auch so, dass sie müde in den Höhlen lagen, leicht verklebt von der Wimperntusche, die sie gestern aufgetragen und nicht abgewaschen hatte. Gestern? Eine Ewigkeit hatte sich vor das Heute gelegt. Eine Ewigkeit, die jeden Begriff von Zeit auflöste.

Noch vor zwei Tagen hatte Stella daran gedacht, nun doch wenigstens eine Woche Urlaub zu versuchen. Oft schon hatte ihr Chef ihr nahegelegt, mal richtig auszusteigen. Wenn sie so weitermache, sei sie irgendwann selbst ein Fall für die Klinik, sagte Bornheim häufig. Von mindestens einem halben Jahr Pause hatte er bei ihrem letzten schnellen Espresso vor dem Kaffeeautomaten im Schwesternzimmer geredet. Sie hatte den Plastikbecher in den Mülleimer geworfen und seinen Vorschlag weggelacht. Die Patienten brauchten sie, und sie brauchte ihre Arbeit. Mehr als eine Woche war da nicht drin.

Jetzt erschien ihr das auf einmal völlig aberwitzig. Was sollten sieben Tage bringen? Sie würde nicht schaffen, was hier auf sie zurollte. Die Beisetzung, die Behördengänge, das Haus …

Das Haus. Bei dem Gedanken zogen sich ihre Eingeweide zusammen, als würde eine harte Hand sie auswringen wie nasse Handtücher. Dieses Haus am See lag Hunderte von Kilometern weit weg. Es lag außerhalb des Radius, in dem sich Stellas Leben jetzt abspielte.

Am Nachmittag rief sie im Krankenhaus an, verlangte Bornheim und bat um ein Gespräch.

Eine Stunde später saß sie in seinem Büro. Und weil er sie einfach nur ansah und erst mal nichts sagte, begann sie zu reden. Sie redete viel. Sie, die sich in den letzten Jahren auf das Nötigste zwischen zwei Visiten beschränkt hatte, ließ ihre Worte plötzlich laufen. Und sie liefen in alle Richtungen.

Vom frühen Tod der Eltern erzählte Stella. Sie konnte sich nicht mehr erinnern an den Vater und die Mutter. Ein Stofflöwe war ihr geblieben, den sie zum Geburtstag bekommen hatte. Er hatte immer auf ihrem Kopfkissen gelegen, auch als die Eltern schon lange nicht mehr im Schlafzimmer nebenan lagen. Sie kannte die beiden nur von verblassten Schwarzweißfotos und aus den Erzählungen ihrer Tante. Elisabettas Haus war ihr Zuhause geworden. Ein altes gelbes Haus in einem großen Garten, der bis ans Ufer eines Sees hinabführte. Dort unten gab es einen Holzsteg; als Mädchen hatte sie oft auf den Planken gesessen und das Gekräusel der Wellen beobachtet; sie schienen keine

Richtung zu kennen, die Wellen, und auf eine gewisse Weise hatte genau das Stella beruhigt. Auch sie ließ sich gern treiben damals. Die Obstbäume vor der Veranda blühten im Frühjahr, und im Herbst trugen sie Äpfel und Pflaumen und Reineclauden. Elisabetta hatte Marmelade gekocht und Kuchen gebacken, doch irgendwann hatte sie damit aufgehört. Wer sollte all das noch essen? Nun kehrte der Gärtner das Fallobst zusammen. Die Äpfel bekamen die Pferde auf der Koppel nebenan. Und Elisabetta aß ein paar Pflaumen zum Frühstück, wegen der Verdauung.

Elisabetta, die eigentlich Elisabeth hieß. Als Stella elf war, hatte die Tante eines Tages Roberto mitgebracht. Roberto war Italiener, und er wurde Elisabettas Liebhaber. Einige Jahre ging er ein und aus in dem gelben Haus. Als er für immer ging, weil es auf Sardinien eine Frau und drei Kinder gab, ließ er den Namen da, den er seiner Liebsten gegeben hatte. Elisabetta behielt ihn zusammen mit einer Keksdose, in der sie die Briefe aufbewahrte, die er ihr geschrieben, und zwei Immortellen, die er ihr Monate später aus Italien geschickt hatte. Zarte Blumen, die getrocknet ewig halten und die die Farbe des Hauses trugen, in dem er mit ihr so viele Tage und Nächte verbracht hatte. Einen dummen Romantiker nannte Elisabetta ihren Roberto, und dann lachte sie etwas zu laut, aber sie behielt die Immortellen, und manchmal sah sie sich die Blumen an, die zu Stroh geworden waren. »Die Liebe macht, was sie will«, sagte sie oft. In der Beziehung stand Elisabetta der Liebe in nichts nach.

All diese Dinge erzählte Stella Bornheim, mit dem sie sonst nur über Befunde und Therapien sprach.

Er unterbrach sie nicht.

Am Schluss sagte sie, dass sie gestern Besuch von zwei Polizisten bekommen hatte, und dann sagte sie einen Satz, den sie wie ein Ausrufezeichen hinter ihre lange Rede setzte. »Ich nehme Ihr Angebot an.«

Bornheim beugte sich über den Schreibtisch. »Ein halbes Jahr also?«, fragte er.

Sie nickte.

»Ab wann?«

»Wäre sofort okay?«

Er überlegte und blätterte dabei in seinem großen schwarzen Kalender, in dem er mit bunten Stiften Dienstzeiten markiert hatte. Für jeden seiner Ärzte benutzte er eine andere Farbe. Stella wusste, dass ihr Blau zugeteilt war. »Sie dürfen sich eine aussuchen«, hatte Bornheim bei ihrer Einstellung vor elf Jahren gesagt und ihr einen orangefarbenen und einen blauen Stift entgegengehalten. Jetzt sah sie viele blaue Felder in dem Kalender. Nacht- und Wochenend- und Feiertagsdienste hatte sie immer bereitwillig übernommen, wenn ihre Kollegen bei ihren Familien sein wollten. Sobald Stella bei ihren Patienten war, wurde das Leben unscheinbarer, und das war es, was sie wollte – ein unscheinbares Leben.

Bornheim sah auf. »Ich wundere mich, dass Sie nicht schon längst zusammengeklappt sind, Stella.«

Er tat das manchmal, seine Mitarbeiter mit dem Vornamen ansprechen. Bei jemand anderem wäre sie deswegen verärgert gewesen, aber ihm nahm sie es nicht übel. Es hatte nichts Herablassendes, es war seine Art, Nähe zu zeigen.

»Na ja«, entgegnete sie, »ich bin gern Ärztin, ich …«

»Sie sind sogar eine sehr gute Ärztin«, unterbrach er sie. »Aber Sie arbeiten, als ob Sie sich betäuben wollten. Niemand hier in der Abteilung macht freiwillig so viele Dienste wie Sie.«

Sie holte Luft, doch sie sagte nichts.

»Es geht mich im Grunde ja auch nichts an«, fuhr er fort. »Nur eben, da haben Sie das erste Mal, seit wir uns kennen, von sich gesprochen. Und wir kennen uns immerhin schon einige Jahre.«

Sie sah auf ihre Hände, die Nägel waren kurz geschnitten, die Haut war von den Desinfektionsmitteln trocken und leicht gerötet. Er hatte recht. Sie hielt sich unter Verschluss, noch nicht mal sich selbst verriet sie irgendetwas. Die Station im Krankenhaus war zu einem Schutzraum geworden, mit dicken Türen nach außen. Der weiße Kittel wehrte Fragen ab, die sie nicht zuließ. Nicht mehr zuließ seit jenem Tag vor über zwanzig Jahren, als sie in München angekommen war und sich zum Medizinstudium immatrikuliert hatte. Nur Elisabetta hatte ab und an die Tür geklopft. Stella hatte dann Ausflüchte gesucht – und immer welche gefunden.

Nun rieb sie ihre rauhen Hände aneinander. Und für einen Moment sah sie dicke Seile, die eine Schaukel, und Hände, die diese Seile hielten. Als sie wieder hochschaute, landete sie direkt in Bornheims Blick.

»Haben Sie jemanden, der sich um Sie kümmert?«, fragte er.

Sie ging im Kopf ein paar Namen durch. Keine Freunde, eher Bekannte. Menschen, mit denen man sich alle paar Wochen mal auf einen Wein nach Dienstschluss verabredete.

Sie schüttelte den Kopf.

Er räusperte sich. »Das halbe Jahr bekommen Sie. Sofort. Ich will Sie hier ab heute nicht mehr sehen.« Er schrieb ein paar Zahlen auf einen Block, riss den Zettel ab und reichte ihn über den Schreibtisch. »Da ist meine private Telefonnummer. Rufen Sie mich an, wenn Sie was brauchen.

Vielleicht brauchen Sie auch einfach nur mal ein warmes Abendessen. Meine Frau kocht gut.«

»Danke.« Sie steckte den Zettel in die Tasche ihrer Jeans und stand auf.

Er erhob sich ebenfalls und ging vor ihr zur Tür. »Wo hat Ihre Tante eigentlich gelebt?«, fragte er.

»In Schleswig-Holstein, nicht weit von Kiel.«

»Ach, aus Kiel kommen Sie? Da habe ich studiert.«

»Das hab ich auch mal.« Der Satz war einfach so aus ihr herausgekommen, unbedacht und unkontrolliert. Nun stand er da und ließ sich nicht mehr zurückholen.

Bornheim sah sie überrascht an. »Sie haben doch hier in München Ihren Abschluss gemacht?«

»Ja, ja, stimmt schon, aber davor …« Sie unterbrach sich. »Ist eine alte Geschichte.« Jetzt hatte sie es eilig wegzukommen.

Draußen auf dem Flur ging sie schnell zum Aufzug und drückte den Knopf. Und während sie oben die Anzeige mit den Leuchtzahlen verfolgte, die angaben, in welchem Stockwerk sich der Lift gerade befand, trat sie ungeduldig von einem Bein aufs andere. Vielleicht hätte sie doch die Treppe nehmen sollen, aber sie mochte keine Treppen. Sie hatte immer Angst zu fallen.

Im Fahrstuhl lehnte sie sich gegen die Wand und atmete auf, als sich die Türen schlossen. Sie war allein und blieb es auch bis zum Erdgeschoss, Gott sei Dank. Sie wollte niemandem mehr begegnen, keine Erklärungen mehr abgeben, keine Fragen mehr beantworten. Sie wollte nur noch raus aus diesem Gebäude.

Eine alte Geschichte …

Als Stella auf dem Parkplatz ihr Auto aufsperrte, sah sie auf zum Himmel. Das zweite Mal an diesem Tag. Ein Junihimmel, der nun ein paar blaue Flecken zwischen die grauen Wolken getupft hatte. Es regnete nicht mehr. Trotzdem war ihr kalt.

Jetzt ist sie zu früh gekommen. An der Kapelle, hatte man ihr gesagt, werde sie abgeholt. Um halb zwölf.

Es ist kurz nach elf. Gerade hat Stella von Ferne eine Kirchturmuhr gehört. Sie hat die Schläge mitgezählt. Das ist ihr zur Angewohnheit geworden. Sobald eine Kirche in der Nähe ist, unterwirft sie sich deren fünfzehnminütigem Takt. Ein Schlag. Zwei Schläge, drei, vier und schließlich die vollen Stunden. Als bekäme die Zeit, ihre Zeit, dadurch ein Gerüst. Sie kann nicht mehr sein ohne feste Tagesabläufe. Wann ist das losgegangen?, fragt sie sich jetzt, da der Zeiger ihrer inneren Uhr gerade zehn nach elf ansteuert. Wann hat sie begonnen, nichts mehr dem Zufall zu überlassen? Wann hat sich die Leichtigkeit davongemacht, um ihr das Gewicht angeblicher Verpflichtungen zu hinterlassen? Vor die Antwort schiebt sich eine Nebelwand. Vielleicht ist es auch nur das Nieselwetter, das an diesem Tag Anfang Juli über dem Dorffriedhof liegt.

Stella hat viel erledigt in den Wochen, die hinter ihr liegen. Irgendwann ist sie dazu übergegangen, sich morgens Listen zu machen und die dann Punkt für Punkt abzuhaken. Sie hat sich an Elisabettas Wunsch erinnert. Keine Trauerfeier. Keine Kränze. Kein Tamtam. Stella schrieb den Freunden ihrer Tante eine Karte und bat sie, ganz für sich von Elisabetta Abschied zu nehmen. Auch Roberto schrieb sie.

Sie setzte ihre Münchener Wohnung ins Internet und bot sie für sechs Monate zur Untermiete an. Binnen zwei Tagen fand sie eine Frau, die bei ihr einziehen wollte. Ärztin wie sie. Eine, die sich von ihrem Mann getrennt hatte und nun die Stadt wechselte. Stella verbrachte einen Abend mit ihr, aber sie war froh, als sie sich wieder verabschieden konnte. Sie ertrug sie nicht, die Vertraulichkeiten dieser Frau.

An einem Donnerstag um sieben Uhr morgens warf sie ein paar Taschen und einen Koffer in ihr Auto und fuhr los. Auf der Autobahn geriet sie in zwei Staus. Einen Unfall sah sie auch. Alles ganz normal, dachte sie, doch noch während sie das dachte, sagte ihr etwas in ihrem Inneren, dass sie gerade im Begriff war, der Normalität davonzufahren.

Sie übernachtete in einem kleinen Hotel in der Nähe von Kiel. Eines dieser schmucklosen protestantischen Häuser aus rotem Klinker, in deren Gärten sich keine Kletterrosen verirrten. Kletterrosen haben den Drang, auszutreiben und die Dinge für sich einzunehmen. Hier waren Büsche und Hecken akkurat gestutzt, ein paar Nadelbäumchen standen stramm. Das Bett, in das Stella nach über zehn Stunden Fahrt fiel, war mit weißen gestärkten Laken bezogen. In der Nachttischschublade lag eine Bibel, auf einem Tisch mit Spitzendeckchen stand ein Hibiskus, der keine Blüten mehr trug, aber dessen Blätter klebrig waren von Läusen, die alles wegfraßen, was leben und blühen wollte. Es roch nach Mottenkugeln und Bohnerwachs.

Irgendwann gegen drei Uhr morgens stand Stella auf, ging zum Fenster und schob die Gardinen beiseite, deren Falten unten mit durchsichtigen Stecknadeln zusammengehalten wurden. Hinter ein paar Wolken kroch ein träger, bereits ziemlich runder Mond hervor. Einige Sterne hatten sich ebenfalls eingefunden, als wollten sie den dicken Kerl eskortieren. Nach kurzem Gastspiel schoben sich erneut Wolken davor.

Stella horchte in die Nacht. Irgendwo da draußen bellte ein Hund. Ein tiefes, wütendes Bellen, das in ein Jaulen überging, dann war es still. So still, dass sie sich fast wünschte, das Bellen würde wieder einsetzen.

Eine gute halbe Stunde sah sie aus dem Fenster in den nunmehr dunklen Himmel und versuchte die Gedanken, die hochkommen wollten, zu bündeln und in Bahnen zu lenken, aber sie ließen sich nicht einfangen; sie schlugen Haken wie Hasen, die spürten, dass man Jagd auf sie machte.

Um vier Uhr gab Stella, die sonst so nüchtern analysierte und für jedes Problem anderer sofort eine Lösung parat hatte, auf und holte ein Fläschchen aus ihrer Handtasche. Sie schraubte die Verschlusskappe ab und sah sich suchend um, aber in diesem Zimmer gab es nichts – keine Tasse, kein Glas, keinen Löffel. Also streckte sie die Zunge raus und träufelte die bittere Lösung darauf. Acht, neun, zehn, elf Tropfen … würde das genügen? Sie gab noch einen zwölften dazu, hoffend, dass eintrat, was immer eintrat: Der schwarze Vorhang würde fallen und sie in eine Dunkelheit mitnehmen, die alles ausblendete, was den Schlaf boykottierte. Auf Träume würde sie vergeblich warten, aber Träume hatten den Platz in ihrem Leben sowieso schon geräumt. Vor langer Zeit hatten sie sich davongemacht und keinen Absender hinterlassen. Sie waren einfach unbekannt verzogen, und Stella hatte auch nie wieder nach ihnen gesucht.

Am Morgen wurde sie vom Geräusch der Wasserspülung im Nebenzimmer geweckt. Sie hörte Schritte, die schnell auf und ab gingen, und dann hörte sie einen Mann und eine Frau streiten. Während Stella aufstand und duschte und etwas Make-up auf ihrem müden Gesicht verteilte, wurde der Wortwechsel nebenan heftiger. Irgendwann begann der Mann zu schreien, und Stella erstarrte. Das Brüllen des Fremden nahm den direkten Weg zu ihrem Herzen, das sie irgendwann in die Reißwolle ihrer Vernunft gepackt hatte.

Sie fühlte ein Pochen und wartete auf das Klirren, das alles in ihr zum Zerspringen bringen würde. Fast fünf Minuten stand sie so da, unfähig, sich zu bewegen. Die Minuten kamen ihr vor wie Stunden, die einen Pakt mit der Ewigkeit geschlossen hatten. Als sie schließlich auf ihre Hand blickte, sah sie, dass der Lippenstift, den sie die ganze Zeit über festgehalten hatte, kaputt war. Sie hatte ihn zerdrückt. Ihre Finger waren rot verschmiert, und für den Bruchteil einer Sekunde glaubte Stella, sie würden bluten. Dann drehte sie energisch den Wasserhahn auf, presste Seife aus dem Spender und wusch sich die Hände.

Als sie später in den Frühstücksraum ging, hielt sie nach dem Paar Ausschau, aber da war niemand. Da waren nur etliche eingedeckte Tische, die auf Gäste warteten. Auf jedem Tisch stand ein kleiner Abfalleimer aus Plastik – eine stumme Aufforderung, anfallenden Müll gleich zu entsorgen.

Ein junges Mädchen in einer weißen Schürze fragte, ob sie Tee oder Kaffee wünsche. Stella bestellte Kaffee und heiße Milch. Den Sonderwunsch quittierte das Mädchen mit leichtem Stirnrunzeln und einem Blick auf die Kondensmilch, die in Aludöschen zum Aufreißen neben Zuckertütchen auf dem Tisch standen. Stella zog die Augenbrauen hoch, und sie bekam ihre Milch in einem weißen Porzellankännchen. Sie trank den Filterkaffee, der dünn, aber wenigstens heiß war. Den Korb mit einem verschrumpelten Brötchen und einer eingeschweißten Scheibe Schwarzbrot rührte sie nicht an. Wann hatte sie das letzte Mal richtig Hunger gehabt? Es war zu lange her, um sich daran zu erinnern.

Der Friedhofsdiener kommt pünktlich, mit dem zweiten Schlag der Kirchturmuhr. Obwohl sie den Mann erwartet hat, sieht Stella ihn erschrocken an, als er plötzlich vor ihr steht, mit den Händen die Urne umfassend, über die er ein schwarzes Tuch gebreitet hat. In das Tuch ist ein silbernes Kreuz eingestickt. Elisabetta mochte keine Kreuze, sie hatte einen Widerwillen gegen das Martyrium, das damit verbunden war. Jesus sei zu Tode gefoltert worden, sagte sie immer, und wir würden dieses Symbol des Leidens anbeten. Sie mochte Kirchen nur aus einem einzigen Grund – weil man darin seine Ruhe hatte vor dem Lärm dieser Welt.

Stella holt Luft, um zu protestieren, doch dann sieht sie die Augen des jungen Mannes, die sie freundlich und mitfühlend anschauen, und behutsam zieht sie das Tuch herunter. Ein schwarzes Gefäß kommt zum Vorschein mit einem silbernen Deckel, auf den Elisabettas Name eingraviert ist. Nur der Name, nicht mehr. Kein Geburtsdatum, kein Sterbedatum. »Unsere Reise ist nicht zu Ende, wenn wir diese Welt verlassen«, erklärte ihre Tante damals, als Stellas Katze Berta eines Morgens das Miauen und Schnurren eingestellt und Stella in Tränen aufgelöst zurückgelassen hatte. Alle Lebewesen würden nur aus ihrem Körper aussteigen wie aus einem Auto, dessen Motor nicht mehr funktioniere, sagte Elisabetta. Sie würden sich eben ein bisschen umsehen und ein Stück zu Fuß gehen, um irgendwann vielleicht in ein neues Auto zu steigen. Das hatte Stella eingeleuchtet, und abends vor dem Einschlafen stellte sie sich vor, wie Berta in einem Porsche davonfuhr, und das tröstete sie. Warum sollte sie daher jetzt etwas begrenzen, das Elisabetta für grenzenlos gehalten hatte? Sie entschied sich gegen das Von-bis, das auf den Friedhöfen üblich war. Das sei ungewöhnlich, mailte ihr das örtliche Bestattungsinstitut. Ihre Tante sei auch eine ungewöhnliche Frau gewesen, mailte sie zurück.

»Wollen Sie die Urne selbst tragen?« Der Mann sieht Stella fragend an.

Sie nickt und nimmt das schmale Gefäß entgegen. Es ist leicht. Leichter, als sie gedacht hat. Sie umfasst es mit beiden Händen und drückt es gegen ihre Brust. Und dann folgt sie dem jungen Friedhofsdiener zu dem Platz, der für das Grab vorgesehen ist. Die zwei passen ihre Schritte einander an, sie haben es nicht eilig. Sie wechseln kein Wort miteinander. Nur einmal lächeln sie, als ein Eichhörnchen vor ihnen über den Weg huscht, kurz innehält, den Kopf einige Male suchend hin und her wirft und rasch den nächsten Baum ansteuert.

Sie erreichen eine Wiese mit Wildblumen und Gräbern. An einem freien Platz liegt ein Spaten. Der Mann bückt sich, greift danach und beginnt mit seiner Arbeit. Er steckt ein kleines, viereckiges Loch ab und sticht den Spaten hinein. Es knirscht, weil er beim Graben auf ein paar Steine stößt. Er schichtet die Steine sorgfältig neben dem kleinen frischen Erdhügel aufeinander. Da ist keine Hast in seinen Bewegungen, er lässt sich Zeit.

Stella steht neben ihm, die Urne noch immer fest im Arm. Sie tritt von einem Fuß auf den anderen, als könnte sie so ihr Gleichgewicht wiederfinden.

Als er fertig ist, wischt er sich mit dem Handrücken über die Stirn. Aus der Hosentasche holt er ein schwarzes Netz, das er ein wenig ausschüttelt. Dann fragt er Stella, ob sie so weit ist.

Als Antwort hält sie ihm die Urne hin und hilft ihm, das Netz darüberzuziehen. Sie muss plötzlich daran denken, wie Elisabetta ihr früher oft half, ihre Kniestrümpfe anzuziehen. Stella setzte sich auf den Küchenhocker mit dem weinroten Kunstlederbezug und streckte der Tante ihr Bein entgegen. Jetzt verschwindet das schwarze Gefäß in dem schwarzen Netzstrumpf.

Der Mann lässt alles langsam in das ausgehobene Loch gleiten. Als die Urne unten ankommt, gibt es einen leisen, dumpfen Ton.

Stella bückt sich, nimmt eine Handvoll Erde und lässt sie durch ihre Finger auf den silbernen Deckel mit dem eingravierten Namen rieseln. Als sie sich wieder aufrichtet, taumelt sie. Der Mann greift nach ihrem Arm und hält sie einen Moment fest. Dann greift er nach dem Spaten und schaufelt das Grab zu. Das Häufchen mit den Steinen nimmt er ganz zum Schluss auf die Schaufel und trägt es zu einem nahe gelegenen Baum.

Als er zurückkommt, streckt er Stella die Hand entgegen. Es ist eine kleine, kühle Hand.

»Ich danke Ihnen«, sagt sie leise.

Sie sieht ihm nach, wie er mit dem Spaten unter dem Arm den Weg zurückläuft, den sie gekommen sind. Sein Schritt ist jetzt schneller.

Als der Mann hinter einer Kurve verschwindet, löst Stella ihren Blick. Er dreht ein paar Runden im Himmel, fängt sich schließlich in den Bäumen und fällt zurück auf die Erde.

Keine Kränze auf meinem Grab, hatte Elisabetta gesagt. Stella hat sich daran gehalten. Bald würden auch hier wieder Wiesenblumen wachsen. Klee und Margeriten. Und Löwenzahn, der irgendwann zu Pusteblumen wird, von denen Stella und Elisabetta in vielen Sommern viele in den Wind geblasen hatten.

Es nieselt noch immer, als sie sich umdreht und den Rückweg antritt. Die Kirchturmuhr schlägt, aber sie zählt die Schläge nicht mehr.

3

Es wirkt verlassen, das alte Haus. Als würde es nie wieder jemanden erwarten. Seine gelbe Farbe strahlt nicht mehr, sie ist verblasst, an einigen Stellen ist die Feuchtigkeit in die Mauern gekrochen und hat dort dunkle Flecken verteilt. Die Fenster sind lange nicht geputzt worden, sie sehen blind in den Garten, in dem das Unkraut durch einst liebevoll gepflegte Blumenbeete kriecht. Frauenmantel, Storchenschnabel und Rittersporn haben es schwer, sich zu behaupten, nur ein paar Zitronenfalter erweisen ihnen die Ehre. Das Gras steht hoch. Die Obstbäume tragen junges Grün; ihre Blüte ist vorbei, hier und da setzen sie bereits kleine Früchte an. Die Heckenrosen zeigen wilde Triebe und umarmen das Grundstück von allen Seiten.

Auf der Veranda steht ein Korbstuhl mit zwei bunten Kissen. Ein Vogel hat sein Geschäft dort verrichtet, weitere Häufchen und ein paar Federn liegen auf dem schmutzigen Boden. Ein runder Holztisch und vier Klappstühle besetzen den anderen Teil der Veranda. Irgendwann ist ein Topf mit Margeriten darauf abgestellt und vergessen worden.

Stella lässt den großen schweren Koffer, den sie in der Hand hält, ins feuchte Gras fallen. Dann setzt sie sich darauf. Sie spürt, dass etwas in ihr nicht mehr weiterwill. Hilflos irren ihre Gedanken durch den Garten und prallen an der vertrauten Fassade des Hauses ab, das ihr auf einmal merkwürdig fremd und abweisend vorkommt.

Sie kneift die Augen zusammen – und für einen Moment sieht sie Elisabetta auf der Veranda stehen und winken, sie riecht frisch gebackenen Kuchen, und sie hört das Lachen, das hier zu Hause gewesen ist. Es ist ein Moment, aus dem sie nie mehr hochtauchen will, weil sie fühlt, wie warm diese ferne Vergangenheit ist. Im Unterschied zur Gegenwart, in der nur die Luft warm ist.

Schließlich greift Stella in die Tasche ihrer Jacke und holt einen Schlüssel hervor. Sie hat ihn immer bei sich gehabt, diesen Zweitschlüssel fürs Haus. »Behalt ihn, falls mal was ist«, hatte Elisabetta oft gesagt.

Jetzt ist etwas. Jetzt ist Elisabetta nicht mehr da.

Stella steht auf und geht langsam auf das Haus zu. Den Koffer lässt sie im Gras stehen. Als sie den Schlüssel in die Tür steckt, klemmt er. Sie ruckelt ein wenig am Knauf, zieht ihn zu sich heran, dreht ihn hin und her, bis er nachgibt. Die Tür lässt sich nur langsam öffnen, weil Unmengen von Briefen und Zeitungen dahinter liegen. Der Postbote hat einfach alles durch den Schlitz geschoben. Vielleicht ist ihm sogar aufgefallen, dass niemand zu Hause war. Die Frau wird verreist sein und vergessen haben, einen Postlagerantrag zu stellen. So sind sie eben, die alten Leute. Etwas in der Art wird er sich gedacht haben und wieder auf sein Fahrrad gestiegen sein.

Stella bückt sich, hebt alles auf und trägt den Stapel Papier zu der blau lackierten Bank, die unter der Garderobe im Flur steht. Der Anrufbeantworter auf dem Schränkchen daneben zeigt elf Nachrichten an. Nachrichten für eine Tote. Stella beschließt, das Band später abzuhören.

In der Küche erschrickt sie vor dem, was sie sieht. Teekanne und Tasse stehen auf dem Tisch, ein Holzbrettchen liegt da und ein Messer, an dem Butter- und Marmeladereste kleben, dazu Krümel, die von einem Brötchen stammen, das vor Wochen frisch vom Bäcker kam. Die Dose mit dem braunen Kandiszucker steht geöffnet da, eine Stubenfliege balanciert auf dem Rand.

Stella greift nach einem Glas neben dem Spülbecken, dreht den Wasserhahn auf und füllt das Glas bis zum Rand. Sie trinkt hastig.

Der Unfall passierte gegen fünf Uhr in der Früh, das haben ihr die beiden Polizisten damals gesagt. Auf der Straße zum nächsten Dorf, nicht weit von hier. Elisabetta frühstückte, wie jeden Morgen, nur sehr viel eher. Dann ließ sie alles stehen und liegen. Normalerweise räumte sie auf, bevor sie das Haus verließ. Normalerweise ... Wusste Stella überhaupt noch, was normal war im Leben ihrer Tante?

Sie stellt das Glas ab und wendet sich zum Tisch. Ohne weiter nachzudenken, räumt sie das Geschirr zusammen und trägt es zur Spülmaschine. Als sie die Klappe öffnet, schlägt ihr der Geruch von Essensresten und Schimmel entgegen. Sie weicht zurück und reißt den Schrank unter dem Waschbecken auf. Da sind Schwämme und Lappen und Bürsten und Flaschen mit unterschiedlichsten Flüssigkeiten – und eine Tüte mit Resten von weißem Pulver darin. Stella schüttet alles in die Spülmaschine, schlägt die Tür zu und startet mit einer Drehung des Knopfes das Programm. Das Geräusch von gurgelndem Wasser erfüllt die Küche, dann setzt ein Rauschen ein. Eine Art Grundrauschen, das sie ablenkt und augenblicklich beruhigt.

Sie krempelt die Ärmel ihrer Bluse hoch. Ja, sie wird aufräumen. Aufräumen und putzen. Alle hartnäckigen Gedanken wird sie wegwischen. Einstweilen zumindest. Mittelfristig wären sie wieder da, um Fragen zu stellen. Die Antworten lässt Stella vorerst durchs Fenster ins Freie. Sie mag sich keine Antworten mehr geben, die das Licht scheuen.

Den restlichen Tag verbringt sie damit, sich das Erdgeschoss vorzunehmen. Sie fegt den Schmutz von der Veranda, die Kissenbezüge mit dem Vogeldreck wirft sie weg. Sie braucht viele Eimer Wasser, um Fenster und Böden zu schrubben. Die Polster und Teppichläufer trägt sie aus dem Wohnzimmer hinaus, um sie vor der Tür auszuklopfen. Sie staubt das Tischchen vor dem Sofa ab und das Klavier, auf dem Elisabetta vor dem Schlafengehen oft spielte. Ein paar Notenblätter liegen noch herum. Chopin, Mozart, Schubert und Jazz-Standards. Letzteres erstaunt sie; sie hat nicht gewusst, dass ihre Tante Jazz mochte.

Das obere Stockwerk hebt sie sich noch auf. Elisabettas Schlafzimmer. Und ihr altes Zimmer, in dem sich so gut wie nichts verändert hat, seitdem sie damals ausgezogen ist. Bei ihren Weihnachtsbesuchen bezog sie immer nur das etwas zu enge Bett und ignorierte die alten Postkarten an der Wand. Meist fuhr sie nach zwei, drei Tagen wieder; da blieb keine Zeit für Vergangenheit, allenfalls für ein bisschen Gegenwart, die Elisabetta mit Stollen und Punsch behaglich zu machen versuchte. Vor dem Schlafengehen strich sie der Nichte manchmal über die Wangen. »Du bist schmal geworden«, sagte sie dann, und Stella wusste, dass sie sich Sorgen machte. Die Sorgen ließ sie bei der Tante zurück, wenn sie spätestens nach dem zweiten Feiertag ihre Sachen packte, weil sie Silvester wieder Notdienst hatte.

Nachdem sie Eimer und Schrubber in der Besenkammer hinter der Küche abgestellt hat, fährt sie sich mit der Hand übers Gesicht. Es fühlt sich staubig und verschwitzt an. Sie sieht durch das Fenster, das nun frisch geputzt ist, in den Garten, wo ihr Koffer noch immer im Gras steht.

Auf einmal weiß sie, was sie will. Sie knöpft die Bluse auf, zieht Schuhe und Jeans aus und lässt alles auf den Küchenfliesen zurück.

Der Rasen ist feucht vom Regen, sie spürt die nassen Grashalme an ihren nackten Beinen, und plötzlich hört sie Jungenstimmen, eine ganz helle und eine tiefere, die bereits im Stimmbruch ist. Sie sieht drei Beinpaare in einer Wiese nebeneinanderliegen, braun gebrannt, Schorf an den Knien. Sie sieht sechs noch nicht ausgewachsene Füße, die umeinander buhlen, sich stupsen und schubsen, während die Gänseblümchen zuschauen und einige bei der Rangelei einknicken. Sie sieht, wie Zehen Zärtlichkeiten versuchen und sich dabei sehr ungeschickt anstellen. Es liegen Keuchen und Kichern in der Luft und der Glaube, dass das Leben einen immer wieder in Sommerwiesen werfen wird. Warum sollten sie auch ausgehen, diese Momente, da sie doch so kinderleicht zu haben sind?

Stella bleibt stehen. Sie ist am Ufer des Sees angekommen. Es ist ein kleiner See, an einigen Stellen dicht mit Schilf bewachsen. Er liegt ganz ruhig da, da ist nicht die Spur eines Kräuselns an der Oberfläche. Der Holzsteg wirkt, als hätte ihn lange niemand mehr betreten; ein paar Bretter fehlen. Sie weiß, dass das Wasser am Ende des Stegs tief genug für einen Kopfsprung ist. Sie weiß nicht mehr, wann sie das letzte Mal Anlauf genommen hat, um zu springen. Doch etwas in ihr scheint noch immer zu wissen, wie es geht. Als sie ins Wasser eintaucht, gleitet ihr Körper binnen Bruchteilen von Sekunden in die Tiefe, bis sie den Grund des Sees sieht und dann mit zwei kräftigen Armbewegungen wieder nach oben schwimmt. Sie prustet und schnappt nach Luft, legt sich schließlich auf den Rücken und lässt sich treiben. Der Himmel über ihr trägt jetzt strahlendes Blau, die Regenwolken sind verschwunden, und die Sonne tut alles, um diesem nieseligen Tag noch ein warmes Finale zu bereiten.

Etwa acht Uhr am Abend, schätzt sie. Es wird hier oben im Norden im Hochsommer viel später dunkel, beginnt erst gegen halb elf zu dämmern. Die Tage wollen kein Ende finden, und es erstaunt Stella, dass sie das einfach vergessen konnte. Und während sie ans Ufer krault, streift sie so ein unbestimmtes Gefühl, dass sie vieles vergessen hat.

Der See schlägt Wellen. Ich schlage Wellen, denkt sie und lächelt.

Als sie zum Haus zurückläuft, stutzt sie. Da ist jemand auf der Veranda. Ein Mann liegt im Liegestuhl und sieht in den Garten. Stella verlangsamt ihren Schritt.

»Hallo?«, ruft sie. »Was wollen Sie?« Sie bleibt neben ihrem Koffer stehen, mit tropfenden Haaren, die Hände vor dem Körper verschränkt.

»Erkennst du mich denn nicht?« Der Mann steht auf. Er ist groß und stämmig und kahlköpfig. Mitte sechzig, schätzt sie.

Sie schüttelt den Kopf. Ein paar Tropfen fallen auf ihre Schultern.

»Ich bin's, Stella. Jens. Jens Kreimann.«

Sie atmet erleichtert aus. »Ach, Jens, entschuldige, ich hab …«

Er kommt die Treppe herunter, ihr entgegen. »Ist ja auch lang her, Mädchen.«

Sie tritt einen Schritt zurück.

Er lacht, zieht im Laufen sein Hemd aus und wirft es ihr entgegen.

Sie fängt es auf und schlüpft schnell hinein. Es riecht nach Verbranntem. Feuer, das erloschen ist und Asche hinterlassen hat. »Danke«, murmelt sie.

Er ist bereits bei ihr und reicht ihr die Hand. Ein fester, warmer Händedruck, ganz anders als der von dem jungen Mann auf dem Friedhof heute Morgen.

»Ich habe dein Auto vor der Einfahrt gesehen. Münchener Kennzeichen, das konntest ja nur du sein. Das mit Elisabetta …«, er schaut auf den Boden, »… das ist furchtbar.«

Sie nickt und zieht das Hemd fester um sich.

»Dabei war sie so sicher auf dem Fahrrad«, fährt er fort, »trotz ihres Alters. Ich versteh einfach nicht, wie das passieren konnte.«

Sie sagt nichts. Nur ihre Schultern heben und senken sich.

Er greift nach dem Koffer. »Den tragen wir jetzt erst mal ins Haus. Bist wohl noch nicht lang hier.«

»Seit heute Mittag«, erwidert sie und läuft hinter ihm her.

Er schüttelt den Kopf.

»Ich habe das Haus geputzt«, sagt sie, als würde das erklären, warum ihr Koffer seit Stunden in der Wiese steht.

»Hab mir schon so was gedacht. Die Veranda sieht ja aus wie neu.«

Sie hält ihm die Tür auf. »Am besten, du stellst ihn dahin.« Sie deutet neben das Schränkchen mit dem Anrufbeantworter, der unverdrossen blinkt und seine elf Nachrichten loswerden will.

Jens lässt den Koffer fallen. »Hast du vor, länger hierzubleiben?«

»Ein halbes Jahr etwa.«

Er pfeift durch die Zähne. »Das hätte ihr gefallen.«

Sie fühlt, wie sie rot wird.

»Na ja, du hattest immer viel zu tun. So ein Job als Ärztin …«, hält Jens sofort dagegen. »Elisabetta hat oft erzählt von dir, und dann hat sie jedes Mal gesagt, wie fleißig du bist.«

Fleißig … Stella lässt das Wort ankommen in sich, um ihm dann eine Absage zu erteilen. Nein, das ist kein Fleiß gewesen, der sie all die Wochenend- und Nachtdienste hat übernehmen lassen, etwas anderes hat sie angetrieben. Etwas, das die Vergangenheit ins Vergessen geschickt und dabei ganze Arbeit geleistet hat.

»Kann ich dir was anbieten?«, fragt sie. »Einen Tee vielleicht?«

»Ein Schnaps wär mir lieber.«

»Ich weiß gar nicht, ob Elisabetta so was im Haus hat.«

»Doch, sie hat.« Er geht vor ihr in die Küche, öffnet den großen Vitrinenschrank mit dem alten, etwas abgeschlagenen sonnengelben Geschirr und holt eine Flasche und zwei Gläser heraus. »Grappa«, sagt er. »Sie mochte Grappa.«

»Das wusste ich gar nicht«, erwidert Stella, bückt sich, um Jeans und Bluse aufzuheben, die noch immer am Boden liegen, und setzt sich an den Tisch.

»Na ja, ihre Liebe zu Italien hat sie sich bewahrt.« Er schenkt die Gläser randvoll ein, nickt ihr zu und nimmt einen großen Schluck.

Sie nippt nur. Der Alkohol ist scharf und brennt in der Kehle. »Ich habe Roberto geschrieben«, sagt sie dann.

Jens lehnt sich im Stuhl zurück, die Lehne knarzt. »Er war mal hier, wusstest du das?«

Sie runzelt die Stirn. »Wann? Wann war er hier?«

»Letztes Jahr im Oktober. Kurz nachdem sie aus der Klinik entlassen wurde.«

»Was sagst du da? Sie war in der Klinik?« Ihre rechte Hand umklammert die Armlehne des Stuhls.

»Sie hatte wieder einen ihrer Zustände, du weißt schon«, erklärt er.

Ja, sie weiß. Sie weiß nur zu gut, was es hieß, wenn Elisabetta das hatte, was Jens Zustände nennt. »Aber sie hat doch ihre Medikamente genommen.« Ihre Stimme flackert. »Seit Jahren ist sie eingestellt gewesen. Sie wusste doch, wenn sie das Lithium regelmäßig nimmt, kann nichts passieren.«

Er beugt sich vor. »Sie war eine alte Frau, Stella. Und alte Frauen werden nun mal ein bisschen vergesslich. Sie schien zwar körperlich noch ganz fit, aber das Gemüt machte ihr zu schaffen. Das Haus, der Garten, das wurde ihr alles zu viel. Sie war müde. Ich hab ihr viel abgenommen, die Bäume geschnitten und den Rasen gemäht, hier und da was repariert. Seitdem meine Frau gestorben ist, bin ich oft abends hier gewesen. Es tat ihr gut, ein bisschen Gesellschaft zu haben.«

Sie sieht ihn fassungslos an. »Wann ist Elsa gestorben?«

»Vor eineinhalb Jahren. Brustkrebs.«

»Oh, mein Gott … Konnte man denn nicht …?«

»Nein, da war nichts mehr zu machen.«

»Elisabetta hat nie etwas gesagt. Nichts hat sie gesagt. Gar nichts.«

»Sie wollte dich wohl nicht beunruhigen. Du hättest genug um die Ohren, meinte sie immer.«

»Es tut mir so leid, Jens, das mit Elsa.« Sie greift über den Tisch nach seinen Händen.

»Ach, das Leben geht weiter. Und ich hab ja noch die Kinder.«

»Was machen die beiden?«

»Birgit ist Lehrerin geworden, in Kiel. Und Gunnar hilft mir in der Gärtnerei.« Er gießt sich einen zweiten Schnaps ein und sieht Stella fragend an. Ihr Glas ist noch immer voll. Sie schüttelt den Kopf. »Ich vertrag das Zeug nicht.«

»Gewohnheitssache.«

»Sag, Jens, wie lange war Elisabetta in der Klinik?«

»Etwa drei Wochen.«

Sie überlegt. Irgendwann hatte ihre Tante gesagt, sie würde für einige Zeit nach Dänemark rauffahren, eine alte Freundin besuchen. Das muss letztes Jahr im Herbst gewesen sein. Stattdessen hatte sie ihre Sachen gepackt, ein Taxi gerufen und sich in die Psychiatrie fahren lassen. Sie hatte gelogen, um Stella zu schonen. »Warum hast du mich nicht angerufen?«, fragt sie leise.

»Sie hat mich inständig gebeten, das nicht zu tun. Aber sie gab mir Robertos Nummer. Vier Wochen später stand er hier vor ihrer Tür.«

»Und wie lange ist er geblieben?«

»Bis Anfang Dezember. Elisabetta war wieder die Alte. Sie nahm wieder ihre Tabletten und lachte wieder. Sie hat sogar gearbeitet. Draußen im Schuppen stehen einige neue Skulpturen. Ziemlich verrücktes Zeug, wenn du mich fragst, aber sie war voll bei der Sache. Roberto saß dabei und sah ihr zu. Abends spielte er Klavier, und sie sang. Die beiden waren wie ein altes Liebespaar, dem man ein paar Jahre geklaut hat und das sich nun um nichts mehr schert. Sie machten sogar Pläne, für diesen Sommer …«

»Und seine Frau? Und die Kinder?«

»Ach, die Kinder sind irgendwo in Rom oder so. Und die Frau hat ihn eh nie besonders interessiert. Er ist nur bei ihr geblieben wegen der Familie. Das alte Lied, und irgendwann merkt man, dass man sein Leben versemmelt hat, aber dann hat man nicht mehr den Mumm, was zu verändern. Obwohl … Elisabetta und er, das hätte noch was werden können. Ich meine, wirklich was werden …«

Stella schiebt ihr Glas auf dem Tisch hin und her.

»Wann warst du zum letzten Mal hier?« Er sieht sie fragend an.

»Weihnachten, für drei Tage. Sie hat Stollen gebacken und Vanillekipferl, und sie wirkte so … wie soll ich sagen? Ausgeglichen und, ja, glücklich.«

»In diesen Momenten war sie wohl auch glücklich, Stella. Wenn eine Frau ein Talent dazu hatte, dann deine Tante. Sie liebte das Licht.« Er macht eine Pause. »Vielleicht weil sie die Schwärze so gut kannte«, sagt er schließlich.

Sie sieht den Mann an, der ihr gegenüber am Küchentisch sitzt. Seit fast vierzig Jahren kennt sie ihn nun schon. Damals war er mit seiner Frau aus der Stadt ins Dorf gezogen, hatte die Gärtnerei seines Vaters übernommen. Damals war Stella noch ein kleines Mädchen, das er gern Huckepack nahm. Irgendwann wurde sie zu schwer für seine Schultern, außerdem bekamen er und Elsa eigene Kinder. Doch er erklärte Stella weiterhin die Blumen und Bäume, er ließ sie helfen, wenn er den Obstschnitt machte, und er saß bei ihrer Tante auf der Veranda und redete über Dinge, von denen Stella nichts verstand. In den Jahren, in denen Roberto da war, saßen sie oft zu dritt dort. Elsa war nie dabei, aber das wunderte Stella nicht. Elsa gehörte einfach nicht dazu. Und nun ist Elsa tot. Wie Elisabetta. Und sie sitzt hier mit diesem Mann, der ein paar Puzzlesteine mitgebracht hat, die das Bild ihrer Tante verändern. Wieder mal …

In ihr dreht sich alles, und sie weiß, dass jeder Versuch, das Karussell anzuhalten, scheitern wird. Zu lange hat sie

Bremsklötze ausgelegt, wenn etwas Fahrt aufnahm. Jetzt ist ihr Reservoir an Bremsklötzen aufgebraucht.

Sie verschränkt die Arme vor der Brust und umfasst ihre Schultern. Ihr ist kalt, obwohl warme Luft von draußen durch das Küchenfenster kommt.

»Du kannst das Hemd anbehalten«, sagt Jens. »Ich hab heute viel altes Gestrüpp verbrannt, wahrscheinlich riecht es ziemlich nach Rauch.«

Sie lächelt. »Ja, tut es.«

Er steht auf. »Ich werd dann mal gehen. Ist ja schon spät.« Er räuspert sich. »Soll ich morgen Vormittag mit Gunnar kommen und anfangen, den Garten auf Vordermann zu bringen? Ich meine, für Elisabetta hab ich's ja auch immer gemacht, und nötig wär's ...«

»Sehr gern, Jens. Tu das. Ich hab ja nicht viel Ahnung von so was.«

»Alles verlernt, oder?«

»Vergessen.«

»Hast viel vergessen, min Deern.«

Sie zuckt zusammen. Seit Jahrzehnten hat sie das nicht mehr gehört. Dieses plattdeutsche Kosewort. Und für Momente ist sie wieder das kleine Mädchen, das auf seinen Schultern sitzt und sich die Welt von oben besieht. Eine Welt, in der zwar auch Schatten auftraten, aber in der die Sonne immer wieder verlässlich durch die Wolken brach.

»Ja«, sagt sie leise, »das hab ich wohl.«

Im Flur zeigt er auf den Koffer. »Soll ich dir den noch nach oben bringen?«

»Nein, nein«, wehrt sie ab. »Da war ich noch gar nicht.«

»Ich dachte nur, weil Schlafzimmer und Bad ...«

»Ich schlafe heute im Wohnzimmer auf der Couch«, unterbricht sie ihn.

»Na dann«, er zuckt mit den Schultern und greift nach der Türklinke, »gute Nacht, Stella.«

»Gute Nacht.«

Sie schließt die Tür hinter ihm. »Danke«, flüstert sie, aber das hört er nicht mehr.

Stella geht zurück in die Küche und kippt ihr noch fast volles Glas in einem Zug hinunter. Als sie es in die Spüle stellen will, rutscht es ihr aus der Hand und zerbricht. Sie sieht auf die Scherben in dem Porzellanbecken, kleine, feine Glasscherben, die ihr garantiert in den Finger schneiden würden, würde sie jetzt versuchen, alles einzusammeln und wegzuwischen.

Morgen, denkt sie. Morgen ist ein neuer Tag.

Sie wendet sich ab und schaltet das Licht aus.

Im Flur bleibt sie vor der Kommode stehen. Minutenlang sieht sie auf die Digitalanzeige des Anrufbeantworters, auf diese Elf und auf das rote Blinken. Schließlich drückt sie auf »Wiedergabe«. Sie hört ein Klicken – und dann nacheinander die Nachrichten. Eine Zahnarztpraxis, die an den Vorsorgetermin erinnert. Eine Freundin, die sich nach langer Zeit meldet. Aufgelegt. Wieder aufgelegt. Noch mal die Freundin. Roberto, der etwas auf Italienisch sagt, das zärtlich klingt. Eine Frau, die wissen will, warum das Abonnement für die Tageszeitung gekündigt worden ist, und eine Prämie anbietet, falls verlängert wird. Roberto, der gute Nacht wünscht, diesmal auf Deutsch. Die Freundin, die nun fragt, ob Elisabetta böse auf sie sei. Aufgelegt. Und schließlich ein Räuspern, sekundenlanges Atmen und dann eine leise Männerstimme, die immer wieder innehält, als müsste sie die wenigen Worte, die sie auf dem Band hinterlässt, mühsam zusammensuchen.

»Hallo, Stella, hier ist Paul. Ich habe gehört, was passiert ist. Das ist sicher schlimm für dich ist und ... Ja, ich denke, du kommst irgendwann ins Haus und hörst diese Nachricht. Ich weiß, es ist verdammt lange her, und es ist viel passiert, aber wenn du magst, ruf mich an. Vielleicht tust du's nicht, und ich könnte das sogar verstehen, aber meinst du nicht ...? Ach, was weiß ich ... hier ist meine Nummer.« Es folgen mehrere Zahlen. Eine Handynummer. Danach sind keine weiteren Nachrichten auf der Mailbox.

Stellas Hand zittert, als sie nach Stift und Block greift, die neben dem Telefon liegen und auf »Wiederholung« drückt.

Pauls Stimme in diesem Flur. Eine Stimme, die ihr Leben vor vielen Jahren verlassen hat. Sie hatte mal geglaubt, sie würde den weichen Tonfall, der die Vokale fast zärtlich zwischen die Konsonanten bettete, der ihr mit Worten eine Gänsehaut streicheln konnte, immer in sich tragen. Doch es trat ein, was unweigerlich passiert, wenn man eine Stimme nicht mehr hört. Anfangs war da noch ihr Klang, der wie eine Schallplatte in Stellas Innerem spielte, aber irgendwann schien es, als würde jemand die Lautstärke herunterdrehen und fremde Töne und Kratzer zugeben, die das Original überlagerten. Und schließlich kam der Moment, da war die Stimme weg, und nichts konnte sie reanimieren. Sie verschwand und nahm alles mit, das zu ihr gehörte.

Und jetzt ist sie zurück, seine Stimme; sie hat das Jungenhafte abgelegt, wirkt zerfasert und müde.

Stella drückt wieder und wieder auf die Taste des Anrufbeantworters. Unwirklich kommt ihr vor, was sie da hört, und sie traut sich kaum, sich zu bewegen, aus Angst, wieder in der Wirklichkeit aufzuprallen. Direkt neben dem Koffer, der unausgepackt neben ihr steht.

Eine Fliege ist es, die sie zurückholt. Eine Fliege, die über ihren Arm krabbelt. Stella knüllt den Zettel zusammen und legt ihn mit dem Bleistift neben das Telefon. Die Nummer hat sie längst im Kopf.

Sie bückt sich und sucht in ihrer Handtasche, die sie achtlos auf den Boden geworfen hat, nach ihrem Handy. Wie immer findet sie nur Portemonnaie und Streichhölzer und alte Quittungen, und wie so oft schüttet sie den gesamten Inhalt der Tasche aus. Sie greift nach dem Telefon und einer angebrochenen Schachtel Zigaretten und lässt den Rest zurück.

Im Wohnzimmer sucht sie nach einem Lichtschalter und erschrickt, als die Deckenlampe plötzlich alles ausleuchtet. Auf dem Tisch vor dem Sofa sieht sie Kerzen und ein Feuerzeug. Fünf weiße Kerzen auf einem hellblauen Teller – und ein billiges Plastikfeuerzeug. Sie dreht ein paarmal an dem Rädchen, bis eine kleine Flamme aufleuchtet. Ausreichend für die Kerzen und ihre erste Zigarette seit Wochen.

Sie inhaliert tief und streift die Asche auf dem Teller ab. Eigentlich hat sie mit dem Rauchen aufgehört und das letzte Päckchen seitdem in ihrer Handtasche mit sich herumgetragen. Als hätte sie gewusst, dass der Moment kommen würde, an dem sie es wieder hervorholen würde. Zum Teufel mit den Vorsätzen. Wie oft hatte sie selbst todkranken Patienten noch geraten, gesünder zu leben. Einmal hatte ein knapp fünfzigjähriger Mann bei der Visite abgewinkt, als sie ihm etwas zu seinem Karzinom im fortgeschrittenen Stadium erklären wollte. Stattdessen hatte er sich umgedreht und Zigaretten aus der Schublade geholt. »Wollen Sie auch eine?«, fragte er und hielt ihr die Schachtel hin. Sie hatte nur den Kopf geschüttelt und die Schwester, die nicht mehr wusste, was sie ins Protokoll schreiben sollte, aus dem Zimmer geschickt. »Sie ruinieren sich …«, begann sie. »Meine

Gesundheit, meinen Sie?« Er lachte laut auf. Sie sagte nichts mehr, sondern nahm nur eine Zigarette und ließ sich von ihm Feuer geben. Dann ging sie zum Fenster, öffnete es, obwohl das auf dieser Station wegen der Infektionsgefahr verboten war, drehte sich wieder zu ihm um und setzte sich auf die Bettkante. Sie rauchten schweigend. Zwei Wochen später starb er.

Sie schaltet das Handy ein und sieht auf das Display, das sie auffordert, eine Nummer einzugeben. Sie wählt eine Ziffer nach der anderen, ganz langsam tut sie das, als wollte sie nach so langer Zeit, nach so vielen Jahren, Monaten, Tagen, Stunden, Minuten noch ein paar Sekunden gewinnen. Sie zögert, bevor sie auf »Anrufen« drückt. Es knackt in der Leitung, dann hört sie einen Klingelton. Ihr Herz klopft, schnell, schneller; als Ärztin wäre sie bei einer solchen Schlagzahl alarmiert.

»Hallo?« Die Stimme klingt verschlafen. Es ist eine Frauenstimme.

Stella legt auf.

Instinktiv greift sie nach ihren Zigaretten und zündet sich eine weitere an. Die Kerzen auf dem Tisch flackern.

Soll sie noch mal anrufen? Sie schüttelt den Kopf. Nein, auf keinen Fall. Andererseits … Sie ist eine alte Freundin, die sich wieder meldet, weil sie zufällig in der Gegend ist. Sie sieht auf ihr Handy. Es ist nach Mitternacht. Nicht unbedingt die Uhrzeit, zu der man nach zig Jahren mal eben so anruft. Und sie ist auch nicht zufällig hier. Und es ist auch nicht irgendein Freund. Es ist Paul.

Das Telefon neben ihr vibriert. Sie hat den Ton abgeschaltet, heute früh auf dem Friedhof, und vergessen, ihn wieder zu aktivieren. Jetzt hört sie nur ein eindringliches Summen.

»Ja?« Sie spricht leise und zieht den Vokal in die Länge.

»Stella?« Sie ist es, die müde Stimme, die sie vorhin auf dem Anrufbeantworter gehört hat. Pauls Stimme.

»Ja.« Zu mehr ist sie nicht imstande. Nur zwei Buchstaben, die jetzt in der Luft hängen und notdürftig das Schweigen füllen, das sich zwischen sie beide legt.

Eine gute Minute sagt keiner von ihnen etwas. Es ist Paul, der sich irgendwann räuspert. »Soll ich morgen Abend zu dir kommen? Ins gelbe Haus?«, setzt er nach.

»Ja.« Sie bleibt einsilbig.

»Gut, ich bin gegen sieben Uhr da.«

»Ja.« Sie legt das Telefon einfach neben sich auf das Sofa und sieht einer Kerze dabei zu, wie sie erst zögerlich und dann immer heftiger um ihr letztes Leuchten kämpft, bevor sie endgültig erlischt.

Als Stella schließlich zu ihrem Handy greift, drückt sie auf »Beenden«. Und während sie das tut, spürt sie, dass gerade etwas wieder seinen Anfang nimmt.

Sie pustet die übrigen Kerzen aus und holt sich eine Wolldecke, die säuberlich zusammengefaltet über der Lehne des Sofas hängt. Sie nimmt einen leichten Geruch von Lavendel wahr. Elisabetta liebte Lavendel.

Stella schließt die Augen, umgeben von Lavendel und Asche und Zigarettenrauch, und wartet auf die Ausläufer ihrer Träume. Als Kind glaubte sie, man könnte den Inhalt seiner Träume beeinflussen, indem man vor dem Einschlafen an etwas ganz Bestimmtes dachte. Doch irgendwer tauschte stets die Filmrollen aus und setzte etwas völlig anderes auf den nächtlichen Spielplan. Es war dieses Zufallsprinzip, das ihr damals Furcht einflößte. Genau genommen tut es das heute noch.

»Vertrau dem Leben und deinen Träumen«, hatte Elisabetta oft gesagt. Früher hatte sie das gesagt, bevor Stellas Lebensträume ausgelöscht wurden.

Nun sitzt niemand mehr neben ihr, aber die Stimme der Tante hört sie auf einmal wieder. Es ist dieses Haus, denkt sie noch, doch dann denkt sie nichts mehr. Die Träume werfen ihre Projektoren an und lassen die Bilder in sie hineinlaufen. Und sie lässt es einfach geschehen.

4

Sie mochte das Hallenbad nicht. Ihre Schwimmlehrerin mochte sie auch nicht. Eine Rothaarige mit kurzen Beinen und breiten Schultern, die eine blaue Trillerpfeife um den Hals trug. Sie ließ die Schüler in Bahnen schwimmen, und dazu pfiff sie. Der Ton gellte über das Becken, und Stella zuckte jedes Mal zusammen, wenn sie ihn hörte. Nicht selten schluckte sie Wasser dabei. Wasser, das nach Chlor schmeckte und das ihre Augen rötete. Nach dem Unterricht sah sie jedes Mal aus, als hätte sie geweint. Doch an diesem Tag weinte sie wirklich. »Alle auf den Turm!«, kommandierte die Lehrerin. Stella sah nach oben. Da waren die durchnumerierten Stapelblöcke, darüber, nur über eine Eisenleiter erreichbar, erhob sich der Turm. Ein Meter, drei Meter, fünf Meter.

Ganz hoch, einer nach dem anderen. Die Trillerpfeife zerlegte die Kinderstimmen. Einige lachten, andere kicherten.

Stella sagte nichts, sie zitterte und zog die Träger ihres Badeanzugs zurecht. Es war ein weißer Badeanzug, auf dem sich blaue Nixen mit Delphinen tummelten. Dazu trug sie eine gelbe Badekappe mit weißen Gummiblüten, die sie so weit über die Ohren gezogen hatte, dass die Geräusche nur gedämpft zu ihr durchdrangen. Als sie die Leiter hinaufstieg, drohten ihre Füße an dem nassen Eisen abzurutschen. Sie wollte umkehren, doch hinter ihr drängten andere Kinder nach oben. Das Brett selbst war schmal, sehr schmal, zunächst noch mit einem Geländer versehen, vorn dann völlig ohne Haltemöglichkeiten, leicht wippend, wenn ein Springer Anlauf nahm.

Als sie an der Reihe war, ging Stella langsam bis zur Spitze des Bretts. Ihr schwindelte. Das Becken unter ihr leuchtete türkisblau, das Wasser gab dem Druck der Umwälzpumpe mit leichtem Kräuseln nach. Alles wartete darauf, dass Stella sprang. Doch sie konnte nicht. Ihre Augen füllten sich mit Tränen. Sie hörte die Trillerpfeife der Lehrerin, sie hörte die Kinder hinter sich, und sie hörte ein Rauschen, das durch den Druck ihrer Badekappe noch verstärkt wurde. Es war die Angst, die in ihr pulsierte. Unmöglich, diesen Schritt zu tun und sich der Tiefe anzuvertrauen. Es war nur ein einziger Schritt, aber er führte ins Ungewisse. In die Vorstellung von Fallen und Untergehen. Wenn sie diesen Schritt täte, gäbe es kein Entrinnen mehr.

Stella trat einen Schritt zurück.

Und plötzlich war da diese Hand, die sich um ihre klammen Finger legte. Eine kleine, zarte Hand, die nicht viel Druck machte. Stella drehte sich um und sah in Pauls Gesicht. Die blonden Haare waren nass und fielen ihm in die Stirn. Seine blauen Augen sahen Stella ernst an. Sie kamen ihr nicht mit Mitleid. Sie versuchten auch kein kumpelhaftes Zwinkern. Sie verstanden ganz einfach. Dieser Moment änderte alles. Stella wusste, dass ihr nichts mehr passieren konnte. Die Trillerpfeife forderte sie zwar noch immer zum Sprung auf, doch nicht sie selbst, sondern ihre Angst nahm nun Anlauf und stürzte in die Tiefe.

Paul zog Stella behutsam zurück zur Trittleiter und half ihr, wieder hinabzusteigen. Die anderen Kinder drückten sich ans Geländer; einige kicherten, doch keiner sagte etwas.

Unten wandten sich die beiden zum Beckenrand, dorthin, wo die gekachelten Bänke standen, auf denen die Schulklassen sich versammelten, bevor der Unterricht begann. Auf einem dieser Bänke saß Tim. Er trug eine hellblaue Badehose, die noch trocken war. Seine dunkelbraunen Locken hatte er mit einem Gummiband zusammengebunden. Als er Paul und Stella kommen sah, grinste er seinen Freund an. Gut gemacht, sagte sein Blick. »Ich hab auch keinen Bock auf dies Rumgehopse«, sagte er dann.

Stella lächelte.

Im selben Moment hörten sie die Schritte der Lehrerin. Schritte, die in den Gummibadelatschen quietschten.

»Was denkt ihr euch eigentlich?« Die Stimme klang schrill wie die Trillerpfeife.

Tim zog die Augenbrauen hoch. Paul verstärkte den Druck seiner Hand, die noch immer die von Stella festhielt. Stellas Lächeln wollte schon den Rückzug antreten, entschied sich dann jedoch dagegen.

»Ich habe euch etwas gefragt!« Die Lehrerin stellte sich vor die drei hin, die Hände in den Hüften. Die anderen Kinder sahen vom Sprungbrett auf sie herunter.

»Wir haben einfach keine Lust«, erwiderte Tim, wobei er die Worte mit Bedacht in die Länge zog.

»Ihr seid verpflichtet, am Unterricht teilzunehmen.«

»Einen Scheißdreck sind wir.« Tims Grinsen wurde breiter.

»Sie können uns zu gar nichts zwingen«, setzte Paul nach.

Stella zog sich mit der freien Hand die Badekappe vom Kopf.

Es gab einen Verweis. Genau genommen waren es drei Verweise im Klassenbuch. Die Lehrerin schrieb die Einträge mit Füllfederhalter und wartete nicht, bis die Tinte trocken war.

Nun verschwammen die Namen von Stella, Paul und Tim ineinander.

Nach der Schule stiegen sie auf ihre Fahrräder wie jeden Tag. Meist war Stella die Schnellste, doch heute ließ sie sich zurückfallen. Paul und Tim fuhren Schlangenlinien und lachten, und manchmal ließen sie sogar für Momente den Lenker los.

»Hey«, rief Stella irgendwann. »Haltet mal an.«

Die zwei traten auf die Bremse und sahen sich um.

»Ich möchte es tun«, erklärte Stella feierlich.

»Was tun?«, fragte Paul.

»Ich möchte ins Wasser springen. Heute noch. Unten am See. Kommt ihr mit und passt auf, dass ich nicht untergehe?«

»Na klar.« Tim sah sie an und lächelte.

Sie fing den Blick auf und gab ihn an Paul weiter. Dann trat sie in die Pedale und überholte die beiden. Sie warf den Kopf in den Nacken und wusste, dass vier Augen ihr folgten.

Die Sonne fiel durch die Blätter der Bäume und legte ein Netz aus Licht und Schatten auf die drei Fahrradfahrer.

Elisabetta war nicht zu Hause; also schmiss Stella ihre Schulsachen auf die Veranda. »Lasst alles hier oben«, rief sie den Jungen zu und lief über die Wiese zum See. Am Steg zog sie ihr Kleid aus und erwartete die beiden im Badeanzug. Die Badekappe hatte sie in ihrem Ranzen gelassen.

Tim war als Erster im Wasser. Er schwamm direkt unter den Steg und breitete die Arme aus. Paul blieb bei Stella und nahm ihre Hand. »Es ist ganz einfach«, flüsterte er ihr zu.

Sie lächelte.

Dann nahmen sie Anlauf. Sie sprangen Hand in Hand in Tims Arme. Zu dritt gingen sie unter und strampelten wieder an die Oberfläche. Sie prusteten und spuckten Wasser und schüttelten ihre Köpfe. Sie spürten keinen Boden unter den Füßen, aber sie spürten sich, und das war ihnen Boden genug.

Als sie wenig später zurück auf den Steg kletterten, wusste Stella, dass sie fortan allein würde springen können – weil immer das Gefühl mitspringen würde, nicht allein zu sein.

Sie legten sich nebeneinander auf die Holzplanken und ließen sich von der Sonne trocknen. Sie redeten von Stellas Geburtstag Ende Juli, der immer in die großen Ferien fiel. Es war der dreizehnte Geburtstag, und sie rechneten aus, dass sie dann zusammen neununddreißig wären. Allein diese Zahl kam ihnen vor wie eine Ewigkeit. Wie eine Zeit, die hinter der Zeit lag. So weit weg, dass Zukunft sich als das enttarnte, was sie letztlich war: ein Scheinriese mit einer Macht, die schrumpft, je näher man ihr kommt.

»Wir wollen uns was versprechen!« Stella stützte sich auf ihren Ellbogen. Sie lag zwischen Paul und Tim und sah von einem zum anderen.

Paul blinzelte sie an. Tim ließ die Augen geschlossen und fragte nur: »Was?«

»Dass wir uns nie trennen. Nie, nie, nie.« Sie betonte jedes Nie, als würde sie Ausrufezeichen dahintersetzen.

Ein Träger ihres Badeanzugs rutschte ein wenig herunter, während sie das sagte. Tim öffnete die Augen und zog ihn wieder zurecht. Er hatte breitere Finger als Paul. »Nie!«, erklärte er.

Paul setzte sich auf und drehte sich über die Schulter zu den beiden um. »Versprochen!«, ergänzte er.

Stella senkte den Blick. Die Nixen und Delphine auf ihrem Badeanzug trockneten schnell.

»Komm, Paul. Noch 'ne Runde?« Tim stand auf und zeigte auf den See. Ohne eine Antwort abzuwarten, sprang er kopfüber ins Wasser.

Paul folgte. Sein Kopfsprung sah ein bisschen gekonnter aus als der des Freundes. Wenn er etwas machte, machte er es richtig.

Die Jungen kraulten um die Wette. Stella beobachtete sie. Es war Tim, der am Ende ein paar Züge schneller war. Paul japste nach Luft. Tim schlug ihm auf die Schulter und lachte.

Stella lachte auch, und sie fühlte etwas, für das sie, die stets auf der Suche nach Wörtern war, noch keinen Namen hatte. Es fühlte sich warm an.

»Ich habe einen Sonnenmoment«, rief sie den beiden schließlich zu.

Tim und Paul sahen sich an und dann zu Stella. Ihr Blick sagte ihr, dass sie verstanden, was ein Sonnenmoment war.

5

Als Stella aufwacht, fällt das erste bleierne Licht durch die Fenster ins Wohnzimmer. Sie setzt sich auf, darauf achtend, dass ihr die Wolldecke nicht von den Schultern rutscht, und sieht dem Morgen beim Grauen zu. Wie viel Uhr mag es sein? Wann geht jetzt im Sommer die Sonne auf? Um fünf oder sechs? Sie weiß es nicht. Das Wissen über die einfachsten Dinge scheint ihr abhandengekommen zu sein. Es ist hängengeblieben in den Fugen der Jahre.

Sie greift nach der Schachtel mit den Zigaretten und zündet sich eine an. Sie hat nie morgens vor dem Frühstück geraucht. Sie hat so manches nie gemacht.

Nie, nie, nie …

Etwas in ihr erinnert sich, doch es ist nur einer der Träume, der nachwirkt. Die Nacht ist von Bildern bevölkert gewesen. Von Bildern und Stimmen und Lachen und Wärme. Stella klaubt ein paar Bruchstücke zusammen, doch es bleiben Teile, die kein Ganzes mehr ergeben wollen. Das Licht, das sich nun mit den ersten Sonnenstrahlen verbindet, verscheucht noch die letzten Traumsequenzen. Was bleibt, ist der Tag.

Sie drückt die Zigarette, die nur zur Hälfte geraucht ist, aus, steht auf und streckt sich. Die Glieder fühlen sich steif an, und sie beschließt, von nun an jeden Tag zu schwimmen. Vor Jahren hat sie sich eine Zehnerkarte für ein Hallenbad in München besorgt. Sie ist ein paarmal hingegangen, bis sie es wieder aufgegeben hat. Wenn sie recht überlegt, hat sie kaum je etwas wirklich fortgesetzt. Ihr Dasein hat aus lauter losen Enden bestanden, und das hat sie damit gerechtfertigt, dass ihr neben den Diensten und Überstunden keine Zeit blieb. Sie hat ihrem Job alles zum Fraß hingeworfen und fast erleichtert zugesehen, wie dieses hungrige Raubtier ihr Leben verschlang. So hatte sie wenigstens eine gute Ausrede, wenn Elisabetta mal wieder fragte, warum sie so blass aussehe. Irgendwann fragte sie nicht mehr. Letztes Jahr zu Weihnachten klopfte sie eines Abends an Stellas Tür und brachte ihr eine Wärmflasche und eine Tasse heiße Schokolade mit Zimt und Nelken darin. Sie setzte sich für ein paar Minuten auf die Bettkante und nahm Stellas Hand in ihre. Sie hatte eine kleine, faltige, sehnige Hand mit unzähligen dunklen Flecken darauf. Sie sagte nichts, sondern saß einfach nur da. Als sie ging, begann Stella zu weinen. Es waren die ersten Tränen seit Jahren.

Ihr Blick fällt auf das Handy, das neben dem Teller mit den heruntergebrannten Kerzen liegt.

»Soll ich morgen zu dir kommen?« Pauls Frage steht noch immer im Raum. Stella lässt sie einstweilen dort stehen, zusammen mit ihrem »Ja«.

Dann beschließt sie, in den ersten Stock zu gehen. Ihren Koffer und ein paar blaue Müllsäcke, die sie gestern in der Küche gefunden hat, nimmt sie mit.

Sie beginnt mit dem Badezimmer. Bevor sie in die Wanne steigt, um zu duschen, räumt sie die Ablage unter dem Spiegel leer. Gesichtscreme, Zahnbürste, Kamm, Eau de Toilette wandern in einen der Säcke. Es folgen Lockenwickler, Reste von Make-up, grüner Lidschatten und roter Lippenstift. Elisabetta war nie ungeschminkt aus dem Haus gegangen. Und sie hatte sich jeden Morgen sorgfältig die Haare eingedreht. Einige der Haare findet Stella im Waschbecken. Sie spült sie nicht weg, sondern nimmt sie vorsichtig mit den Fingern auf und legt sie auf das Fensterbrett in die Sonne, zusammen mit zwei Lockenwicklern, die sie wieder hervorholt aus dem Müllsack.

Nach etwa zehn Minuten ist das Bad nahezu leer. Die benutzten Handtücher wirft Stella in den Wäschekorb neben der Tür. Sie nimmt sich zwei frische aus dem Schrank unter dem Fenster. Vor ein paar Jahren hatte Elisabetta ihn türkis gestrichen; ganz spontan tat sie das, wie so vieles. Es konnte ihr an einem Sonntagabend um neun Uhr einfallen, mit einer Taschenlampe in den Schuppen zu gehen und dort aufzuräumen oder sich eben mit einem Eimer Farbe an einem weißen unscheinbaren Badezimmerschrank zu schaffen zu machen, weil ihr plötzlich in den Sinn kam, dass ihm Türkis sicher besser stünde. Sie setzte immer alles sofort um. »Das Leben mag keine Verspätungen, und es ist launisch«, sagte sie oft. »Wenn du ihm nicht zuvorkommst, hat es dich am Wickel und macht, was es will.« Stella verstand zwar nicht ganz, warum Möbel nicht warten konnten, aber sie verstand, dass ihre Tante ihr einen Spiegel vorhielt. Er war zwar an einigen Stellen blind geworden, aber er zeigte Stella nach wie vor, mit was sie einst angetreten war.

Jetzt fährt sie mit der Hand über die rauhe Oberfläche des Schranks. Die Farbe ist ein wenig ausgeblichen.

Sie zieht das Männerhemd, in dem sie die Nacht verbracht hat, aus und steigt in die Wanne. Als sie den Hahn aufdreht, springt der alte Gasboiler mit einem lauten Knall an. Stella schrickt zurück vor der blauen Flamme. Sie fragt sich, ob Elisabetta jemals einen Kaminkehrer in den letzten Jahrzehnten hier hatte. Das Wasser kommt sofort kochend heiß aus dem Duschkopf; als sie den Hahn schnell in die Gegenrichtung dreht, erlischt die Flamme. Heiß oder kalt – eine andere Möglichkeit gibt es hier nicht. Stella entscheidet sich für kalt.

Barfuß und bibbernd, mit einem viel zu kleinen, bunt gestreiften Handtuch um die Hüften, geht sie hinaus auf den Korridor, wo ihr Koffer neben dem Treppenabsatz steht. Sie zieht am Reißverschluss, der klemmt. Seit langem schon tut er das, und seit langem hat sie sich neues Reisegepäck kaufen wollen. Aber sie verreist zu selten, also hat sie es bleiben lassen.

Ich habe einiges bleiben lassen, denkt sie, während sie immer ungeduldiger an dem Reißverschluss zerrt. Sie braucht ein paar Minuten, um den Koffer zu öffnen, und noch mal so lange, um etwas zum Anziehen zu finden.

In München hat sie einfach wahllos einige Sachen eingepackt, nun merkt sie, dass nichts wirklich passt. Das Haus, der Garten, der See, das verlangt nach Sommerkleidern, aber da sind nur praktische Hosen und ein paar T-Shirts, die durch unzählige Wäschen Form und Farbe verloren haben. Sie kann sich gar nicht erinnern, wann sie zum letzten Mal überhaupt ein Kleid getragen hat. Auf einer der Weihnachtsfeiern wahrscheinlich, zu der Bornheim seine Mitarbeiter jedes Jahr einlädt. Prosecco und Drei-Gang-Menü beim Italiener gleich neben der Klinik. Eine kleine Rede mit großem Dankeschön und Kollegen, die bei Grappa kein Maß kennen. Ein paar Annäherungsversuche, von denen tags drauf nur ein Kater bleibt. Bei der Visite schaut man dann wieder gemeinsam auf Fieberkurven, während man die Hände brav in den Kitteltaschen behält.

Stella entscheidet sich für Jeans und ein enges schwarzes Shirt. Sie geht zurück ins Bad und sieht sich im Spiegel an. Sie hat noch immer eine passable Figur, aber Eitelkeit? Die ist ihr verlorengegangen wie ein Handschuh, der mal Teil eines Paares war und nun, so allein, keinen Sinn mehr ergibt. Irgendwann legt man ihn in die Schublade und vergisst ihn dort, und eines Tages räumt man auf, und der Handschuh ist noch immer da, und dann denkt man kurz an sein Pendant, und ein wenig wehmütig wirft man den nutzlosen Einzelgänger weg. Behalten hat Stella nur ihre kalten Hände.

Was ist nur passiert?, fragt sie sich jetzt, während sie die Treppen hinuntergeht und dabei die Stufen zählt. Als Mädchen hatte sie das auch immer getan, jeden Tag. Als hätte sie insgeheim erwartet, dass es mehr oder weniger würden. Es sind vierzehn geblieben.

Es sind noch immer vierzehn.

Sie beschließt, erst mal zu frühstücken, bis ihr einfällt, dass gar nichts zum Frühstücken da ist. Sie hat alle Lebensmittel gestern entsorgt; den Kühlschrank hat sie abgetaut, altes Knäckebrot weggeworfen, selbst Kaffee und Tee sind im Müll gelandet.

Ohne zu überlegen, sammelt sie den Inhalt ihrer Handtasche, der in einem Häufchen am Boden im Flur liegt, ein und greift nach ihren Autoschlüsseln.

Draußen empfängt sie Vogelgezwitscher. Amseln, die in den Obstbäumen sitzen und ihre gelben Schnäbel aufreißen. Fast ein bisschen aufdringlich, denkt Stella. Ihr ist eher nach leisen Tonen.

Den Golf hat sie in der Einfahrt geparkt. Es ist noch einer, bei dem man den Schlüssel ins Schloss stecken muss, ohne diese modernen Fernbedienungsöffner. Schon seit Jahren hat sie sich einen neuen Wagen kaufen wollen, aber der alte hat seinen Dienst getan wie sie selbst, und es hat keinen wirklich guten Grund gegeben, daran etwas zu ändern.

Sie nimmt die Straße ins nächste Dorf. Die Straße, auf der Elisabetta mit dem Fahrrad verunglückt ist. Stella weiß nicht genau, wo der Unfall passiert ist, und sie will es auch gar nicht wissen. Gäbe es eine Umgehungsstraße, würde sie die nehmen. Aber es gibt keine. Also heftet sie ihren Blick auf den Mittelstreifen, dessen ehemals weiße Farbe kaum zu erkennen ist, und fährt etwas schneller als die erlaubten siebzig Stundenkilometer.

Der Laden ist noch da. Ein kleiner Laden, in dem es alles gibt – Schinken, Scheuerpulver, Schulhefte … Die Alte, die früher in einer weißen Kittelschürze an der Kasse saß und die Kaugummi-Kugeln abzählte, die Stella, Paul und Tim von ihrem Taschengeld kauften, gibt es nicht mehr. Stattdessen sitzt da jetzt ein junger Typ in Jeans und wirft Stella ein gutgelauntes »Moin, Moin!« entgegen.

Sie will es auffangen und zurückwerfen, doch es entgleitet ihr. Sie murmelt einen kurzen Gruß, greift sich einen der Einkaufskörbe, die sorgfältig ineinandergestapelt neben dem Eingang stehen, und verschwindet zwischen den Regalreihen, wo kein Millimeter ungenutzt ist. Flaschen, Dosen, Tüten drängeln sich dort, und im ersten Moment meint Stella, nie auch nur irgendetwas zu finden. Doch dann ist sie erstaunt, wie schnell sich ihr Korb füllt mit allem, was sie für die ersten Tage braucht. An der Theke mit den Frischwaren kauft sie Käse und Schinken und eingelegte Matjes, Hausfrauenart. Der junge Mann, der seinen Platz an der Kasse verlassen hat, um sie zu bedienen, fragt, ob sie die Ferien hier verbringe.

Sie schüttelt den Kopf. »Ich bleibe etwas länger.«

»Verstehe.« Er schaut, als ob er gar nichts versteht.

»Ich bin in der Nähe aufgewachsen«, erklärt sie. »Ich kenne diesen Laden seit … na ja, einer halben Ewigkeit.«

»Dann kennen Sie sicher noch Waltraud? Sie saß immer an der Kasse.«

Die Alte mit der weißen Kittelschürze.

Stella nickt.

»Sie hat bis knapp achtzig im Geschäft gearbeitet«, erzählt der Mann. »Wollte einfach nicht zu Hause versauern. Außerdem mochte sie Klatsch, und von dem gibt's hier mehr als Konservendosen.«

Für einen Moment verirrt sich ein Lächeln auf Stellas Gesicht.

»Aber irgendwann ist sie von der Leiter gestürzt«, fährt er fort. »Oberschenkelhalsbruch. Das war's dann. Vor ein paar Jahren ist sie gestorben, in einem Heim.«

… und hat einen würdigen Nachfolger, ergänzt Stella insgeheim, während ihr Blick kurz über die Reihen mit den Konservendosen läuft. »Haben Sie auch Wein?«, fragt sie.

»Aber klar.« Er kommt hinter der Theke hervor und geht zu einem Regal vor der Kasse. »Roten oder weißen?«

»Gern beides. Einen Sechser-Karton, halb, halb. Irgendwas Italienisches, wenn's geht.«

»Chianti?« Er spricht das »Ch« wie »Sch« aus und hält eine Flasche hoch.

Sie nickt und nimmt noch einen Pinot Grigio dazu.

Nachdem er ihr alles zum Auto getragen und eine Bemerkung über die Unverwüstlichkeit eines Golfs gemacht hat, tippt er alle ihre Einkäufe in die alte Kasse ein. Der Betrag, den er ihr schließlich nennt, kommt Stella niedrig vor. Viel zu niedrig.

Sie runzelt die Stirn, während sie ihr Portemonnaie aus der Tasche kramt

»Ist nicht so teuer wie in München, oder?«, fragt er grinsend und gibt ihr das Wechselgeld raus.

»Woher wissen Sie, dass ich aus München komme?«, fragt sie irritiert.

»Na ja, ist nicht schwer.« Er deutet nach draußen. »Ihr Nummernschild …«

Sie lächelt. »Natürlich. Entschuldigen Sie.«

»Keine Ursache.« Er steht auf und hält ihr die Tür auf. »Einen schönen Tag noch. Und kommen Sie mal wieder vorbei.«

»Ja, danke.« Werde ich, denkt sie, und etwas in ihr beginnt Gefallen zu finden an diesem Leben hier. Keine schnellen Supermarkteinkäufe nach Feierabend mehr, wo gelangweilte Aushilfskräfte mit teilnahmsloser Miene eingeschweißte Lebensmittel über den Scanner der Kasse ziehen und danach ohne aufzuschauen fragen, ob sie mit Payback-Karte bezahlen will. Nein, hier ist jemand, der sie beim nächsten Mal wahrscheinlich bereits begrüßen wird wie eine alte Bekannte, und irgendwie beruhigt sie das.

Auf der Rückfahrt hält sie sich an die Geschwindigkeitsbegrenzung, und als sie ihren Golf wieder an der Einfahrt zu Elisabettas Grundstück abstellt, freut sich etwas in ihr sogar auf diesen Tag.

Sie trägt ihre Einkäufe durch den Garten zum Haus. Sie muss dreimal laufen. Die Amseln singen noch immer laut, aber es stört sie nicht mehr.

Sie macht sich ein großes Frühstück. Es dauert eine Weile, bis sie in den Küchenschränken alles gefunden hat, aber dann setzt sie Kaffee auf, presst Orangen aus, schneidet Tomaten, hackt Dill und verquirlt zwei Eier mit etwas Milch. Sie zerlässt Butter in einer Pfanne, stellt einen Topf mit Milch auf den Herd und schiebt zwischendrin zwei Scheiben frisches

Weißbrot in den Toaster. Butter, Marmelade und Honig finden ihren Platz auf dem Tisch, dazu ein Brettchen, Messer und Gabel und eine große Tasse ohne Henkel.

Sie kann sich nicht erinnern, wann sie das letzte Mal morgens Rührei gegessen hat. Normalerweise hat sie nur Zeit für eine Tasse Kaffee im Stehen und einen Joghurt dazu. Jetzt setzt sie sich hin, und während sie isst und trinkt, schaut sie aus dem weit geöffneten Fenster in den verwilderten Garten.

In etwa einer halben Stunde würden Jens und sein Sohn kommen, um zu mähen und zu schneiden und zu stutzen. Wann hatte sie Gunnar zum letzten Mal gesehen? Als Fünfjährigen, dem der Rotz aus der Nase lief. Ein strohblonder Junge, wie sein Vater. Und wie Paul, der damals bereits zwanzig war. Heute Abend, über zwanzig Jahre später, würde sie wieder in dieses Gesicht sehen. Würde sie darin finden, was sie tagtäglich in ihrem eigenen sieht? Gebrauchsspuren, die ein Leben nun mal auslegt? Doch was ist passiert in seinem Leben? Gehörte die Stimme der Frau am Telefon gestern Abend seiner Frau? Hatte er doch noch so was wie Glück gefunden, seitdem das gemeinsame Glück von jetzt auf gleich fortgeflogen war? Als hätte das Schicksal einfach in eine Pusteblume geblasen und das, was sie für unabänderlich und unzerstörbar gehalten hatten, in alle Richtungen davongetragen.

Stella trinkt einen Schluck von dem heißen, starken Kaffee und probiert ihr Rührei. Plötzlich lächelt sie. Sie lächelt sich selbst zu, und allein dadurch legt sich Milde über alles. Ihr schmeckt das Frühstück, und dieser Tag schmeckt ihr auch. Das erste Mal seit langem ist da wieder Zeit. Zeit, den Blättern zuzusehen, die sich draußen leicht im Wind bewegen. Zeit, den Kondensstreifen zu verfolgen, den ein Flugzeug in den wolkenlosen Sommerhimmel zeichnet. Zeit, einer gewissen Planlosigkeit in sich Raum zu geben. Nichts muss, alles kann. Die strenge Taktung, die der Dienstplan ihren Tagen und Nächten verordnet hatte, löst sich auf und überlässt sie einer Leere, die sie jetzt nach Belieben füllen darf.

Ihr Blick fällt auf eine blaue Glasvase, die leicht verstaubt oben auf dem Vitrinenschrank steht. Der Garten hat Rosen im Angebot, gelbe und rosa und weiße Rosen. Die Rosen, die sie sich in München manchmal im Blumenladen kauft, lassen oft schon nach ein, zwei Tagen die Köpfe hängen, ohne wirklich aufgeblüht zu sein. Sie weiß, dass Elisabettas Rosen sie nicht enttäuschen werden. Sie erinnert sich noch an den Duft, den sie verströmten, wenn ihre Tante sie im Haus verteilte.

Sie steht auf, holt die Vase herunter, nimmt sich ein Küchenmesser und läuft hinaus. Die Beete mit den Rosen liegen weiter unten, Richtung See, dort, wo am meisten Sonne hinkommt. Sie stehen tief im Unkraut, aber sie blühen. Stella pflückt einen großen Strauß, und als sie zum Haus zurückgeht, hält sie ihre Nase hinein. Ja, er ist noch da, der Duft, und für einen Moment schließt sie die Augen und lässt sich fluten von dem Gefühl, etwas wiedergefunden zu haben. Elisabetta ist gestorben, ihre Asche liegt jetzt auf diesem Friedhof in dieser kleinen Urne mit dem silbernen Deckel, doch ihre Rosen blühen weiter. Es dauert ein paar Sekunden, bis Stella merkt, dass sie weint. Sie war einst weggelaufen, um nun genau hier wieder anzukommen. Wie ein Kreis ist das, der sich schließt. Als Kinder hatten sie oft riesige Kreise mit Kreide aufs Pflaster im Schulhof gemalt. Tim hatte sich immer vertan mit den Proportionen, und Stella und Paul halfen ihm dann, den Anfang mit dem Ende zu verbinden. Später schenkte Tim Stella zum Geburtstag eine Packung Schulkreiden, rote, grüne, gelbe, blaue – damit sie ihm immer helfen könnte, wenn er mal wieder die Richtung verlor. Sie verstand sofort und gab ihm einen Kuss und versprach zur Stelle zu sein, was auch passierte. Es war ihr achtzehnter Geburtstag, und bereits zwei Jahre später hatte ihr Versprechen keine Gültigkeit mehr, war entwertet von den Ereignissen.

»Hallo, Stella.«

Sie dreht sich um. Jens schlendert über die Wiese und winkt ihr zu. Neben ihm geht ein junger, strohblonder Typ, etwa einen halben Kopf größer als sein Vater.

»Guten Morgen.« Sie streckt dem jungen Mann die Hand entgegen. »Du musst Gunnar sein?«

Er nickt, ergreift ihre Hand und drückt sie fest.

»Das letzte Mal habe ich dich gesehen, als du fünf warst«, sagt sie und lächelt.

Er gibt ihr ein Lächeln zurück. »Ist lange her«, erwidert er.

»Kann man sagen.«

»Schöne Blumen.« Er zeigt auf den Strauß Rosen.

»Ja.« Wie zum Beweis hält sie noch mal ihre Nase hinein. »Sie duften herrlich.«

»Alte englische Sorten«, mischt sich Jens ein. »Elisabettas ganzer Stolz. Aber …«, er deutet auf die Beete, »…da muss einiges gemacht werden. Viel zu viele wilde Triebe.«

»Trotzdem blühen sie wunderbar«, hält Stella dagegen.

»Noch«, erklärt Jens, »doch wenn man sie sich selbst überlässt, stellen sie das Blühen irgendwann ein. Ist wie mit den Menschen. Die brauchen auch Zuwendung.«

Gunnar grinst. »Komm, Papa, lass mal gut sein. Du mit deiner Pflanzenpsychologie.«

Jetzt lachen alle drei.

»Wollt ihr einen Kaffee, bevor ihr loslegt?«, fragt Stella und geht, ohne eine Antwort abzuwarten, Richtung Haus.

»Ich habe mir vorhin gerade einen gemacht. Er müsste noch warm sein.«

Die beiden Männer folgen ihr.

Wenig später stehen sie auf der Veranda, jeder einen Becher in der Hand.

»Und? Gut geschlafen in der ersten Nacht?« Jens sieht Stella an.

»Ja, danke. Ist noch ungewohnt, dieses Haus jetzt … so ganz für mich allein zu haben.«

Jens nickt.

Sein Sohn kickt mit dem Fuß einen Kiesel in den Garten. »Guter Kaffee«, sagt er.

»Hab ich heute früh aus dem Dorf geholt.«

»Ach, du warst bei Benny?«

»Ich war in dem alten Laden.«

Gunnar findet einen zweiten Kiesel. »Sag ich doch. Bei Benny. Der hat dich bestimmt ziemlich zugetextet, oder?«

»Na ja, er redet gern, scheint mir.«

»Pass bloß auf. Wenn du willst, dass es alle Nachbarn wissen, musst du es nur Benny erzählen. Der Typ kann nichts für sich behalten.«

Jens stellt seinen leeren Becher auf den Tisch, wo gestern noch der Topf mit den verwelkten Margeriten stand. »Na, dann wollen wir mal.« Er krempelt die Ärmel seines Hemds hoch, das genauso aussieht wie das, in dem Stella die Nacht verbracht hat.

Sein Sohn trinkt schnell seinen Kaffee aus. »Ist einiges zu tun«, meint er und blinzelt Stella zu.

Sie nickt. »Ich bin froh, dass ihr da seid. Wenn ihr irgendetwas braucht, ruft mich einfach. Ich …«, sie sieht zu Jens, »… ich schau mal in den alten Schuppen. Du sagtest doch gestern etwas von neuen Skulpturen.«

»Ja, deine Tante hat viel gearbeitet in den letzten Monaten. Ich war seit ihrem Tod nicht mehr dort. Der Schlüssel liegt unter dem Blumenkasten neben der Tür.« Er folgt seinem Sohn zur Treppe. »Dort, wo er immer lag«, fügt er noch hinzu.

Stella sieht den beiden nach. Sie reden und gestikulieren, zeigen hoch in die Bäume und runter auf die Wiese. Eigenartig, denkt sie, wie selbstverständlich Menschen, die man aus den Augen verloren hat, plötzlich wieder das Leben betreten. Ein paar Worte, ein paar Blicke genügen, und schon knüpft man an, wo man einst aufgehört hat, und die Jahre, die sich aufgebläht haben mit scheinbar Wichtigem, knicken ein wie Strohhalme.

Sie trägt die drei Kaffeebecher in die Küche. Die Rosen, die sie neben der Spüle abgelegt hat, befreit sie unten von den Blättern, wobei sie darauf achtet, sich nicht an den dicken Dornen zu verletzen. Mit einem scharfen Küchenmesser schneidet sie die Stiele schräg an, dann lässt sie lauwarmes Wasser in die blaue Vase laufen und stellt die Blumen hinein. Sie machen sich gut auf dem Küchentisch, geben dem Raum die Leichtigkeit zurück, die hier so häufig zu Gast war.

Ihre Hausaufgaben hatte Stella stets an diesem Tisch gemacht, während Elisabetta am Herd stand oder aus dem Garten ab und an einen Blick durchs Fenster warf. Das Federmäppchen mit Bleistift, Anspitzer, Füller und Radiergummi lag dort, neben karierten und linierten Schulheften, Geographie-, Mathematik- und Lesebüchern. Stella war immer schnell fertig; sie hielt sich nie lang mit Grübeln auf, sondern erledigte die Aufgaben mit einer Mischung aus Intuition und Genialität. Die Dinge fielen ihr zu, und es gab Lehrer, die sie deswegen ganz besonders mochten, und andere, die sie deswegen ganz besonders ablehnten. Sie polarisierte, weil sie so völlig ohne Fleiß durch die Schuljahre kam und die Versetzung nie auch nur ansatzweise gefährdet war. »Ihre Nichte nimmt alles auf die leichte Schulter«, hatte eine Klassenlehrerin Elisabetta mal in einem Gespräch unter vier Augen gesagt, nicht ohne einen leichten Vorwurf im Unterton. »Gibt es eine bessere Lebensversicherung?«, hatte die Tante gefragt. Von da an wurde Stella neben die problematischen Schüler gesetzt, damit sie lernen sollte, Verantwortung zu übernehmen. Tim war einer dieser Schüler, doch von ihm lernte sie anderes, während Paul ihnen beiden von hinten kleine Zettel zuschob, auf denen er die Lehrerin karikiert hatte.

Manchmal hatten sie auch zu dritt an diesem Küchentisch gesessen, weil Tims Mutter arbeiten ging und sowieso nicht zu Hause war, während die von Paul hinter heruntergelassenen Jalousien mit Migräne im Bett lag. Sie tranken Zitronenlimonade oder heißen Fliedersaft und veranstalteten Hausaufgaben-Wettkampf. Stella ging stets als Erste durchs Ziel, und dann warf sie ihre Sachen in den Ranzen, ließ die beiden Schlösser daran zuschnappen und rannte die vierzehn Stufen nach oben in den ersten Stock, um Badeanzug oder Mütze und Handschuhe zu holen, je nach Jahreszeit. Nicht selten klappten die Jungs daraufhin ihre Hefte zu, ohne wirklich fertig zu sein, schlechte Noten oder Verweise in Kauf nehmend. Zu dritt sprangen sie in den See oder gingen Schlitten fahren.

Stella wischt mit der Hand über die alte Tischplatte, als wollte sie damit die Erinnerungen wegwischen. Zu süß scheinen sie ihr auf einmal. Wie eine Torte mit Sahne und Buttercreme, an der man sich den Magen verdirbt, wenn man zu viel davon isst. Zumal sie doch genau weiß, was passiert ist: Irgendwann hatte das Leben die Kuchentafel abgeräumt und den Tisch neu gedeckt – und damit begonnen, den Sachen, die nun daraufstanden, mehr und mehr Bitterstoffe beizumischen. Doch wann genau war das passiert?

Wenig später steht Stella vor dem verwitterten Schuppen hinter dem Haus. Der Schlüssel liegt tatsächlich dort, wo Jens gesagt hatte: in dem Blumenkasten neben der Tür. Da sind keine Blumen mehr in dem Kasten, sondern nur noch ein paar vertrocknete Stiele, die aus staubiger Erde ragen. Der Schlüssel ist verrostet wie das Schloss, und Stella braucht viel Kraft und ebenso viel Geschick, damit sich hier überhaupt irgendetwas bewegt. Sie will schon aufgeben, aber nach ein paar Minuten geben Schloss und Tür endlich nach. Durch Spinnweben fällt das Sonnenlicht ins Innere und beleuchtet ein raumhohes Regal, einen Ofen, eine Werkbank und einen dreibeinigen Schemel.

Ihre Augen brauchen Zeit, um sich an das schummrige Licht im Inneren zu gewöhnen. Die Luft ist stickig. Es riecht nach alter Glasur und gebranntem Ton. Sie hustet und reißt ein kleines Klappfenster gegenüber vom Eingang auf. Dann wendet sie sich dem Regal zu, auf dem verschiedene Skulpturen stehen, einige noch als Rohlinge, andere mit der Vorglasur versehen, die sich nach dem ersten Brenndurchgang weiß färbt, daneben fertige Figuren, die in einem Smaragdgrün strahlen. Etiketten kleben daran, auf denen Elisabetta den Werken mit ihrer zierlichen Schrift Namen gegeben hat. »Stumm«, liest Stella, »Späte Liebe« und »Sterben wollen im Glück«. Sie sieht genauer hin, meint einen Kopf ohne Mund zu erkennen, zwei ineinander verschlungene Körper und vier Hände. »Mutter und Kind«, heißt eine weitere Arbeit, in der ein großes und ein kleines Wesen miteinander zu verschmelzen scheinen. Und schließlich bleibt ihr Blick an einem Gebilde hängen, das aus drei Figuren besteht – im Zentrum eine Frau, in deren Armen je ein Mann liegt.

Stella spürt, wie sich ihr Rücken mit Gänsehaut überzieht. Sie atmet schneller, als könnte sie damit den Schauer vertreiben, der bereits ihren gesamten Körper erfasst, selbst die Zähne schlagen leise aufeinander. Ihr ist auf einmal entsetzlich kalt, winterkalt, obwohl draußen vor der Tür Sommer ist und die Sonnenstrahlen den Weg über den Boden des alten Schuppens bis hin zu ihren Füßen finden.

Sie streicht mit der linken Hand über die drei Figuren. Die Glasur fühlt sich kühl an, hier und da spürt sie ein paar Unebenheiten, als würde sich das Material gegen zu viel Glätte wehren. Sie muss etwas näher herangehen, um die Schrift auf dem Etikett entziffern zu können.

»Stellas Traum« steht dort.

Unwillkürlich tritt sie einen Schritt zurück und hält sich beide Hände vor den Mund. Ihr Schrei bleibt stumm, aber es scheint, als würde er den ganzen Raum erfüllen und alle Gegenstände darin erschüttern.

Wie konnte ihre Tante nur …?

Sie denkt die Frage nicht zu Ende, weil die Antwort bereits vor ihr steht. Elisabetta hat dem eine Form gegeben, was Stella sich versagt hat zu modellieren. Sie hat weiter gedacht. Weiter, als Stella und Tim und Paul gegangen sind. Sie hat Wut und Schmerz und Trauer einfach stehen lassen und unbeirrt einen Traum in Ton gebrannt. Einen Traum, der einst pochte und nach Leben drängte. Zugeschüttet hatten sie ihn, diesen Traum, weil zwei zu wenig und drei zu viel waren und der Mut von der Realität den Todesstoß bekam und schließlich jämmerlich krepierte. Am Ende blieb ein Leben aus zweiter Hand.

Einige Minuten bleibt Stella wie angewurzelt stehen, darauf wartend, dass das heftige Zittern nachlässt und ihr Atem sich wieder beruhigt.

Schließlich nimmt sie behutsam die Skulptur vom Regal und drückt die drei Figuren fest an sich.

Dann tritt sie hinaus in den Garten, in die Sonne. Die Tür des Schuppens lässt sie offen stehen. Elisabettas Welt braucht Luft und Licht, ihre Wünsche und Visionen hatten schließlich schon immer ins Freie gewollt. Das denkt Stella, und ihr Blick streift kurz den Blumenkasten mit der vertrockneten Erde, der den Schlüssel zu dieser Welt verborgen hatte. Sie würde bald frische Margeriten hineinsetzen; große Gänseblümchen hatte ihre Tante die immer genannt und ihr gezeigt, wie man das Zupf-Spiel mit ihnen spielen konnte – er liebt mich, er liebt mich nicht … bis kein weißes Blättchen mehr übrig blieb. Stella war beim Zählen irgendwann durcheinandergekommen, weil es ungleich komplizierter ist, wenn zwei Jungs im Spiel sind. Was am Ende blieb, war ein Stengel mit einem gelben Herz daran, von dem sie nicht wusste, wem es gehörte. Sie hatte es einfach weggeworfen.

Als sie zum Haus zurückgeht, hält sie ihren, »Stellas Traum« noch immer an sich gepresst. Keine Frage, ihre Tante wollte, dass sie das hier findet, um sich endlich Antworten zu geben.

6

Es passierte an einem Oktobertag. Die ersten Herbststürme hatten bereits einiges Laub von den Bäumen gefegt und damit einen raschelnden Teppich im Garten ausgelegt. Jens und Elisabetta rechten die Blätter zusammen und trugen sie zu dem großen Komposthaufen. Elisabetta lachte in diesen Tagen weniger als sonst. Roberto hatte am Ende des Sommers das gelbe Haus verlassen, und es schien, als hätte er etwas von dem Lachen seiner Geliebten mit nach Italien genommen. Sie hatte ihn nach Kiel zum Bahnhof gebracht. An Bahnsteig vier nahmen sie Abschied; es gab weder Tränen noch Versprechen. Nur eine vage Hoffnung lag in ihrem letzten Kuss, die sich mit dem Zischen der Dampflok verband und in dem schrillen Pfeifen, das die Abfahrt des Zuges signalisierte, unterging. Die Hoffnung setzte sich auf die Gleise und fuhr davon.

An diesem Tag im Oktober war Stella früh zu Bett gegangen. Sie hatte Vokabeln geübt für eine englische Klassenarbeit; sie besuchte jetzt das Gymnasium. In der Obertertia war sie bereits, doch das Lernen fiel ihr noch immer leicht, daher erledigte sie das oft abends vor dem Schlafengehen. Um halb neun hatte sie das Licht ausgemacht. Der Wind rüttelte am Fenster, während sie sich in die Daunendecke wickelte, und sie dachte noch, dass ihr dieses unablässige

Wehen und Wüten da draußen nichts anhaben konnte, bevor sie nichts mehr dachte und einschlief.

Es war ein anderes Geräusch, das sie weckte. Das Schlagen der Haustür. Stella tastete nach dem Schalter der Nachttischlampe. Der Wecker zeigte kurz nach Mitternacht. Sie stand auf, zog sich die Strickjacke an, die über einer Stuhllehne hing, schlüpfte in ihre Hausschuhe und schlich hinaus in den Flur. Sie rief Elisabettas Namen, und als keine Antwort kam, sah sie ins Schlafzimmer der Tante. Die Kissen waren zerwühlt, aber das Bett war leer. Auf Zehenspitzen lief Stella die Stufen hinunter ins Erdgeschoss. Die Haustür stand offen; der Wind bewegte sie hin und her und verursachte dabei das Geräusch, das sie aus dem Schlaf geholt hatte. Die Lampe auf der Veranda brannte und leuchtete in den Garten hinein.

Elisabetta stand barfuß, nur mit einem dünnen weißen Nachthemd bekleidet, unter einem alten Apfelbaum. Die Arme hatte sie um den Stamm geschlungen, die linke Wange drückte sie an die Rinde, während ihr Blick zum See hinunterirrte. Sie hörte ihre Nichte nicht kommen, sie schien gar nichts mehr zu hören. Als Stella sie an der Schulter berührte, zuckte sie noch nicht mal zusammen.

»Ich warte auf das Kind«, flüsterte sie, und es klang, als würde sie eher zu sich selbst sprechen.

»Auf welches Kind?«, fragte Stella zitternd.

»Es kommt heute Nacht. Es will auf die Welt. Ich werde es zur Welt bringen.«

»Da ist kein Kind, Elisabetta. Du träumst. Komm, lass uns zurück ins Haus gehen.« Sie griff nach dem Arm der Tante, doch es war, als ob sie nach einem Stock griff. Alles an Elisabetta schien sich zu versteifen.

»Die Wehen sind schon da«, rief sie lachend, doch es war

ein völlig anderes Lachen als jenes, das Stella durch die Jahre begleitet hatte.

Was geschah hier? Stella fühlte Angst in sich hochkriechen.

Elisabetta ließ sich langsam an dem Baumstamm hinunter ins Gras sinken. Die Wiese war kalt und feucht, aber das schien ihr nichts auszumachen. Sie setzte sich hin und spreizte die Beine; mit den Armen umklammerte sie noch immer den Baum. Sie atmete schnell und schneller, bis der Atem in ein Keuchen überging.

»Bitte, bitte, hör auf.« Jetzt liefen Stella Tränen über das Gesicht. Sie versuchte, Elisabetta hochzuziehen, doch die merkte nicht mal, dass jemand an ihr zerrte. Sie lachte und keuchte, und manchmal rief sie: »Gleich, mein Kleines, gleich haben wir's geschafft.«

Stella ließ ihre Tante los und rannte zurück ins Haus. Es begann zu regnen, dicke Tropfen.

Die Haustür schlug noch immer hin und her.

Im Flur erst merkte Stella, wie kalt es draußen war. Sie machte Licht und griff nach dem Hörer des Telefons. Tims Nummer kannte sie ebenso wie die von Paul auswendig. Doch Paul konnte sie nicht anrufen, weil seine Eltern nebenan schliefen. Tims Mutter dagegen hatte Nachtdienst im Krankenhaus.

Nach neun Mal Klingeln hob er ab. Er hatte eine verschlafene Stimme, die sofort wach wurde, als er hörte, wer dran war.

»Was ist los, Stella?«

»Ich weiß nicht. Meine Tante … sie sitzt im Garten und redet irgendwas von einem Kind, das sie kriegt. Sie hat nur ein Nachthemd an, und sie erkennt mich nicht mehr. Sie ist total anders, Tim. Ich hab Angst … Was soll ich nur tun? Hilf mir doch …« Sie schluchzte laut auf.

Tim holte tief Luft. »Verdammte Scheiße«, sagte er, wobei er jede Silbe in die Länge zog, als wolle er Zeit gewinnen. »Du rührst dich nicht von der Stelle, Stella. Ich steige jetzt aufs Rad und fahr zu Jens. Und dann kommen wir zu dir.«

»Aber der schläft doch«, hielt sie dagegen.

»Dann wecke ich ihn eben auf. In spätestens einer halben Stunde sind wir bei dir. Und versprich mir bitte, geh nicht mehr raus in den Garten. Das ist 'ne Nummer zu heftig für dich, scheint mir.« Er legte auf.

Sie stand da mit dem Telefonhörer in der Hand. Nach gut fünf Minuten legte sie den Hörer auf die Gabel und ging in die Küche. Sie schaltete kein Licht an, sondern setzte sich an den Tisch und zog die Strickjacke fester um ihren Körper.

Tim ist gleich da.

Sie sagte diesen Satz immer und immer wieder, als könnte sie die Panik in sich damit niederringen.

Tim ist gleich da.

Nein, sie würde nicht zurück in den Garten gehen. Sie würde hier sitzen bleiben, während Elisabetta dort draußen im Regen saß. Sie würde warten, bis Tim kam. Tim, der vor nichts und niemandem Angst hatte.

Sie wusste nicht, wie lange sie so dagesessen hatte. War es wirklich nur eine halbe Stunde gewesen? Es schien eine endlose Zahl von Minuten zu sein, die sie von dem abschnitten, was bislang ihr Leben gewesen war.

Alles, was danach geschah, nahm sie nur verschwommen wahr. Jens, der im Flur telefonierte. Tims Arme, die sie umfassten, seine Hände, die ihr übers Haar strichen. Sie lehnte ihren Kopf an seine Schulter und weinte binnen Sekunden seinen Pullover nass.

Sie hörte ein Auto, das Schlagen von Wagentüren, schnelle Schritte, Männerstimmen. Sie hörte auch einen Schrei. Einen Schrei, der ihr durch und durch ging. Niemals zuvor hatte sie Elisabetta schreien gehört.

»Was machen sie mit ihr?« Sie sah Tim entsetzt an.

Er zuckte mit den Schultern; dabei wirkte er hilflos, was Stella noch mehr Angst machte. »Ich weiß nicht«, entgegnete er. »Sie werden ihr was geben, denke ich. Wie's aussieht, nehmen sie deine Tante mit ...«

»Wohin, Tim? Wohin bringen die sie? Die können sie doch nicht einfach ...« Sie riss sich los und rannte hinaus auf die Veranda.

Sie sah, wie Elisabetta von zwei Männern auf eine Trage gelegt und festgeschnallt wurde. Sie wehrte sich und warf den Kopf hin und her. Einer der Männer versuchte, seine Hand auf ihre Wange zu legen, um sie zu beruhigen, doch sie schlug sie immer wieder weg, bis der andere Mann ihren Arm fixierte.

Tim lief hinter Stella her. »Du kannst ihr jetzt nicht helfen. Die wissen schon, was zu tun ist. Hoffe ich zumindest«, setzte er nach.

»Aber die tun ihr weh.«

Statt einer Antwort nahm Tim Stella wieder in die Arme. Sie spürte seinen warmen Atem, und sie spürte, wie die Anspannung sie langsam verließ. Aus den Augenwinkeln sah sie, wie die Sanitäter Elisabetta zu dem Krankenwagen trugen, der in der Einfahrt wartete.

Jens wechselte ein paar Worte mit den Männern, bevor er zurück zum Haus lief. »Ich fahre mit«, erklärte er.

Tim nickte.

»Du bleibst bei Stella. Ich rufe deine Mutter an und sage ihr, dass du hier übernachtest, okay?«

»Okay.«

»Später melde ich mich noch mal bei euch und gebe Bescheid, was die in der Klinik gesagt haben. Koch Stella inzwischen einen Tee. Das Mädchen klappert ja schon mit den Zähnen.«

Tim nickte wieder. »Mach ich«, erwiderte er und schob Stella sachte zurück ins Haus. Er brachte sie ins Wohnzimmer, setzte sie aufs Sofa, nahm eine Wolldecke von einem Sessel und wickelte sie darin ein. »Leg dich hin«, flüsterte er.

Sie tat, was er sagte, und schloss die Augen. Die Bilder, die hochdrängten – Elisabetta unter dem Baum, die Sanitäter, der Krankenwagen – kurvten mit Hochgeschwindigkeit durch ihre Gedanken; sie schienen kein Bremspedal zu kennen. Sie ergab sich ihnen, zu schwach, etwas dagegenzusetzen.

Der Tee war heiß und stark und süß. Tim hatte viel Kandiszucker hineingerührt, der sich nur langsam auflöste.

Stella trank in kleinen Schlucken und fühlte, wie Wärme in ihren unterkühlten Körper kroch. Sie hielt den Becher mit beiden Händen umschlossen, damit nur ja nichts von der Wärme verlorenging.

Tim setzte sich neben sie; seine Hand legte er wieder auf ihre Schulter. Sie war ihm schon oft nah gewesen, hatte zwischen ihm und Paul auf Wiesen, im Sand und unter Bäumen gelegen, doch diese Nähe hier und jetzt war etwas anderes. Sie war tröstlich, und gleichzeitig regte sich etwas in ihr, für das sie keinen Namen fand. Sie suchte auch nicht danach, sondern ließ es einfach geschehen. Nachdem sie ihren Tee ausgetrunken hatte, fiel ihr Kopf wie von selbst auf seine Brust, und als er begann, ihre Haare zu streicheln, schloss sie zum zweiten Mal die Augen, und jetzt störten keine Gedanken mehr; sie waren ganz plötzlich zum Stillstand gekommen. Stella schlief ein.

Auf einmal tauchten Stimmen in ihrem Traum auf; es dauerte ein paar Minuten, bis sie realisierte, dass die Stimmen hier waren, in Elisabettas Wohnzimmer.

Jens redete leise mit Tim. »Sie haben sie in die Psychiatrie auf die geschlossene Abteilung gebracht«, sagte er. »Dort hat man sie erst mal ruhiggestellt.«

»Was heißt das?« Tims Stimme klang aufgebracht. »Haben die ihr irgendwelche Scheiß-Psychopharmaka gegeben?«

»Bitte, mein Junge«, beschwichtigte Jens, »das mussten sie tun. Da hilft im Moment nichts anderes. Sie würde sonst total durchdrehen.«

»Haben sie denn gesagt, was ihr fehlt? Ich meine, Elisabetta ist doch eine völlig normale Frau …«

»Ach, Tim, was ist schon normal?« Jens seufzte.

Tim schnaubte. »Diese ganzen angepassten Idioten! Meinst du, die sind normal? Elisabetta ist eben Künstlerin, sie hat Phantasie …«

»… und sie hat eine schwere Krankheit.«

»Willst du damit sagen, bei ihr ist 'ne Schraube locker?«

»Ich kann gar nichts sagen. Ich bin ihr Freund und ein Laie, der von solchen Dingen keine Ahnung hat. Die Ärztin, mit der ich vorhin geredet habe, sprach von manisch-depressivem Irresein …«

»Da haben wir's«, unterbrach Tim ihn. »Sie erklären sie für irre und stecken sie in die Klapsmühle zu lauter anderen Verrückten – nur damit hier draußen Ruhe ist. Das kotzt mich echt an. Diese Armleuchter sind doch selbst total durchgeknallt.«

»Aber Elisabetta hat einen schweren Schub, Tim.«

»Ihr Lover ist weg, das ist es. Der lebt hier monatelang und macht einen auf Amore, und dann setzt er sich ab zu seiner Familie nach Italien. Ist doch klar, dass man da durchdreht.

Stella hat mir erst gestern erzählt, dass ihre Tante so anders ist, seitdem dieser Roberto seine Koffer gepackt hat.«

»Sie hatte Wahnvorstellungen, mein Junge. Sie hat geglaubt, ein Kind zur Welt zu bringen. Sie hat niemanden erkannt, noch nicht mal Stella oder mich. Das war nicht mehr die Frau, die wir kennen. Und hier geht's nicht nur um Liebeskummer, glaub mir.«

Tim schluckte. »Ist sie vielleicht wirklich schwanger?«, fragte er dann leise.

»Nein, nein. Hab ich auch erst gedacht, aber da ist nichts, hat die Ärztin gesagt. Sie haben sie wohl untersucht.«

»Und was passiert nun? Ich meine, wie geht's weiter? Muss sie lange in dieser Irrenanstalt bleiben?«

»Drei, vier Wochen schätzungsweise. Die wollen ihr was geben, Lithium heißt das. Damit kommt sie wieder zu sich. Das muss sie dann aber immer nehmen.«

»Immer?«

»Ja, solange sie lebt.«

Tim schüttelte den Kopf. »Und du glaubst, sie wird wieder die Alte?«

»Was weiß ich? Ich hoffe es.« Jens' Stimme zitterte. Er zog die Nase hoch. »Ich hoffe es auch für Stella. Sie hat schon ihre Eltern verloren. Wenn jetzt noch ihre Tante …« Er beendete den Satz nicht. »Meinst du, sie kommt zurecht, Tim?«, fragte er stattdessen leise.

»Hey, sie ist fast sechzehn. Außerdem sind wir ja da. Du und ich. Und Paul«, setzte er nach.

»Ich dachte daran, sie zu uns, zu Elsa und mir zu nehmen, solange Elisabetta in der Klinik ist.«

»Kommt nicht in Frage. Sie bleibt hier. Hier ist ihr Zuhause.«

»Aber so allein in dem großen Haus? Meinst du nicht …?«

»Sie wird nicht allein sein«, unterbrach Tim ihn. »Ich rede mit meiner Mutter, und dann ziehe ich so lange hierher. Daheim haben wir sowieso nur Krach wegen jedem Scheiß. Da wird Mama ganz froh sein, mich mal 'ne Zeitlang nicht zu sehen.« Er lachte. Sein Lachen klang ein bisschen zu laut.

»Und Paul?«

»Was soll mit Paul sein?«

Jens räusperte sich. »Tja … ihr seid Freunde, du und Paul. Und Stella, die ist ein hübsches Mädchen … Ich weiß ja, dass ihr beide sie, nun ja, sehr gern habt, und wenn du mit ihr hier in dem Haus … Ich meine, das könnte …«

Tim sagte nichts, und Stella konnte nicht sehen, wie er schaute, weil sie ihre Augen noch immer geschlossen hielt und so tat, als ob sie schliefe. Sie versuchte, das, was sie gehört hatte, zu sortieren. Elisabetta war krank, so krank, dass man sie einsperrte und ihr starke Medikamente gab. Sie würde erst mal nicht zurückkommen, doch Tim würde da sein. Er würde hier bei Stella sein, und sie könnte ihren Kopf an seine Brust legen wie vorhin. Alles verdichtete sich zu diesem einen Gefühl. Sie würde Tim in ihrer Nähe haben, Tag und Nacht. Und wenn sie Elisabetta besuchen würde, dort, wo die Verrückten wohnten, wäre sie nicht allein. Dieser Junge, der jeden Lehrer zur Verzweiflung brachte, weil er tat, was er wollte, und der selbst die Schläge seiner Mutter scheinbar gleichmütig wegsteckte, wäre da, um sie, Stella, zu beschützen.

Nachdem Jens gegangen war, schlug Stella die Augen auf und ließ sich von Tim nach oben ins Bett bringen. Sie fragte, ob er sich zu ihr legen wollte. Er fragte nicht, wie sie das meinte, sondern zog Jeans und Pullover aus und kroch zu ihr unter die Decke.

Als es vor dem Fenster langsam hell wurde, küssten sie sich zum ersten Mal.

An diesem Tag schwänzten sie die Schule.

Paul kam am Nachmittag mit dem Fahrrad. Er hatte seinen Ranzen dabei und die Hausaufgaben – und viele Fragen.

Stella stand am Herd. Sie trug schwarze Wollstrumpfhosen und einen grauen Flanellrock, darüber Tims Pullover, der ihr ein bisschen zu groß war. Sie rührte mit einem Holzlöffel in einem gusseisernen Topf; Rindergulasch war darin, das Elisabetta gestern gekocht hatte.

Gestern. Stella kam es vor, als habe sich mehr als eine Ewigkeit vor das Heute geschoben. Ihre Tante hatte hier gestanden und Fleisch in Würfel geschnitten und Zwiebeln in Ringe, und wie immer hatte sie beim Zwiebelschneiden Tränen in den Augen gehabt; vielleicht waren es ein paar mehr Tränen als sonst. Und nun lag sie in der Irrenanstalt, und keiner wusste, wie viele Tränen sie dort weinte. Vorerst durfte niemand zu ihr; das hatte Jens vorhin am Telefon gesagt. Er hatte auch gefragt, ob er mit Stellas Lehrerin reden solle, doch Stella hielt es für besser, zu schweigen und Elisabettas Unterschrift auf dem Entschuldigungsschreiben für die Schule zu fälschen.

»Magst du mit uns essen?«, fragte sie nun Paul, der nur von ihr zu Tim und wieder zu ihr sah und langsam nickte.

Sie holte einen dritten Teller aus dem Vitrinenschrank und legte einen dritten Löffel daneben. Tim saß bereits am Tisch, als sie das Gulasch auf die drei Teller verteilte. Er beobachtete sie aus den Augenwinkeln, und sie lächelte kurz, als sie es bemerkte.

»Was ist los?«, fragte Paul.

Stella setzte sich, nahm einen ersten Löffel und pustete, bevor sie ihn in den Mund steckte. »Elisabetta ist in der Psychiatrie«, antwortete sie kauend, obwohl sie wusste, dass Paul nach etwas ganz anderem gefragt hatte.

Er ließ sich nichts anmerken. »Was hat sie denn?«

Nun übernahm Tim. Er erzählte, was in der letzten Nacht passiert war. Er berichtete minutiös, nur den Kuss ließ er weg. Aber er stand im Raum, dieser Kuss, und Paul schien seine Anwesenheit zu spüren.

Alle drei taten wie immer, und doch war nichts mehr wie immer.

»Wollt ihr wissen, was in der Schule los war?«, fragte Paul schließlich.

Die beiden nickten, und fast erleichtert begannen sie über Lehrer und Mitschüler zu reden. Sie flüchteten sich auf das Terrain, das ihnen seit so vielen Jahren vertraut war. Sie alberten ein bisschen herum, Tim und Paul lieferten ein paar witzige Sprüche, und Stella spendete Beifall, darauf bedacht, ihr Lachen möglichst gleich zu verteilen.

Nach einer guten halben Stunde stand Paul abrupt auf. »Ich geh dann mal«, sagte er. Sein Stuhl wackelte.

Stella stellte die drei leeren Teller ineinander, die drei Gabeln legte sie sorgfältig darauf. »Wann kommst du wieder?«, fragte sie leise.

»Weiß noch nicht. Kommt ihr morgen in die Schule?«

Tim und Stella sahen sich an.

»Keine Ahnung«, erwiderte Tim. »Ich bring dich raus.« Er erhob sich ebenfalls und schlug seinem Freund mit der rechten Hand auf die Schulter.

Paul zuckte zusammen und sah zu Stella. »Danke für das Essen. Und …«, er zögerte, »… das mit deiner Tante ist echt schrecklich. Wenn ich mit dir in die Klinik fahren soll, sag Bescheid, ja? Du solltest dort nicht allein hingehen.«

Stella sah zu Boden, und dann sah sie wieder hoch, direkt in Pauls blaue Augen. »Danke«, sagte sie. Zum ersten Mal in ihrem Leben hatte sie ein schlechtes Gewissen.

Es blieb nicht bei dem einen Kuss. Es folgten weitere, und sie wurden länger, und je länger sie wurden, desto mehr wollten Stella und Tim davon haben. Es war, als ob man aß und aß und der Hunger beständig zunahm. Stella dachte an Paul, und sie wusste, dass Tim das auch tat, und trotzdem konnten sie nicht voneinander lassen. Sie blieben im Haus, während draußen die Herbststürme alles durcheinanderwirbelten. Sie feuerten den Kamin im Wohnzimmer an, schlossen Fenster und Türen und schliefen Arm in Arm auf dem Teppich ein. Als ob ihnen nichts mehr passieren könnte, nachdem so viel passiert war.

Jens rief immer wieder an und berichtete von Elisabetta, deren Zustand sich ein wenig stabilisiert hatte. Schon bald würde Stella sie sehen können, sagte er. Doch etwas in Stella wollte gar nicht mehr raus aus diesem Kokon, den sie und Tim gesponnen hatten. Die Angst um ihre Tante hatte einen watteweichen Verband bekommen und schmerzte nur noch leise. Solange sie hier in diesem Haus mit Tim war, war alles gut.

Nach vier Tagen gingen sie wieder in die Schule. Sie gingen Hand in Hand und ließen sich erst kurz vor dem Schultor los. Auf dem Pausenhof waren sie zu dritt, wie sie das immer gewesen waren, wobei Stella und Tim nun darauf achteten, sich nicht zu nahe zu kommen. Wie einen Ball warfen sie sich Blicke zu, und manchmal fing Paul einen davon auf, und sein Blick sagte, dass er wusste, was hier gespielt wurde. Er hielt sich jetzt zurück mit Fragen, bis Stella zwei Tage später ihm eine Frage stellte, die sie insgeheim schon an Tim gerichtet hatte und die sie nun plötzlich in Pauls Richtung schubste wie eine der Murmeln, die sie als Kinder stets in einem kleinen Säckchen dabeigehabt hatten – um sie über Waldwege oder auf Schulfluren rollen zu lassen und manchmal auch, um sie untereinander zu tauschen.

Stella fragte Paul, ob er sie zu Elisabetta begleiten wolle

»Heiz doch zu Hause schon mal ein«, bat sie Tim beiläufig. »Wir kommen gegen sechs Uhr zurück.« Und dann trieb sie Paul an, sich zu beeilen, damit sie den Bus noch erreichten, der sie nach Kiel bringen sollte.

Paul sah zu Tim und zuckte mit den Achseln, bevor er Stella hinterherlief, die bereits mit schnellen, entschlossenen Schritten zur Haltestelle ging.

Als sie in der Klinik ankamen, nannten sie dem Pförtner, der in einem Glashäuschen vor einem Schlagbaum saß, ihre Namen. Stellas Stimme zitterte auf einmal, und Paul erklärte dem kahlköpfigen Mann hinter der Scheibe, weswegen sie hier waren. Der griff zum Telefon und sprach leise mit jemandem, wobei er langsam an einem Kaugummi kaute. Nachdem er aufgelegt hatte, nickte er den beiden ohne ein Lächeln zu und öffnete den Schlagbaum.

Es war ein großes Gelände mit alten, flachen Backsteingebäuden und ein paar verwahrlosten Grünflächen dazwischen. Sie gingen schweigend nebeneinander; nur einmal und nur sehr kurz berührte Paul Stella sanft am Arm. »Da drüben«, sagte er und zeigte auf ein Schild. »Klinische Psychiatrie. Station 4A. Geschlossene Abteilung« stand darauf.

Stella nickte und versuchte, den Kloß, der sich in ihrer Kehle gebildet hatte, wegzuschlucken, aber er blieb dort. Sie verlangsamte ihren Schritt.

»Hab keine Angst.« Seine Stimme hatte die Festigkeit wiedergefunden, die sie in den letzten Tagen verloren hatte. »Elisabetta freut sich sicher, dich zu sehen.«

»Aber wenn sie mich nun nicht mehr erkennt. Sie war so anders, Paul. Du hättest sie sehen sollen, dort im Garten. Sie hat ganz komisches Zeug geredet und den Apfelbaum umarmt …«

»Manchmal tut es gut, einen Baum zu umarmen«, unterbrach er sie.

»Wie meinst du das?«

»Na ja, Bäume können einen trösten. Besonders alte Bäume.«

Sie runzelte die Stirn.

»Sie haben tiefe Wurzeln und viele Jahresringe und stehen fest da«, fuhr er fort. »Nichts haut sie so leicht um, und wenn man selbst ins Wackeln kommt, geben sie einem Halt und Schutz. Ich habe auch so einen Baum, zu dem ich gehe, wenn ich schlecht drauf bin.«

Sie fragte nicht, ob er da gewesen war in den letzten Tagen. Sie wusste es auch so. »Du hast mir nie davon erzählt«, sagte sie leise.

»Hat sich nicht ergeben.«

»Zeigst du ihn mir mal, deinen Baum?«

»Wenn du willst.«

»Ja, ich will gern.« Sie blieben vor einer großen weißen Tür stehen. »Station 4A« stand darauf. Daneben befand sich ein Klingelknopf.

»Weiß Tim von dem Baum?« Sie sah ihm nun direkt ins Gesicht. Ihre grünen Augen suchten Halt in seinen blauen.

Einen kurzen Moment hielten sie sich mit den Augen fest, dann senkte er den Blick. »Ja«, erwiderte er, bevor er auf die Klingel drückte.

Eine Krankenschwester öffnete ihnen. Sie war klein, kleiner als Stella, und hatte schwarze Haare, die sie zu einem Zopf zusammengebunden trug, der unter einer weißen Haube steckte. Sie schloss die Tür danach sofort wieder ab. Sie folgten der Frau über einen langen Flur, von dem weitere Türen abgingen. Vor einer blieben sie stehen; die Schwester holte erneut ihr Schlüsselbund aus der Kitteltasche. »Sie können Ihre Tante eine halbe Stunde sehen«, erklärte sie. Sie hatte eine vorsichtige Stimme, in der irgendein geheimer Regler sämtliche Höhen und Tiefen gedämpft zu haben schien.

Stella, die es nicht gewohnt war, dass man sie siezte, fühlte, dass sie hier nicht mehr als Kind behandelt wurde, und in dem Moment wünschte sie sich nichts sehnlicher, als wieder zu diesem Kind zu werden. Das Erwachsensein schien ihr wie ein Paar Schuhe, die noch nicht passten. Sie wollte das kleine Mädchen bleiben, dem Elisabetta Kuchen backte und Schokolade kochte und übers Haar strich, wenn das Knie blutete. Elisabetta, die nun dort hinter dieser dicken, schweren Tür lag und auf sie wartete.

»Sind die Blumen dort für Frau Dürnstein?« Sie deutete auf einen Strauß in Stellas Hand. Die letzten Rosen aus Elisabettas Garten.

Stella nickte.

»Moment, ich hole schnell eine Vase.« Sie lief zu einem Schrank im Korridor und holte ein altes schmutziges Plastikgefäß heraus, das sie an einem Waschbecken daneben mit Wasser vollllaufen ließ.

»Haben Sie keine schönere?« Stella wusste, wie viel Wert Elisabetta auf solche Dinge legte.

Die Schwester lächelte. »Nein, tut mir leid. Glas- oder Porzellanvasen sind hier nicht erlaubt.«

»Wieso denn nicht?«

»Wegen der Verletzungsgefahr.«

»Aber …«

»Dies ist eine geschlossene Abteilung. Manche Patienten könnten sich was antun. Daher sind spitze Gegenstände, aber auch Glas und Porzellan verboten.«

Stella schluckte. »Können wir mit ihr raus, um ein bisschen spazieren zu gehen?«, fragte sie dann.

»Nein, Sie müssen drinnenbleiben. Vielleicht erlaubt die Oberärztin das in der nächsten Woche, aber im Moment darf Ihre Tante das Zimmer nicht verlassen.«

Das Zimmer, wie sie es nannte, war ein großer Saal, in dem ungefähr zwanzig Betten dicht nebeneinanderstanden, nur getrennt durch je einen kleinen Vorhang und ein Nachtschränkchen. An der Decke hingen zehn weiße Kugellampen, die ein fahles Licht verströmten. Die Fenster waren geschlossen, warme, abgestandene Luft hing in dem Raum, in die sich Reste von billigem Parfüm, altem Schweiß und verkochtem Essen mischten.

Die Schwester übergab Stella und Paul an eine Kollegin, die neben der Tür an einem Holztisch saß, auf dem ein Telefon und ein Karteikasten standen. »Der Besuch von Frau Dürnstein«, sagte sie, bevor sie noch einmal kurz lächelte und hinausging. Der Schlüssel gab beim Umdrehen im Schloss einen klagenden und zugleich resoluten Ton von sich. Das Geräusch hatte etwas Endgültiges. Stellas Innerstes ging in Deckung. Das Kind in ihr suchte Schutz.

Im selben Augenblick kam eine Frau in einem blau geblümten Nachthemd auf sie zugestürzt und fasste nach Stellas Arm. Ihr Griff war fest. »Ihr seid gekommen, um mich hier rauszuholen«, rief sie.

Stella wich zurück, doch die Frau krallte sich nur noch

fester an sie. »Die hier verstehen nicht, dass ich völlig okay bin, die geben mir ständig Tabletten und lassen mich noch nicht mal vor die Tür, aber ich wusste, dass ihr kommen würdet. Man hat es mir angekündigt. Und nun seid ihr da. Ich kann euch gar nicht sagen, wie froh ich bin. Ich muss wieder in die Schule, wisst ihr. Meine Schüler warten doch auf mich. Was macht das für einen Eindruck, wenn eine Lehrerin so lange fehlt …«

Die Krankenschwester erhob sich, ging um den Schreibtisch herum und legte der Frau sanft den Arm um die Schulter. »Kommen Sie«, sagte sie, »das sind noch nicht die Leute, die Sie abholen.«

Die Frau ließ Stellas Arm los. »Aber wann kommen die denn?«, murmelte sie.

»Bald«, erwiderte die Schwester und zwinkerte Stella mit einem Auge zu, während sie die Frau langsam zu einem Bett in der Nähe der Tür dirigierte.

Stella sah ihnen hinterher und schluckte. Sie wäre am liebsten auf der Stelle umgekehrt. Nur raus hier, aus diesem Saal, in dem das Verrückte einen anfasste.

Als Paul sie am Ellbogen anstupste, zuckte sie zusammen, als hätte sie einen Stromstoß bekommen.

»Da hinten«, flüsterte er und wies mit einem kurzen Nicken in eine Ecke des großen Raumes. »Da hinten ist Elisabetta.«

Elisabetta … Stella fühlte Wut und Ohnmacht zugleich in sich hochkriechen. Was hatte ihre Tante hier verloren? Warum hatte man sie in diesen Saal zu all diesen Leuten gesteckt? Weshalb konnte man sie nicht einfach an die Hand nehmen und mit ihr hinaus in den Park gehen?

Ein paar Schritte später erübrigten sich alle Fragen. Elisabetta saß auf der Kante ihres Bettes. Sie hatte sich einen zu kurzen braunen Bademantel, der nicht ihr gehörte, über ihr weißes langes Nachthemd gezogen. Dasselbe Nachthemd, das sie getragen hatte, als Stella sie im Garten gefunden hatte. Ihre Füße steckten in dunkelblauen Söckchen; vorn an den großen Zehen waren sie etwas durchgescheuert. Die Haare, die sie immer sorgfältig frisierte, hingen ihr ins Gesicht; sie schienen seit Tagen nicht gewaschen worden zu sein. Die sonst so wachen Augen hatten sich ummantelt und zurückgezogen an einen unerreichbaren Ort; sie hatten allen Glanz verloren, waren stumpf und leer geworden. Elisabettas Blick streifte Stella und Paul, dann wandte er sich den blauen Söckchen zu und versank schließlich in dem grünen Linoleumboden, dessen Farbe über die Jahre trüb geworden war.

Stella wollte etwas sagen, aber sie konnte nicht. Jedes Wort verweigerte sich; sie suchte und suchte und fand nichts. War das ihre Tante? Die Frau, die ihr jeden Morgen Pausenbrote schmierte und nie vergaß, ein Stück Schokolade dazuzulegen … Die ihr Geschichten erzählte und auf Gedankenreisen mitnahm, während sie im Schuppen ihre Figuren formte … Die ihr die kühle Hand auf die Stirn legte, wenn sie Fieber hatte, und eine Wärmflasche ins Bett, wenn ihr kalt war … Die wusste, wie man Löcher in Fahrradreifen flickte … Die sämtliche Vogelstimmen kannte und alle Käfer mit Namen … Die ihr die schönsten Glasmurmeln schenkte und erklärte, damit könne man die Phantasie ins Rollen bringen … Die sich bei Vollmond mit ihr auf den Steg am See setzte und ihr die Sterne zeigte, die sich auf der Wasseroberfläche spiegelten wie glitzernde Diamanten, die der Himmel der Erde geschenkt hatte … Die nicht müde wurde, ihr Lachen durch Haus und Garten laufen zu lassen …

An diesen Ort schien das Lachen nicht vorzudringen. Es war ein Ort ohne Fröhlichkeit.

Stellas Hand hielt sich krampfhaft am Bettgestell fest. Würde ihre Tante jemals zurückkommen? Würde alles wieder so sein wie zuvor – oder würde die Welt von jetzt an den Geruch der Krankheit tragen, einer Krankheit, die Stella nicht zu fassen bekam, aber die ihr das entzog, was bislang ihr Leben gewesen war?

Sie stand wie angewurzelt da, weil jede Bewegung sie näher an einen Abgrund zu bringen schien. Die letzten Tage mit Tim hatten sie in einer traumgleichen Balance gehalten, seine Nähe hatte sie umarmt und getragen, doch nun wurde sie aus ihrem Traum wach gerüttelt, der ohne Gnade seine Türen schloss.

»Schau, was wir dir mitgebracht haben.« Paul hielt Elisabetta den Blumenstrauß hin.

Sie hob den Blick, zögerte einen Moment und nahm schließlich die Plastikvase vorsichtig in ihre Hände. Die Rosen standen in voller Blüte. Es waren rote, gelbe, weiße und rosa Rosen.

Elisabetta steckte ihre Nase in den Strauß, und plötzlich war es wieder da – ihr Lachen. Für einen kurzen Moment nur, aber das genügte, um Stella aus ihrer Starre zu erlösen. Sie trat einen Schritt vor, setzte sich neben ihre Tante und legte den Arm um sie. Sie drückte Elisabettas zarten Körper an sich und roch den vertrauten Geruch, in den sich ein fremder, etwas säuerlicher mischte. Sie gab ihr einen Kuss auf die Wange und merkte dabei gar nicht, wie ihr Tränen übers Gesicht liefen. Aber Elisabetta merkte es. Als hätten diese Tränen ihre Lethargie ausgeknipst, hob sie die rechte Hand und streichelte Stella über die nassen Wangen. »Du musst nicht weinen, mein Kind«, sagte sie.

»Du erkennst mich?« Stella sah überrascht hoch.

»Natürlich. Die geben einem hier jede Menge Medikamente, damit man wieder zurückkommt.« Jetzt war auch ihr Blick wacher als vor ein paar Sekunden noch.

»Von woher zurückkommt?«

»Das weiß ich auch nicht so genau. Es ist eine Welt, zu der nur ich allein Zutritt habe, und das auch nicht immer. Da ist etwas in meinem Kopf, das mich dorthin führt.«

»Tut es weh?«

»Nein, nein, es tut nicht weh.«

Paul nahm einen Stuhl, der am Fußende des Bettes stand, zog ihn heran und setzte sich. »Wie ist es in dieser Welt?«, fragte er.

Elisabetta lächelte in die Rosen hinein. »Vertraut und doch anders«, sagte sie dann.

»Warst du bereits öfter dort?«

»Ab und an, früher, als ich jünger war. Schon damals gaben sie mir Tabletten, aber ich dachte irgendwann, ich brauche die nicht mehr. Ich wollte die Welt spüren, ich wollte meine Skulpturen machen und keine Watte im Kopf haben.«

»Hast du jetzt wieder Watte im Kopf?«

»O ja. Es ist, als ob du auftauchst und alles nur durch Nebel wahrnimmst.« Sie bewegte ihre Füße mit den blauen Söckchen ein wenig hin und her.

»Kannst du dich erinnern an das, was war?«, fragte Paul leise.

Sie schüttelte langsam den Kopf. »Nein, aber man hat es mir erzählt. Ich habe einen Apfelbaum umarmt …«

»Paul meinte vorhin, es sei manchmal gut, Bäume zu umarmen«, mischte Stella sich ein, »weil sie einen trösten könnten.«

Elisabetta lachte; ein leichter Bitterton mischte sich darunter. »Bist ein kluger Junge, Paul.« Sie stellte die Vase mit den Rosen auf den Nachttisch. »Hier«, sie machte eine ausladende Handbewegung, die den ganzen Raum einschloss, »gibt es übrigens einige kluge Leute.«

Stella dachte an die Frau, die sie gerade angefasst hatte, und sah ihre Tante verständnislos an.

»Na ja«, fuhr Elisabetta fort, »man erklärt uns für verrückt, aber schaut euch doch dieses Wort mal an. Ver-rückt heißt nichts anderes, als dass man ein paar Dinge verschiebt, sie an einen anderen Platz stellt. Das mag vielen eigenartig vorkommen, doch ich kann euch sagen, das bringt einen oft weiter.«

»Wie meinst du das? Dies hier scheint mir eher so was wie Endstation«, fuhr Stella sie an, schärfer, als sie beabsichtigt hatte.

Paul trat einen Schritt auf Elisabetta zu, als wollte er ihr zu Hilfe kommen.

Doch sie lächelte nur. »Die Menschen neigen dazu, sich einzurichten«, erklärte sie dann. »Alles so zu lassen, wie es ist, und nichts mehr zu verrücken, aus Angst, ihr ganzes schönes Lebensgebäude stürzt ein. Letztlich sitzen sie in einem Kästchen, und wenn sie Glück haben, hat dieses Kästchen ein paar Fensterchen, aus denen man manchmal ein Stück Himmel sieht. Die Leute hier haben's vielleicht ein bisschen übertrieben.«

»Die Leute hier sind krank«, beharrte Stella.

»Einige wollen einfach nur Grenzenlosigkeit«, entgegnete Elisabetta, und es lag etwas in ihrem Ton, das keinen Widerspruch duldete. »Das ganze Universum wollen sie statt nur ein bisschen Blau hier und da. Mehr als nur eine Galaxie. Deshalb reißen sie die Mauern ihrer Existenz ein in der Hoffnung, so ans Licht zu kommen. Aber weil nicht alle mitspielen und die meisten auch Angst haben vor diesem Spiel, kommen sie am Ende hierher. Aber ich sage euch, die Verrückten haben oft einen weiteren Horizont als die sogenannten Normalen.«

Stella senkte den Kopf.

»Gibt es denn so was wie Grenzenlosigkeit überhaupt?«, fragte Paul.

»Na ja, die Menschen haben enge Regeln und Gesetze, und vor allem haben sie die Moral ...« Sie seufzte. »Schaut, das mit Roberto und mir nennt man verbotene Liebe.«

»Quatsch«, entfuhr es Paul. »In der Liebe gibt es keine Verbote.« Er sah zu Stella, und sie dachte an Tim, und nur zu gern hätte sie Paul in diesem Moment geglaubt.

»Doch, die gibt es«, sagte Elisabetta. »Leider. Es gibt Verbote und Vorstellungen, wie etwas zu sein hat. Man hat uns viel eingetrichtert, aber wir haben keinen Trichter, aus dem wir den ganzen Mist wieder rauslassen können. Viele leiden daher auch unter emotionaler Verstopfung; da geht nichts mehr, und das verkaufen sie sich dann als den Lauf der Dinge. Guckt euch doch diese ganzen Ehepaare an ...«

»Aber man kann es doch anders machen«, unterbrach Paul sie.

»Natürlich.« Sie lächelte wieder. »Mein Leben lang hab ich davon geträumt, es anders zu machen. Liebe ist ein Kind der Freiheit, habe ich mir immer gesagt. Vielleicht habe ich deswegen auch nie geheiratet. Und nun liebe ich einen verheirateten Mann, den die Pflichterfüllung wieder zu seiner Familie treibt, und ich sitze in der Klapsmühle mit all meinen Träumen. Schon fast komisch ...«

»Aber wenn immer mehr Menschen immer freier denken«, hielt Paul dagegen, »dann könnte man doch diese ganzen Zwänge überwinden.«

»Ich hab's versucht. Aber die Emotionen machen ihr eigenes Ding, glaubt mir.«

»Was für Emotionen?«

»Eifersucht, Eitelkeit, Wut, Einsamkeitsgefühle, Verlassenheitsängste, Besitzansprüche … lauter ziemlich dumme Spielverderber, die sich nur zu gern mit den Konventionen verbünden, um einen dann zurückzujagen ins Kästchen, aus dem man eigentlich rauswollte.«

Nie zuvor hatte Stella ihre Tante so reden hören. Wie ein einstudierter Vortrag kamen ihr diese glatten Sätze vor, die sie mehr referierte denn sagte. Als hätte jemand auf einen Knopf gedrückt, um damit ein Tonband abzuspielen, das der Nichte die Augen öffnen sollte.

Stellas Blick suchte Halt an den Bettgestellen in Reih und Glied, an den Lampen mit ihrem kühlen Licht, an dem grünen Linoleum. Surreal kam ihr vor, was hier passierte, und gleichzeitig spürte sie, wie etwas in ihr selbst aus einer heilen Welt in die Wirklichkeit geholt wurde. Da draußen herrschten andere Gesetze als in dem gelben Haus am See. Es war Elisabettas Haus, und es hatte ihr Schutz und Raum geboten. Es würde bleiben, dieses Haus, doch sie würde hinausgehen müssen, um zu sehen, ob das, was ihre Tante ihr als Proviant mitgab, reichte, um in der Welt klarzukommen. Sie fühlte Wut und Dankbarkeit zugleich. Wut, weil Elisabetta ihr etwas vorgelebt hatte, das einsturzgefährdet war. Und Dankbarkeit, weil sie dadurch die Erlaubnis bekommen hatte, über Grenzen zu gehen. Aber wollte sie das überhaupt? Oder wollte sie nicht vielmehr ein geordnetes, normales kleines Leben führen? Sie schüttelte den Kopf. Nein, sie war schon einen Schritt weiter, das wusste sie. Und genau das machte ihr in diesem Moment Angst.

»Was ist, Stella?« Elisabetta strich ihr übers Haar.

»Nichts. Nichts ist. Oder einfach zu viel. Ich weiß auch nicht …«, stammelte Stella.

»Lass es einfach sein. Ich verstehe schon, das hier kann eine Sechzehnjährige leicht überfordern, aber ich werde wieder nach Hause kommen, und alles wird sein wie immer. Mit dem einzigen Unterschied, dass du nun weißt, wie es um deine Tante steht. Aber keine Angst, wenn ich meine Tabletten nehme, ist alles okay.«

»Was ist schon okay?«

»Na ja, ich werde Apfelkuchen backen, statt Apfelbäume zu umarmen.« Sie lächelte ihren blauen Söckchen zu und sah dann an Stella und Paul vorbei zu einem der großen Fenster. Davor stand ein anorektischer Baum, dessen kahle Zweige durch die Scheiben zu ihnen hereinschauten. Durch den Wind wurden sie leise bewegt.

Einige Momente sagte niemand etwas, bis Elisabetta sich räusperte. »Ich bin müde«, erklärte sie. »Ihr wisst schon, die Tabletten …«

Paul sah auf seine Armbanduhr. Eine mit dunklem Lederarmband, die er von seinem Großvater geerbt hatte und die ein bisschen zu groß war für sein zierliches Handgelenk. »Die halbe Stunde ist auch schon rum«, sagte er.

»Ach, länger haben sie euch nicht zu mir gelassen.« Elisabetta zupfte an dem braunen Bademantel.

»Nein«, erwiderte Stella und gab ihr einen Kuss auf die Wange. »Aber wir kommen wieder, und dann können wir vielleicht draußen etwas im Park spazieren gehen.«

Elisabetta nickte, und ihr Blick wanderte zum Fenster und verfing sich in dem dünnen Geäst davor.

Paul und Stella standen auf.

Sie wandten sich bereits zum Gehen, da drehte sich Elisabetta noch mal zu ihnen um. »Ob es so was wie Grenzenlosigkeit überhaupt gibt, wolltest du wissen.« Sie sah Paul an.

Er nickte.

»Nein, mein Junge, die ziehen überall ihre Schlagbäume hoch, aber hier drinnen«, sie presste ihre kleine Hand, auf der sich erste Falten zeigten, auf ihre Brust, »da wohnt sie, die Grenzenlosigkeit. Wenn du den Raum in dir gefunden hast, kann dir nichts mehr passieren.«

»So eine Art Rückzugsort?« Er zog die Augenbrauen hoch.

»Ja, genau. Da ist alles möglich.«

»Sogar, Bäume zum Freund zu haben?«

Sie lächelte. »Ach, das ist doch was für Anfänger.«

»Und wie kommt man an diesen Ort?«

»Indem man die Augen schließt, Paul.«

»Und du glaubst, jeder hat so einen Raum in sich.«

»Ich glaube es nicht, ich weiß es. Manchmal scheint man den Schlüssel verloren zu haben, aber das ist nur eine Ausrede. Die Tür geht schon auf, so oder so …«

Stella sah auf das Bett gegenüber, wo sich die Frau, die sie vorhin angesprochen hatte, gerade hinlegte. Sie nickte ihr zu. Die Frau drehte sich weg und zog sich die Decke über den Kopf.

Paul verzog den Mund zu einem kleinen Grinsen. »Danke«, sagte er zu Elisabetta. »Ich denke, ich war schon mal dort.«

Sie lächelte kurz. »Das wundert mich nicht.« Dann sah sie zu Stella. Sie sagte nichts, aber ihr Blick sagte: Pass auf ihn auf.

An diesem Abend nahm Stella Paul mit in das gelbe Haus. Es fiel ein leichter Nieselregen, als sie zur Veranda liefen. Dieser für Norddeutschland so typische Regen, der im

Herbst einsetzte und fein durch die Tage rann und sich dabei alle Zeit der Welt ließ. Er war nicht kurz und heftig wie die Gewitterschauer des Sommers, sondern lang und gemächlich. Er brachte eine gewisse Tristesse mit, aber es war eine Tristesse, die ganz still war und auf eine Weise sogar beruhigend, weil sie alles Laute und Grelle in ihre Regenarme nahm, bis es tropfnass war und sich in dunklen Pfützen sammelte, in denen das Laub bereits wartete.

Tim hatte viel Holz aus dem Garten geholt und damit ein Feuer im Kamin gemacht. Es war warm im Wohnzimmer. So warm, dass das Frösteln draußen blieb.

Paul zog seine Jeansjacke aus und warf sie auf das Sofa, wo bereits Tims Sachen lagen. Kurz darauf folgte sein Wollpullover. »Heiß hier«, sagte er.

Tim stocherte mit einer Eisenstange im Feuer. »Was dachtest du?«, fragte er. »Das Zündeln ist ja bekanntlich mein Kerngeschäft …« Er grinste.

Paul verzog keine Miene.

Stella ging in die Küche, um Tee zu kochen. Sie ließ sich Zeit.

Als sie mit einem Tablett zurückkam, saßen beide Jungen nebeneinander vor dem Kamin und sahen in die Flammen. Tim hatte seine dunklen Locken zu einem Zopf gebunden. Pauls blonde Haare waren kurz geschnitten; seine Mutter achtete auf einen akkuraten Schnitt.

Stella kniete sich hinter sie und stellte das Tablett auf dem Boden ab. Sie goss allen ein. Der Tee dampfte, und die Kandisstückchen darin lösten sich im Nu auf und hinterließen braune Fäden am Boden der Tassen.

Sie tranken schweigend.

Irgendwann stand Paul auf. »Komm, Tim«, sagte er, »lass uns noch eine Runde zum See gehen.«

Tim erhob sich, und ohne ein weiteres Wort schnappten sie sich ihre Pullover und Jacken und ließen Stella zurück.

Sie blieben eine gute Stunde weg. Stella sah ins Feuer, und ab und an legte sie ein Scheit nach und beobachtete, wie die Glut sich beharrlich in das Holz fraß und schließlich kleine Flammen hervorbrachte. Ein paar Funken begleiteten das Ganze, indem sie knisternd Aufhebens machten, bevor sie verglühten.

Stella zog ihren Rock aus. Die graue Wollstrumpfhose und die Flanellbluse behielt sie an. Der Nachmittag in der Psychiatrie lief noch einmal an ihr vorbei. Die Worte, die Elisabetta gesagt hatte, waren noch nicht ganz zu ihr vorgedrungen, aber sie hatten begonnen, sich in sie hineinzufressen. Aber was hatten sie vor? Bald etwas zum Brennen zu bringen wie dieses Feuer das Holz hier? Sie dachte an Tim. Tim, der ihr Küsse gegeben hatte, die sie beschützt hatten vor dem, was geschehen war. Und dann fiel ihr wieder Paul ein. Paul, der sie in diesem Saal mit den Verrückten nicht allein gelassen und Elisabetta aus ihrem Schweigen herausgeholt hatte. Und nun saßen die beiden Jungen im Nieselregen am See, der um diese Uhrzeit dunkel und ein wenig unheimlich war. Stella wusste, dass sie nicht erfahren würde, worüber sie redeten, aber sie ahnte, dass es um sie ging. Von Verboten und Regeln hatte ihre Tante heute gesprochen, aber galt das auch für sie und Paul und Tim? Sie waren schließlich immer zu dritt gewesen, nichts hatte sich je zwischen sie gestellt, alles hatten sie geteilt. Und nun waren da diese Küsse, die sie Tim gab und Paul vorenthielt …

Sie legte sich bäuchlings vor den Kamin, stellte die Ellbogen auf und winkelte die Beine an; ihre Füße überkreuzte sie dabei.

So lag sie noch da, als Paul und Tim zurückkamen und

herbstliche Kälte und Nässe von draußen mitbrachten. Tims Unterlippe blutete ein wenig, Paul rieb seine Hände aneinander. Sie sagten nichts, aber Stella spürte, dass die Spannung von ihnen gewichen war. Sie rollte sich auf den Rücken und klopfte mit den Händen links und rechts von sich auf den Boden. Dabei verzog sie ihren Mund zu der Andeutung eines Lächelns. Die Jungen sahen sich an, und dann legten sie sich neben sie. Stellas Kopf fiel irgendwann auf Tims Schulter, ihre Hand fand die von Paul.

Sie blieben für den Rest der Nacht dort liegen, während das Feuer sich im Kamin noch das letzte Holz holte. Am Ende verglühte alles, und der nächste Morgen weckte die drei mit dem Geruch von Asche.

7

Stella nimmt die Figur mit ins Haus. Im Flur zögert sie einen Moment. Dann entscheidet sie sich für die Treppe und geht nach oben in den ersten Stock.

Elisabettas Schlafzimmer hat sie bislang ausgelassen, doch nun öffnet sie die Tür. Der Geruch von Mottenkugeln und Parfüm empfängt sie. Sosehr ihre Tante die Leichtigkeit liebte, so mochte sie doch schwere Düfte. Das Bett ist sorgfältig gemacht; eine geblümte Tagesdecke liegt über den Plumeaus. Stella nimmt sich vor, später die Bezüge zu wechseln. Die Figur stellt sie auf den Nachttisch neben den alten Braun-Wecker, der Minuten zählt, die für Elisabetta keine Bedeutung mehr haben. Irgendwann ist er mal auf vier Uhr gestellt worden. Vier Uhr. Eine ungewöhnliche Zeit, um sich wecken zu lassen.

Wann war die Tante verunglückt? Stella überlegt. Holt sich den Nachmittag zurück, an dem die Polizisten an ihrer Haustür in München geläutet haben. Gegen fünf Uhr morgens sei der Unfall passiert, hatten sie ihr gesagt? Erst jetzt fällt ihr auf, was für eine merkwürdige Tageszeit das ist. Was hatte Elisabetta so früh auf der Straße zu suchen? Wohin war sie unterwegs gewesen? Um diese Uhrzeit besucht man keine Freunde. Man fährt auch nicht in den kleinen Laden im Nachbardorf zum Einkaufen, in dem jetzt dieser Benny an der Kasse sitzt.

Sie schüttelt den Kopf, und dabei betrachtet sie die Figur, die eigentlich drei Figuren darstellt.

Eine Frau mit zwei Männern im Arm. »Stellas Traum«.

In jener Nacht vor dem Kamin, als Stella mit Paul und Tim vor dem Kamin eingeschlafen war, hatte ihre Tante noch in der Psychiatrie gelegen und Orientierung gesucht in diesem Niemandsland zwischen den Welten.

Sie war erst drei Wochen später zurückgekommen in das gelbe Haus. Bis dahin hatten Paul und Tim abwechselnd bei Stella gewohnt, aber sie blieben nie wieder zusammen über Nacht. Die Küsse, die Stella und Tim sich gegeben hatten, wurden Vergangenheit. Sie hörten einfach damit auf und taten so, als würde ihnen nichts fehlen. Paul legte jetzt wieder öfter den Arm um die Schulter seines Freundes, Stellas Hand dagegen mied er. Die Dinge schienen wie immer, ummantelten sich mit Alltag, aber sie wussten alle drei, dass darunter etwas anderes nur darauf wartete, Feuer zu fangen wie das Holz im Kamin, das sie in diesen kalten Wochen noch oft anzündeten. Vorerst machten sie ihre Hausaufgaben und spielten bis spät in die Nacht Scrabble. Sie erfanden ständig neue Wörter dabei. Wörter wie »Abendknistern« oder »Morgenasche« oder »Nieselstunden«. Einmal legte Stella »Sonnenmoment«, und sie lachten, weil er plötzlich wieder da war, dieser Nachmittag, als Stella zum ersten Mal ins Wasser gesprungen war. Aber in ihr Lachen mischte sich Wehmut, weil sie spürten, dass sie die Wiesen ihrer Kindheit verlassen hatten.

Elisabetta kam an einem Freitagnachmittag in einem Taxi, als kehrte sie von einer langen Reise zurück. Jens begleitete sie. Sie versuchte ein Lachen, als Stella ihr die Tür öffnete, aber es gelang ihr nicht wirklich. In den folgenden Tagen und Wochen räumte sie das Haus auf, strich die Stühle in der Küche leuchtend blau und machte Säfte aus dem Fallobst. Sie ließ einige morsche Bretter im Steg auswechseln, obwohl das eigentlich Zeit bis zum Frühjahr hatte. Es schien, als wollte sie keine Zeit verlieren. Manchmal schloss sie sich im Schuppen ein, und dann wusste Stella, dass sie an neuen Skulpturen arbeitete. Die Gläschen mit den Tabletten, die sie schlucken musste, standen neben dem Herd, und Stella achtete darauf, dass Elisabetta sie jeden Morgen und jeden Abend einnahm. Das hatte Jens ihr eingeschärft. Jens kam fast täglich vorbei, und manchmal blieb er nachts sehr lange, und dann hörte Stella ihn und ihre Tante reden, während die Weinflasche auf dem Küchentisch gegen eine zweite ausgewechselt wurde und nicht selten sogar gegen eine dritte. Sie wusste, dass der Alkohol sich nicht mit den Tabletten vertrug, weil sie die Beipackzettel aufmerksam gelesen hatte, aber wenn sie etwas sagte, machte Elisabetta nur eine wegwerfende Handbewegung, während sie die Gläser aus dem Vitrinenschrank holte und sich nach dem Korkenzieher umsah. Oft blieb Stella noch eine halbe Stunde mit am Küchentisch sitzen, und Jens fragte sie nach der Schule und nach ihren Plänen. Ach, sie wisse nicht, vielleicht Lehrerin, erwiderte sie dann, weil ihr gerade nichts Besseres einfiel. Wie es Tim und Paul gehe, erkundigte er sich eines Abends. »Gut«, sagte sie. Mehr sagte sie nicht.

Später wachte sie manchmal auf, wenn Elisabetta die Haustür schloss und unten in der Küche die Flaschen wegräumte und die Gläser spülte. Danach hörte sie ihre Tante die Treppe hinaufsteigen. Sie hatte einen leichten, leisen Schritt. Kurz darauf sprang der Gasboiler im Badezimmer an, und das Wasser rauschte. Immer folgte anschließend ein Moment der Stille. Stella stellte sich vor, was ihre Tante im Spiegel sah. Ein zartes Gesicht, in dem die Falten im Laufe der Jahre mehr geworden waren. Das blonde halblange Haar, das sie jeden Morgen auf Lockenwickler drehte, wurde seit einigen Wochen von grauen Strähnen durchzogen. Achtundvierzig Jahre war Elisabetta jetzt und noch immer eine schöne Frau. Eine Frau, die lieber Kleider als Hosen trug. Wenig später knipste sie das Licht im Bad aus, man hörte es am Klacken des alten Drehschalters. Die Tür zum Schlafzimmer schloss sie vorsichtig, aber stets quietschte der Griff ein wenig, wenn man ihn herunterdrückte. Manchmal sprang Stella aus dem Bett, und dann sah sie an dem hellen Spalt unter der Tür, dass im Schlafzimmer ihrer Tante noch Licht brannte. Es waren viele Briefe in der letzten Zeit gekommen. Briefe mit italienischen Marken. Stella wusste, dass Elisabetta in diesen langen Nächten darin las.

Wo sind die Briefe jetzt? Stella sieht sich um. Liegen sie im Schrank gegenüber vom Bett, in der alten Keksdose, zusammen mit den Immortellen, die Roberto nach jenem Sommer geschickt hatte und die zu Stroh geworden waren? Diese gelben Blumen, die Ewigkeit im Namen tragen.

Was ist schon ewig?, denkt Stella, und fast wütend reißt sie den Schrank auf. Sie spürt, dass sie Kopfschmerzen bekommt. Rasende Kopfschmerzen. Die Erinnerungen, die hier in diesem Haus hochkommen, sind wie ein Xylophon, auf das die Schlägel der Vergangenheit mit aller Wucht einhämmern.

Ruhig bleiben, sagt sie sich, während sie beide Hände an die Schläfen hält. Du stehst nur im Schlafzimmer deiner Tante, die mit dem Fahrrad verunglückt ist und nun in einer kleinen Urne auf einem großen Friedhof liegt. Du bist eine erwachsene Frau, die ihr Leben im Griff hat. Wieder im Griff. Du bist Ärztin, und du weißt, wie ein Körper reagiert, wenn er angespannt ist. Dein Chef hat etwas von Burnout gesagt. Ja, du bist ausgebrannt, und du spürst, wie das Feuer wieder nach dir greifen will, das du jahrelang unter Kontrolle hattest, aber das ist noch lange kein Grund, hier den Geistern von früher einen Freifahrtschein auszustellen, damit sie alles durcheinanderbringen, was du dir aufgebaut hast, nachdem …

Stellas Blick fällt auf Kleider. Unzählige Kleider. In allen Farben und Mustern. Ohne zu überlegen, greift sie nach einem roten Seidenkleid, oben so weit ausgeschnitten, dass die Schultern frei bleiben, in der Taille ein Gürtel, der Kaskaden weich fließenden Stoffs nach unten entlässt. Bis kurz unters Knie reicht es, das weiß Stella, denn es ist das Kleid, das Elisabetta ihr zum Abiturball geschenkt hatte.

Sie tanzte die ganze Nacht. Nach all den Walzern und Foxtrotts waren die Eltern und Lehrer nach Hause gegangen, und die Schüler hatten in der alten Aula, die mit Girlanden und Luftballons und Blumen geschmückt war, ihre eigene Musik aufgelegt. Bei »Hey Jude« sank Stella in Pauls Arme. Sie war glücklich an diesem Tag, sie wollte das Leben feiern, und was lag da näher als die Arme des Jungen, der so gern Bäume umarmte? Er legte ihr seine Hand auf den Po, als sei das der selbstverständlichste Platz für eine Hand, und die rote Seide raschelte dabei. Tim tanzte mit einem anderen Mädchen, aber er ließ Stella nicht aus den Augen.

Seit jener Nacht am Kamin hatten die drei Berührungen nahezu eingestellt, obwohl sie jede freie Minute miteinander geteilt hatten. Der stille, verträumte Paul brauchte den lauten, aufbrausenden Tim, und der wiederum brauchte Paul. Sie ergaben ein Gleichgewicht, das Stella nicht störte; sie ließ einfach beide in ihrem Herzen wohnen, in dem, so redete sie sich ein, Platz genug war. Manchmal noch dachte sie an das, was Elisabetta über Verrückt-Sein und verbotene Liebe gesagt hatte an dem Herbstnachmittag, als Paul und sie in der Psychiatrie gewesen waren. Sie spürte, wie die Emotionen, von denen ihre Tante gesprochen hatte, schon mal versuchsweise ihre Arme nach ihr ausstreckten, aber bislang hatte sie es immer geschafft, ihnen zu entkommen.

Und nun wanderte Pauls Hand ihren Rücken hinauf bis zu ihrem Nacken. Seine Finger streichelten sie, und die Gänsehaut, die sie bekam, blieb so lange, wie der Song dauerte – und der Song dauerte unverschämt lange.

Gegen zwei Uhr morgens trieb Tim einen VW-Bus auf. »Lust auf Meer?«, fragte er und klimperte mit den Autoschlüsseln. Das Mädchen, mit dem er getanzt hatte, fasste er um die Hüfte. Ein dünnes rothaariges Mädchen mit blasser Haut und Sommersprossen. Sie kicherte, doch er schien das gar nicht zu bemerken, weil sein Blick die Zustimmung der Freunde suchte.

In dieser Juninacht fuhren sie zu viert an die Ostsee. Paul saß neben Stella auf der Rückbank, seine linke Hand lag in ihrem Schoß; die von Tim hing lässig aus dem Autofenster, während er den Wagen mit rechts über die fast leeren Landstraßen steuerte. Das rothaarige Mädchen, das Susanne hieß, sah ihn ab und zu von der Seite an. Der Kassettenrekorder spielte Neil Young; das Band leierte ein wenig, und wenn der Bus durch Schlaglöcher fuhr, setzte es auch mal aus, aber das störte niemanden. Es störte überhaupt nichts.

In einem Lupinenfeld, das seine Blütenkerzen in die Nacht streckte, ließen sie den Wagen stehen und die Musik laufen. Da war kein Mensch weit und breit. Da waren nur das Meer und der Strand, ein paar Sterne und ein halber Mond. Und vier junge Leute, die gerade ihr Abitur gemacht hatten und nun ins Leben eintauchen wollten. Sie zogen ihre Sachen aus und gingen baden. Sie waren nackt, und die Wellen nahmen ihr Lachen mit an Land. Das Wasser war kalt, und als sie wieder rauskamen, bibberten sie, und es schien ganz selbstverständlich, dass Tim Susanne und Paul Stella an sich zog. Stella spürte, wie Haut auf Haut traf, sie küsste ein paar salzige Tropfen von Pauls Schulter, und ihre Zähne schlugen dabei aufeinander. Es war Tim, der irgendwann Decken aus dem Bus holte und einige Äste und Zweige sammelte, die er schnell zwischen ein paar Steinen aufschichtete. Paul half ihm dabei, und gemeinsam zündeten sie mehrere Streichhölzer an, bis das leicht feuchte Holz endlich Feuer fing.

Stella hatte ihr Kleid wieder angezogen, wickelte sich in eine der Decken und legte sich in den kühlen Sand neben Susanne. Die Mädchen lächelten sich an wie Komplizinnen.

Tim griff in seine Jackentasche und holte Tabak, Zigarettenpapier und ein kleines Päckchen in Zellophan hervor. »Mögt ihr?« Er sah die drei anderen an.

»Was ist das?« Stella richtete sich auf.

»Gutes Dope.« Er grinste.

»Haschisch?«

Er nickte.

»Hey, woher hast du das Zeug?«

»Connections. Wunderbarer Stoff, sag ich euch. Und zur Feier des Tages …« Er stieß Paul in die Seite. Der lachte.

Nun lachten auch die Mädchen und rückten etwas näher zusammen.

Neil Young sang von fern »Heart of Gold«, ein paar Möwen kreischten, das Feuer ließ Flammen sehen.

Es war Stellas erster Joint, und er schmeckte verheißungsvoll wie diese Sommernacht. Das Meer schien mit dem Himmel eins zu werden, es gab keinen Horizont mehr. Es gab nur noch sie vier und die Sterne über ihnen. Sie zeigten sich den Großen Wagen und den Polarstern, und Paul glaubte den Delphin zu entdecken. Tim meinte, den gebe es gar nicht dort am Himmel, sondern nur im Meer; sie stritten ein bisschen, so ein Raufen mit Worten war das, und dann lachten sie wieder, bis ihnen die Tränen über die Wangen liefen. Irgendwann begannen sie zu tanzen. Sie hielten sich an den Händen und hüpften über den Strand, und sie mussten noch mehr lachen, weil sie an die Walzer dachten vor ein paar Stunden in der Aula. Die Ernsthaftigkeit ihrer Schritte ins Erwachsenenleben erschien ihnen auf einmal wie ein großer Witz. In diesem Moment gab es nur die Musik und den Sand unter ihren bloßen Füßen und die Joints, von denen sie noch einige rauchten.

Als die Sonne aufging, wurde das Feuer langsam zu Asche, und Stella dachte an jenes Feuer damals im Kamin vor noch nicht einmal zwei Jahren. Sie dachte auch an die Tage davor mit Tim, an die Tage mit ihm allein in dem gelben Haus und an seine Küsse, die er hier und jetzt Susanne gab. Seitdem hatte Stella keinen Jungen mehr geküsst.

Sie legte sich zurück und schloss die Augen. Sie wusste, dass Paul sich über sie beugen würde. Es gab einfach keine andere Möglichkeit in diesem Spiel. Er war am Zug. Fast zwei Jahre hatten sie gebraucht, um sich hierhin zu würfeln, doch nun waren die Figuren klar aufgestellt. Als sie seine Lippen spürte, öffnete sie ihren Mund ein wenig, gerade mal so weit, dass sich ihre Zungenspitzen finden konnten. Sie ließen sich Zeit, ließen die Sekunden nach Minuten greifen, bis die Küsse heftiger wurden und aus dem Spiel Ernst machten. Zwischendrin lachten sie, als wollten sie die Unbekümmertheit der letzten Stunden festhalten, die der nahende Tag ihnen gerade wegnahm. Auch

Tim lachte immer wieder leise neben ihnen; nur Susanne blieb still.

Die Musik hatte schon lange aufgehört. Niemand hatte mehr die Kassette gewechselt. Einzig die Wellen waren zu hören, zwischen die das leicht nervöse Lachen von drei Menschen seine Kommas setzte.

Es war ein Hund, der sie schließlich durch lautes Bellen aufschreckte. Ein morgendlicher Strandläufer hatte ihn von der Leine gelassen. Tim warf ihm einen krummen Stock hin, den sich der Köter schnappte und ihm schwanzwedelnd vor die Füße legte.

»Das war's dann wohl«, rief Tim, sprang auf und hielt Susanne die Hand hin, die sich daran hochzog.

Paul erhob sich ein wenig später und klopfte sich die Hosen ab. Sein blondes Haar war verstrubbelt; sein Blick war es auch.

Stella blinzelte in die Sonne. Um ihre Lippen spielte ein Lächeln, das mehr zu wissen schien als sie selbst. Sie blieb noch einen Moment im Sand liegen, umgeben von roter Seide. Von weitem hätte man meinen können, sie läge in ihrem Blut.

Nun steht sie da, vor dem Schrank ihrer Tante, das Kleid fest an sich gedrückt. Sie hält ihre Nase hinein, und fast glaubt sie, Spuren von Rauch darin zu finden, aber natürlich ist da nur der Geruch von Mottenkugeln und Lavendel. Gerüche sind eben flüchtiger als Erinnerungen.

Ohne nachzudenken, zieht Stella Jeans und T-Shirt aus und schlüpft hinein in die rote Seide. Sie hat abgenommen in den letzten Wochen, das weiß sie, und trotzdem ist sie erstaunt, dass das Kleid nach so vielen Jahren noch passt. Es raschelt, während sie sich bewegt. Sie breitet die Arme aus und dreht sich ein paarmal im Kreis. Wie in einem Karussell fliegen plötzlich die Bilder vorbei, und je schneller sie sich dreht, umso mehr Bilder werden es. Ein einziger Taumel ist er gewesen, dieser Sommer Ende der Siebziger. Sie hört die Musik, die sie damals hörten; da sind die Stimmen von Jim Morrison, John Lennon und Leonard Cohen und die von Nico, Janis Joplin und Marianne Faithfull, die ihnen den Soundtrack für ihre Gefühle lieferten. Gefühle, die stark waren und unverdünnt und die ihre Temperatur wechselten wie der Wind seine Launen. Sie rauchten noch viele Joints am Strand, und oft fuhren sie danach in die Stadt, um in dem kleinen weiß gekachelten Eisladen in der Eckernförder Allee Unmengen Vanilleeis mit frischen Erdbeeren und Schlagsahne zu kaufen. Ihre Träume schmeckten wie dieses Eis, und wenn sie sich küssten, waren ihre Zungen kalt und heiß zugleich.

Natürlich blieb es nicht bei Küssen; das erste Mal liebten sich Stella und Paul unten am Steg. Es war ein Nachmittag, an dem die Luft still zu stehen schien. Von Ferne hörte man Donnergrollen, aber der Himmel geizte noch mit Blitzen. Sie lagen allein auf den warmen Holzplanken; Tim und Susanne wollten später nachkommen und ein paar Leute mitbringen. Es passierte ohne Vorankündigung, einfach so. Stella zuckte zusammen, weil es ein bisschen weh tat, Paul murmelte eine Entschuldigung, und dann war es ganz schnell vorbei, was sie beide irgendwie erstaunte. Die Luft zeigte nach wie vor keine Regung, als Stella kurz darauf taumelnd aufstand. Ohne lang zu überlegen, sprang sie in den See und ließ das Blut zwischen ihren Beinen ins Wasser. Von da an waren sie und Paul ein Paar.

Tim trennte sich zwei Wochen später von Susanne; er kümmerte sich nicht um ihre Tränen und erzählte jedem, die

Liebe sei ohnehin ein völlig überschätztes Gefühl. Was ihn nicht davon abhielt, sich schon bald darauf in Ricardas große Brüste zu verlieben. »Es ist nur ihr Busen, den er anhimmelt«, sagte Stella zu Paul. Ihre Brüste waren klein und fest, und sie hatten das Wachsen beizeiten eingestellt. Fast trotzig trug sie nun enge Oberteile mit nichts darunter zu ihren weiten bunten Röcken. Im Kino sahen sie *Manhattan*, und Paul kaufte sich daraufhin Gershwins *Rhapsody in Blue* und ließ die Platte endlos laufen; zu der Zeit begann er auch ein bisschen wie Woody Allen zu sprechen und sich eine dicke schwarze Brille zuzulegen, obwohl er gar nicht kurzsichtig war, was Stella einfach zum Totlachen fand. Sie redeten jetzt auch viel über Sex; manchmal redeten sie sogar mehr darüber, als es zu tun, was Stella dann weniger zum Lachen fand.

Die Haare der Jungs wurden länger in diesen Monaten, aber die Zeit, die ihnen noch blieb bis zum Herbst, wurde kürzer. Die Fragen von Pauls Eltern und Tims Mutter nach Zukunftsplänen beantworteten sie mit einem Achselzucken. Elisabetta fragte nicht; sie modellierte ihre Figuren und ließ ihre Nichte gewähren, und Stella hielt zum Dank das Haus sauber und kaufte ein, wenn nichts mehr im Kühlschrank war, weil die Tante in diesen Dingen ein bisschen nachlässig geworden war.

Es war Tim, der an einem verregneten Abend die Idee hatte, den Spätsommer in Griechenland zu verbringen. »Wir nehmen Kurs auf die Kykladen«, rief er. Und dann schloss er die Augen und warf die Namen der Inseln in den Raum – Santorin, Mykonos, Paros, Naxos … Er erzählte Stella und Paul von schneeweißen Häusern und schneeweißen Stränden, von Tintenfischen, die in der Sonne zum Trocknen hängen, von Wein, der nach Harz schmeckt, und von Männern, die auf Dorfplätzen Sirtaki tanzen.

Paul packte die griechischen Sagen in seinen Rucksack – und Tim viel Marihuana. »Hey, bleib cool, Mädchen«, beruhigte er Stella, die vor Grenzkontrollen warnte. »Uns passiert schon nichts.« Sie glaubte ihm.

»Kommt Ricarda eigentlich auch mit?«, fragte sie, bevor sie losfuhren.

Tim schüttelte den Kopf. »Wozu gibt es Griechinnen?«

Anfang September stiegen sie in den Zug nach Athen. Sie waren wieder zu dritt.

»Stella!« Jens' Stimme holt Stella in das Schlafzimmer ihrer Tante zurück.

Verwirrt sieht sie sich um. Dann geht sie langsam zum Fenster und beugt sich hinaus. »Komme gleich«, ruft sie hinunter in den Garten.

Gunnar pfeift durch die Zähne, als Stella in dem roten Seidenkleid auf die Veranda tritt. Sein Vater räuspert sich.

Stella lächelt. »Das hab ich zum Abitur getragen«, erwidert sie fast entschuldigend. »Ich hab's oben im Schrank gefunden.«

Jens stellt die Schaufel, die er in der Hand hält, an der Hausmauer ab. Er sieht in den Himmel, der bereits ein leichtes Abendblau trägt, und kurz darauf wieder zu Stella. »Ich erinnere mich«, sagt er.

»Wirklich?«

»Ja. Elisabetta sagte damals zu mir, du seist bestimmt das schönste Mädchen der Schule. Die beiden Jungs kamen an dem Abend, um dich abzuholen. Ich glaube, sie waren derselben Meinung wie deine Tante.«

Die beiden Jungs …

»Hast du eigentlich je wieder von ihnen gehört, seit …?« Er lässt die Frage offen und schaut zu Boden. Da liegt sie nun zwischen ihnen, die Frage, und Stella überlegt, ob sie sie aufheben oder einfach liegen lassen soll.

Sie schüttelt langsam den Kopf. »Nein«, flüstert sie. »Bis gestern. Gestern hab ich eine Nachricht von Paul auf Elisabettas Anrufbeantworter gehört. Ich hab ihn zurückgerufen, und ... nun ... er kommt heute Abend.«

Jens wird blass. »Oh«, sagt er.

Gunnar sieht seinen Vater erstaunt an. »Wer ist Paul?«

»Ein früherer Freund«, erklärt Stella schnell.

»Und was ist mit Tim?«, fragt Jens.

Stella zuckt mit den Achseln. »Ich weiß es nicht. Noch nicht ...«

»Pass bloß auf, min Deern.«

»Ach komm, Jens«, beruhigt Stella ihn, und sie spürt, dass sie gleichzeitig versucht, sich selbst zu beruhigen.

»Ich habe viel zu lang alles weggeschoben«, setzt sie nach, als Jens nichts erwidert.

»Auf eine gewisse Weise war das vielleicht auch besser so«, sagt der alte Mann schließlich.

Sie schüttelt leise den Kopf. »Ich glaube nicht.« In diesem Moment weiß sie, dass sie vor ihrer Vergangenheit davongelaufen ist. Um ihr Leben gelaufen war sie, um sich aus den paar Habseligkeiten, die sie in ihr Fluchtgepäck gesteckt hatte, ein anderes, ein neues Leben zusammenzubauen. Und nun steht sie wieder vor ihr, diese alte Geschichte. Das ganze Bild nimmt sie ein wie ein Riese, der plötzlich den Himmel verdunkelt.

Stella hebt den Blick. In ihren Augen warten Tränen.

8

Das Schiff, das an einem Freitagmittag in Piräus ablegte, geriet in einen Sturm. Stella, Paul und Tim hatten die Nacht in ihren Schlafsäcken hinter der Hafenmauer verbracht, nachdem sie am Abend zuvor in einer Kneipe zu viel Retsina getrunken hatten. Nach ein paar unruhigen Stunden auf hartem Boden waren sie mit schweren Gliedern und schwerem Kopf wach geworden, den Geruch von Öl und Diesel in der Nase. Leicht taumelnd bestiegen sie das Schiff, das sie nach Santorin bringen sollte, und kaum waren sie auf dem offenen Meer, begann der Wind zu blasen, und die Wellen schaukelten sich immer weiter hoch. Sie hatten ihr Quartier an Deck bezogen wie viele andere junge Leute auch. Anfangs lachten sie noch über den Seegang, weil die Sonne schien und sie sich Geschichten von Odysseus und den Sirenen erzählten und irgendjemand Gitarre spielte. Doch als es Nacht wurde, verstummten sie, umgeben von Schwärze und einem Tosen, das aus den Tiefen der Hölle zu kommen schien und so tat, als wollte es sie genau dorthin mitnehmen.

Stella lag mit offenen Augen neben Paul, der immer wieder ihre Hand drückte, während Tim fünf Meter entfernt auf den Sprossen einer Eisenleiter hockte und Stoßgebete in den sternenlosen Himmel schickte. Nach einer gefühlten Ewigkeit wurde es langsam hell; es war eine bleigraue Helligkeit, die den Horizont in Unbestimmtheit tauchte. Das schlingernde Schiff, an dessen Rumpf meterhohe Brecher wie Eisenfäuste schlugen, schien Kurs aufs Nirgendwo zu nehmen, und als die große schroffe Felswand Santorins nach Stunden plötzlich vor ihnen aus dem Meer aufragte, waren sie erleichtert und erschrocken zugleich. Es war zu gefährlich, in dem kleinen Hafen anzulegen; also wurden die Passagiere nach und nach an Strickleitern in die Rettungsboote hinuntergelassen. Tim hatte kurz zuvor einen Joint geraucht und kicherte nun in einem fort. Paul war leichenblass, die Farbe von Haut und Haar schien bei ihm eins geworden zu sein. Stella konzentrierte sich beim Hinabklettern auf die dicken Taue unter ihren Füßen; mit zusammengepressten Lippen stieg sie Richtung Tiefe und ließ sich schließlich in das schaukelnde Boot fallen. Tim klopfte ihr auf die Schulter; Paul nickte ihr und ihm zu und versuchte ein schiefes Lächeln, das sie beide sofort zurücklächeln ließ. Es dauerte nur zwei, drei Sekunden, dieses Hin und Her, aber es wärmte ihre Seelen, die etwas klamm geworden waren auf dem wütenden Meer.

In den nächsten Tagen bewegten sie sich mit äußerster Vorsicht; der Boden unter ihnen schien ihnen wenig verlässlich, noch immer meinten sie ein latentes Schwanken unter sich ausgleichen zu müssen. Sie überlegten, ob Seefahrer wohl eher durchs Leben balancierten denn gingen. Das taten sie in einer dieser griechischen Tavernen, wo sie auf blau gestrichenen Holzstühlen mit Bastgeflecht saßen – unter dicken salzverkrusteten Leinen, auf denen die Oktopusse wie Wäsche zum Trocknen hingen, nachdem die Fischer sie aus ihren Booten geholt und auf den Felskanten ausgeschlagen hatten, weil das ihr Fleisch weicher und schmackhafter machte. Paul fand das martialisch und bestellte Schafskäse und gefüllte Weinblätter, Tim und Stella gaben anfängliche Bedenken schnell auf und entdeckten eine neue gemeinsame Vorliebe: Tintenfischsalat.

»Seeleute müssen sich wahrscheinlich ständig austarieren, auch wenn sie an Land sind«, meinte Paul. »Menschen mit einer inneren Wasserwaage sozusagen.«

»Sie erleben etwas, was andere Leute oft erst checken, wenn's zu spät ist«, entgegnete Tim.

»Was meinst du?«

»Dass auf nichts wirklich Verlass ist.«

»Ziemlich desillusionierend eigentlich …«

»… aber es macht auch frei, weil man kapiert, dass alles eine Farce ist.«

»Eine Freiheit ohne Lebensversicherung.«

»Na wunderbar, man gibt einen Scheiß auf die vermeintlichen Sicherheiten. Die Wellen können einen halt tragen, aber auch blitzschnell zum Kentern bringen. So läuft das eben, obwohl wir oft meinen, der Boden sei fest, auf dem wir unterwegs sind.«

»Du meinst also, wir sollten als Dauermatrosen durchs Leben taumeln?«

Tim lachte. »Genau! Die Wackelkandidaten-Nummer.«

»Das gibt einem so ein Gefühl von …« Paul sah auf den Tisch. Sein Blick irrte zwischen Gläsern und Tellern hin und her, als würde er dort nach einem passenden Wort suchen.

»Na ja, wahrscheinlich gewöhnt man sich im Lauf der Zeit dran«, unterbrach Stella ihn und spießte ein Oktopus-Stückchen auf.

Paul guckte fast erschrocken auf die Gabel, an der zwei Tentakel hingen.

Tim zuckte mit den Achseln und grinste.

»Ich mein ja bloß«, sagte Stella und kaute. »Schaut nur«, rief sie dann und zeigte mit einer ausladenden Armbewegung aufs Meer. »Was für ein wahnsinniger Sonnenuntergang!«

Die Blicke der Jungen folgten gehorsam ihrem Finger.

An diesem Abend verabschiedete sich Stella etwas früher ins Bett. Sie wusste insgeheim, dass Paul und Tim noch weiter über die Schwankungen des Lebens redeten und vielleicht auch über Mädchen, die das alles immer ein bisschen anders sahen.

Fünf Tage später bestiegen sie wieder ein Schiff; die Ägäis war diesmal spiegelglatt und zeigte ein Blau wie auf griechischen Ansichtskarten. In Paros gingen sie an Land.

Weil es nirgendwo ein günstiges Zimmer gab, bot ihnen eine Wirtin schließlich ihr Dach an. Ein Flachdach unter freiem Himmel, mit einer niedrigen Steinbrüstung und einem Zementboden, den irgendwer mal weiß gestrichen hatte. Die Brüstung bröckelte an einigen Stellen, und das Weiß war schmutzig geworden. Ein paar fadenscheinige Laken hingen dort oben zum Schutz gegen die Sonne, die mit diesen Lumpen leichtes Spiel hatte. Die Hündin des Hauses hatte gerade Junge bekommen und bewachte ihre Welpen, die in einem Pappkarton blind herumkrabbelten. Stella, Paul und Tim bezogen ihr Quartier am anderen Ende des Daches, weil die Hündin sie jedes Mal anknurrte, sobald sie nur in die Nähe der Kiste kamen.

Jeden Morgen holte einer von ihnen beim Bäcker ein paar Straßen weiter Milch und frisches Weißbrot, das sie in ein Glas mit dunklem Thymianhonig tauchten. Manchmal gab es auch schneeweißen cremigen Joghurt, der nichts mit dem

Zeug in Plastikbechern gemein hatte, das man zu Hause im Dorfladen bekam. Wenn Tim an der Reihe war mit Einkaufen, schliefen Stella und Paul miteinander, und die Hündin kam neugierig näher und sah ihnen dabei zu. Sie blieben leise, weil sie sich nicht trauten, laut zu sein. Seit jenem schwülen Nachmittag am Steg hatten sie sich ihre Körper anvertraut. Es war, als würden sie sich auskundschaften, diese zwei Körper, vorsichtig, immer darauf bedacht, dem anderen nicht zu viel abzuverlangen. Sie verstanden sich, aber sie hielten auch etwas zurück. Nur wenn Paul Stellas Namen flüsterte, passierte etwas in ihr. Seine weiche Stimme überzog ihr Herz mit Gänsehaut und schickte ihre Gefühle ins Vorhofflimmern. Dann geriet etwas aus dem Takt, und sie hielt es für Liebe, was da geschah. Aber diese Liebessekunden vergingen schnell wieder, und wenn Tim zurückkam, schien die Sonne unschuldig durch das alte Laken, und Paul trug wieder seine schwarze Hornbrille, und Stella hatte ihr Haar gekämmt und zum Pferdeschwanz gebunden.

»Hey, gut aufgepasst auf die beiden?«, rief Tim der Hündin zu, die argwöhnisch den Rückzug antrat, den Schwanz zwischen die Hinterbeine geklemmt. Er lachte dann jedes Mal, aber seine Augen lachten nicht mit.

Während der Tage wanderten sie über die Insel, umweht vom Duft der Macchia, die um diese Jahreszeit bereits so trocken war, dass sie ein leises Knistern in die Luft entließ. Sie schwammen im Meer, und es zeigte sich wieder einmal, dass Paul der ausdauerndere Schwimmer war, während Tim es lieber mit den Wellen aufnahm. Stella war immer als Erste zurück am Strand; sie trug einen Bikini, türkis mit dunkelblauen Kordeln an den Seiten; den Badeanzug mit den Delphinen und Nixen hatte Elisabetta weggeworfen, als er ausgeleiert und vom Chlor des Schwimmbads ausgeblichen war. Jetzt lag sie im Sand in ihrem neuen Bikini und sah den Jungs zu, während sie sich von der Sonne trocknen ließ. Manchmal streifte sie dabei eine Brise, und die brachte eine leichte, kaum wahrnehmbare Sehnsucht mit. Stella wusste nicht, was sie davon zu halten hatte, und scheuchte den Hauch der Ahnung weg wie eine lästige Fliege. Wenn sie wieder zu dritt waren, lasen sie sich gegenseitig aus den Büchern vor, die sie im Rucksack dabeihatten. Paul und Tim zitierten viel Hermann Hesse, und besonders gern zitierten sie Sätze, die von der Liebe handelten.

»Glück ist Liebe, nichts anderes. Wer lieben kann, ist glücklich«, sagte Tim.

»Er hatte geliebt und sich dabei selbst gefunden. Die meisten aber lieben, um sich zu verlieren«, sagte Paul.

»Und?«, fragte Stella. »Wie ist das bei euch?«

Paul wurde rot unter seinem Sonnenbrand. »Ich glaube, ich habe gefunden«, erwiderte er dann.

»Was hast du gefunden?« Stella stützte sich auf ihrem Ellbogen ab und legte den Kopf in die linke Hand. Sie sah ihn herausfordernd an.

»Na, dich.«

»Aber Hesse geht es darum, in der Liebe sich selbst zu finden. Wer nur den anderen im Blick hat, verliert sich. Ich meine, die Grundvoraussetzung zu lieben ist, sein eigenes Spiegelbild zu mögen.«

»Und magst du es?«

Sie fuhr mit den Fingern der rechten Hand durch den Sand und malte ein Herz. »Ich denke schon. Weißt du, ich will lieben, aber dabei ganz bei mir bleiben. Mein Herz verschenken? Ja! Mein Herz verlieren? Nein!« Sie setzte sich auf. »Und du, Tim? Was ist mit deinem Zitat? Bist du glücklich?«

Tim legte sich zurück, die Hände im Nacken verschränkt. »Ich kann lieben«, rief er und schmiss einen Blick in Stellas Richtung. »Beantwortet das deine Frage?«

Sie stand auf und zupfte den Träger ihres Bikinis zurecht. »Ich werde mich mal abkühlen«, sagte sie und lief Richtung Wasser.

Tim pfiff durch die Zähne.

Paul seufzte.

Stellas Herz im Sand blieb unvollendet.

An diesem Abend war Paul wortkarg. Er habe Kopfweh, sagte er, und wolle sich früh schlafen legen.

Tim und Stella gingen allein essen. Sie bestellten Tintenfischsalat und tranken viel Wein dazu und blieben, bis der Wirt der Taverne bei den letzten Gästen abkassierte. Danach schlenderten sie durch den Ort mit den vielen Gassen. Sie waren ein wenig betrunken und ließen es zu, sich in diesem Labyrinth zu verlieren. Das Kalkweiß der Häuser trotzte dem Nachtblau des Himmels. In einigen Fenstern brannte noch Licht, dazwischen lag Dunkelheit, und so wirkten die Sträßchen, als fehlten ihnen Zähne. Ein Gassen-Gebiss, das den beiden Spaziergängern schief zulächelte. Als Tim irgendwann Stellas Hand nahm, dachte sie einen Moment daran, sie wegzuziehen, aber dann ließ sie es bleiben. Eine Zeitlang liefen sie weiter, schweigend, Hand in Hand.

Unter einer großen Platane auf einem leeren Platz blieb Tim plötzlich stehen. »Hesse hat noch etwas geschrieben, an das ich gerade denken muss«, sagte er.

»Was denn?« Sie hielt ihre Finger ganz still. Sie hielt auch den Atem an.

»Ohne das Tier in uns sind wir kastrierte Engel.«

Jetzt wurden die Finger ungehalten. Stellas Herz begann schneller zu schlagen, sie biss sich auf die Unterlippe, als ließen sich Verlegenheit und Unruhe mal eben so wegkauen, und dabei schaute sie zu Boden. Graue Platten lagen da, große wie kleine, runde wie eckige, deren Kanten mit weißer Farbe bemalt waren – ein Stein gewordenes Puzzle, das sich über den Platz legte.

»Du bist ein Engel, Stella.«

»Ein kastrierter?«, fragte sie leise.

Er lachte. »Ich kann mich irren, aber ich glaube nicht.«

Sie schaute auf, und im selben Moment wurde er wieder ernst. Sie sahen sich lange an, aus Sekunden wurden Minuten, und die Unschuld verließ leise diesen Platz und verschwand in einer der umliegenden Gassen.

Es blieb bei diesem Blick.

Die Blätter der Platane rauschten ein wenig im Wind; es klang, als würden sie tuscheln und jedem, der es hören wollte, ihre Geheimnisse zuwispern.

»Kann man mit den Augen küssen?«, fragte Stella, als sie wenig später vor der Treppe standen, die zu ihrem Dach hinaufführte.

»Wir haben es gerade getan«, erwiderte Tim.

Sie lösten ihre Hände voneinander und stiegen möglichst geräuschlos die Stufen hoch.

Paul schlief. Die Hündin hob kurz den Kopf und legte ihn dann wieder neben ihren Welpen ab.

Stella und Tim krochen in ihre Schlafsäcke, links und rechts neben dem Freund.

Ein fast voller Mond schob sich langsam hinter einer Wolke hervor. Sie lagen beide mit offenen Augen da, und diesmal trafen sich ihre Blicke am Himmel. Paul schnarchte leise zwischen ihnen.

Auf Mykonos lernten sie eine Gruppe Hippies kennen, die im Schatten einer der zahllosen Windmühlen ein kleines Zeltlager aufgeschlagen hatten. Sie wurden eingeladen zu bleiben, und weil die Leute freundlich waren und gutes Haschisch hatten und gute Musik machten, nahmen sie die Einladung an.

Francine war Kanadierin, ihre blonden Haare waren durch Sonne und Salzwasser noch heller geworden, und die Zöpfe, die sie daraus flocht, waren dick und schwer. Um die Stirn band sie sich bunte Bänder, passend zu den Gewändern, die sie trug. Wenn sie sich bewegte, bewegten sich die Ketten und Armreife mit ihr, und sie bewegte sich viel, weil sie gern tanzte. Sie tanzte jede Nacht, und die anderen sahen ihr dabei zu und klatschten zum Takt der Musik, bis sie alle aufforderte, es ihr gleichzutun. Nach drei Nächten lud sie Tim in ihr Zelt ein. Von da an galten sie und er als Paar.

Stella und Paul blieben zwei Wochen, dann packten sie ihre Rucksäcke, um die Heimreise anzutreten.

Tim beschloss, den Winter auf Mykonos zu verbringen. Am letzten Tag brachte er die Freunde zum Hafen. Es wurde ein schneller Abschied. Tim legte Paul die Hand um die Schulter und drückte ihn einmal heftig an sich. Stella gab er einen Kuss auf beide Wangen. Sie rührte sich nicht, und erst als Paul ihre Hand nahm, weil das Schiff bereits tutete, lächelte sie kurz und nickte Tim zu. Denkt er dasselbe wie ich, dachte sie in diesem Augenblick, und sie wusste, sie würde es wohl nie erfahren.

Als der Frühling kam und den Sommer nach sich zog und ein neuer Winter sich bereitmachte, war Tim noch immer auf der Insel mit den Windmühlen.

Stella und Paul hatten inzwischen in Kiel zu studieren

begonnen. Sie wollte Lehrerin werden, und er hatte sich für Literaturwissenschaften eingeschrieben. Sie hatten eine kleine Wohnung in der Stadt gemietet, und noch immer lasen sie sich gern gegenseitig vor. Nur Hesse ließen sie aus; es war wie eine stillschweigende Abmachung. Manchmal, wenn Paul nicht zu Hause war, nahm Stella den *Steppenwolf* zur Hand, um ihn danach wieder zurück ins Regal zu stellen, als hätte niemand an dem Buch gerührt. Ab und an kamen Postkarten mit griechischen Briefmarken, aber es waren wenige, und sie waren wortkarg, *Shelter from the Storm* stand dort oder *Blowin' in the Wind,* und Stella legte dann Platten von Bob Dylan auf, und Paul nannte das ihre Tim-Gedächtnisminuten. An den Wochenenden fuhren sie oft mit dem Bus hinaus zu dem gelben Haus, um Elisabetta zu besuchen und ihren Kuchen zu essen. Er schmeckte wie immer, und auch sonst war dort alles wie immer. Im Sommer gingen sie im See schwimmen und lagen auf der Wiese, im Winter saßen sie vor dem Kamin und legten Holz nach. Nicht selten blieben sie über Nacht.

Als irgendwann Stellas Periode ausblieb, kaufte sie zwischen zwei Vorlesungen in einer Apotheke einen Schwangerschaftstest. Das Ergebnis war eindeutig. Positiv. Fast eine halbe Stunde saß sie auf der Klobrille in ihrem kleinen Badezimmer, und weil es kein Fenster gab, aus dem ihr Blick hätte flüchten können, starrte sie von den bunt gestreiften Handtüchern über Pauls Rasierpinsel zu dem Röhrchen in ihrer Hand, auf dem sich deutlich ein violetter Kreis abzeichnete. Du bist erst neunzehn, meldete sich eine Stimme in ihr. Aber das ist doch ein Grund zur Freude, hielt eine andere dagegen. Was wird Elisabetta dazu sagen?, fragte eine dritte. Bilder jener Nacht im Garten tauchten auf, als man ihre Tante, die sich so sehnlich ein Kind gewünscht hatte, abgeholt hatte.

Und dann sah Stella sich mit Paul und Kinderwagen dort in dem gelben Haus auf der Veranda sitzen, darauf wartend, dass Sohn oder Tochter den ersten Schritt tat und das erste Wort sagte. Ein paar Jahre später würden sie zur Einschulung eine Zuckertüte füllen und ausgefallene Milchzähne sammeln. Zu Weihnachten würden sie Spielsachen kaufen und süße Kringel an den Christbaum hängen. Fotoalben würden sie vollkleben und Urlaub machen in den Bergen. Es käme der Tag, da würden sie wieder auf einem Abiturball tanzen, als Eltern diesmal, und sie würden gegen elf Uhr nach Hause fahren und daran denken, dass ihr Kind nun vielleicht am Strand Dinge tat, die es für erwachsen hielt. Ein Perpetuum mobile, das mit Zutaten aus der Vergangenheit Zukunft in Gang setzte. Gerade hatte sie selbst noch mit Paul und Tim die Schule abgeschlossen, und nun wollte da dieses Kind in ihrem Bauch wachsen.

»Mama, was soll ich tun?«, flüsterte sie in der Hoffnung, die Mutter, an die sie keine Erinnerung hatte außer einem zerfetzten Stofflöwen, würde ihr ein Zeichen geben. Irgendein Zeichen. Doch es kam nichts. Die bunt gestreiften Handtücher hingen bewegungslos an ihren Haltern, Pauls Rasierpinsel tat nichts weiter, als zu trocknen, und der Kreis in dem Röhrchen blieb violett.

Stella stand auf, schnappte sich draußen im Korridor ihren blauen Anorak, trat in den Hausflur und sprang die zwei Stockwerke hinunter auf die Straße. Es fiel leichter Nieselregen. Sie zog sich die Kapuze über den Kopf und lief los. Sie lief schnell und ohne Ziel. Sie lief, bis sie am Hafen war, dort, wo die Kieler Förde die dicken Passagierschiffe der Stena Line Richtung Göteborg entließ und auf den Werften gegenüber die rostigen Bäuche großer Pötte auf den Trockendocks lagen. Der Wind gab sich schlecht gelaunt; er schickte eisige Böen über das Hindenburgufer. Stella setzte sich auf die Kaimauer, zog die Knie zu sich heran und sah ein paar Möwen zu, die laut kreischend ihre Kreise über dem schwarzen Wasser zogen. Sie atmete tief durch, füllte sich mit kalter Luft, bis sich alles in ihr nach Wärme sehnte.

Paul muss jetzt zu Hause sein, dachte sie und sah sich suchend um. Etwa dreihundert Meter weiter leuchtete eine gelbe Telefonzelle gegen das Grau des Oktobertages an. Stella kramte in den Taschen ihres Anoraks und fand zwei Groschen. Als sie die Münzen wenig später in den Schlitz oben an dem Apparat einwarf, wartete sie, bis sie unten in der leichten Schräge hinter dem Plexiglas angekommen waren. Aus dem Hörer kam das Freizeichen. Sie steckte ihren Zeigefinger in die Wählscheibe und verfolgte das knappe Geräusch, das die sich drehende Scheibe machte, um gleich darauf wieder gemächlich in die Ausgangslage zurückzuschnurren. Zweimal kurz, einmal lang, einmal noch länger, einmal kurz, noch einmal lang; es war eine sechsstellige Nummer. Das graue Telefon stand im Wohnzimmer neben dem Sofa. Es läutete fünfmal.

»Hallo?« Pauls Stimme. Seine weiche Stimme.

»Ich bin's.«

»Stella. Wo bist du denn? Ich dachte, du wolltest heute an deiner Hausarbeit schreiben.«

»Ich gehe spazieren.«

»Bei diesem Wetter?« Er lachte.

Sie lachte auch, und dabei fiel ihr Blick in das bei dem Buchstaben N aufgeschlagene Telefonbuch. ›Neumann‹, las sie. ›Neumann, Hans. Neumann, Ida. Neumann, Ingeborg. Neumann, Joachim‹ …

»Bist du noch dran?«, fragte Paul.

Ein Groschen fiel durch.

»Ja, ja«, erwiderte sie schnell. »Ich … ich würde dich gern zum Essen einladen.«

»Großartig! Warum sagst du das denn nicht gleich?«

»Pizza?«

»O ja, mit allem drauf. Ich sterbe vor Hunger.«

Sie verabredeten sich in einer Studentenkneipe, die »Bazille« hieß. Stella war etwas früher dort als Paul, und sie wählte einen Platz an der Wand unter einem Toulouse-Lautrec-Plakat. Aus den Boxen kam Velvet Underground, *I'm waiting for the Man*, und für einen Moment dachte Stella an Tim. Ein Gedanke wie ein Streifschuss. Auf den dunklen Holztischen standen alte Weinflaschen mit Tropfkerzen, und als Paul eintraf, hatte Stella bereits einiges von dem warmen bunten Wachs abgelöst und formte mit den Fingern kleine Kugeln daraus, wie Liebesperlen, die sie sorgfältig neben dem Stapel mit den Bierdeckeln ablegte.

Sie bestellten Pizza, Paul suchte einen Rotwein aus.

»Ich nehme lieber Wasser«, wandte Stella ein, und dann legte sie ganz schnell den Satz auf den Tisch, den sie sich auf dem Weg hierher immer wieder leise aufgesagt hatte, als ob sie eine schwierige Stelle in einem Theaterstück probte. »Ich bin schwanger.«

Der Satz lag da wie einer jener Knallfrösche, die sie als Kinder geworfen hatten und die immer etwas zeitverzögert das taten, was von ihnen erwartet wurde.

Die Kellnerin brachte Wein und Wasser. Jetzt spielte *There She Goes Again*.

Paul nahm seine schwarze Brille ab und Stellas Gesicht in seine Hände; er hielt ihr dabei die Ohren zu, so dass sie die Musik nur noch leise hörte, aber sie hörte, was er sagte: »Das ist schöner als alle Weihnachts- und Geburtstagsgeschenke, die ich je in meinem Leben bekommen habe.«

Plötzlich löste sich die Anspannung, die dieser Nachmittag um sie gesponnen hatte. Zum ersten Mal huschte etwas wie Erleichterung vorbei und nahm ein wenig von der Schwere mit, die ihr Gemüt im Klammergriff gehabt hatte. »Du freust dich?«, fragte sie ungläubig.

»Und ob ich mich freue. Ein Kind, Stella. Unser Kind …«

»Ich dachte, du willst es vielleicht gar nicht, weil … Wir sind doch noch so jung, Paul.«

»Wie kannst du nur so etwas denken? Dafür gibt es kein falsches oder richtiges Alter. Wir lieben uns schließlich.«

Sie nickte langsam und ließ die hartnäckigsten Zweifel fallen; ein paar kleinere blieben.

Als die Pizza kam, hatten sie kaum noch Hunger.

Das Lokal hatte sich derweil gefüllt, und die Luft wurde dick vom Rauch selbstgedrehter Zigaretten.

»Komm, lass uns nach Hause gehen«, sagte Paul, als ein Pärchen fragte, ob an ihrem Tisch noch ein Platz frei sei.

Stella bezahlte die Rechnung. Nico sang jetzt *Chelsea Girl*, und sie tat es auf ihre unnachahmlich melancholische Art.

Es wurde ein Mädchen, und sie nannten sie Merle. Merle kam an einem verregneten Junitag zur Welt. Als Stella das Krankenhaus verließ, schien schon wieder die Sonne, und sie trug ihre Tochter in den Sommer hinein. Merle hatte rötliche Haare und blaue Augen und ein kleines Muttermal im Nacken. Ihre Hände ballte sie gern zu festen Fäusten, mit denen sie nach Herzenslust in die Luft boxte, als hätte sie es mit Heerscharen imaginärer Gegner zu tun. Paul wurde nicht müde, die winzigen Finger zu streicheln, und ihre Zehen, die kugelrund waren, weil Merle noch keine Schritte in dieser Welt getan hatte, verglich er mit jungen Erbsen. Abends, wenn alles ruhig war, schrieb er Gedichte und Beobachtungen über das »kleine Wunder«, wie er ihre Tochter oft nannte, in ein blaues Schulheft. Wenn er und Stella im Bett lagen, las er sie vor, bevor sie das Licht ausknipsten. Einmal redeten sie auch von Heirat, aber sie waren beide müde, und sie lachten und verlegten das Thema, um es nie wieder zu suchen. Es ergab sich einfach nicht, und keiner vermisste irgendetwas.

Sie fuhren häufig hinaus zu Elisabetta. Dort lagen sie auf einer karierten Decke in der Wiese unter einem schattigen Baum. Es war der Baum, den Elisabetta in jener Herbstnacht vor vielen Jahren umarmt hatte, bevor man sie weggebracht hatte. Manchmal hatten sie neben Windeln und Fläschchen auch ihre Unterlagen für die Uni dabei und fragten sich gegenseitig ab, aber ihre Gedanken wurden in der Hitze stets ein bisschen wie Brei, was ihnen nicht unangenehm war, weil es sie von den ernsten Dingen des Lebens fernhielt. Paul und Stella gingen abwechselnd schwimmen. Sie stürzten sich mit einem Kopfsprung vom Steg ins Wasser, während ihr Mädchen glucksend mit seinen nackten Beinchen strampelte und sich von Schmetterlingen becircen ließ. Auf der Veranda wartete Elisabetta mit eisgekühlter Limonade, die sie selbst machte, nach einem italienischen Rezept, das Roberto ihr hinterlassen hatte. Sie sprach nicht mehr so häufig von ihrem Liebhaber, aber Stella sah die Schatten, die sich ab und an über den Blick der Tante legte, und sie wusste, dass Roberto zwar sie, aber nie ihre Gedanken verlassen hatte. Manchmal saß Jens abends bei ihr, und wenn aus diesen Abenden Nächte und nicht selten sogar frühe Morgen wurden, verabschiedeten sich Stella und Paul, weil sie merkten, dass diese zwei Menschen sich viel zu geben hatten. Und wie früher räumte Stella vor dem Frühstück die Weinflaschen weg.

Als das Herbst-/Wintersemester begann, hielten sie sich wieder häufiger in ihrer Wohnung in Kiel auf. Das Leben mit Kind veränderte vieles, aber weniger, als Stella insgeheim befürchtet hatte. Sie konnte weiterstudieren, weil Paul seine Pflichten als Vater ernst nahm. Und wenn sie mal stritten wegen des Haushalts oder der Einkäufe oder der Kinderarzttermine, was nun etwas öfter vorkam als früher, versöhnten sie sich schnell wieder. Ein Lächeln ihrer Tochter ließ sie beide augenblicklich weich werden, und Merle war in dieser Hinsicht äußerst großzügig. Mein Sonnenschein, nannte Stella sie, weil sie die Sonne auch scheinen ließ, wenn der Himmel draußen Grau trug.

In der Adventszeit konnte sie bereits sitzen und machte erste Anstalten zu krabbeln. Es war am Montag nach dem dritten Advent, und es war starkes Schneetreiben, als Stella nach einer Vorlesung heimkam, einen Tannenbaum für Weihnachten unter dem Arm. Ihr erstes Familien-Weihnachten. Aus dem Wohnzimmer hörte sie Stimmen. Männerstimmen. Es roch nach Rauch. Sie öffnete die Tür, die bunte wollene Pudelmütze, die ihr Elisabetta zum Nikolaus gestrickt hatte, noch auf dem Kopf.

Paul und Tim saßen auf dem Sofa, Merle saß zwischen ihnen und lachte.

Tim sah zu Stella, ihren Blick suchend, als wollte er etwas wiederfinden, das ihm, ohne dass er es beabsichtigt hätte, abhandengekommen war. »Hallo«, sagte er.

Von ihrer Mütze tropfte der Schnee, der in der Wärme der Wohnung schnell zu Wasser wurde und kleine Pfützen auf dem zerkratzten Parkett hinterließ.

Sie schaute hoch. Tim war dünn geworden, fast hager. Auf

seiner Haut zeigten sich die Spuren so einiger heißer Sommer. Die Haare trug er jetzt ganz kurz. Den Zopf der Schultage hatte er abgeschnitten.

»Hallo«, erwiderte sie. Und dann ließ sie ihn ihren Blick finden.

Merle lachte noch immer.

Paul stand auf. »Ich hole uns mal eine Flasche Wein«, sagte er. »Du bleibst doch zum Essen, oder?«

Tim nickte.

Stella sah Paul hinterher, und sie wusste in diesem Moment, dass nichts mehr so sein würde wie bisher.

9

»Pass bloß auf, min Deern.«

Der Satz von Jens mäandert noch durch das gelbe Haus und legt seine Geisterspuren dort aus, als Gunnar und sein Vater bereits lange gegangen sind. »Bis morgen«, sagten sie, als sie in ihr Auto stiegen. Es klang nach Verabredung, nach Nicht-ganz-allein-Sein, und das holt Stella ein wenig aus der Unruhe, die sie erfasst hat.

Sie trägt noch immer das rote Seidenkleid. Sie wird sich nicht umziehen, denn nichts passt besser zu dem Besuch, den sie in knapp zwei Stunden erwartet, als dieses Kleid, mit dem etwas begann, das nie wirklich zu Ende gegangen ist. Es ist da, es spricht aus jedem Stein dieses Hauses, flüstert vom Geäst der alten Bäume im Garten, wispert ihr aus dem See zu. Sie kann dem nicht entkommen, wie sie all die Jahre geglaubt hat. Jahre, in denen Elisabetta noch gelebt und sich wie eine schützende Wand zwischen Stella und die Vergangenheit geschoben hatte. Sie hatte weggelenkt, weggekehrt, weggelacht, wissend, dass alles andere einen stechenden Phantomschmerz auslösen würde wie nach einer grausamen Amputation. Doch nun ist die Tante nicht mehr da, um auf Stella aufzupassen. Nun ist Stella auf sich selbst gestellt, gezwungen hinzusehen, weil sich der Stumpf dessen, was sie abgetrennt hat, wieder regt.

Was passiert gerade mit mir?, fragt sie sich, während sie die Kühlschranktür öffnet und eine der drei Weißweinflaschen, die sie kalt gestellt hat, herausnimmt. Sie holt einen Korkenzieher aus der Schublade und ein Glas aus dem Vitrinenschrank. Der Wein kühlt und wärmt zugleich. Sie trinkt das Glas in einem Zug leer und gießt sich nach. Sonst rührt sie Alkohol kaum an, aber es ist auch nichts wie sonst.

Paul. Bald würde er da sein. Doch was würde er mitbringen nach über zwanzig Jahren? Stella schließt die Augen und versucht, sich sein Bild in Erinnerung zu rufen. Das letzte Bild von ihm, bevor alles riss. Aber es will nicht kommen. Es kommt immer nur der strohblonde lachende Junge mit der großen schwarzen Brille, der sie oder ihr Kind im Arm hält. Das andere Bild hält sich verborgen, als lauerte es im Hinterhalt, den Moment seines Auftritts hinauszögernd.

Das Klingeln des Handys reißt sie aus ihren Gedanken und gibt dem Bild, das sie herbeifürchtet, Aufschub. Sie sieht sich suchend um. Auf dem Küchentisch liegt das Telefon. »Bornheim« steht auf dem blinkenden Display.

»Hallo?« Ihre Stimme klingt gefasster, als sie erwartet hat.

»Stella?«

»Ja, Chef.« So nennt sie ihn hin und wieder, wenn sie unter sich sind. Diese kurzen Momente zwischen zwei Visiten, wenn keiner hinhört, weil sie beide zum Kaffeeautomaten entwischen, um einen schnellen heißen Schluck aus Pappbechern zu nehmen und mit einem kleinen Witz wegzuklicken, was kaum auszuhalten ist, bevor sie dann beim nächsten Patienten mit ernstem Gesicht ans Bett treten und Sätze sagen, die kein Mensch je hören will. Sätze, die das Leben mit einem Ablaufdatum versehen. Bornheim streut stets etwas Hoffnung zwischen seine Worte, und Stella steckt die Hände in die Taschen ihres Kittels und ballt sie zu Fäusten.

Jetzt lacht er. »Störe ich?«

»Nein, nein.« Sie nimmt noch einen Schluck Wein. »Sie stören überhaupt nicht.«

»Wie geht es Ihnen?«

Sie will schon sagen: »Danke, gut«, aber etwas in ihr hält sie zurück. Sie hat der Ehrlichkeit ihm gegenüber die Tür geöffnet; das hat sie viel Kraft gekostet, aber sie hat auch etwas dafür bekommen: Wärme und Anteilnahme. Wenn sie nun die Tür wieder zuschlüge, würde die Kälte zurückkommen, die sie so viele Jahre umgeben hat wie hartes Eis. »Ich bin ziemlich durcheinander«, sagt sie.

»Wo sind Sie denn gerade? Haben Sie in Kiel ein Zimmer genommen?«

»Nein, nein. Ich wohne im Haus meiner Tante. Es ist viel zu tun hier, wissen Sie. Ich räume auf, putze, lasse den Garten in Ordnung bringen.«

»Haben Sie jemanden, der sich um Sie kümmert?«

»Ja, der alte Gärtner und sein Sohn gehen mir zur Hand. Allein würde ich das nie schaffen. Es ist alles so verwahrlost …« Die Erinnerungen sind verwahrlost, denkt sie. Zugewuchert vom Unkraut der Jahre.

»Stella? Sind Sie noch dran?«

»Ja, entschuldigen Sie. Ich war mit meinen Gedanken woanders. Wie geht's in der Klinik?«

»Darauf erwarten Sie jetzt nicht wirklich eine Antwort, oder? Ich habe Ihnen eine Auszeit verordnet, schon vergessen? Was hier los ist, werden Sie von mir nicht erfahren.«

Sie sagt nichts.

Er räuspert sich. »Kann ich etwas für Sie tun?«

»Na ja, Sie tun es schon. Sie reden mit mir.«

»Ich habe viel über Sie nachgedacht, nachdem Sie bei mir waren. In dieser knappen halben Stunde habe ich mehr über Sie erfahren als in all den Jahren, die wir nun schon zusammenarbeiten.«

Sie zögert, nippt an ihrem Wein. »Es ist Elisabettas Tod«, sagt sie dann. »Es ist fast so, als ob er etwas gelöst hat. Nun …«

»Ja?«

»Ich stehe noch am Anfang, werde lange brauchen, um das alles hier freizulegen.«

»Was meinen Sie, Stella?«

»Nein, nein, ich meine nicht den Schmutz und die Spinnweben, die dieses Haus überzogen haben. Die stehen nur sinnbildlich für was ganz anderes. Wissen Sie, ich habe jahrelang zugeschüttet. Die Arbeit in der Klinik, die Patienten, die Überstunden, die Wochenenden auf Station … Ich hatte eine Scheißangst, dass alles wieder hochkommt. Entschuldigen Sie …«

»Sie müssen nicht darüber sprechen, wenn Sie nicht wollen.«

»Aber ich will ja. Ich kann nur noch nicht. Sie sind der Erste, mit dem ich überhaupt rede nach über zwanzig Jahren.«

»Und Ihre Tante?«

»Sie wusste es. Sie wusste auch, dass ich Angst hatte, und deshalb hat sie alles getan, um mir Sicherheit zu geben. Sie kümmerte sich um mich wie um ein kleines Mädchen, das krank war. Mit ihrem Kakao kochte sie meinen Kummer weg. Vielleicht weil sie selbst so genau wusste, was Kummer ist. Sie war zeitlebens krank, meine Tante. Ohne ihr Lithium wäre sie aus der Psychiatrie nie mehr rausgekommen.«

Bornheim holt tief Luft. Stella kann fühlen, wie er nach Worten sucht. »Bipolar?«, fragt er dann. Es kling eher wie eine Feststellung.

»Ja. Früher nannte man es manisch-depressives Irresein.«

»Das heißt, sie hatte auch Wahnvorstellungen?«

»Allerdings. Ich hab's einmal miterlebt. Da war ich sechzehn.«

»Gab's einen Auslöser?« Seine Fragen sind nun präzise. Die Fragen eines Mediziners, der eine Anamnese macht.

»Unerfüllter Kinderwunsch, stand in ihrer Akte. Und dann verließ sie der Mann, den sie liebte. Das war zu viel für sie.«

»War sie danach stabil? Ich meine, hat das Lithium sie in Balance gehalten?«

Stella nimmt noch einen Schluck Wein, bevor sie antwortet. »Das dachte ich, ja. Immer wenn ich kam, wirkte sie ausgeglichen und ruhig. Aber gestern hab ich von unserem alten Gärtner erfahren, dass sie letztes Jahr wieder in der Klinik war. Dass ihr Liebhaber von damals wieder da war. Dass sie … ach, verdammt, ich hab das alles nicht gewusst. Ich hab die Augen zugemacht und ihre Vanillekipferl gegessen und bin wieder abgereist. Sie war eine so wunderbare Frau. Sie liebte das Leben, aber sie verzweifelte auch daran. Sie konnte andere Menschen mit ihrem Lachen umarmen, aber ich frag mich heute, wie einsam sie wirklich gewesen ist.«

»Und nun fühlen Sie sich schuldig?«

Sie nickt, als könnte er das sehen.

»Glauben Sie, dass Ihre Tante …? Ich meine, war das wirklich ein Unfall?«

»Ich weiß es nicht. Sie hat sich den Wecker auf vier Uhr morgens gestellt. Sie hat den Frühstückstisch abrupt verlassen, ohne das Geschirr wegzuräumen. Und dann ist sie mit dem Fahrrad verunglückt. Ich werde nie erfahren, was da genau passiert ist. Anscheinend hatte sie wieder Zukunftspläne mit dem Mann, den sie liebte. Aber was sagt das alles schon? Vermutungen sind das. Nichts als Vermutungen. Ich hätte so gern noch mal mit ihr gesprochen. Heute wüsste ich, was ich sie alles fragen müsste, aber als sie noch lebte, habe ich's nicht gekonnt. Und nun …«

»Nun?«

»… stochere ich hier nach Antworten.«

»Darf ich Sie etwas fragen?«

Sie lacht kurz auf. »Das tun Sie doch schon die ganze Zeit.«

Er lacht zurück, wird aber gleich wieder ernst. »Vor was sind Sie damals weggelaufen? Warum haben Sie die Arbeit über alles gestellt? Ich habe noch nie einen Menschen so viel arbeiten sehen wie Sie.«

Sie fährt mit dem Zeigefinger ihrer rechten Hand über den Rand des Weinglases.

»Ich wollte vergessen«, sagt sie schließlich.

Er räuspert sich. »Lange bevor ich meine Frau kennenlernte, war ich mit einem Mädchen zusammen, das mich fast um den Verstand gebracht hat. Sie verließ mich, und ich litt wie ein Hund. Ich wollte lieber sterben als leben, ich vegetierte nur noch vor mich hin, so sehr verzehrte ich mich nach ihr. Es gab keinen Traum, in dem sie nicht auftauchte, und selbst wenn ich in der Straßenbahn saß und aus dem Fenster sah, sah ich überall nur sie. Es kam vor, dass ich aufsprang und ausstieg und einem Phantom hinterherlief. Die Welt war bevölkert von ihr, aber ich durfte sie nicht haben. Ich betrank mich, stand morgens alkoholisiert im OP und schlug mir danach die nächste Nachtschicht mit der nächsten Flasche Wodka um die Ohren. Ich war nah dran, meine Approbation zu verlieren. Freunde beschworen mich, sie zu vergessen – bis auf einen. Er riet mir, erst mal meinen Jahresurlaub zu nehmen und mir einen ordentlichen Wodkavorrat anzuschaffen und es mit jedem einzelnen Gedanken an dieses Mädchen aufzunehmen, keinen wegzudrängen, den Schmerz regelrecht auszukosten, ihn leerzutrinken, bis man glaubt, jetzt geht man zugrunde, um dann noch mal eins draufzusetzen.«

Stella gießt sich Wein nach. Dann steht sie auf und geht ans Fenster, das Glas nimmt sie mit. Sie braucht den Blick ins Freie, um zu verstehen, was sie gerade gehört hat. Da ist Bornheim, ihr Chefarzt, mit dem sie unzählige Visiten gelaufen ist, und nun redet er mit ihr wie der Vater, den sie nie gehabt hat.

»Und?«, fragt sie leise.

»Na ja, ich bin nicht zugrunde gegangen. Es hätte auch passieren können, dass ich mich umbringe; das war das Risiko bei der Sache. Aber der Rat meines Freundes war goldrichtig. Du kannst nichts und niemanden vergessen, wenn das Herz im Spiel ist. Die so oft propagierte Ablenkung führt dich nur mit noch größerer Wucht zurück zum Schmerz. Dinge, die nicht vollständig durchlitten sind, melden sich immer und immer wieder. Das ist wie bei unseren Tumoren; lässt man auch nur ein winziges Stückchen übrig, bilden die Scheißkerle sofort neue Metastasen.«

»Haben Sie das Mädchen noch mal getroffen?«

»Nein. Aber dieser Freund ist der beste, den ich habe. Irgendwann ließ die Sehnsucht übrigens nach, als wäre sie müde geworden, wie ein Gaul, den man so lange reitet, bis er zusammenklappt.«

»Wollen Sie mir damit sagen, dass ich Reitstunden nehmen sollte?«

Er lacht. »Ich habe Ihre schnelle Auffassungsgabe schon immer geschätzt, Stella. Nein, ganz im Ernst. Ich glaube, Sie haben ewig etwas unter dem Deckel gehalten, und nun, durch den Tod Ihrer Tante, will es wieder ans Tageslicht. Was es ist, wissen nur Sie selbst, und es geht mich auch nichts an.

Aber ich gebe Ihnen genau den Rat, den mir mein Freund damals gegeben hat: hinein ins Epizentrum des Schmerzes. Nur so können Sie ihn loswerden.«

»Warum tun Sie das, Chef?«

»Was?«

»So mit mir reden?«

»Ich mag Sie, aber Sie haben mir oft Rätsel aufgegeben. Als Sie zu mir kamen und um die Auszeit baten, haben Sie endlich mal den Mund aufgemacht. Das ist gut, Stella, das ist das Beste. Das ist der erste Schritt. Ich vermute, Sie sind da in Ihrem einsamen Häuschen schon einige mehr gegangen.«

»Allerdings. Aber …«

»Keine Angst. Die Dinge kommen, wenn man sie lässt. Und eines verspreche ich Ihnen: Es wird Ihnen nichts passieren.«

»Woher wollen Sie das wissen?«

»Sie sind stark. Stark genug, um es mit Ihrem Leben aufzunehmen.«

»Ich hoffe, dass Sie recht behalten. Im Augenblick fühlt es sich gar nicht danach an.«

»Na ja, das tut es selten in solchen Situationen. Und versprechen Sie mir eines: Rufen Sie mich an, wenn das Schiff zu kentern droht. Meinetwegen auch mitten in der Nacht. Ich hab eh einen leichten Schlaf.«

»Ich weiß gar nicht, wie ich Ihnen danken soll.«

»Dann lassen Sie's am besten bleiben. Ich werde sowieso immer verlegen, wenn das jemand versucht. Ich höre von Ihnen, abgemacht?«

»Abgemacht.«

»Und grüßen Sie mir Kiel, wenn Sie mal hinkommen.«

»Mach ich.«

Sie legt auf, nachdem er aufgelegt hat. Seine Worte hängen noch immer in der Küche. Sie summen dort herum, als würden sie nicht hinausfinden.

Was war das eben? Woher wusste Bornheim, was sie umtrieb, hatte es sogar besser benennen können als sie selbst? Mit fast beängstigender Präzision hatte er die heißen Eisen angefasst und ihr hingeworfen, auf dass sie sie aufhob. Sie hatte stets geglaubt, ihre Fassade sei perfekt, aber dieser alte Menschenkenner hatte mit den Patienten Tacheles geredet und nebenbei seine beste Mitarbeiterin durchschaut. Sie hatte ihn oft bewundert, weil er niemandem etwas vormachte und dabei trotzdem behutsam blieb. Jetzt kümmerte er sich um sie, und das tat er gründlich.

Den Schmerz leer trinken … Stella sieht in ihr Weinglas und stellt es auf der Fensterbank ab. Es ist noch zur Hälfte gefüllt. Dann dreht sie sich um und läuft aus der Küche, durch den Flur und die Treppen hinauf, immer zwei auf einmal nehmend.

Im Schlafzimmer ihrer Tante reißt sie noch einmal die Schranktür auf, aber es sind nicht die Kleider, die sie diesmal interessieren, sondern die Fächer und Schubladen auf der anderen Seite. Sie weiß, dass Elisabetta dort die Keksdose mit Robertos Briefen aufbewahrt hat – und genau da vermutet sie auch die Fotos. Inständig hatte sie damals gebeten, alle zu vernichten, geradezu befohlen hatte sie es der Tante, aber es war etwas in Elisabettas Blick, das Ungehorsam verriet, und Stella hatte ihre Sachen gepackt und den Nachtzug nach München genommen. Sie hatten nie wieder darüber gesprochen, aber wenn Stella zu Besuch kam, spürte sie die Präsenz von etwas, dem sie in sich kein Echo mehr erlaubte.

Jetzt greift sie hinein in den Schrank. Greift hinein in die Vergangenheit. Da sind Kataloge von Ausstellungen, die lange vorbei sind, Einladungen zu Geburtstagsfeiern, Ansichtskarten aus Rimini, ein silberner Anhänger mit zwei Schlüsseln, einem großen und einem kleinen, die ihr Schloss wohl nie mehr finden werden, Kinokarten, ein Opernglas, zwei Haarkämme aus Horn, ein Gondoliere aus Porzellan, Briefpapier aus Bütten, ein Medaillon in Herzform, eine Sonnenbrille mit grünen Gläsern und natürlich die Keksdose.

Stella zerrt alles heraus. Und dann entdeckt sie die Schachtel. Ganz hinten links. Ein alter Schuhkarton, mit Geschenkpapier beklebt; Streublümchen waren einst darauf zu sehen, doch geblieben ist nur ein schmutziges Rosa. »Merle« steht auf dem Deckel in Elisabettas ausladender Schrift, fünf schnörkellose, großzügige Buchstaben. Nie mehr hatte Stella diesen Namen geschrieben, gedacht, gesehen. Ausradiert hatte sie ihn in sich; keiner ihrer Kollegen und Bekannten in München wusste von ihm, und er war so ungewöhnlich und selten, dass kaum Gefahr bestand, er könnte ihr zufällig begegnen. Aber er war da. Die ganzen Jahre war er da gewesen, in diesem Schrank. Hier hatte er geschlafen, darauf wartend, dass Stella ihn wieder flüstert. Es ist ein lautloses Flüstern, nicht mehr als eine Bewegung der Lippen, ein Hineintasten in die Welt, die er vor genau dreiundzwanzig Jahren, zehn Monaten und sechs Tagen verlassen hat, an einem blauen Tag im September.

Stella drückt den Karton an sich; die rote Seide des Kleids raschelt.

Der Wecker auf Elisabettas Nachttisch zeigt kurz nach sechs Uhr. Der Sekundenzähler dreht unermüdlich seine Runden; jedes Mal, wenn er bei der Zwölf ankommt, stockt er ein wenig, um dann doch die nächste Minute anzugehen. Er hat einen Job, den er erledigt, und das seit über vierzig Jahren. Jetzt wirkt er fast herrenlos, wie ein Hund, der stets brav Wache gehalten und von heute auf morgen niemanden mehr hat, dem er zubellen kann.

Gegen sieben wolle er kommen, hat Paul gestern gesagt. Noch nicht mal eine Stunde bleibt ihr. Fast möchte Stella zu ihrem Handy in der Küche laufen und ihm eine SMS schicken. Es tue ihr leid, sie könne heute Abend doch nicht, vergessen wir's ... Doch dann fallen ihr Bornheims Sätze ein, und sie weiß, wenn sie jetzt wieder fliehen würde, bliebe sie, was sie so lange gewesen ist – eine Hülle ihrer selbst.

Sie schließt leise die Tür des Schlafzimmers. Die Unordnung auf dem Bett und das Ticken des Weckers bleiben hinter ihr zurück.

Im Garten kneift sie die Augen zusammen, so sehr blendet die Sonne. Die gemähte Wiese duftet nach frischem Gras; ein paar Inseln mit Gänseblümchen und Löwenzahn haben Jens und Gunnar stehen lassen. Die Rosen weiter unten spielen nun wieder richtig auf, weil Brennnesseln und Giersch entfernt und verwelkte Blüten abgeschnitten wurden. Erst jetzt sieht Stella, was die beiden Männer an einem einzigen Tag geschafft haben.

Sie geht zum Steg. Sie geht barfuß. Das Gras fühlt sich bereits kühl an, die Holzbohlen sind noch warm. Sie setzt sich und stellt die Schachtel neben sich ab. Als sie den Deckel hebt, schlägt ihr kurz der Geruch von altem Papier entgegen, der sich jedoch in der Sommerluft sofort verflüchtigt. Eine Rassel liegt obenauf. Eine silberne Rassel mit Glöckchen und Schellen daran, Elisabettas Geschenk zur Geburt. Merle hatte sie unzählige Male aus dem Kinderwagen geworfen, glucksend vor Glück. Und Elisabetta und Stella und Paul waren nicht müde geworden, sie immer wieder aufzuheben. Stella wagt nicht, die Rassel zu bewegen, zu sehr fürchtet sie das Geräusch, das unweigerlich nach dem Juchzen ihrer Tochter verlangt. Vorsichtig legt sie das Spielzeug neben sich. Und dann kommen die Bilder. Einige in Schwarzweiß, andere in Farben, die inzwischen müde aussehen. Merle im Wäschekorb, in dem sie die ersten Wochen nach ihrer Geburt schlief. Ein winziges Gesicht in einem riesigen Berg Federkissen. Merle mit Pudelmütze. Merle mit gepunktetem Kopftuch. Merle strahlend, zwei erste Zähne zeigend, Merle einen Flunsch ziehend. Merle mit Paul und Gummiente in der Badewanne, darüber die bunt gestreiften Handtücher. Merle mit Paul am Strand, umgeben von Eimerchen, Förmchen, Schäufelchen. Merle mit Stella auf dem Sofa, umgeben von Bilderbüchern, Kasperlefiguren, Stofftieren. Merle auf dem Dreirad. Merle in rosa Badehose. Merle in rotem Anorak. Merle auf Elisabettas Schoß. Merle mit ihrem Teddy. Merle mit Schokoladenmund. Merle an Stellas Schulter. Paul und Tim vor einem Weihnachtsbaum – Merle zwischen ihnen.

Paul. Tim. Merle. Sie sind wieder da. Stella hat sie herausgeholt aus der Schachtel, und nun umschwirren sie die Erinnerungen wie Mücken, die nur darauf warten zuzustechen. Sie lassen sich nicht mehr einfangen oder mit einem Schlag erledigen. Zu lange haben sie gewartet, ans Licht gelassen zu werden.

Zitternd wirft Stella die Fotos und das Spielzeug wieder in den Karton. Die Rassel wehrt sich mit grellem Gebimmel, und in Stellas Ohren klingt das, als würden die Glöckchen sie anklagen. Sie setzt den Deckel auf die Schachtel und drückt ihn mit beiden Händen fest. Doch die Geister sind bereits draußen und verschaffen sich Gehör. Ein ganzer Chor setzt da ein, und Stella spürt, dass sie hier nichts mehr zum Verstummen bringen kann. Selbst wenn sie jetzt in den See springt, um nie wieder aufzutauchen, würde sie die Abgründe in sich mit in die Tiefe nehmen, und die Stimmen der Vergangenheit würden sie unweigerlich begleiten.

Eine knappe Stunde noch, dann kommt Paul, und mit ihm kommt alles, was sie bis heute gemeint hat wegleben zu können. Ganz viel neues Leben draufgeben auf das alte, bis von dem nichts mehr sichtbar, wahrnehmbar, spürbar ist. Die Zeit heilt alle Wunden – manchmal hat sie sogar an diesen Unsinn geglaubt, weil sie die Erschöpfung, die sie nach vierundzwanzig Stunden Stationsdienst ins Bett fallen ließ, mit Vergessen verwechselte. Doch etwas in ihr hat nie loslassen können – es krallte sich fest und wartete geduldig, bis sie so weit war.

Sie sieht auf den See. Da sind die Wellen, die sich verlässlich kräuseln und die sie mag, weil sie seit jeher ihre Gedanken dort schaukeln lassen konnte. Und doch hat es Jahre gegeben, in denen sie kein Wasser ertragen konnte. Kein Meer, keinen Fluss, keinen See, keine Pfütze. In ihren spärlichen Urlauben fuhr sie höchstens mal für ein paar Tage in die Berge, um zu wandern. Allein ging sie dann bis an ihre Grenzen und manchmal auch darüber hinaus. Nicht selten schaffte sie die letzten Höhenmeter bis zum Gipfel nur mit äußerster Not, und ihr Keuchen begleitete sie dorthin, wo die Luft dünner wurde. Nur einmal war sie nach Frankreich an den Atlantik gefahren und hatte sich Strandspaziergänge verordnet, aber nach drei Tagen ihren Koffer gepackt, war in den Zug nach Paris gestiegen und von dort direkt nach Hause gefahren. Den Rest der zweiwöchigen Ferien verbrachte sie in ihrer Wohnung. Wenn das Telefon klingelte, hob sie nicht ab. Niemand wusste, dass sie wieder zurück war. Als sie beim Einkaufen im Supermarkt zufällig Bornheim an der Kasse stehen sah, versteckte sie sich hinter einer Palette mit Keksdosen und wartete, bis ihr Chef den Laden verlassen hatte. Zurück in der Klinik, zog sie sich ihren Kittel an und beantwortete Fragen nach dem Urlaub ausweichend. Ein paar belanglose Floskeln warf sie den Kollegen hin. Bornheim war der Einzige, der sie nicht fragte. Er zog noch nicht mal die Augenbrauen hoch, als er mit seinem blauen Leuchtstift ihre Wochenenddienste für die nächsten Monate in seinem Kalender eintrug. Da waren auch grüne und blaue und gelbe Markierungen, aber Blau überbot sie alle.

Bornheim. Sie spürt plötzlich, wie dankbar sie ihrem alten Chef ist. Er hat sie beschützt, ohne dass sie es wusste, sie in ihrem Wachkoma begleitet, ohne dass sie es bemerkte. Und jetzt, da sie die Augen geöffnet hat, ist er zur Stelle – als hätte er auf seinen Einsatz gewartet. In dem Moment, als Elisabetta ging, hat er übernommen.

Ich bin nicht allein, denkt Stella und legt sich zurück auf das warme Holz des Stegs. Ich bin nicht allein. Die Worte lassen sie ein wenig ruhiger werden. Es ist genau die Ruhe, die sie braucht, um es mit den Erinnerungen, die nun kommen würden, aufnehmen zu können. Sie blinzelt in die Sonne, die bereits tief steht. Ein paar weiße Federwolken zeigen sich am ansonsten makellosen Blau des Himmels.

Damals, an jenem dunklen Tag, war der Himmel auch blau.

10

Es war Paul, der die Idee mit dem gemeinsamen Sommer hatte. An Silvester war das. Tim hatte jede Menge Raketen besorgt, und Stella hatte Kartoffelsalat gemacht und Wiener Würstchen dazu. Sie spielten Scrabble wie früher. Stella sammelte eifrig, bis sie alle Buchstaben für ihren »Sonnenmoment« beisammenhatte. Die Jungs blinzelten sich zu, während sie das Wort legte. Sie tat das mit feierlichem Ernst, und einen Augenblick schien es ihnen, als würden sie die Zeit einfach mal so zurückdrehen, um mit einem Salto in der Unschuld zu landen.

Der Wecker auf dem Esstisch, an dem sie saßen, zeigte fünf vor zwölf.

Stella stand auf, um den Sekt aus dem Kühlschrank zu holen. Tim öffnete die Balkontür und brachte draußen die Raketen in Stellung. Er hatte gute Laune, Paul dagegen hatte ein paar Bedenken. Es schneite dicke schwere Schneeflocken. Stellas Finger fühlten sich klamm an, als sie langsam den Korken aus der Flasche zog. Der Sekt schäumte, und Paul hielt schnell die drei Gläser darunter. Es waren dickbauchige Senfgläser mit einem Henkel daran.

»Ein gutes neues Jahr!« Sie sagten es fast gleichzeitig. Stella küsste Paul ein bisschen zu stürmisch, er küsste sie sanft zurück. Tim zündete die erste Rakete, die mit einem gewaltigen Zischen über die Balkonbrüstung in den Nachthimmel aufstieg und von dort Goldregen auf die dunklen Dächer der Stadt goss. Dann klopfte er Paul auf die Schulter und zog ihn kurz an sich. Stella nahm einen zu großen Schluck aus ihrem Senfglas. Sie hustete. In diesem Moment begann Merle zu schreien. Paul stellte sein Glas mit einem Schulterzucken auf dem Boden ab und lief zurück in die Wohnung. Tim klopfte Stella auf den Rücken, bis der Husten nachließ. Ihr liefen Tränen übers Gesicht, die sich mit den Schneeflocken zu kleinen Rinnsalen verbanden.

»Meine Schöne«, sagte Tim und wischte Stella mit dem Zeigefinger vorsichtig die Schneetränen weg.

Sie standen still, während um sie herum laut das neue Jahr begrüßt wurde. Ein Zittern lag zwischen ihnen, das sich auflud mit den Wünschen dieser Silvesternacht.

Als Paul mit der weinenden Merle auf dem Arm zurückkam, nahm Stella ihm die Kleine ab. Das Mädchen beruhigte sich augenblicklich. Stella, die bereits beschwipst war von dem Sekt, trank sich nun endgültig satt an ihrer Tochter. Ihre Nase kroch hinein in den süßen Geruch, den nur Babys haben. Das Wesen in ihren Armen atmete, den Kopf an ihre Schulter gekuschelt, und in diesem Atem schlief die Gewissheit, dass nichts passieren konnte. Dass alles gut war, weil die Widrigkeiten der Welt so taten, als könnten sie einer Innigkeit wie dieser nichts anhaben.

Paul füllte noch einmal die Gläser nach, während Tim eine Rakete nach der anderen zum Leuchten brachte. Als die letzte verglüht war, warf Paul eine Frage hinterher: »Wollen wir dieses Jahr den Sommer gemeinsam verbringen? Ich meine, zu viert …«

Sie stießen ihre Gläser aneinander. Es gab einen dumpfen Ton, aber der störte sie nicht.

»Gute Idee«, sagte Tim. »Es wird Zeit, dass ich endlich nach Hause komme.«

Merle sah von der Schulter ihrer Mutter hoch, und ein Lächeln zog über ihr Gesicht.

Ein Sonnenmoment, dachte Stella. Mitten im Winter …

Tim zog bei ihnen ein. Er schlief auf dem Sofa im Wohnzimmer. Nach einigen Wochen hatten Paul und Stella das Gefühl, es sei nie anders gewesen. Als würden sie wieder den Zug besteigen, der sie nach Griechenland und in ein neues Leben bringen sollte. Wir stellen Weichen rückwärts, dachte Stella so manchen Morgen, wenn sie für Paul und Tim und sich Kaffee kochte und Merle das Fläschchen warm machte. Sie saß dann oft für einige Minuten am Küchentisch und fragte sich, welche Halbwertszeit wohl so ein Miteinander hätte. Zwei Männer, eine Frau, ein Kind.

Sie spürte Tims Blicke, wenn sie abends im Wohnzimmer saßen und lasen. Stella las Bücher über Kindererziehung, Paul die russischen Klassiker, Tim Lonely-Planet-Reiseführer.

»Willst du wieder fort?«, fragte Stella Tim an einem dieser Abende und deutete auf sein Buch.

Er sah auf. »Klar«, sagte er. »Irgendwann schon.«

»Wohin?«

»In die Karibik. Jamaika, Kuba, so was in der Art. Türkisgrünes Wasser, weiße Strände, Palmen, Salsa, Rum, schöne Frauen …«

Seine Worte versetzten ihr einen Stich. Sie spürte, dass er sie provozieren wollte, und sie spürte auch, dass ihr Leben sich verengt hatte, bevor es richtig weit geworden war, und dass es genau das war, was Tim mit seinen Blicken und Bemerkungen herausholte aus ihr. Sie wollte mehr, sie wollte auch in die große Welt, statt in ihrer kleinen nur davon zu träumen. Vor allem wollte sie, dass Tim sie ansah so wie jetzt. Ich bin da, schien sein Blick zu flüstern, während Paul sich in *Schuld und Sühne* versenkte und nicht mal aufschaute.

Als Stella später im Bett neben Paul lag, kroch etwas unter die Decke, das sie nicht einfach wieder hinauswerfen konnte. Es war die kleine Schwester des Schuldgefühls, die mit sicherem Instinkt feine Spitzen aus ihrem Nadelkissen holte und dort ansetzte, wo Unbehagen saß.

Ich tu doch gar nichts, redete Stella sich ein, doch sie wusste selbst, dass sie das Feuer ihres Selbstbetrugs nicht mal eben so mit den Füßen austreten könnte. Sie fand in Tim etwas, das sie in Paul vergeblich suchte. Das Unverhoffte, Unberechenbare, Unwägbare, das den Rausch der Tiefe versprach, dafür aber keine Gewähr bot. Pauls Liebe zu ihr wiederum schien Zweifel nicht zu kennen. Er hatte Frau und Kind, und bereitwillig teilte er sein Glück mit dem besten Freund.

Häufig unternahmen die beiden Ausflüge mit Merle; sie packten die Kleine ein und fuhren in einem alten VW-Käfer, den sich Paul ab und an von einem Bekannten auslieh, an die Ostsee. Dort machten sie lange Strandspaziergänge und redeten über das Leben. Paul war der Philosoph; er hatte eine feine Art, in die Dinge hineinzukriechen und sie mit allen Fasern zu erfassen. Er sezierte, während Tim sich nicht mit Kleinigkeiten aufhielt, sondern intuitiv fühlte, wo das große Ganze lag, und mit beiden Händen danach griff. Trotzdem war da eine Nähe zwischen den Jungs, die Männer geworden waren, und Stella musste unwillkürlich an ferne Kindertage denken, die hier und jetzt ihre Fortsetzung suchten und dabei noch nicht wirklich fündig geworden waren, sondern herumschnüffelten wie aufgeregte Welpen.

Manchmal fielen ihr Elisabettas Worte wieder ein, die sie

ihr und Paul bei jenem Besuch damals im Krankenhaus mit auf den Weg gegeben hatte. Als hätte ihre Tante beizeiten etwas gesehen, das sie drei nun einlösten. Ausgang ungewiss ... Stella wurde wieder besetzt von dieser Gewissheit, dass alles möglich war – aber sie wusste auch, dass in diesen Möglichkeiten Gefahren lauerten wie gut versteckte Tretminen. Etwas in ihr versagte sich der Leichtigkeit, die sie sich mehr als alles wünschte. Von dem Moment an, in dem Tim seinen Fuß wieder in ihr Leben gesetzt hatte, waren ihre Gefühle mit kleinen Bleigewichten versehen, die jedem noch so ausgelassenen Augenblick bereits eine gewisse Schwere gaben – als würde sie vorausspüren, worauf alles hinauslief.

»Bin ich verrückt?«, fragte sie Elisabetta an einem dieser Nachmittage, als Paul und Tim mit Merle unterwegs waren.

Ihre Tante hatte Einkäufe in der Stadt erledigt und stand gegen fünf Uhr plötzlich mit einer Flasche Wein vor der Tür. Stella freute sich über den seltenen Besuch. Sie holte eines der Senfgläser aus dem Küchenschrank und goss Elisabetta ein.

»Und du?« Die Tante sah erst das Glas und dann ihre Nichte an.

»Ich stille Merle nachts noch.«

»Sie ist doch jetzt schon neun Monate. Meinst du nicht, du solltest langsam mal damit aufhören?«

Stella lächelte. »Sie hat es so gern.«

»Und ich hab dich gern.« Elisabetta stand auf, holte ein zweites Glas und schenkte Stella einen Schluck ein. »Hier, trink. Das wird dem Kind nicht schaden – und dir guttun. Du siehst blass aus.«

»Ich schlafe wenig. Und dann das Studium und ...«

»... zwei Männer.«

»Wie meinst du das?«

»Na ja, du wirkst angespannter, seit Tim zurück ist. Als du mit Paul und Merle allein warst, hattest du eine große Ruhe in dir. Ich hab dich fast ein bisschen darum beneidet.«

Stella trank den Wein in einem Schluck aus, griff nach der Flasche und goss sich nach. Sie hielt das Glas mit beiden Händen fest, als wollte sie den Wein darin beschützen. »Es tut gut, Tim wieder hierzuhaben«, sagte sie, und es klang fast trotzig.

Elisabetta lehnte sich auf dem Sofa zurück und klopfte dabei ein paar Kissen zurecht. Das machte sie immer so, wenn sie nachdachte, als wollte sie ihre Gedanken in die richtige Position bringen.

»Tut es das?« Sie suchte Stellas Blick, der aus dem Fenster floh, um draußen Halt zu finden. Doch es bot sich nichts an außer ein paar grauen Wolken, aus denen leichter Nieselregen auf die Stadt fiel.

»Tim und Paul sind Freunde. Sie haben sich so lange nicht gesehen, und sie freuen sich, endlich wieder zusammen zu sein.«

»Ach, Stella, du weichst aus. Ich will keine platten Statements hören. Ich habe dich gefragt, wie es dir geht mit den beiden, ich meine, wirklich geht. Du musst nichts sagen, wenn du nicht magst, aber du brauchst doch vor mir nicht so zu tun, als sei alles in bester Ordnung.«

Stella fuhr mit dem Finger der linken Hand über den dicken Rand des Senfglases. »Es ist nichts passiert«, sagte sie dann.

»Bedauerst du das?«

»Manchmal, ja.« Nun gab es kein Zurück mehr. Sie spürte auf einmal den Drang zu reden. Ihrer Tante alles zu sagen, was sie sich selbst noch nie gesagt hatte. »Ich liebe Paul«, begann sie, »aber …«

»… Tim liebst du auch, oder?«

»Ich weiß nicht.«

»Man weiß immer. Man will oft nur nicht wissen.«

»Da war nie irgendwas.«

»Niemals?«

»Nur damals, als du in der Klinik warst. Da hat Tim bei mir übernachtet. Wir haben in einem Bett geschlafen und uns geküsst. Aber mehr ist nicht passiert. Wir waren ja auch noch so jung. Schulkinder. Und dann kam der Abiturball, und von da an sind Paul und ich ein Paar gewesen. Es gab eine Nacht in Griechenland, da fühlte ich mich Tim sehr nah, aber es war mehr so ein Spüren. Wir haben nichts Unrechtes getan, sind nur spazieren gegangen. Danach trennten sich unsere Wege, und Merle kam, und jetzt …«

»… jetzt holt dich alles ein.«

Sie nickte. »Manchmal wünsche ich mir, er würde wieder auf Reisen gehen und uns hier in Ruhe lassen.«

»Wünschst du dir das wirklich?«

»Ja … Nein … ach, ich weiß nicht. Es wäre besser. Besser für uns alle. Aber dann muss ich an das denken, was du uns damals im Krankenhaus gesagt hast, Paul und mir. Du hast über Freiheit geredet und darüber, dass man aus seiner Box herauskommen sollte.«

Elisabetta lächelte und trank einen großen Schluck Wein. »Ich hab den Mund wohl ziemlich voll genommen.«

»Nein, nein, das ist es nicht. Die Vorstellung, dass man alle Möglichkeiten hat, hat etwas unglaublich Verführerisches. Aber ich gebe zu, dass ich Angst habe. Angst, etwas auszulösen, dessen Konsequenzen ich nicht absehen kann.«

»Das können wir nie, Stella. Wir können noch so viel planen und abwägen – das Leben hat immer seinen eigenen Kopf.«

»Aber man kann sein Unglück auch provozieren.«

»Das hab ich mir bei Roberto oft gedacht, aber hätte ich mich nicht auf ihn eingelassen, wären mir die größten Glücksmomente versagt geblieben. Durch ihn erst habe ich erfahren, was Liebe alles kann.«

»Und dein Absturz?«

»Damals kam viel zusammen. Ich habe meine Medikamente nicht regelmäßig genommen, weil ich dachte, sie würden mir die Fähigkeit zu spüren nehmen. Meine Kreativität ließ nach, und meine Gedanken waren oft so ein Einheitsbrei. Deshalb setzte ich das Zeug einfach von heute auf morgen ab. Solange Roberto noch da war, glaubte ich, mir könne nichts geschehen. Alles schien leicht und wie von Wolken befreit. Doch dann reiste er ab, und mir wurde klar, dass er nicht wiederkommen würde. Er sagte, er müsse zurück zu seiner Familie. Kinder brauchten einen Vater. Ich seh mich noch am Bahnhof stehen, und alles in mir flehte: Ich brauch dich doch auch! Tja, den Rest kennst du. Die Krankheit schlug erneut zu, mit einer Wucht, die ich bis dahin nicht gekannt hatte.«

»Warst du nicht wütend auf ihn?«

»O doch. Wütend, traurig, verzweifelt. Aber das vergeht. Was bleibt, ist das Gefühl, gelebt und geliebt zu haben.« Sie beugte sich vor, nahm die Weinflasche und goss ihr Glas wieder voll.

Stella zog die Augenbrauen hoch. »Du trinkst zu viel, Elisabetta.«

»Ich weiß. Aber es schmeckt mir. Lass deiner alten Tante ein bisschen Freude. Außerdem trinke ich nur in Gesellschaft. Meistens mit Jens.«

»Du magst ihn sehr, oder?«

»Er ist mein bester Freund.«

»Nur ein Freund?« Stella hatte diese Frage schon lange stellen wollen, jetzt schien ihr der richtige Zeitpunkt dafür gekommen.

Elisabetta wurde ernst. »Ja. Er ist ein einziges Mal über Nacht bei mir geblieben, das ist nun bereits ein paar Jahre her. Roberto war weg, und ich fühlte mich einsam. Es war schön mit ihm, aber schließlich ist da ja noch Elsa – und sie ist keine Frau für eine Ménage-à-trois.«

Stella nippte an ihrem Wein. »Bin ich eine Frau für so etwas?«, fragte sie dann.

Elisabetta fasste sich mit dem Zeigefinger an die Nase. Das tat sie oft, wenn sie nachdachte. »Na ja«, sagte sie schließlich, »die beiden Jungs und du – ihr wart für mich immer eine Einheit. Als kleines Mädchen hast du dir unbeschwert genommen, was du brauchtest. Von Paul bekamst du, was Tim dir nicht geben konnte, und von Tim das, wozu's bei Paul nicht reichte. Es war schön, euch zuzuschauen, weil ihr so unschuldig und gleichzeitig so sicher wart. Du hast deine Zuneigung gut verteilt, als hättest du eine innere Wasserwaage, die dir genau zeigte, was zu tun war. Du hast nicht viel überlegt, sondern intuitiv gehandelt. Das verlernen wir leider, je älter wir werden.«

»Warum?«

»Zu viele Believes.«

»Was meinst du damit?«

»Glaubenssätze, die man uns mitgibt und die wir uns irgendwann einverleiben. Du darfst nicht das, du sollst nicht jenes. Und wenn du das tust oder lässt, passiert bestimmt dieses oder jenes … Das ist der sichere Tod der Unschuld.«

»Ich verstehe«, sagte Stella leise. »Aber was soll ich jetzt tun?«

»Keine Ahnung. Ich weiß nur eines: Man kann vor seinen Gefühlen nicht davonlaufen, denn sie sind immer schneller.«

»Bin ich verrückt?« Stella verschränkte ihre Hände im Nacken, legte den Kopf hinein und sah nach oben, wo eine nackte Glühbirne von der Decke baumelte. Schon lange hatten Paul und sie einen Lampenschirm kaufen wollen, aber sie hatten es immer wieder verschoben. Anderes war wichtiger gewesen. Eine Wickelkommode zum Beispiel. Ein Gitterbettchen. Ein Mobile mit Schmetterlingen.

»Bin ich verrückt?«

Elisabetta lachte kurz auf. »Das fragst du eine Verrückte?«

Stella erwiderte nichts. Die Gegenfrage war ihr Antwort genug.

Sie leerten die Flasche Wein an diesem Nachmittag, und der ungewohnte Alkohol feilte Stellas Vorahnungen die Ecken und Kanten weg. Sie wusste, dass es nur ein paar Stunden dauern würde, bis die Zweifel wiederkämen, aber sie genoss das Gefühl geschenkter Leichtigkeit.

»Danke«, sagte sie zu Elisabetta, als sie ihre Tante später zur Tür brachte.

»Für den Wein?«

»Für den auch.«

Es sollte noch Monate dauern bis zu dem Tag im September, der alles änderte. Monate, in denen Tim und Paul und Stella zusammen kochten und spielten und lachten und sich manchmal auch stritten. Monate, in denen Merle wuchs und krabbelte und schließlich ihre ersten wackeligen Schritte machte.

»Komm in Mamas Arme!«, sagte Stella.

»Komm in Papas Arme!«, sagte Paul.

»Komm in Tims Arme!«, sagte Tim.

Und die Kleine lief mit den Armen rudernd von einem zum anderen.

Am nächsten Tag legte Tim ein Päckchen mit einer großen Schleife auf den Wohnzimmerteppich. Darin waren Mini-Turnschuhe mit richtigen Profilsohlen. »Damit sie überall einen guten Auftritt hat«, erklärte Tim.

Paul zog Merle die neuen Schuhe an, und Stella band ihr die Schnürsenkel. In diesem Moment dachte sie: Ich muss verrückt gewesen sein, als ich meinte, ich sei verrückt.

An jenem Septembertag trug der Himmel strahlendes Blau. Stella trug ein weites blaues Baumwollkleid, als hätte sie sich mit dem Himmel abgesprochen. Merle hatte sie eine sonnengelbe Latzhose angezogen, die unten umgekrempelt war, so dass die kleinen nackten Füße rausguckten, die im Laufe des Sommers ganz braun geworden waren.

Es war ein Freitag.

Stella und Paul hatten sich gestritten. Beim Frühstück hatte er plötzlich angefangen. Sie würde wie eine Glucke an dem Kind hängen und ihr Studium vernachlässigen und ihn sowieso. Sie müsse loslassen lernen, sagte er. Er sagte das in pastoralem Ton, wie ein Pfarrer von seiner Kanzel, und dabei sah er sie durch seine große schwarze Brille herausfordernd an. Sie kannte diesen Ton und diesen Blick, so, wie er sie kannte und wusste, dass sie das nicht ausstehen konnte. Er provozierte die Spannung in der kleinen Küche, die chemische Zusammensetzung seiner Worte verlangte geradezu nach dem Streichholz, das alles zur Explosion bringen würde.

Tims Mundwinkel bewegten sich, und niemand hätte sagen können, ob es Amüsement oder Wut war, was da zuckte.

Merle hielt Paul strahlend einen Ball entgegen, doch er ignorierte ihn.

Stella nahm ihren Kaffeebecher, den sie noch in der Hand hielt, und warf ihn in hohem Bogen ins Spülbecken, wo er mit einem lauten Knall in tausend Stücke zerbrach. Wie sie das denn bitte schön anstellen solle, schrie sie, wenn er, Paul, von morgens bis abends in der Uni rumhänge und sie alles am Hals habe? Solle sie das Kind einfach sich selbst überlassen?

Merle begann zu weinen, und Tim erhob sich langsam, um die Scherben einzusammeln.

Paul stand abrupt auf, sah alle drei nacheinander an, schüttelte den Kopf und sagte, er gehe jetzt in die Vorlesung.

»Und unser Ausflug?«, fragte Stella. Sie fragte leise; ihre Stimme hatte alles Laute im Spülbecken gelassen, zusammen mit dem kaputten Kaffeebecher.

»Welcher Ausflug?«

»Wir wollten doch zu Elisabetta rausfahren. Ein bisschen im Garten sein, schwimmen, rumdösen … Hast du das vergessen?«

»Keine Zeit«, erwiderte er knapp. »Dann döst mal schön.« Kurz darauf hörten sie die Haustür, die entschieden ins Schloss fiel.

Stella wischte sich mit einer energischen Handbewegung ein paar Tränen weg. »Na dann«, sagte sie, »fahren wir eben zu dritt.«

Tim biss sich auf die Oberlippe und nickte. »Okay.« Mehr sagte er nicht.

Sie nahmen den Bus. Die meiste Zeit sahen sie schweigend aus dem Fenster. Nur Merle lief aufgeregt zwischen den Sitzreihen hin und her und setzte sich schließlich auf Tims Schoß, um alles zu kommentieren, was draußen vorbeirauschte – Hund, Auto, Haus, Baum …

Irgendwann lachte Tim laut auf, Merle lachte mit, und

beide schauten Stella erwartungsvoll an. Die brachte zunächst nur ein verunglücktes Grinsen zustande.

»Für den Anfang nicht schlecht«, meinte Tim. »Hey, Stella, nun gib dir einen Ruck. Paul hat sich wie ein Arsch verhalten, okay, aber der kriegt sich schon wieder ein.«

»Ich bin ziemlich sauer auf ihn.«

»Ja, ich weiß. Das war ... wie soll ich sagen ... das war auch nicht nett von ihm.«

»Nicht nett? Das war unverschämt. Ich tu alles, damit es Merle an nichts fehlt, und er geht studieren und erklärt mir, ich solle mal loslassen. Und diese überhebliche Art von ihm ... Ich hasse es, wenn er so ist.«

»Ist er oft so?«

»Immer öfter. Du kennst ihn doch, und außerdem bist du live dabei. Er kann unglaublich lieb und einfühlsam sein und im nächsten Augenblick wahnsinnig arrogant und abweisend.«

Tim ließ Merle ein wenig auf den Knien wippen; sie juchzte.

Stella lächelte. »Sie ist süß, nicht?«

Tim sah auf. »Sie ist wie ihre Mutter.«

Stella spürte, wie sie rot wurde.

Der Busfahrer sagte die nächste Station an. Es war die, an der sie aussteigen mussten. Stella nahm schnell die Tasche mit Merles Spielsachen, Tim nahm Merle.

Den kurzen Weg von der Haltestelle zu Elisabettas Haus gingen sie ohne ein Wort nebeneinanderher. Tim summte eine Melodie, irgendwas von den Rolling Stones; Stella fiel nicht ein, welcher Song es war.

»Was ist das?«, fragte sie, als sie den Garten betraten.

»Was?«

»Dieses Lied.«

»*Wild Horses.*« Er setzte Merle, die er Huckepack getragen hatte, auf dem Boden ab. Das Mädchen lief über die Wiese Richtung Veranda, wo Elisabetta stand und die Arme ausbreitete.

Stella lächelte. »Danke, dass du mitgekommen bist.«

»Na, so selbstlos war das gar nicht.« Er kickte einen Stein mit dem Fuß weg und gab Stella einen Schubs von der Seite. »Hey, immer wenn ich hierherkomme, ist es, als ob ich meine Kindheit wieder betrete ...«

»Geht mir auch so.«

»War damals wirklich alles so schön, oder kam's uns nur so vor?«

»Es war so, Tim!«

»Und dann wirst du älter und älter, und die Unschuld macht sich klammheimlich durch die Hintertür davon.«

»Das hat Elisabetta so ähnlich auch schon mal gesagt.«

»Kluge Frau. Mal ganz ehrlich, bist du gern erwachsen?«

»Na ja, einerseits ...«

»Jetzt komm, hör auf mit diesem bescheuerten Einerseits-andererseits. Das ist so eine blöde Pseudo-Ausgewogenheit. Damit kannst du nur gepflegt auf der Stelle treten.«

»Okay, du hast recht. Also grad im Moment wär ich gern noch mal Kind. Die Welt ist so neu, und man läuft staunend durch dieses Abenteuerland. Mit dir und Paul hab ich damals Wunder gesammelt.«

»Und heute erlebst du dein blaues Wunder mit ihm.«

Sie lachte.

Er blieb stehen. »Du bist hinreißend, wenn du lachst.«

Sie drehte sich zu ihm um. »Das ist jetzt das zweite Kompliment binnen einer Stunde. Willst du Pauls Aussetzer heute früh damit wiedergutmachen, oder nutzt du hier grad die Gunst des Augenblicks aus?«

»Ich mag deinen Verstand.«

»Aha. Kompliment Nummer drei. Aber keine Antwort.«

»Die kannst du dir selbst geben.«

»Hallo, ihr zwei!« Elisabetta kam ihnen entgegen, Merle rannte hinter ihr her. »Wo ist Paul?«

»Im Schmollwinkel«, erwiderte Tim.

Die Tante zog die Augenbrauen hoch.

»Na ja, wir hatten etwas Krach vorhin«, erklärte Stella, »und da hat er's vorgezogen, in die Uni zu gehen.«

Elisabetta nickte. »Lust auf Kuchen?«

»Klar«, sagte Tim und lief Richtung Veranda voraus.

»Alles okay?«, fragte Elisabetta und strich Stella über den Kopf.

»Geht schon. Ich will mir diesen Tag nicht verderben lassen.«

»Das ist die richtige Einstellung. Ich sag immer, wenn dir das Programm nicht gefällt, wähl ein anderes.«

»Ist nicht so leicht.«

»Wer wüsste das besser als ich? Aber heute sind die Voraussetzungen günstig. Du bist in netter Begleitung, die Kleine hat gute Laune, und das Wetter ist ein Geschenk. Wollt ihr baden gehen? Der See hat herrlich warmes Wasser. Ich war heute Morgen schon drin.«

»Ich denk ja. Hab zumindest mal meinen Bikini eingepackt.«

»Ich leiste euch jetzt noch Gesellschaft beim Kaffeetrinken und fahr dann auf einen Sprung zu Jens. Er hat Kummer mit seinem Sohn, und Elsa weiß sich keinen Rat mehr mit dem Jungen.«

»Was Schlimmes?«

»Ach nein, eher was Pubertäres.«

Es war wie immer hier in dem gelben Haus, und weil es

wie immer war, tat es Stella gut. Sie spürte, wie sie sich entspannte, als sie auf der Veranda saß und Elisabetta frisch aufgebrühten Kaffee in die alten weißblauen Porzellantassen goss, in denen die Jahre bereits Haarrisse hinterlassen hatten. Tim schnitt mit Merle Grimassen, und Stella schnitt den ofenwarmen Apfelkuchen in Stücke.

Heile Welt, dachte sie, während sie den Kuchen mit der Gabel aufpikste und etwas Schlagsahne dazu nahm. Es sieht so verdammt nach heiler Welt aus, aber ist nicht vielleicht alles nur Schein? Eine Fata Morgana, die man sich selbst zur Seelenberuhigung vorgaukelt? Und dann fiel ihr wieder ein, was sie Tim vorhin gesagt hatte über das Sammeln von Wundern, und sie sah auf einmal überdeutlich, dass ihre Welt wunderloser geworden war. Die wundervollen Momente hatten sich rar gemacht wie alte Freunde, die einen nicht mehr so häufig besuchten. Sie ließen sich allenfalls noch blicken, wenn sie in Merles Augen sah, die Atemzüge ihrer Tochter beim Schlafen zählte oder ihr zuschaute, wenn sie ins Spiel versunken war, jenseits von Zeit und Raum Bauklötze stapelte und Stofftiere streichelte. Früher hatte Stella diese Momente mit Paul geteilt, aber in den letzten Monaten war er ihr immer mehr entschwunden. Die Szene beim Frühstück schien ihr wie ein Ausdruck dessen, was da seit geraumer Zeit gärte. Ja, seit wann eigentlich? Hatte Tim in seinem Rucksack außer ein paar ausgeblichenen Hemden und Hosen und diesen kleinen schwarzen Notizbüchern, in die er alles schrieb, was ihm durch den Kopf ging, noch was anderes mitgebracht? Etwas, das seine Wirkstoffe erst langsam freisetzte, dafür aber umso nachdrücklicher. Paul hatte den Freund eingeladen zu bleiben. Es war seine Idee gewesen, Tim den Schlafplatz auf dem Sofa anzubieten. Wollte er die Versuchung zum Duell herausfordern? Hatte er sich als Sekundant die Zeit eingeladen, die ihm dabei behilflich war? Sah so sein Plan aus?

Sie strich sich eine Haarsträhne aus der Stirn. Nein, nein, nein. Paul liebte sie, und er liebte Tim. Und genau diese zwei Menschen wollte er bei sich haben. Sie dagegen wollte etwas ganz anderes, aber das durfte sie nicht wollen.

Elisabetta stand auf. »Ich geh dann mal.«

Stella erhob sich im selben Moment. Kurz traf ihr Blick den Elisabettas. Bleib hier, schien er zu sagen. »Ich geh auch«, sagte sie.

Tim sah Stella überrascht an. »Wohin?«

»Schwimmen. Ich geh schwimmen.« Ohne eine Antwort abzuwarten, lief sie die drei Stufen von der Veranda hinunter in den Garten. Unten am Steg hielt sie keuchend inne. Ihr war heiß, und zugleich zitterte sie. Sie zerrte sich das Kleid vom Körper; den Bikini trug sie darunter. Blau wie das Kleid und der Himmel.

Mit einem Kopfsprung stürzte sie ins Wasser, tauchte hinein in eine barmherzige Lautlosigkeit. Doch das währte nur Sekunden; als sie wieder an die Oberfläche kam, schien alles in ihr zu trudeln wie die Wellen, die sie umschaukelten. Sie kraulte bis zur Mitte des Sees, legte sich auf den Rücken und ließ sich treiben. Eine Minute, fünf Minuten, zehn Minuten …

Als sie zurück ans Ufer schwamm, war sie ruhiger. Sie kletterte auf den Steg, warf die nassen Haare in den Nacken und sah zur Wiese. Tim hatte unterdessen eine Wolldecke unter den Bäumen ausgebreitet. Merle lief mit ihrem Teddy an der Hand durchs Gras.

»Das hat gutgetan.« Stella ließ sich neben Tim auf die Decke fallen.

Er sah sie an. »Wir sind allein.«

»Ich weiß.«

Ja, sie wusste. Sie wusste, dass es keine Option mehr gab. Rouge ou noir – sie hatte ins Schwarze getroffen oder vielleicht auch ins Rote ... Egal – was zählte, war, dass sie getroffen hatte; das Möglichkeiten-Roulette hatte seine Kugel unwiderruflich abgelegt. Rien ne va plus, nichts geht mehr. Spiel-Ende, nannte man das. Sie hatte es bereits vorhin auf der Veranda gewusst, im Bus heute Mittag, am Frühstückstisch heute Morgen. Zu Silvester hatte sie es gewusst, als der Sekt in den Senfgläsern schäumte, an dem kalten Abend im Dezember, als Tim neben Paul auf dem Sofa saß, auf dem nächtlichen Dorfplatz in Griechenland, als die Augen schon taten, was die Lippen ihnen noch verwehrten. Immer, immer, immer hatte sie es gewusst. Ihr Kompass hatte ihr nur eine Richtung vorgegeben, und sie war ihm gefolgt, ahnend, dass er sie eines Tages hier auf diese Wiese neben Tim legen würde. Endstation Sehnsucht, dachte sie, und sie musste lachen, weil das wiederum Paul hätte einfallen können. Paul mit seinen ewigen Zitaten. Paul mit seiner Leidenschaft für Literatur und Film. Einer Leidenschaft, die größer war als das, was er ihr in den letzten Monaten gegeben hatte. Oder je gegeben hatte?

Sie schloss die Augen. Der Himmel über ihr verschwand, und mit ihm verschwanden ihre letzten Zweifel.

Der Kuss kam unverzüglich, durch nichts ließ er sich mehr aufhalten. Sie wollten alles, jetzt, gleich, sofort. Das war kein Herantasten wie damals, als sie oben im Kinderzimmer ihre ersten Nächte miteinander verbrachten, zwei Kinder, die küssen übten und sich aneinanderkuschelten wie junge Vögel in einem Nest. Das hier war Lust, die Jahre genau diesen Moment herbeigelebt hatte. Sie keuchten und kugelten auf der Decke hin und her. Mal lag er oben, mal sie. Längst hatte er ihr das nasse Bikinioberteil ausgezogen, sie spürte, wie ihre Brüste in seinen Händen Platz fanden, als wäre das ihr Bestimmungsort. Sie stöhnte leise auf, als er die Warzen fest zwischen Daumen und Zeigefinger nahm, um sie gleich darauf wie um Verzeihung bittend zu umstreicheln. Als er sie in den Nacken biss, um in der nächsten Sekunde mit der Zunge darüberzulecken. Als er ihre Schultern zu Boden stieß, um sie dann wieder freizulassen. Niemals hatte Paul so etwas getan. Der behutsame, vorsichtige, sanftmütige Paul, den Tim nun mit einer Wucht wegstieß, die Stellas ganzen Körper zum Zittern brachte. Sie bebte, als er ihr das Höschen mit einem Ruck runterriss. Er lachte, und sie lachte auch, weil alles in ihr warm und weich wurde. Wie eine Welle an einem Karibikstrand, dachte sie, und sie musste noch mehr lachen, weil sie noch nie an einem Karibikstrand gewesen war.

Plötzlich hielt er inne.

»Ich liebe dich.«

Seine Worte füllten die Stille, die entstand. Eine Stille, in der es schien, als würde die Erde sich nicht mehr drehen, als würde die Sonne das Scheinen und der Wind das Wehen vergessen. Selbst die Hummeln stellten das Summen ein. Nichts hatte auf dieser Welt mehr Raum, die drei Worte besetzten alles, was jemals von Bedeutung gewesen war.

Stella öffnete die Augen. Sie sagte nichts. Um die Stille nicht zu stören und weil sie wusste, dass Tim ihre Antwort sowieso kannte. Tim, der ihr eine Haarsträhne aus der Stirn pustete und dabei lächelte. Dieses leicht schiefe Lächeln, das oft etwas Spöttisches hatte und mit dem er die Lehrer früher um den Verstand gebracht hatte. Doch jetzt war es einfach nur liebevoll, wie seine Hände, die ihren Bauchnabel umkreisten. Langsam taten sie das, als würden sie nun der Zeit das subtile Spiel mit der Lust überlassen. Hinauszögern, bis das Wollen nahezu unerträglich würde. Jede Hundertstelsekunde mit Verlangen tränken. So viele Jahre hatten sie gewartet, doch dieses Warten hier hatte etwas unsagbar Süßes, denn es konnte ja nur geschehen, was sie beide ersehnten.

Ein Schrei zerriss die Stille. Ein Schrei wie das Brüllen eines wilden Tieres. Ein Schrei, von dem sie beide bereits in diesem Moment wussten, dass er auf immer in ihnen nachhallen würde. Selbst die alten Bäume im Garten schienen zu zittern.

Stella und Tim setzten sich auf.

Und dann sahen sie ihn. Paul. Er torkelte über die Wiese, reckte die Arme nach oben, öffnete den Mund, aber nun kam kein Laut mehr heraus. Als er sie sah, blieb er kurz stehen. Dann rannte er los. Stella hatte ihn noch nie so rennen sehen. Ein paar Sekunden später war er bei ihnen. Sie hielt sich ihre Hände schützend vor die Brust, doch er stieß sie weg mit einer Kraft, die sie an ihm nicht kannte. Sein Faustschlag traf Tim mitten ins Gesicht. Einmal, zweimal, dreimal. Tims Nase begann zu bluten. Er, der früher auf dem Schulhof keinen Kampf ausgelassen hatte, versuchte erst gar nicht, sich zu wehren, sondern kauerte sich zusammen. Pauls Faust traf ihn nun überall – an den Schläfen, am Hinterkopf, an den Ohren. Sie hinterließ Stöhnen und Wimmern und Flehen, aber das schien sie nur noch mehr zur Raserei zu bringen, diese Faust, die kein Erbarmen kannte.

Stella brüllte. »Aufhören! Bitte, Paul, hör auf!« Sie versuchte, sich zwischen die beiden Männer zu werfen, doch Pauls Faust traf auch sie. Sie begann zu weinen, lauter und immer lauter, bis das Schluchzen ihren ganzen Körper durchschüttelte. Tränen liefen ihr über das Gesicht, dort, wo sie eben noch Tims Küsse gespürt hatte.

Auf einmal ließ Paul abrupt von Tim ab, der blutend und sich krümmend neben der Decke im Gras lag. Er stand langsam auf, gab dem Freund einen letzten heftigen Fußtritt in den Bauch und sah Stella an. Es war ein Blick, den das Fühlen verlassen hatte. Dunkle, fast schwarze Ringe lagen unter seinen Augen, ansonsten war alle Farbe aus dem Gesicht gewichen. Die blonden Haare klebten an der Stirn.

»Los, sieh dir an, was ihr getan habt«, sagte er und nickte Richtung Haus. Seine Stimme war kaum hörbar; sie schien sich an den Worten zu scheuern und versagte ganz, als er ein weiteres »Los!« hinterherschicken wollte.

Stella erhob sich, zog ihre Bikinihose an und griff nach der Decke, die sie sich um die Schultern legte. Langsam taumelte sie zum Haus. Da war die Veranda mit dem Tisch, auf dem die Kaffeetassen und Kuchenteller darauf warteten, abgeräumt zu werden. Die kleine Treppe davor. Der Efeu, der die Hauswand emporkletterte. Stella schaute nach rechts zur Einfahrt. Nur Elisabettas alter Volvo stand dort; die Tante hatte das Fahrrad genommen, als sie vorhin losgefahren war. Stellas Blick wanderte zurück wie in Zeitlupe – hin zur linken Seite des Hauses. Dort, wo eine Schubkarre abgestellt worden war, mit einem Spaten und einer Harke darin.

Und dann sah sie es. Ein Häufchen Gelb neben einer Zinkwanne, in der Elisabetta das Regenwasser auffing, um damit ihre Blumen zu gießen. Merle lag da in ihrer gelben Latzhose. Sie rührte sich nicht.

Mit einem Sprung war Stella bei ihr, nahm sie in die Arme, schüttelte sie. Das kleine Gesicht war blass und von bläulichen Adern durchzogen. Der Mund stand etwas offen, die

Augen blickten starr zum Himmel, die blonden Zöpfchen, die von Haarspangen mit roten Plastikkirschen zusammengehalten wurden, waren nass.

»Merle!«, rief Stella. »Merle! Merle!« Sie schüttelte den Körper. »Oh, mein Gott, sag doch was. Bitte, bitte, bitte, sag was. Mami ist hier. Bei dir.«

Der Körper des Mädchens bewegte sich nicht. Da war nichts mehr. Kein Atem, kein Herzschlag.

Stella sah zur Zinkwanne, dann zu den nassen Zöpfchen. Nichts in ihr wollte begreifen, was sie sah. Alles widersetzte sich dem Offensichtlichen. Bitte, lieber Gott, lass dies nur ein Traum sein, flehte sie stumm, während sie ihre Tochter an sich drückte. Die Wolldecke fiel ihr von den Schultern. Ihr war weder heiß noch kalt. Sie fühlte nichts mehr. Da war nur Leere. Sie wollte schreien, weinen, aber die Tränen, die eben noch geflossen waren, blieben aus, als wäre die Quelle für Tränen in ihr plötzlich versiegt. Dann senkte sich Schwärze über sie an diesem so blauen Spätsommertag. Es war eine barmherzige Schwärze, eine Schwärze, die Bewusstlosigkeit brachte.

Als Stella wieder zu sich kam, lag sie im Bett in ihrem alten Kinderzimmer. Man hatte sie mit einer Daunendecke zugedeckt. Draußen war es dunkel. Im Haus war es still.

Sie spürte nichts, und das erstaunte sie. Sie versuchte, ihre Gedanken zu ordnen, sich zu erinnern, aber da war nichts. Sie irrte herum in einer Wolke aus Fragen, und die Kondenstropfen dieser Fragen perlten an ihr ab. Sie war zu müde, um Antworten zu finden, schloss die Augen wieder und ergab sich dem Schlaf, der sofort nach ihr griff.

Irgendwann hörte sie Elisabettas Stimme und die von Jens. Und dann war da noch eine Stimme, die sie nicht kannte, aber das machte nichts. Ihre Tante war hier, und sie würde auf Stella aufpassen, wie sie das immer getan hatte.

Manchmal merkte sie, dass sie etwas in der Armbeuge stach, aber sie mochte das, denn danach schien sie zu fliegen, aus dem Fenster, mitten in den Himmel hinein, der mal blau, mal grau, mal schwarz war. Manchmal bot er auch Regentropfen oder Wolken oder Sterne, aber er war verlässlich, der Himmel. Ein kleiner Pikser, und schon öffnete er Stella seine Türen.

Später sagte man ihr, sie habe länger als eine Woche dort in ihrem Zimmer gelegen und sei von einem Arzt betreut worden, den Elisabetta gut kannte. Er hatte sie auf den ausdrücklichen Wunsch ihrer Tante hin nicht in ein Krankenhaus gebracht, sondern war jeden Tag zweimal vorbeigekommen, um ihr Ruhe zu injizieren.

Elisabetta hatte in der Zwischenzeit kaum geschlafen. Obwohl sie mit ihrer Kraft am Ende war, bot sie alles auf, um das Unfassbare zu begreifen und die nötigen Schritte zu unternehmen.

Als sie an jenem Nachmittag nach Hause gekommen war, fand sie Tim wimmernd im Garten, Paul mit starrem Blick unten am Steg und ihre Nichte mit der toten Merle im Arm bewusstlos neben der Zinkwanne. Sie rief ihren Arzt, die Polizei und Jens an. Der Arzt untersuchte Tim und ließ ihn mit Prellungen, gebrochenem Nasenbein, zwei herausgeschlagenen Zähnen und dem Verdacht auf innere Verletzungen sofort in ein Krankenhaus bringen. Stella gab er starke Beruhigungs- und Schlafmittel. Merle legten er und Jens ins Wohnzimmer auf das Sofa. Später wusch Elisabetta sie und zog ihr ein blaues Kleid mit weißen Blumen an. Sie zündete Kerzen an und bestand darauf, dass die Kleine noch eine

Nacht bei ihr im Haus blieb, damit die Seele wisse, wohin sie gehöre. Genau so sagte es Elisabetta, und der Arzt nickte und stellte den Totenschein aus.

Als er fuhr, waren die Beamten der Polizei noch dort. Sie versuchten, Paul zum Reden zu bringen, doch er schwieg, und wenn ihn jemand anfassen wollte, schlug er um sich und trat mit den Füßen. Irgendwann packten ihn zwei Polizisten und nahmen ihn mit aufs Präsidium.

Die Nacht nach dem Tod seiner Tochter verbrachte Paul in einer Gefängniszelle. Die Anklage lautete auf schwere Körperverletzung. Er wollte keine Aussage machen, er wollte keinen Anwalt, er wollte kein Essen. Er saß nur stumm auf seiner Pritsche, und manchmal schlug er mit dem Kopf gegen die Wand.

Als Tim einigermaßen vernehmungsfähig war, besuchten ihn die Polizisten im Krankenhaus. Er bestätigte, von Paul zusammengeschlagen worden zu sein, aber er verzichtete auf eine Anzeige. Seine Ärzte erklärten, er werde noch einige Wochen dortbleiben müssen. Leber und Milz waren gerissen, und neben den Verletzungen im Gesicht hatte er eine massive Gehirnerschütterung.

Paul wurde aus dem Gefängnis entlassen.

Zu dem Zeitpunkt hatte Elisabetta bereits alle Vorbereitungen für Merles Beisetzung getroffen.

Stella schlief noch immer in ihrem Kinderzimmer. Ruhigstellen, nannte der Arzt das.

Elisabetta fuhr mit Jens zu Paul. Sie läuteten lange an der Wohnungstür, bevor ihnen endlich geöffnet wurde. Überall standen Umzugskartons herum, kein Bild hing mehr an den Wänden, Merles Sachen waren im Wohnzimmer verstreut – Bilderbücher, Mützen, Puppen, Bauklötze, Kleider, Spielzeugautos … Die Turnschuhe, die Tim ihr geschenkt hatte, lagen vor dem Fernseher. Der Bildschirm war in tausend Splitter zersprungen.

»Um Gottes willen, Paul. Was tust du?«, fragte Elisabetta.

»Wonach sieht's denn aus?«, lallte er. »Ich zieh aus. Was soll ich denn noch hier?«

Sie sah auf den Tisch vor dem Sofa. Zwei leere Wodkaflaschen standen dort. Paul nahm eine der Flaschen, hielt sie gegen das Licht und stellte sie wieder hin. »Leer«, sagte er. »Wie ich ...«

Jens setzte sich auf einen freien Sessel. »Wir kommen, um dir zu sagen, dass morgen die Beerdigung ist«, erklärte er. Er bemühte sich, seiner Stimme eine gewisse Festigkeit zu geben, was ihm nicht gut gelang.

»Ach ja.« Paul zog die Nase hoch und wischte sich mit dem Ärmel seines Hemds darüber. »Und ist die Schlampe auch da?«

»Paul!« Elisabetta wollte ihm die Hand auf den Arm legen, doch er schlug sie weg.

»Kannst du es nicht ertragen, wenn ich die Wahrheit sage?« Er sah sie mit glasigen Augen an. »Deine Nichte vögelt mit meinem Freund unter deinen Apfelbäumen, während meine Tochter in deiner Wanne ertrinkt. Und ich soll gute Miene machen?«

»Das verlangt niemand von dir, Paul«, erwiderte Elisabetta. »Wir ... wir sind alle betroffen ...«

»Betroffen? Ach, Scheiße, davon wird sie auch nicht wieder lebendig. Schert euch doch zum Teufel! Ich will niemanden von euch mehr sehen, hört ihr? Niemanden! Nie wieder! Richte das bitte auch der Mutter meiner Tochter aus. Wo ist sie überhaupt? Ist wohl zu feige, hierherzukommen ...«

»Sie hatte einen Nervenzusammenbruch, Paul. Sie wird

auch nicht zur Beerdigung kommen können. Es wird niemand dort sein außer Jens und mir. Wir wollten es dir nur sagen. Und noch etwas. Ich bin da, wenn du irgendwann mal reden willst.«

Paul schaute sie an, und für einen kurzen Moment war da etwas in seinem Blick, das sie von früher kannte. Sie sah den Fünfzehnjährigen, der in der Klinik an ihrem Bett stand. Den Jungen, der es anders machen, Zwänge überwinden und freier denken wollte und der es verstand, dass man Bäume umarmte. Aber dann drehte er sich abrupt um. »Raus!«, zischte er. »Und das sag ich nicht zweimal.«

Elisabetta wandte sich zum Gehen.

Jens stand auf und folgte ihr hinaus in den Flur. Als sie im Treppenhaus waren, begann Elisabetta zu weinen. Jens legte ihr den Arm um die Schulter.

»Armer Paul«, schluchzte sie. »Weißt du, er war immer so ein guter Junge.«

»Ich glaube, hier gibt es kein Gut und Böse mehr«, erwiderte er.

Sie wusste, dass er recht hatte.

Es regnete, als sie am nächsten Vormittag an dem kleinen Grab standen. Binnen Tagen hatte der Spätsommer dem Herbst Platz gemacht. Elisabetta hatte auf einen Trauerredner und einen Kranz verzichtet; auf einen Regenschirm verzichtete sie auch. Sie trug ein weißes Kleid und eine weiße Strickjacke, weil sie Schwarz verabscheute. Das Kleid und die Jacke waren völlig durchnässt, als Jens sie zurück zum Auto brachte. Aus den Augenwinkeln entdeckte sie Paul, der etwas abseits unter einem Baum stand und wartete, bis sie davonfuhren. Er hielt einen Strauß gelber Rosen im Arm.

Als Elisabetta am Tag darauf noch mal zum Friedhof ging,

lagen die Rosen auf Merles Grab. Daneben lag eine Puppe mit blauen Augen und blonden Zöpfchen.

Paul sah sie nie wieder.

Stellas Arzt reduzierte die Beruhigungsmittel behutsam. Trotzdem kam irgendwann der Moment, vor dem Elisabetta am meisten Angst hatte. Der Moment, an dem sie ihrer Nichte in die Augen schauen und darin Erkennen sehen würde. Sie wusste aus eigener Erfahrung nur zu gut, wie es war, aus diesem watteweichen Nichts aufzutauchen und in die Wirklichkeit zurückzukommen. Nur war das, was Stella dort vorfinden würde, kaum auszuhalten. Ihr Leben war nahezu zerstört; als hätten Bomben eingeschlagen und nichts mehr ganz gelassen.

Nachdem Stella begriff, was geschehen war, versteinerte sie. Der Arzt, Elisabetta und Jens drängten darauf, dass sie eine Therapie machte; sie hatten bereits Adressen von guten Psychologen herausgesucht. Doch Stella weigerte sich; sie wollte sich nicht helfen lassen. In dem Augenblick, in dem sie geglaubt hatte, endlich alles zu bekommen, war ihr alles genommen worden. Das war grausam, aber war auch einfach. Sie hatte ihren Einsatz gehabt – und sie hatte verloren. Es blieben keine Jetons mehr übrig. Da gab es nichts schönzurechnen. Sie war praktisch tot, tot wie ihre Tochter, aber dazu verdammt, weiterzuleben.

Sie forderte Elisabetta auf, alle Bilder von Merle zu vernichten; jeden Versuch einer Widerrede wehrte sie ab. Oft stand sie auf und ging einfach hinaus. Ihr Gesicht blieb regungslos; alles, was sie jemals zum Lachen oder Weinen gebracht hatte, war daraus verschwunden.

Als ihre Tante über Paul reden wollte, hob Stella die Hände, als wollte sie sich schützen.

Er habe die Wohnung aufgelöst, sagte Elisabetta.

»Besser so«, sagte Stella.

Zum Grab ging Stella nicht ein einziges Mal. Stattdessen ging sie zur Uni und exmatrikulierte sich. Sie blieb noch einige Wochen in dem gelben Haus. Elisabetta schenkte ihr abends Wein ein und bat die Nichte, ihr im Haus zu helfen. Sie schaffte alles, was an Merle erinnerte, fort; die Tränen, die sie dabei vergoss, zeigte sie Stella nicht.

Stella schluckte nach wie vor Tabletten, weil die vermochten, was ihr allein nicht gelang. Manchmal sprang sie auch in den See, der jetzt eisig war, um ein paar Runden zu schwimmen, und wenn ihre Zähne danach aufeinanderschlugen, war die Kälte in ihrem Körper genau das, was sie gerade noch aushielt. Wärme ertrug sie nicht; Elisabettas Versuche, ihrer Nichte ein bisschen was davon zurückzugeben, indem sie kochte, was früher deren Leibspeisen gewesen waren, kamen Stella vor wie billige Zitate aus einer Welt, die es nicht mehr gab. Sie aß wenig und wurde immer dünner.

Ende Oktober packte sie ihren Koffer. Jeans waren darin, einige alte Pullover und zwei Paar Schuhe. Mehr besaß sie nicht; alles andere hatte Paul wohl mit den Möbeln, den Büchern, den Schallplatten und dem Geschirr entsorgt. Ihr Zuhause, das sie an einem sonnigen Tag mit Merle und Tim verlassen hatte, hatte aufgehört zu existieren.

Sie hatte sich in München an der Uni eingeschrieben. Medizin wollte sie studieren, weil das hart war und nicht schöngeistig und weil man da wenig Freizeit hatte. Elisabetta fuhr sie in ihrem Volvo zum Bahnhof. Sie waren früh dran.

»Könntest du bitte einen kleinen Umweg machen?«, fragte Stella plötzlich.

»Wohin?«

»Zum Anschar-Krankenhaus.«

Elisabetta sah nach rechts. »Zu Tim?«

»Ja. Ich hab dort angerufen. Er liegt auf der Inneren.«

»Ich weiß. Weiß er, dass du kommst?«

»Nein.«

Die roten Backsteingebäude des alten städtischen Klinikgeländes wirkten kalt und abweisend an diesem Novembertag, der mit feinem Nieselregen alles vernebelte. Die Grünanlagen waren nicht grün, sondern schmutzig braun, Büsche und Bäume streckten kahle Zweige und Äste von sich, als hätten sie beschlossen, nie wieder auszutreiben.

Elisabetta fuhr zielsicher zu einem großen Haus und stellte den Wagen direkt davor ab.

Stella sah sie an. »Warst du schon mal hier?«

Ihre Tante nickte. »Die Station ist im ersten Stock. Zimmer 253. Er ist erst letzte Woche noch mal operiert worden.«

Stella öffnete die Autotür.

Elisabetta blieb sitzen. »Ich warte auf dich«, sagte sie.

Drinnen roch es nach Desinfektionsmitteln und eingekochtem Kohl. Die Wagen mit den Resten vom Mittagessen standen noch in den langen Fluren.

Ein Arzt hielt Stella die große Schwingtür auf, die zur Station führte. Er nickte ihr zu; sie nickte zurück. Sie spürte den Luftzug, den die Tür beim Schließen hinterließ.

Tim schlief, als sie eintrat. Seine Gesichtsfarbe war weiß, fast so weiß wie das Kissen, auf dem er lag. Sie hatten ihm den Kopf rasiert. Seine schwarzen Locken gab es nicht mehr. Ein großer Verband bedeckte Stirn und Schläfen, ein anderer, kleinerer die Nase. Sein Mund war leicht geöffnet und gab beim Atmen einen unregelmäßig pfeifenden Ton von sich. Neben dem Bett stand ein Infusionsständer, aus dem langsam etwas in seinen linken Arm tropfte. Ein Plastikbeutel fing Urin und Blut auf.

Stella blieb ein paar Schritte vom Bett entfernt stehen. Sie bewegte sich nicht, sondern sah nur auf den schlafenden Mann. Minutenlang stand sie einfach so da, als würde sie darauf warten, dass irgendetwas in ihr geschah. Doch es blieb alles kalt und schwarz, wie Lava, die zu Stein geworden ist. Sie empfand nichts. Kein Mitleid, keine Wehmut, keinen Schmerz.

Sie weckte ihn nicht. Stattdessen wandte sie sich zur Tür und drückte leise die Türklinke herunter.

»Adieu«, flüsterte sie.

Statt einer Antwort kam nur das leise unregelmäßige Pfeifen.

Als sie wieder im Auto neben Elisabetta saß, sagte keine von ihnen ein Wort. Das Schweigen zwischen ihnen war wie eine stille Übereinkunft. Sie fuhren durch die Holtenauer Straße, vorbei an dem alten Kino, das vor ihrer Griechenlandreise *Manhattan* gezeigt hatte, und der »Bazille«, jenem Studentenlokal, wo Stella Paul erzählt hatte, dass sie schwanger war. Doch die Erinnerungen daran waren wie ein Haus, das zwar dastand, aber in dem niemand mehr wohnte. Das, was die Räume einst mit Leben gefüllt hatte, war verschwunden und hatte nichts zurückgelassen.

Der Abschied am Bahnhof war ein kurzer. Elisabetta brachte Stella in den Zug bis zum reservierten Platz und half ihr, den Koffer im Gepäcknetz zu verstauen. Sie umarmte ihre Nichte fest; dann verabschiedete sie sich schnell, weil sie ihr Tränen ersparen wollte. Die kamen erst, als sie wieder im Auto saß. Eine gute halbe Stunde saß sie so da, bis jemand an die Scheibe klopfte und fragte, ob der Parkplatz frei würde.

Stella bemerkte nicht einmal, dass der Zug anfuhr. Sie überließ sich irgendwann einfach dem gleichmäßigen Rollen der Räder auf den Schienen. Sie blieb aufrecht sitzen; einzig ihre Augen bewegten sich – sie folgten dem Lauf der drei Hochspannungsleitungen, die parallel nebeneinander liefen, sich mal ganz nah waren und dann wieder voneinander entfernten, um sich schließlich zu überschneiden und eine Zeitlang nahezu eins zu werden. Die Dunkelheit, die bereits kurz vor fünf Uhr einsetzte, verschluckte sie irgendwann, doch Stella sah weiter dorthin, wo nun Nacht war.

11

Stella reibt sich die Augen. Ihr ist, als ob sie aus einem langen Schlaf erwacht und nun Traumbruchstücke zusammenklaubt. Noch meint sie, das gleichmäßige Rattern des Zuges zu hören und in die Nachtschwärze vor dem Abteilfenster zu schauen. Die tief stehende Sonne über dem See blendet sie, das Rot ihres Kleides kommt ihr vor wie ein greller Farbklecks in einem Schwarzweißbild. Ihre Hand liegt auf dem Schuhkarton mit dem Streublümchenmuster. Sie muss unbeweglich dagesessen haben, während sie das hervorholte, was Bornheim den Schmerz genannt hatte. Das erste Mal seit so langer Zeit war sie hinabgetaucht in die Untiefen der Leere – um zu sehen, dass alles noch da war, zwar überwuchert von den Algen der Jahre, doch klar erkennbar. Die Amnesie hatte ihre Erinnerung verdunkelt, damit sie weiterleben konnte. Aber dieses Leben war nicht mehr gewesen als eine Schattenexistenz.

Elisabetta hatte das gewusst, aber sie konnte nichts dagegen tun. Einmal hatte sie Stella erzählt, sie habe Tim getroffen und er habe nach ihrer Adresse in München gefragt. »Welcher Tim?«, hatte Stella erwidert und dann von ihren bevorstehenden Prüfungen berichtet.

Seitdem nahm Elisabetta in Gegenwart ihrer Nichte keinen der drei Namen mehr in den Mund. Paul, Tim, Merle hatten zwischen ihr und Stella aufgehört zu existieren. Sie arbeitete an ihren Skulpturen, backte an Weihnachten Stollen und Vanillekipferl und versuchte mit ihrem Lachen zu lindern, was nicht zu heilen war. So viel Beständigkeit wie möglich, hatte ihr ein Psychologe geraten. »Behalten Sie die Rituale von früher bei«, sagte er, und sie tat, was er sagte. Nur einmal hatte sie sich nicht daran gehalten. Das war vor etwa sechs Jahren im Winter gewesen. Sie hatte Stella gefragt, ob sie nicht mal zusammen verreisen wollten.

»Wohin?«, hatte ihre Nichte erwidert.

»Ich weiß nicht genau. Irgendwohin, wo es warm ist. Kuba vielleicht …«

Stella sah sie verständnislos an; dann veränderte sich ihr Gesichtsausdruck plötzlich, als sei sie von einem giftigen Insekt gestochen worden. Elisabetta spürte, dass sie mit ihrer Frage etwas ausgelöst hatte. Etwas, das in eine Zeit zurückreichte, über die sie beide nicht mehr sprachen.

»Was ist, Stella?«, erkundigte sie sich vorsichtig.

Ihre Nichte sah sie an, und ihre Augen schienen etwas zu suchen, das sie nicht fanden. »Nichts, Tante«, sagte sie fast tonlos. »Es ist nichts. Ich kann nur nicht verreisen.« Und als müsste sie sich erklären, setzte sie nach: »In der Klinik ist zu viel los. Ich kann mich nicht freimachen für einen langen Urlaub.« Ihre Stimme hatte wieder sicheres Land betreten.

Mit Jens sprach Elisabetta hin und wieder über das, was geschehen war. Und über die Sorgen, die sie sich um Stella machte. Er war ein einfacher Mann, aber gerade deshalb wusste er meist, was zu tun war. »Lass sie sich ein neues Leben aufbauen«, meinte er oft. »Und sei für sie da, wenn sie kommt.«

»Aber was ist das für ein Leben?«, hielt sie dagegen. »Eines, das nur aus Arbeit und Pflichterfüllung und Entsagung besteht?«

»Sie braucht das. Alles andere würde sie vermutlich umbringen.«

»Aber meine Stella ist wie ausgelöscht. Dieses Mädchen, das wagen und lieben wollte, gibt es nicht mehr.«

»Doch«, entgegnete er, »sie ist noch da. Sie ist nur der Sonne zu nah gekommen.«

»Und ich habe ihr dazu geraten. Ich habe ihr gesagt, sie solle ihrem Herzen folgen. Ich habe …«

»Stopp«, unterbrach er sie. »Du hast sie dort abgeholt, wo sie stand, und ihr Mut gemacht, weiter zu gehen. Das war nicht falsch und wohl auch nicht aufzuhalten. Das mit der Kleinen war ein tragischer und schrecklicher Unfall.«

»Glaubst du, die drei, ich meine, Stella, Paul und Tim, hätten sonst …?«

»Ich weiß es nicht, Elisabetta. Vielleicht, vielleicht aber auch nicht. Vermisch nicht deine Träume mit denen deiner Nichte. Außerdem ist es müßig zu spekulieren. Es ist, wie es ist, nichts anderes zählt.«

Sie nickte. »Es ist nur so furchtbar, wie es ist, Jens. Es kann doch nicht einfach so enden.«

»Womöglich tut es das auch nicht. Sei ihr die Tante, die sie liebt. Gib ihr, was sie braucht. Und komm zu mir, wenn du reden willst.«

Irgendwann kam sie zu ihm und drückte ihm einen zusammengefalteten Zettel in die Hand. »Gib den bitte Stella, wenn mir mal was zustoßen sollte«, sagte sie.

»Was ist das?«

»Gib ihn ihr einfach. Aber nicht sofort, sondern erst, wenn du glaubst, dass sie etwas gefestigt ist.«

Das war vor ungefähr einem halben Jahr. Er sah nicht nach, was sie aufgeschrieben hatte, sondern legte den Zettel unter einen glatten runden Stein, den er mal vom Strand mitgebracht hatte. Er ließ ihn einfach dort liegen. Erst gestern hat er sich wieder an ihn erinnert. Er hat den Stein in die Hand genommen und geschaut, ob der Zettel noch da war. Und dort lag er – fein säuberlich zusammengefaltet. Jens legte den Stein zurück an seinen Platz und beschloss, noch ein wenig zu warten. Als Stella ihm vorhin erzählte, dass Paul heute kommen würde, eilten seine Gedanken zu dem Zettel. Er wusste auf einmal, dass alles nun wieder aufbrechen, in Bewegung geraten, seine Fortsetzung finden sollte – und er wusste, dass es genau das war, was Elisabetta gewollt hatte. Vielleicht hatte sie sogar … diesen Gedanken dachte er nicht zu Ende.

»Hallo.«

Er steht auf einmal da. Neben ihr. Auf dem Steg. Stella hat ihn nicht kommen hören.

Sie sieht hoch.

Ein dünner Mann mit einem dünnen Haarkranz, der die Kahlköpfigkeit nur noch mehr offenbart. Eine Jeans, die ein paar Nummern zu groß ist, ein weißes Hemd, das am Kragen schmuddelig wirkt. Das Gesicht ist blass, durchscheinend, an einigen Stellen leicht gerötet. Falten durchziehen es wie Flüsse eine vergilbte Landkarte. Die Wangen zeigen ein paar vergessene Bartstoppeln.

Sie erkennt ihn an den Augen. Seinen tiefblauen Augen. Sie haben sich hinter dunkle Ringe und schwere Lider zurückgezogen, aber es sind zweifelsohne seine.

»Stella?« Die Stimme hat ihren weichen Klang verloren. Sie wirkt schütter und stumpf.

Sie nickt.

»Das Kleid …« Er zeigt auf ihr rotes Seidenkleid.

Sie nickt wieder, und jetzt findet sie es auf einmal gar nicht mehr passend, es angezogen zu haben. Sie schämt sich fast für dieses Zitat aus der Vergangenheit, das jeglichen Bezug zur Gegenwart verloren zu haben scheint.

Sie steht auf und klopft das Kleid ab. Dann bückt sie sich noch einmal, um den Schuhkarton mit den Fotos und der Rassel aufzuheben. Sie drückt ihn fest an sich.

»Gehen wir ins Haus?« Sie wartet seine Antwort gar nicht erst ab, sondern läuft einfach los. Ein bisschen zu schnell.

Seine Schritte bleiben hinter ihren zurück.

Ich bin verrückt, denkt Stella. Und dann fällt ihr wieder ein, dass sie genau diesen Satz zu Elisabetta gesagt hat, damals, in ihrer und Pauls Wohnung. Damals, als Merle noch ihr zahnloses Lachen in eine heile Welt entließ und Tim bei ihnen lebte und Paul am Abend neben Stella schlief. Paul, der jetzt hier ist. Nach all diesen Jahren wieder, in denen sie keinen Gedanken an ihn und Merle und Tim zugelassen hat, nicht ahnend, dass alles in ihr war, immer dort gewesen war, hermetisch verkapselt zwar, aber da. Hatte sie wirklich geglaubt, sie könnte sich ein neues Leben zulegen und das alte zusammenknüllen und verbrennen? Bornheim kommt ihr in den Sinn und Jens und dieser fremde, verwahrloste Mann, der hinter ihr die Stufen zur Veranda des gelben Hauses hinaufsteigt. Paul, der nicht mehr der Paul ist, den sich ihre Erinnerungen gestern und heute zurückgeholt haben. Nicht mehr der strohblonde Junge mit der dunklen Hornbrille und der weichen Stimme.

Was soll sie nun tun? Sie fühlt, wie Panik in ihr hochkriecht. Krakengleich jeden Winkel ihres Körpers besetzt und im Brustraum gleich Hunderte von Tentakeln auslegt.

Sie atmet schneller, hastiger, flacher. Ich hyperventiliere, denkt sie, ganz Ärztin jetzt, die sich selbst eine Diagnose stellt, und sie sagt zu sich, was sie sonst zu ihren Patienten sagt, die Angst haben: Ganz ruhig bleiben!

Sie dreht sich um.

Paul hat ihr den Rücken zugewandt und sieht in den Garten. Sie sieht, was er sieht – die Wiese, die Obstbäume, dazwischen das Blau des Sees. Sein Blick geht leicht nach rechts. Dorthin, wo die Zinkwanne stand. Elisabetta hatte sie damals mit Jens weggeschafft; noch lange war eine kahle ovale Stelle geblieben, auf der kein Gras mehr wuchs.

Denkt Paul, was sie denkt?

Stella räuspert sich. »Magst du etwas trinken?«, fragt sie.

Paul dreht sich um. Er zuckt mit den Schultern.

»Ich hab Wasser«, sagt sie. »Und Wein hab ich auch.«

»Einen Wein vielleicht.«

»Gut.« Sie läuft in die Küche und sieht sich suchend um. Dann öffnet sie den Vitrinenschrank, stellt die Schachtel mit den Fotos hinein und holt zwei frische Gläser heraus.

Die Flasche Weißwein steht im Kühlschrank. Ihre Hand zittert etwas, als sie den Korken herauszieht.

Sie fährt sich mit der Hand durchs Haar und lässt sie dann kurz auf der Stirn liegen, als ob sie fühlen wollte, ob sie Fieber hat. Die Stirn ist kalt.

Vielleicht soll ich hinausgehen und ihm sagen, es sei besser, wenn er wieder geht … Der Gedanke streift sie kurz, doch sie weiß, dass er ein Blindgänger ist, der ins Nirgendwo zielt. Sie kann nicht zurück. Jetzt nicht mehr. Dass sie nun hier in dieser alten Küche steht, mit einer Flasche und zwei Gläsern in der Hand, während Paul draußen auf der Veranda wartet, hat sie so gewollt. Sie hat das herausgefordert – mit ihrem Rückruf bei ihm, mit diesem albernen roten Kleid, mit den Erinnerungen, die sie hat kommen lassen und die aus ihrem bislang so geordneten seichten Leben plötzlich ein verwirrendes abgründiges machen.

Sie holt tief Luft und geht wieder hinaus.

Paul hat sich auf einen der Stühle gesetzt, die Beine nebeneinander auf dem Boden, die Hände auf den Armlehnen. Er sieht Stella zu, die den Wein in die Gläser gießt und ihm dann eines reicht.

»Es steht dir noch immer«, sagt er. »Das Kleid, meine ich.«

»Es war dumm von mir, es anzuziehen. Ich weiß auch nicht, warum ...«

»Du hast es getan. Such nicht nach Gründen.«

Er hat recht. Sie hat es getan. Und der Grund dafür liegt irgendwo in ihr, und es ist völlig egal, ob sie ihn findet oder nicht. Sie nimmt ihm gegenüber Platz, bleibt vorn an der Kante des Stuhls sitzen.

Sie trinken, ohne etwas zu sagen.

Eine Amsel zwitschert. Weiter weg hört man einen Rasenmäher.

»Es ist alles wie früher«, sagt Paul nach einigen Minuten.

Stella nickt, und auf einmal spürt sie, wie ihr Tränen in die Augen steigen.

»Entschuldige«, sagt sie.

»Wofür?«

»Es ist nur so ...«

»Ja, so ist es.«

Sie zieht die Nase hoch und wischt sich mit dem Handrücken über die Augen. »Vielleicht hätten wir das nicht tun sollen«, sagt sie dann. »Ich meine, uns treffen nach all den Jahren.«

»Wir haben es getan. Das allein zählt.«

Sie streicht mit der linken Hand über die rote Seide des Kleides. »Wie hast du von Elisabettas Tod erfahren?«, fragt sie dann.

»Meine Mutter hat es mir erzählt. Sie sagte so etwas wie ›Nun ist die Verrückte auch gestorben‹.«

Stella zuckt zusammen. Dieses kleine Wörtchen ›auch‹ holt alles wieder her, hier an diesen Tisch auf der Veranda. Ein Vater, eine Mutter, kein Kind mehr.

Sie steht auf und geht Richtung Treppe. Kurz davor bleibt sie stehen, Paul den Rücken zugewandt. »Warum hast du angerufen?«

»Weil so viele Jahre vergangen sind. Und weil …« Er zögert. »… weil es nicht besser werden kann, wenn ich damit allein bleibe.«

»Ja.« Sie dreht sich langsam um, wendet sich wieder zum Tisch. »Aber ich weiß nicht, womit wir anfangen sollen.«

»Wir haben bereits angefangen.«

»Du bist mir so fremd geworden. Du bist …«

»… ein alter Mann?«

Sie schüttelt den Kopf, doch dann besinnt sie sich. »Ja, du bist alt geworden.« So anders als auf den Fotos, die ich vorhin angeschaut habe, denkt sie, aber sie sagt es nicht. Sie sagt so vieles nicht, weil ihr die Worte dafür fehlen. Für diese Sprache hier hat sie keine Vokabeln.

»Ich weiß. Ich habe schon lange keine Spiegel mehr zu Hause.«

»Wo lebst du?«

»In Kiel. Noch immer. Ich bin nicht viel weiter gekommen.«

»Hast du …«, sie denkt an die Frauenstimme gestern am Telefon, »… Familie?«

Er verzieht das Gesicht.

»Entschuldige.«

»Nein, nein. Du kannst das fragen. Wir sind schließlich hier, um uns Antworten zu geben. Ja, ich habe eine Frau, und nein, wir haben keine Kinder.«

Sie sieht ihn an. »Du bist nicht glücklich.« Sie hat das als Frage gedacht, aber irgendetwas in ihr blockiert, als sie ihre Stimme am Ende des Satzes heben will, und deshalb gerät er zur Feststellung.

»Nein, bin ich nicht. Meine Frau betrügt mich und nennt mich einen Loser, und ich kann ihr das noch nicht mal verübeln.«

»Seit wann seid ihr verheiratet?«

»Seit acht Jahren. Als wir uns kennenlernten, dachte ich, ich könnte mit ihr neu anfangen. Aber wie soll man neu anfangen, wenn man sich selbst verloren hat? Sie hat sehr schnell gemerkt, dass mit mir kein Staat mehr zu machen ist.«

»Weiß sie von …?«

»Ja, aber das macht es nicht besser. Erst hatte ich ihr Mitleid, jetzt habe ich ihre Verachtung. Ich kann kaum sagen, was schlimmer ist.«

»Was ist aus deinem Studium geworden? Bist du Literaturprofessor geworden?«

Er beugt sich vor, greift die Weinflasche und füllt beide Gläser nach. Ihres hat Stella kaum angerührt, seines ist bereits leer.

»Sieht so ein Professor aus?«

»Nun, nein … ja … warum nicht?«

»Ne, ne. Ich bin zweimal durchs Examen gefallen. Danach habe ich an meiner Karriere als Trinker gearbeitet.«

Er ist nie zynisch gewesen, denkt Stella. Aber wie ist er eigentlich gewesen? Sie durchsucht ihre Erinnerung, die gerade mal einen Tag alt ist. Sanft war er, liebevoll, klug, altklug, ernsthaft, verträumt. Paul. So ganz anders als Tim …

»Was machst du sonst? Ich meine beruflich?« Wie dankbar ist sie, dass sie ihm Fragen stellen kann. Sie flüchtet sich regelrecht in dieses Was?, Wann?, Wo?, Wie?, Wer?, weil ihr das eine gewisse Schonfrist verschafft.

»Ich arbeite in der Unibibliothek.«

»Also doch was Wissenschaftliches?«

Er lacht kurz auf. »Nein, ich schiebe Bücher auf einem großen Karren durch die Reihen und sortiere sie wieder ein. An meinen hellen Tagen habe ich mich Buchstaben-Fahrer genannt, aber das ist nur ein aufgeblasener Euphemismus. Ich bin zu einer Figur verkommen, die Kafka gefallen hätte. Bald werde ich keine Existenzberechtigung mehr haben. Auch Universitäten stellen mehr und mehr auf E-Books um.« Er nimmt einen großen Schluck Wein. »Findest du mich selbstmitleidig?«, fragt er dann.

»Ich finde gar nichts«, erwidert sie. Kühler, als sie beabsichtigt hat.

»Doch, doch, du findest mich selbstmitleidig. Ich bin es ja auch. Ein selbstmitleidiger Loser, der Bücher durch die Gegend schiebt und von seiner Frau verachtet wird.«

Sie hat sich wieder hingesetzt. Wie soll dieser Abend enden, der nicht mal richtig angefangen hat? Der Himmel ist noch immer hell, weit entfernt davon, Nacht zu werden, und der Mann ihr gegenüber setzt alles daran, sich zu betrinken.

Entweder ich halte mit, oder wir haben bald ein Ungleichgewicht, das jede Annäherung unmöglich macht, denkt Stella und leert ihr Glas in einem Zug.

»Denkst du noch oft an sie?« Sie beißt sich auf die Unterlippe. Am liebsten würde sie diese Frage wieder zurückholen, aber sie ist draußen; der Alkohol hat bereitwillig Türöffner gespielt. Und nun steht sie da, die Frage, im Scheinwerferlicht ihrer beider Leben und sieht sich suchend nach Antworten um.

Er lehnt sich zurück in seinem Stuhl und legt den Kopf hinten ab. Sein Blick verläuft sich an der Decke der Veranda, wo eine Spinne ein riesiges Netz gebaut hat. »Es vergeht kein Tag, an dem ich nicht an sie denke«, sagt er endlich.

Plötzlich steht er abrupt auf. »Ich geh eine Runde schwimmen«, erklärt er kurz, und ohne zu zögern läuft er die Stufen von der Veranda hinunter zur Wiese.

Stella sieht ihm nach. Am Steg zieht er Hose und Hemd aus und stürzt sich mit einem Kopfsprung ins Wasser.

Sie atmet auf. Er hat ihnen eine Pause verschafft. Eine Pause, in der sie die Dinge, die sie von ihm gehört hat, verorten kann. Plötzlich fällt ihr ein, was Elisabetta damals, als Paul und Stella sie in der Klinik besuchten, über das Verrücktsein gesagt hatte. Nichts steht mehr an seinem angestammten Platz, alles ist verschoben – ver-rückt eben …

Paul hat das Bild, das sie sich seit gestern von ihm in Bruchstücken wieder zusammengesetzt hat, durch sein Erscheinen völlig verändert. Er sieht alt aus, er ist unglücklich verheiratet, und er trinkt zu viel. Und doch ist es Paul. Seine Augen haben noch das Blau, in dem sie früher so gern badete, auch wenn sie sich hinter die dunklen Ringe zurückgezogen haben. Und seine Erinnerung hat eine Schnittmenge mit der ihren, die sie nicht wahrgenommen hat über all die Jahre – seit jenem himmelblauen Tag im September, der die Sonnenmomente mit sich nahm und Sonnenfinsternis über alles legte. Blinde Flecken waren bei ihr dort, wo andere eine Vergangenheit hatten. »Erzähl mir aus deinem Leben«, hatte sie mal ein Kollege aufgefordert, der sie zu einem Biergartenbesuch nach der Arbeit genötigt hatte. Sie bekam schweißnasse Hände und einen roten Kopf. »Da gibt es nichts zu erzählen«, stotterte sie und begann über Patienten zu reden, die gerade auf ihrer Station lagen. Sie redete viel – über Tumore, die sich nicht mehr entfernen ließen, über Metastasen, über Chemotherapien. Er sah sie irritiert an, und in dem Augenblick spürte sie, dass eine tiefe Schlucht zwischen ihrem jetzigen und ihrem früheren Leben lag. Sie hatte keinen Zugriff auf das, was sich auf der anderen Seite befand. Später an diesem Abend rief sie Elisabetta an; das Lachen ihrer Tante schien ihr wie eine Nabelschnur, die sie mit dem verband, was sie auf einem anderen Weg nicht mehr erreichen konnte.

Und nun ist Elisabetta gegangen. Aber sie hat ihr dieses Haus am See hinterlassen, in dem die alten Geschichten wohnen. In dem das rote Kleid auf Stella wartet, die tönerne Skulptur im Schuppen, der Schuhkarton mit dem Streublumenmuster und Pauls Stimme auf dem Anrufbeantworter. Paul, der jetzt dort unten schwimmt und den die Erinnerungen Tag für Tag heimgesucht haben, während sie Stella mit dem Mantel des Vergessens umhüllt haben. Sie vermag kaum zu sagen, was gnädiger ist – der Schmerz, der einen über die Jahre treu begleitet und fast schon so eine Art Gewohnheitsrecht für sich beansprucht, oder jener, der nach dieser langen Zeit plötzlich und unerwartet auftaucht und einen kalt erwischt.

Sie schreckt hoch, als Paul auf einmal wieder neben ihr steht.

»Ich habe keinen einzigen Tag an sie gedacht«, sagt sie unvermittelt. »Bis heute …«

Er nickt ganz langsam, als würde die Zeitlupenbewegung ihm dabei assistieren zu verstehen, was er gerade gehört hat.

»Ist noch Wein im Kühlschrank?«, fragt er dann.

»Ja.« Sie will aufstehen, doch er hält sie zurück. Eine kleine Berührung nur, an der Schulter. »Ich mach das schon.«

Er bleibt länger, als man für das Öffnen einer Flasche braucht. Stella malt sich aus, wie er in der Küche steht und in vergangene Zeiten eintaucht wie eben in das Wasser des Sees. Vielleicht sieht er sich mit Stella und Tim Schulaufgaben machen und Limonade oder Kakao trinken, vielleicht holt er sich aber auch Stella zurück, die Rindergulasch aufwärmt für drei und dabei mit Tim verstohlen Blicke jongliert, während Paul eisern versucht, nicht zu sehen, was offensichtlich ist.

Sie trinken mehr als drei Flaschen Wein an diesem Abend.

Als Stella beginnt zu erzählen, ist es bereits dunkel geworden. Ein fast voller Mond nimmt sich der Bäume an und lässt sie schemenhaft ihre Schatten in den Garten werfen.

Stella fängt einfach an, ohne dass Paul gefragt hat. Sie spricht über ihr Leben in München, über die Nachricht von Elisabettas Unfall und über ihre Ankunft hier im gelben Haus. Zwischendrin macht sie immer wieder lange Pausen, in die Paul keine auch noch so kleine Bemerkung fallen lässt. Er hört ihr nur zu, selbst ihrem Schweigen hört er zu.

Es ist fast Mitternacht, als er ihr die Decke aus dem Wohnzimmer holt und um die Schultern legt. Sie zuckt zusammen.

»Sie wäre heute dreiundzwanzig«, sagt er und setzt sich wieder. »Doch für uns wird sie wohl immer klein bleiben. Ein Mädchen mit Zöpfen, das nie erwachsen wird.«

Stella zieht die Schultern hoch, als wollte sie sich vor seiner aufkommenden Rührseligkeit schützen, doch es gelingt ihr nicht. Ihr fällt ein, was Tim über das Erwachsensein gesagt hatte an jenem Nachmittag, als sie mit Merle hier ankamen.

»Hast du jemals wieder etwas von Tim gehört?«, fragt sie, und sie merkt, dass der Wein ihrer Stimme zusetzt. Aber es ist nicht nur das – sie hat den anderen Jungen mit ihrer Frage auf diese Veranda geholt. Die zwei Menschen, die hier sitzen und sich betrinken, bekommen Besuch – wie damals, als der Dritte plötzlich wieder da war und sich in ihrem Wohnzimmer aufs Sofa setzte.

Paul schüttelt den Kopf. »Ich habe ihm etwa fünf Jahre danach einen Brief geschrieben und an die Adresse seiner Eltern geschickt. Der Brief kam ungeöffnet zurück mit dem Vermerk ›Tim wohnt hier nicht mehr‹. Vielleicht war's auch besser, dass er ihn nie gelesen hat.«

»Wieso?«

»Er war zu weinerlich, verfasst morgens um drei mit einer Flasche Gin intus. Ich habe darin gejammert und gewinselt und mein Schicksal beklagt. Nein, das war wahrlich kein Meisterstück. Es war unendlich peinlich. Und du? Hast du ihn wiedergesehen?«

Sie zieht die Wolldecke ein bisschen enger um sich. »Bevor ich in den Zug nach München stieg, war ich noch mal kurz im Krankenhaus. Er schlief. Er sah furchtbar aus mit all seinen Verbänden und Infusionen. Ich hab ihn nicht geweckt, sondern nur adieu gesagt.«

»Hat er dir gefehlt?«

»Nein. Er hat nicht mehr existiert für mich. So wie du und Merle auch.«

Er sagt nichts.

»Du verstehst das nicht, oder?«, fragt sie.

»Ich weiß nicht.«

»Es ist einfach geschehen. Ohne mein Zutun. Als ob jemand ein schwarzes Tuch über alles wirft … Erst seit gestern kommen die Erinnerungen langsam zurück. Als ob dieser Ort darauf gewartet hätte, mich endlich allein hier zu haben. Vielleicht war es ein Schutzmechanismus, keine Ahnung. Ich bin keine Psychologin.«

»Aber Ärztin.«

»Eine, die Tumore herausschneidet und Metastasen findet. Eine, die viele Menschen sterben sieht.«

»Ist man da nicht auch immer ein bisschen Psychologin?«

Sie schüttelt den Kopf. »Das ist etwas anderes. Ich höre zu und halte manchmal Hände, je nachdem, ob es die Zeit zulässt. In so einem Krankenhaus bleibt wenig Raum für Gefühle. Wahrscheinlich hab ich mir genau deshalb diesen Beruf ausgesucht.«

»Was ist mit deiner Tante? Hat sie nie versucht, mit dir über alles zu reden?«

»Doch, doch, anfangs schon. Aber irgendwann hat sie's aufgegeben. Sie hat mich sein lassen und keine Fragen gestellt. Und wenn ich auf Besuch war, hat sie mich umsorgt wie ein kleines Kind.«

»Erinnerst du dich noch daran, wie wir sie in der Psychiatrie besucht haben?«

Stella nickt. »Sie war mir auf einmal so fremd, wie sie dort in ihrem Nachthemd zwischen all den Irren saß. Du hast sie besser verstanden als ich. Ich weiß heute wieder, wie eigenartig ich es fand, dass du es für das Selbstverständlichste hieltest, Bäume zu umarmen.«

»Da war schon was zwischen dir und Tim in den Tagen, oder?«

»Ein paar Küsse, ja.«

»Er hat's nicht zugegeben.«

»Wann?«

»Als ich an dem Abend danach mit ihm am See war, während du am Kamin lagst. Ich hab ihm einen Kinnhaken verpasst, aber er hat's trotzdem geleugnet.« Er trinkt sein Glas aus und stellt es auf dem Tisch ab. »Scheiße, ich hab ihn damals schon geschlagen …«

»Und er?«

»Hat mir den Arm um die Schulter gelegt und gesagt, hey, komm, mein Freund, ist doch alles kein Drama. So war er eben … Immer cool, immer lässig. Und immer da.«

»Vermisst du ihn?«

»Vermissen? Ich bin krank vor Sehnsucht. Er war der einzige Freund, den ich je hatte. Er hat …«

»Oh, mein Gott, stopp! Ich will das alles nicht hören.«

Er zuckt zusammen.

»Warum bist du heute eigentlich hergekommen?« Ihre Stimme zittert.

»Weil du die Einzige bist, mit der ich darüber reden kann. Weil wir darüber reden müssen. Weil es sonst nie aufhört.«

»Es fängt doch alles nur wieder an. Verdammt …« Sie springt auf und läuft die Treppen hinunter in den Garten. Sie ist barfuß, das Gras ist feucht und kühl. Nach ein paar Schritten bleibt sie stehen und wirft den Kopf in den Nacken. Der Mond hat sich ein paar Sterne an die Seite geholt. Am liebsten wäre sie nun dort, auf einem dieser Sterne – weit weg von diesem Haus, dieser Wiese, diesem See. Weit weg von ihren Erinnerungen. Weit weg von Paul.

Sie holt tief Luft, und es ist, als würden die Bäume um sie herum Karussell fahren. Ein Kettenkarussell mit Ästen und Zweigen, das sich immer schneller dreht.

Ich muss wieder Tritt fassen in mir, sagt sie sich. Doch wohin auch immer sie sich wendet – da ist nur Aufruhr, als würde der Boden, der ihr all die Jahre trügerische Verlässlichkeit geboten hat, plötzlich beben.

Schlafen, erst mal schlafen, denkt sie. Und mit diesem Gedanken bewaffnet kehrt sie leicht wankend zur Veranda zurück.

Paul sitzt noch immer so da. Als hätte er sich in der Zwischenzeit nicht bewegt.

»Was willst du?«, fragt sie. Ihre Stimme kollabiert. »Mir nach über zwanzig Jahren die Schuldgefühle erneuern? Ja, ich habe dir den Freund genommen, ich habe dir deine Tochter genommen, ich habe dir …«

»Halt den Mund!«

»Warum? Sag's nur. Ich habe Schuld. Schuld! Schuld! Schuld! Du bist zum Trinker geworden. Du weinst deinem einzigen Freund nach. Du stehst vor den Scherben deiner Ehe. Und das alles wegen mir … Bist du gekommen, um mir das zu sagen? Dann hau ab! Ich weiß selbst, dass ich mich noch so sehr schrubben kann – die Schuld klebt an mir. Aber ich brauche dich nicht, der mir das alles wie einen Spiegel vorhält.«

»Bitte, Stella, sprich jetzt nicht weiter!« Es ist das erste Mal, dass er sie beim Namen nennt, und er geht dabei einen Schritt auf sie zu, so nah, dass sie seinen Atem riechen kann. Da ist etwas Unangenehmes in seinem Atem, etwas, das sie von ihren Patienten kennt und das sich hier mit Wein verbindet.

Sie tritt nach hinten, aber das Geländer der Veranda verweigert ihr den Rückzug.

Er folgt ihr, greift sie an beiden Schultern und zieht sie zu sich heran.

Sie versteift sich, dreht den Kopf zur Seite, um seinem Gesicht auszuweichen.

»Stella.« Sein Tonfall winselt. »Lass mich bei dir sein. Ich bin so allein … so allein … Nur diese eine Nacht, Stella. Stella …«

Sie reißt sich los.

»Bist du wahnsinnig?«, schreit sie.

Er weicht zurück, strauchelt wie ein Tier, das angeschossen wurde. »Verzeih mir, bitte, bitte, Stella, verzeih mir. Ich bin so dumm. Ich mach alles kaputt, immer mach ich alles kaputt.«

Sie streicht mit den Händen über ihr Kleid, als könnte sie damit nicht nur die Falten glatt ziehen, sondern auch ihre Fassung wiedergewinnen. »Am besten, du gehst jetzt«, sagt sie kühl.

Er wendet sich zum Tisch, aufrecht plötzlich, als hätte ein imaginärer Marionettenspieler ein paar Fäden angezogen. »Lass uns morgen weiterreden.« Er wirkt nun beherrscht, fast überlegen.

»Morgen? Es gibt kein Morgen. Begreif das endlich.«

»Doch, Stella. Aus einem einfachen Grund. Ich habe zu viel getrunken, um mich in mein Auto zu setzen und nach Kiel zu fahren.«

»Willst du etwa hier im Haus …?« Die Vorstellung, mit ihm unter einem Dach zu schlafen, löst Panik in ihr aus.

»Ja, das will ich. Irgendwo, meinetwegen auch auf dieser Veranda.«

Sie greift nach der Wolldecke, die sie vorhin auf der Lehne ihres Stuhls zurückgelassen hat, und hält sie ihm hin. »Hier. Leg dich ins Wohnzimmer. Ich schlaf oben …« Ohne ihn noch mal anzusehen, geht sie ins Haus.

Im Flur ist es dunkel. Ihre Hand tastet nach dem Lichtschalter neben der Haustür. Ein Kippschalter, der einen klackenden Ton von sich gibt. Sie blinzelt in die Helligkeit, die auf einmal alles ausleuchtet – inklusive dem Chaos in ihrem Inneren.

Beim Hinaufgehen hält sie sich am Geländer fest. Und sie zählt die Treppenstufen. Sie kommt nur auf dreizehn, und das irritiert sie. Nichts ist mehr, wie es war. Selbst diese Treppe widersetzt sich.

Sie geht direkt in Elisabettas Schlafzimmer. Sie will zu dem alten Wecker, der auf dem Nachttisch immer treu die Stunden gezählt hat. Sie will ihr Herz nur noch seinem Sekundenzähler anvertrauen. Ihr Herz, das seinen Takt verloren hat. Vorhofflimmern, nennt sich das, lallt die Ärztin in ihr, etwas, das wild und beunruhigend ist, ein Hämmern und Stoßen und Verzögern, das dem Metronom des Lebens seinen Rhythmus streitig macht und alles außer Kraft setzt, was bis dahin Sicherheit geboten hat.

Stella lässt sich auf das Bett fallen. Das Kleid behält sie an; der rote Stoff umfließt sie wie damals nach der Abiturfeier am Strand, als Paul sie und Tim ein anderes Mädchen geküsst hatte. Hier liege ich im Blut meiner Vergangenheit, denkt sie. Eine Vergangenheit, die unbarmherzig Fragen stellt. Wann habe ich mich schuldig gemacht? Bereits als kleines Mädchen, als sie mit der Zuneigung dieser beiden Jungen spielte, als sei es das Selbstverständlichste auf der Welt? Oder erst später, als alles in ihr Kurs setzte, um mit vollen Segeln auf diesen Tag im September zuzusteuern? Weil sie, Stella, dort ein Ufer vermutete, das schöner schien als das, was sie mit Paul teilte. Hätte sie mit einer Wende oder Halse noch ändern können, was dann geschah? Einfach den Baum des Bootes herumreißen und der zerstörerischen Böe so entkommen?

Tim sei der beste Freund gewesen, den er je gehabt habe, hat Paul vorhin gesagt. Und sie hatte ihn mit diesem Freund hintergangen, hatte zugelassen, was nicht sein durfte. Aber durfte es das wirklich nicht? War Tim nicht auch ihr Freund gewesen? Hatten sie sich vielleicht nur hoffnungslos verfangen in dem, wovon Elisabetta immer wieder gesprochen hatte? In diesem Regelwerk von Bürgerlichkeit und Anstand, das schnell mal die Höchststrafe verhängt, wenn man die Grenzen übertritt? Paul schien das verstanden zu haben, damals, am Krankenbett ihrer Tante. Verrückte wollten mehr als eine Galaxie, hatte sie behauptet, und Paul hatte ihr recht gegeben und proklamiert, dass es in der Liebe keine Verbote gebe, aber hatte sich doch nie wirklich getraut, seine Umlaufbahn zu verlassen, während sein Freund Tim seine intergalaktische Reise längst angetreten hatte. Und Stella? Trug einen Traum in sich, ohne davon zu wissen.

Stellas Traum – ihr Blick fällt auf die kleine Skulptur, die neben dem Wecker auf dem Nachttisch steht. Ja, sie hat Paul geliebt. Und sie hat Tim geliebt. Und Paul und Tim hatten sich und sie geliebt. Da konnte kein Entweder-oder seine schmutzigen Finger dazwischenschieben. Zumindest nicht, solange sie noch jung waren und Sonnenmomente sammelten.

Elisabetta hatte alles gewusst. Diese Figur sagte es nur zu deutlich. Wie gern würde Stella jetzt ihre Schritte im Flur hören, wissend, dass sie sich gleich zu ihr auf die Bettkante setzen würde. Heute würde sie mit ihr nicht über ihre Patienten in München reden. Aber zwischen gestern und heute ist dieser Unfall gewesen. Ein Fahrradunfall auf gerader Strecke, früh am Morgen. Wohin wollte Elisabetta? Die Trunkenheit bietet Stella nur noch verwirrendere Antworten. Als hätte die Tante geahnt, dass erst mit ihrem Weggang aus diesem Haus die Geister von einst wiederkehren konnten.

Stella gräbt ihr Gesicht in die Kissen und atmet Elisabettas Geruch ein. Morgen wird sie frische Bettwäsche aufziehen. Und überhaupt ... Morgen ist ein neuer Tag ...

Ihr Blick fällt auf den Wecker. Die Zeiger stehen still, diese so emsigen, beflissenen, verlässlichen Zeiger. Sie haben um kurz vor sechs Uhr am Abend ihren Dienst quittiert.

Zu dem Zeitpunkt, als Paul gekommen ist.

12

Es ist der Geruch von frischem Kaffee, der sie weckt. Sie öffnet vorsichtig die Augen. Die Erinnerungen an gestern liegen wie Bruchstücke um sie herum, und sie braucht eine Weile, um sie zusammenzusuchen. Sobald Stella ihren Kopf bewegt, ist da ein Dröhnen und Rauschen. Verfluchter Alkohol, denkt sie und setzt sich auf.

Sie sieht zum Fenster. Schwere graue Wolken hängen davor. Es regnet.

Mit einem leisen Ächzen setzt sie ein Bein vor das Bett und zieht dann langsam das andere nach. Sie schwankt etwas, bevor sie einigermaßen aufrecht zum Stehen kommt. Das Kleid ist völlig verknittert. Sie zieht es aus und wirft es auf die zerknüllten Kissen.

Nachdem sie geduscht und sich die Zähne geputzt hat, geht es ihr ein bisschen besser. Im Badezimmerschrank findet sie, was sie sucht – ein Röhrchen mit Aspirin. Sie dreht den Wasserhahn auf, hält ihren Mund darunter und schluckt gleich zwei Tabletten. Anschließend geht sie zurück ins Schlafzimmer, steigt in ihre Jeans und greift nach einem ihrer schwarzen T-Shirts.

Es sind wieder vierzehn Stufen nach unten, und irgendwie beruhigt sie das.

Paul steht am Küchenfenster und sieht hinaus in den Regen. Auf dem Tisch stehen eine Kaffeekanne und zwei Becher.

»Hallo«, sagt sie.

Er dreht sich um. »Ich hab schon mal Kaffee gekocht. Du trinkst doch noch Kaffee, oder?«

»Ja, ja.« Sie setzt sich, nimmt die Kanne und gießt beide Becher voll.

»Ich glaube, du magst ihn schwarz, oder?«

»Nein. Ich nehme Milch und Zucker.« Sie holt die Zuckerdose von der Anrichte und die Milch aus dem Kühlschrank. »Hast du Hunger?«, fragt sie. »Hier sind Brot, Butter und Eier.«

»Nein danke. Was zu trinken reicht mir.« Er setzt sich neben sie. »Du wolltest mich gestern rauswerfen«, sagt er.

»Und du bist mir zu nah gekommen.«

»Das tut mir leid.«

»Ist das alles, was dir dazu einfällt?«

»Ich war betrunken.«

»Das war ich auch.«

»Passiert nicht so oft, oder?«

»Nie.«

»Wie hast du geschlafen?«

»Fest. Und du?«

»Kaum. Ich bin um drei noch mal raus. Ein bisschen herumgelaufen, bis es dann anfing zu regnen.«

»Das hast du früher auch manchmal getan.«

»Es hilft mir, meine Gedanken zu beruhigen.«

»Dieser viele Alkohol … sind da überhaupt noch Gedanken da?«

»Andere. Sie sind unzusammenhängender, wie zerfetzt.«

»Warum tust du das?«

»Was?«

»Trinken.«

»Dumme Frage.«

»Wieso?«

»Weil die Antwort so offensichtlich ist. Es hilft zu vergessen. Du hast im Prinzip doch dasselbe getan. Hast einfach den Riegel der Amnesie vor alles geschoben. Das ist vielleicht ein wenig vornehmer, weil man seiner Umwelt damit nicht auf die Nerven geht.«

»Du bist früher nie zynisch gewesen. Überheblich ja, aber nicht zynisch.«

»Ich weiß, ich weiß. Ist übrigens eine Nebenwirkung des Trinkens – entweder ist man das heulende Elend oder der bittere Sarkasmus.«

»Ich hab's nicht absichtlich getan.«

»Was?«

»Alles vergessen.«

»Glaub ich dir. Kennt man ja, solche Fälle. Gibt ein paar gute Filme darüber.«

Sie trinkt einen Schluck Kaffee. »Gehst du noch so gern ins Kino?«, fragt sie dann.

»Nein. Meine Frau interessiert sich nicht dafür, und irgendwann hab ich's auch sein lassen.«

»Wie ist sie so? Deine Frau, mein ich.«

»Bedeutungslos. Sie ist Verkäuferin in einem Schuhgeschäft. Ich habe bei ihr ein paar Turnschuhe gekauft damals. Sie hatte ein hübsches Gesicht und blonde Löckchen. Ein bisschen einfältig war sie, aber sie war nett zu mir, und sie gab sich große Mühe mit mir und dem Schuhlöffel. Ich lud sie auf einen Kaffee ein. Sie willigte sofort ein. Tja, tempi passati ...«

»Aber ihr lebt noch zusammen?«

»So kann man das kaum nennen. Manchmal übernachtet

sie zu Hause, aber meistens ist sie bei ihrem neuen Typen. Ist mir auch egal … Ich hab sie sowieso nie geliebt.«

Stella antwortet nicht. Sie malt mit dem Zeigefinger kleine Kreise auf den Küchentisch.

»Sie ist so anders als du, Stella. Vielleicht konnte ich mich deshalb überhaupt mit ihr einlassen. Doch Liebe? Ne, die ist mir irgendwie verlorengegangen.«

»Verstehe.«

»Wirklich?«

»Ich denke schon. Ziemlich gescheiterte Existenzen sind wir, du und ich.«

Er verzieht die Mundwinkel und bringt etwas Schiefes zustande, das kein wirkliches Lächeln werden will. »Wie war das bei dir? Hattest du einen Mann? Männer?«

Sie schüttelt den Kopf. »Hat sich nie ergeben. Ich bin wohl mit meiner Arbeit verheiratet.«

»Das passt so gar nicht zu dir.«

»Woher willst du wissen, was zu mir passt? Ich bin nicht mehr die, die ich mal war.«

»Seh ich nicht so. Auf deiner Festplatte ist alles da, du hast nur lang nicht mehr reingeschaut und so eine Art Zweitexistenz installiert.«

»Ach, hör schon auf mit deinem geschraubten Gerede. Das ist doch lächerlich.«

»Ich mein's ernst. Aber als ich dich da gestern sah, in deinem roten Kleid auf dem Steg … Im Vergleich zu mir hast du zumindest noch äußerlich eine gewisse Ähnlichkeit mit deinem früheren Ich.«

Stella steht auf und geht zur Tür. Nach ein paar Minuten kommt sie zurück, Elisabettas Skulptur in der Hand. Sie stellt die Figur auf den Tisch neben Pauls Kaffeebecher.

»Sie hat sie ›Stellas Traum‹ genannt«, sagt sie.

Paul sieht die Skulptur an und dreht sie dann ein wenig hin und her. »Wo hast du die gefunden?«

»In dem alten Schuppen hinter dem Haus. Dort, wo sie ihre Werkstatt hatte. Ich hab gar nicht gewusst, dass sie noch arbeitete.«

»Hat sie mit dir jemals über uns geredet?«

»Damals, als Tim bei uns wohnte, kam sie mal mit einer Flasche Wein. Sie sah ziemlich genau, was los war. Dass ich …« Sie sieht zum Fenster hinaus in den Regen.

»Dass was?«

»Dass ich euch beide geliebt habe. Und dass ich nicht wusste, was ich tun sollte. Ich erinnerte sie an das, was sie dir und mir in der Klinik gesagt hatte, das von den Normen und den Regeln. Ich fragte sie, ob ich verrückt sei.«

»Und was hat sie gesagt?«

»›Das fragst du ausgerechnet eine Verrückte.‹«

»Mein Gott, ich hab mich ihr gegenüber wie ein Arschloch benommen.«

»Wieso?«

»Sie reichte mir nach allem, was geschehen war, ihre Hand, und ich warf sie aus der Wohnung. Sie und Jens.«

»Sie waren bei dir?«

»Ja. Sie teilten mir das mit der Beerdigung mit und …«

»Und?«

»Nun, Elisabetta sagte auch, dass sie da sei für mich, falls ich … Aber ich hab mich nie wieder bei ihr gemeldet. Ich hab dich gehasst damals und deine Tante dazu.«

Paul schiebt die Figur zu sich heran. »Eigentlich ein schöner Traum«, sagt er dann.

Sie beißt sich auf die Unterlippe.

»Was hat Elisabetta dir geraten, als du damals mit ihr über uns gesprochen hast?«, fragt er zurück.

»Sie meinte nur, man könne vor seinen Gefühlen nicht davonlaufen, denn sie seien immer schneller.«

»Ich hab das immer gesehen, das mit dir und Tim. Schon in Griechenland, als ihr eines Nachts erst spät aufs Dach zurückgekommen seid …«

»Du hast doch geschlafen.«

»Hab ich nicht. Ich hab so getan, als ob. Als Tim dann auf Mykonos blieb und du schwanger wurdest, war ich überglücklich. Und dann stand er plötzlich wieder vor der Tür, und ich hab mich riesig gefreut, ihn zu sehen, und gleichzeitig hab ich ihn zum Teufel gewünscht. Ich war so kleinlich.«

»Du hast nie ein Sterbenswort gesagt.«

»Klar, ich wollte ja auch groß sein, aber ich bin immer ein großer Theoretiker geblieben. Tim und ich haben oft drüber geredet, über andere Formen des Lebens und der Liebe, doch im Gegensatz zu mir hat er sich einen Dreck um irgendwelche Konventionen geschert.«

»Habt ihr auch über Tim und mich gesprochen?«

»Das brauchten wir nicht. Wir wussten eh Bescheid.«

»Es war unsere Schuld, meine und Tims.«

»Ne, Stella, das bringt uns nicht weiter. Ich hab es auch immer und immer wieder behauptet, all die Jahre hab ich es mir auf meine Seele tätowiert, aber es ist zu einfach. Auch wenn mir der Alkohol langsam mein Gehirn zersetzt, das hab ich begriffen. Wir sind alle drei schuldig – oder unschuldig, je nachdem.«

»Was Tim wohl heute über all das denkt …« Stella sagt das leise, mehr zu sich selbst.

Paul hat es trotzdem gehört. »Er war der größte Freigeist von uns allen. Und ich hätte ihn fast umgebracht. Glaubst du, ich hab all das Gute aus ihm rausgeprügelt?«

Stella sieht ihn wieder vor sich in diesem Krankenhausbett. Tim, der nichts mehr gemein hatte mit dem Tim, der auf der Decke in der Wiese neben ihr gelegen hatte. »Ich weiß nicht«, erwidert sie.

»Es geht nicht ohne ihn.«

»Wie meinst du das?«

»Wir brauchen ihn, Stella. Es ist, als ob er hier wäre, hier bei uns am Tisch säße, aber stumm bliebe.«

Sie steht auf und geht zum Fenster. Der Regen hat nicht nachgelassen. Wie feine Bindfäden schnürlt er vom Himmel. »Ich möchte jetzt allein sein«, sagt sie.

»Und wie tun wir weiter?«

Seine Frage prallt an ihrem Rücken ab. Sie kann ihm keine Antwort geben, weil sie keine hat.

»Wir werden sehen«, entgegnet sie. Mehr ist nicht drin.

Von Ferne hört sie kurz darauf den Motor seines Autos aufheulen. Danach ist es still. Es singt keine Amsel heute.

Stella räumt die Becher und die Gläser in die Spülmaschine. Die Kaffeekanne hält sie unter den Wasserhahn und stellt sie zum Abtropfen auf den Kopf. Die leeren Weinflaschen kommen in den Abfall. Danach bezieht sie Elisabettas Bett mit frischer Wäsche. Der Wecker zeigt nach wie vor sechs Uhr, als würde er stoisch den Beginn einer neuen Zeitrechnung verkünden. Das rote Kleid hängt sie zurück in den Schrank neben Elisabettas Kleider. Irgendwann würde sie sich die vornehmen, aber dafür ist es noch zu früh. Für vieles ist es noch zu früh.

Als sie drinnen fertig ist, geht sie hinaus auf die Veranda und setzt sich in den Korbstuhl und sieht in den nun regennassen Garten. Der See liegt grau da, der Steg hat sich einen blassen Schleier umgehängt.

Und wie tun wir weiter? Pauls Frage durchstreift Stellas Gedanken und findet keine Antworten.

Sie und Paul haben mehr geredet, als Stella je für möglich gehalten hätte. Dieser fremde Mann, der hier gestern ankam, ist heute als ein anderer wieder fortgegangen. Und trotzdem: Vieles haben sie berührt, um es dann wieder in die Ungewissheit zu entlassen. Es war ein Tasten, dem die wahren Umrisse verborgen geblieben sind. Ja, sie haben über Tim gesprochen, über Merle, über Elisabetta – sie haben diese Namen nach diesen vielen Jahren erstmals ins Freie gelassen, und dort torkeln sie nun herum wie Untote.

Elisabetta hat das so gewollt. Es ist, als würden die alten, jetzt tropfenden Bäume Stella diese Erkenntnis einträufeln. Sie hat gewusst, dass ich in dieses Haus zurückkommen und ohne ihre Vanillekipferl, ohne ihre Schokolade, ohne ihr Lachen hier sein würde. Allein mit dem, was ich hinter mir gelassen habe.

Sie bleibt sitzen, einfach sitzen. Sie, die sonst von OP-Termin zu OP-Termin durchgetaktet ist, lässt sich in die Zeit gleiten und spürt die Ewigkeit, die sie dort in die Arme nimmt.

Als Jens kommt, geht der Tag bereits in den Nachmittag über. Er sieht Stella auf der Veranda, und im ersten Moment meint er, sie sei eingeschlafen. Doch sie hat die Augen offen. Etwas in ihrem Blick hat sich verändert, ist durchsichtiger geworden.

»Hallo, Jens.« Sie lächelt ihn an.

»Stör ich dich?«

»Überhaupt nicht. Im Gegenteil. Es ist schön, dass du kommst.«

»Wie geht es dir?« Er nimmt ihr gegenüber Platz. Dort, wo gestern Abend Paul saß.

»Ich weiß gar nicht, was ich darauf sagen soll. Ich bin etwas verkatert, das trifft es wohl am besten.«

»War Paul hier?«

»Ja.«

»Und?«

»Das versuche ich gerade herauszufinden.«

»Ach, min Deern. Dieses Leben hat's schon in sich, oder?«

Jetzt lacht sie. Das erste Mal seit, sie weiß gar nicht seit wann, lacht sie. Sie lacht so sehr, dass ihr irgendwann die Tränen über die Wangen laufen. Ihr Lachen geht in Weinen über, die Tränen sind aus demselben Stoff.

Jens sitzt nur da und schaut ihr zu. »Das hätte ihr gefallen«, sagt er irgendwann.

Stella sieht ihn erstaunt an.

»Elisabetta, meine ich. Sie mochte es, wenn Menschen sich zeigen.«

»Ich habe mich ihr wohl viel zu wenig gezeigt.«

»Du konntest nur zeigen, was da war.«

»Hab ich sie sehr traurig gemacht? Sag's mir ehrlich, Jens.«

Er fährt sich mit der Hand durch die immer noch blonden Haare. »Sie hat sich Sorgen gemacht, ja, das stimmt. Sie wollte dir so sehr helfen.«

»Sie hat mir geholfen.«

»Das habe ich ihr auch immer gesagt, aber ihr schienen ihre selbstgebackenen Kuchen zu wenig. Du hast deine Arbeit gehabt, Punkt. Eure Vergangenheit gab es nicht mehr.«

»Ich habe gestern den Schuhkarton mit den Fotos von Merle gefunden.«

»Ja, den hat sie aufgehoben, obwohl du verlangt hast, dass sie alles wegwerfen soll. Sie kam damals zu mir mit dieser Kiste und bat mich, sie eine Zeitlang in Verwahrung zu nehmen. Sie hat sich die Bilder oft angesehen. Sie ist auch oft mit dem Fahrrad zum Friedhof gefahren und hat Blumen aufs Grab gestellt.«

Stella schluckt. »Kannst du dir vorstellen, dass ich meine Tochter vergessen habe? Ich habe Merle einfach hinter einen blickdichten Vorhang gestellt. Ich fass es nicht, Jens. Wie kann so etwas passieren?«

Er räuspert sich. »Elisabetta hat darüber viel mit ihrem Therapeuten gesprochen, du weißt schon, der, der sie all die Jahre betreut hat. Das Ereignis damals hast du ausgeblendet, weil du dich vor den Gefühlen schützen wolltest, die damit verbunden sind. Unser Gehirn macht manchmal solche Sachen, frag mich nicht, wie das funktioniert. Ich bin nur Gärtner.«

»Na ja, Blumen stellen auch hin und wieder das Blühen ein, Bäume sterben ab und verdorren …«

»… aber es gibt auch solche, die nach Jahren wieder neue Blüten oder frisches Grün bilden. Sie scheinen sich eine Auszeit zu nehmen.«

»Meine Auszeit war ziemlich lang.«

»Das, was damals geschehen ist, war ja auch unfassbar. Als würden mit einer Axt gleich mehrere Leben in Stücke gehauen. Und das an einem einzigen Tag. Deine Tante hat das nie losgelassen. Aber sie hat irgendwann begriffen, dass nur ein neues aufwühlendes Ereignis dir die Erinnerung zurückbringen könnte. So hat ihr der Psychologe das erklärt.«

Stella nickt. »Und das ist nun ihr Tod gewesen.«

»Vielleicht ist sie jetzt irgendwo und schaut zu, was du hier wiederfindest. Für sie waren Diesseits und Jenseits sowieso nie voneinander getrennt. Sie hat ja gern mal Grenzen aufgehoben.«

»Es gibt Leute, die haben sie deswegen für irre gehalten.«

»Über solche Leute hat sie nur gelacht. Einmal hat sie mir gesagt, alle hätten ihre Abgründe, aber die wenigsten trauten sich, hineinzusehen.«

»Hast du eigentlich nach ihrem Unfall mit Roberto telefoniert? Von mir hat er nur eine Traueranzeige bekommen. Ich wusste ja nicht, dass er letzten Winter hier bei ihr war.«

»Ja, natürlich, ich hab ihn sofort angerufen und ihm gesagt, was passiert ist.« Er stockt.

»Und?«

»Es war eigenartig.«

»Wieso?«

»Er schien irgendwie … wie soll ich sagen? Erleichtert, ja, er wirkte fast erleichtert. Ich war ziemlich irritiert und hab dann auch ganz schnell das Gespräch beendet. Ich hab dir vorgestern nichts davon erzählt, um dich nicht noch mehr zu verwirren.«

»Danke, Jens. Ja, es ist alles sehr viel, was da gerade ans Licht kommt. In meinem Kopf scheinen zahllose Stimmen laut durcheinanderzureden, und ich verstehe immer nur Fragmente.«

»Und was war mit Paul gestern? Wie geht es ihm?«

»Schlecht, es geht ihm schlecht. Er trinkt zu viel, hat irgendeinen Aushilfsjob in der Unibibliothek und eine Frau, die ihn betrügt. Ich hätte ihn fast nicht erkannt, Jens.«

»Konntet ihr miteinander reden?«

»Ja und nein. Wir haben drei Flaschen Wein getrunken, alles mal auf den Tisch gelegt und es dann wieder fallen lassen. Es war einfach zu viel für eine Nacht. Irgendwann wollte ich ihn rauswerfen, aber da war er schon zu betrunken, um noch Auto zu fahren. Er hat auf dem Sofa geschlafen. Heute früh haben wir Kaffee getrunken, und dann wollte ich allein sein. Ich konnte es nicht mehr ertragen, ihn hier zu haben. Er ist mir so fremd und gleichzeitig vertraut. Ich hab Angst vor beidem.«

»Hat er von Tim gesprochen?«

»Ja, er vermisst ihn. Vor siebzehn Jahren hat er ihm mal einen Brief geschrieben, aber der kam zurück mit dem Vermerk seiner Eltern, er würde nicht mehr dort wohnen.«

»Werdet ihr euch wiedersehen? Ich meine, du und Paul?«

»Ich weiß es nicht. Wenn ich ehrlich bin, weiß ich im Augenblick überhaupt nicht besonders viel. Nur dass ich hier aufräumen muss.« Sie steht auf. »Und dass ich jetzt Hunger habe. Hast du Lust, was zu essen?«

»Gern. Was gibt's denn?«

»Keine Ahnung. Also, im Küchenschrank hab ich Spaghetti gesehen. Butter und Käse hab ich eingekauft, im Garten gibt's Salbei. Daraus ließe sich was machen.«

»Klingt gut. Ich hol mal den Salbei. Ich weiß ja, wo er wächst.«

Stella kann sich gar nicht mehr erinnern, wann sie das letzte Mal für jemanden gekocht hat. Aber sie merkt, dass es etwas in ihr löst, dieses Hantieren mit Töpfen und Geschirr. Und sie merkt noch etwas – wie gut es tut, Jens bei sich zu haben. Dieser alte Freund von Elisabetta, der ihr durch seine bloße Anwesenheit die Ruhe gibt, die sie so dringend braucht. Er spricht die Dinge an, aber er weiß auch, wann es genug ist. Sie beginnt zu verstehen, warum ihre Tante mit ihm unzählige Nächte an diesem Küchentisch verbracht hat, und sie ist ihm dankbar, dass er noch immer hier sitzt, jetzt mit ihr.

Er bleibt fast zwei Stunden. Sie reden über anderes nun – sie erzählt von ihren Kollegen, er von seinen Kunden. Sie essen beide viel. Beim Wein hält sich Stella zurück. Er lacht, wenn sie ihre Hand über das Glas hält, sobald er ihr nachschenken will.

Gegen halb acht schaut er auf seine Armbanduhr. »Ich werd dann mal gehen.«

Sie bringt ihn zur Haustür.

Dort hält er kurz inne, greift in seine Hosentasche und holt den Zettel hervor. Elisabettas Zettel, der sechs Monate unter seinem Stein gelegen hat.

»Hier, das ist für dich.« Er hält ihr das Stück Papier hin.

»Was ist das?«

»Ich weiß es nicht, Stella. Ich hab nie reingeguckt. Elisabetta gab's mir vor einem halben Jahr. Für dich, sagte sie, falls ihr mal was zustößt.«

Stella nimmt den Zettel und faltet ihn auseinander. »Tim« steht da in Elisabettas ausladender Handschrift. Und dann steht da noch etwas.

»Und?« Jens sieht Stella an.

»Es ist eine Adresse, Jens.«

»Eine Adresse? Wo?«

»In Havanna.«

»Wer wohnt dort?«

»Tim. Sie hat mir Tims Anschrift hinterlassen. Hattest du eine Ahnung, dass er auf Kuba lebt?«

Jens schüttelt den Kopf. »Sie hat mir mal erzählt, dass er Kontakt mit dir aufnehmen wollte. Aber du hättest damals nur gefragt: ›Welcher Tim?‹ Das ist nun aber auch schon sehr lange her.«

In Stellas Kopf suchen Fragen nach Ankerpunkten. Kuba? Was war mit Kuba? Dann fällt es ihr ein. Elisabetta hatte sie vor ein paar Jahren gefragt, ob sie nicht gemeinsam dorthin reisen wollten. Um Weihnachten herum war das gewesen, und Stella war erschrocken damals, weil der Name dieser

Insel für einen Moment ein Fenster in ihr geöffnet hatte. Für den Bruchteil einer Sekunde hatte sie Tim gesehen. Tim, der auf dem Sofa in Pauls und Stellas Wohnung lag und Lonely-Planet-Reiseführer las, von der Karibik träumte und Stella dabei ansah. Von Jamaika redete er – und von Kuba.

Ihre Tante muss von ihm erfahren haben, dass er wahr gemacht hatte, wovon er an jenem fernen Winterabend gesprochen hatte. Aber wann? Wann hatten er und sie …?

»Was soll ich jetzt damit tun?« Sie hält den Zettel hoch. Die Gedanken an Elisabetta und Tim behält sie für sich.

»Erst mal nichts, würde ich sagen«, erwidert Jens. »Du verwahrst ihn und machst heute irgendetwas, das dich auf völlig andere Gedanken bringt.«

»Aber was?«

»Das, was du daheim in München so tust, wenn du Feierabend hast.«

»Ich komm meist so spät nach Hause, dass ich gleich ins Bett gehe.«

»Okay, ich schlage vor, du schaust dir irgendwas im Fernsehen an. Das hilft mir immer, wenn ich mich ablenken will. Lass die Vergangenheit für heute mal ruhen, versprich mir das. Und falls was sein sollte, ruf mich an.«

Sie nickt. Dasselbe hatte Bornheim zu ihr gesagt.

»Tim wird auch morgen noch in Havanna leben. Vielleicht ist er sogar schon wieder von dort fortgezogen. Wir werden es heute nicht mehr herausfinden.«

»Du hast recht, Jens. Danke, dass du gekommen bist.«

»Danke dir für die Nudeln. Sie waren wunderbar.«

Sie lächelt.

Sie lächelt immer noch, als sie im Wohnzimmer steht und sich suchend umsieht, als wollte sie schauen, wo eigentlich der Fernseher steht. Er hat seinen Platz seit Jahren nicht verlassen; die Fernbedienung liegt daneben. Lächelnd drückt sie auf »On« und fährt zusammen, weil der Ton so laut eingestellt ist. Ihr ist nie aufgefallen, dass Elisabetta schwerhörig war. Aber was ist ihr überhaupt aufgefallen?

Sie regelt die Lautstärke herunter und sieht in ein paar Programme rein. Nachrichten, eine Tierdokumentation, eine Reisereportage, wieder Nachrichten, ein Krimi … Sie wählt den Krimi. Eine Kommissarin sucht einen Serienmörder, der nach irgendeinem biblischen Muster vorgeht. Die Geschichte ist arg konstruiert, aber sie lenkt ab, und mehr soll sie ja auch gar nicht. Später gibt es einen alten Film von Woody Allen. Stella klickt weg, denn sie muss bei Woody Allen sofort an Paul denken, und sie will jetzt nicht an ihn denken. Genauso wenig wie sie an Tim denken will. Sie entscheidet sich für einen Bericht über Prostitution in Thailand. Kurz nach Mitternacht senden sie noch einen Western mit John Wayne, und Stella schaut zu, wie sich Männer erst mit Whiskey betrinken und dann erschießen. Am Ende bleiben die Guten übrig, und vielleicht findet sie das alles deswegen ziemlich beruhigend. Der Film ist schwarzweiß, die Welt darin ist es auch.

Stimmt, Fernsehen lenkt ab, denkt sie, als sie gegen zwei Uhr morgens ausschaltet und ins Bett geht. Sie ist Jens auch dafür dankbar.

Den Zettel mit der Adresse in Havanna legt sie unter den Wecker, und dann träumt sie von Männern, die sich zum Duell vor einem staubigen Saloon treffen. Wer diesmal am Leben bleibt, verraten ihre Träume ihr nicht.

Stella braucht eine Woche, bis sie sich ins Auto setzt und nach Kiel fährt. Sie hat weiter aufgeräumt in dieser Woche, hat Kartons mit Sachen gepackt, die sie nicht mehr braucht, hat zweimal in Bennys Laden eingekauft und von ihm den neuesten Klatsch gehört. Abends hat sie lange Fernsehen geguckt, dazu hat sie ab und an einen Wein getrunken und all das, was da in den letzten Tagen in ihr Bewusstsein gedrungen ist, wie in Zeitlupe auf den Boden des Glases sinken lassen. Sie ist auch schwimmen gewesen und danach auf dem Steg in der Sonne eingeschlafen. In Elisabettas Bücherregal hat sie Romane von Elsa Morante und Elias Canetti und Italo Calvino gefunden, und ihr ist aufgefallen, dass sie seit Jahren keinen Roman mehr gelesen hat. Manchmal sind Jens und Gunnar vorbeigekommen, um sich ein wenig im Garten zu schaffen zu machen; vielleicht sind sie aber auch nur gekommen, um zu sehen, wie es Stella geht. Jens fragte nicht nach dem Zettel mit der Adresse, und sie erwähnte ihn auch nicht mehr. Sie sah nur Abend für Abend nach, ob er noch am selben Platz lag.

Inzwischen weiß sie die Adresse auswendig, damit sie ihr nur keiner mehr nehmen kann. Sie hat keine Ahnung, wo in Havanna diese Straße liegt, denn hier im Haus gibt es keinen Internetzugang, und Stella besitzt nur ein altmodisches Handy, mit dem man nichts kann – außer telefonieren.

Immer wieder hat sie vor dem Einschlafen den Zettel angesehen. Vor einem halben Jahr habe er ihn von Elisabetta erhalten, hatte Jens gesagt. Keine lange Zeit. Sechs Monate nur. Aber sechs Monate, in denen viel hat passieren können. Womöglich lebt Tim gar nicht mehr dort, ist an einen anderen Ort gezogen. Aber irgendetwas in ihr sagt ihr, dass Elisabetta in diesem Fall Jens einen anderen Zettel gegeben hätte, mit einer anderen Adresse.

Havanna. Sie weiß nicht viel über diese Stadt. Fidel Castro, Che Guevara, alte amerikanische Straßenkreuzer, das war's dann aber auch schon. Ihr Leben in München hatte keinerlei Schnittmengen mit der restlichen Welt gehabt. Fast befremdet hatte sie zugehört, wenn Kollegen aus dem Urlaub zurückkamen und von Reisen auf anderen Kontinenten erzählten. Ihr Kontinent war Neuhausen gewesen, wo sie wohnte, und Großhadern, wo sie arbeitete. Luftlinie gerade mal fünf, sechs Kilometer. Alles, was außerhalb dieser Grenzen geschah, fiel raus aus ihrem Raster. Allein die Vorstellung, in ein Flugzeug zu steigen und den Fuß auf die andere Seite der Erdkugel zu setzen, hatte etwas Beunruhigendes für sie. Jegliche Art von Unwägbarkeit schien ihr wie Treibsand, in dem sie zu versinken drohte.

Und nun diese Adresse in Havanna, die da unter Elisabettas altem Wecker lag.

»Es geht nicht ohne ihn.« In diesem Punkt hatte Paul recht. Sie würden das hier nie schaffen ohne Tim. Sie könnten noch so viel reden, alles hervorholen aus den Katakomben der Vergangenheit, es würde einfach daliegen und vor sich hin gären. Zu zweit wären sie überfordert.

Bin ich verrückt?, denkt Stella, als sie in ihr Auto steigt, den Motor startet und rückwärts auf die Straße hinausrollt. Wieder diese Frage, die sie vor so vielen Jahren ihrer Tante gestellt hatte. Sie fährt an Bennys Laden vorbei, ohne anzuhalten, und biegt etwa drei Kilometer weiter auf die Bundesstraße ab, die nach Kiel führt.

In der Stadt stellt sie den Wagen ab, wirft zwei Euro in einen Parkautomaten und wendet sich Richtung Alter Markt, vorbei am Dürerhaus, wo noch immer Kunsthandwerk aus Dänemark und Kunstpostkarten von Emil Nolde verkauft werden, und der Buchhandlung Erichsen und Niehrenheim, in der früher mal eine Freundin von Elisabetta gearbeitet hatte. Uta hieß sie oder Ulla, und sie trug stets bunte Tücher um den Kopf. Manchmal ging sie zum Regal und holte ein Bilderbuch oder später *Pippi Langstrumpf* für Stella heraus. Irgendwann war sie nicht mehr da; Elisabetta sagte, sie sei an Krebs gestorben, und Stella verstand nicht ganz, dass man an einem Tier sterben kann.

Das Reisebüro ist noch dort, wo es immer war. Plakate hängen in den Schaufenstern, mit goldenen Pagodendächern, schneebedeckten Bergen, Pyramiden, Wolkenkratzern. Drinnen ist nicht viel los. Stella wendet sich an einen Mann, der von seinem Computer aufschaut und sie freundlich ansieht. Ein junger blonder Typ mit Hornbrille. Ein bisschen erinnert er sie an Paul. An den Paul von früher.

»Ich möchte nach Havanna«, sagt sie.

»Guten Tag«, sagt er.

»Oh, entschuldigen Sie, guten Tag.«

»Nach Havanna also?«

Sie nickt.

»Wollen Sie eine Gruppenreise oder …?«

»Oh, mein Gott, nein, keine Gruppenreise. Ich will einfach nur nach Havanna.«

»Also eine Individualreise?«

»Nennt man das so?«

Er rückt seine Brille ein wenig zurecht. »Sie reisen nicht oft, oder?«

»Ich reise nie.«

Er lächelt.

Sie lächelt zurück.

»Wann wollen Sie denn nach Havanna?«

»Sofort.«

»Aha. Heute?«

Jetzt lacht sie. »Na ja, vielleicht eher morgen oder übermorgen.«

»Okay, das nenn ich kurzfristig.«

»Ich müsste übrigens über München fliegen, denn dort liegt mein Pass, und man braucht ja wohl einen Pass, um nach Kuba zu kommen.«

»Allerdings. Und seien Sie froh, dass Sie nicht noch extra ein Visum beantragen müssen. Die haben dort ein Touristenvisum, das bei der Einreise ausgestellt wird. Wir brauchen nur eine Hoteladresse; den Rest mache ich hier für Sie.«

»Gut.«

»Ähm, Ihr Pass ist schon noch gültig?«

»Ja, wieso fragen Sie?«

»Nun, ich denke mal, die Frage ist berechtigt bei einer Frau, die nie reist.«

»Klar, verstehe. Und nein, keine Sorge. Ich habe mir vor ungefähr fünf Jahren einen Pass ausstellen lassen, zusammen mit einem neuen Personalausweis. Warum ich das damals getan habe, kann ich Ihnen auch nicht sagen.«

»Nun, das müssen Sie auch nicht.«

»Da haben Sie eigentlich recht.«

»Also halten wir fest: Sie wollen ganz schnell über München nach Havanna?«

»Ja.«

»Wie lange haben Sie vor zu bleiben?«

Sie schaut zu Boden; da ist grau meliertes Linoleum, weiter nichts. »Ach, ich weiß nicht.«

»Es wäre nicht falsch, das zu wissen.«

»Sagen wir …«, wieder das Linoleum, »… sagen wir eine Woche.« Warum?, fragt sie sich im nächsten Moment mit aufsteigender Panik. Eine Woche kann lang sein, quälend lang. Was, wenn Tim gar nicht mehr dort ist? Oder wenn er dort ist und sie nicht sehen will? Was sollte sie mutterseelenallein in dieser fremden Stadt?

»Also eine Woche?« Der Mann sieht sie zweifelnd an.

Sie nickt tapfer.

Er tippt einiges in seinen Computer ein, schaut auf den Monitor, tippt wieder, murmelt vor sich hin, manchmal schüttelt er den Kopf. Irgendwann sagt er: »Ich hab's.«

»Was haben Sie?«

»Diese Verbindung scheint mir gut. Sie fliegen übermorgen Nachmittag ab Hamburg. Am nächsten Tag geht's mittags über Paris nach Havanna. Zurück genau sieben Tage später mit einer Abendmaschine. Dann sind Sie wiederum mittags in Paris, und von dort fliegen Sie nach Hamburg. Klingt das gut?«

Sie weiß nicht, wie das klingt. Sie weiß überhaupt nichts mehr. Vielleicht sollte sie einfach aufstehen und dieses Reisebüro verlassen. »Ja«, sagt sie stattdessen.

Er tippt weiter, und kurze Zeit später rattern ein paar Blätter Papier aus dem Drucker neben seinem Computer.

»Hier ist Ihre Flugverbindung«, erklärt er und legt ihr die Papiere hin.

Stella schaut darauf, ohne etwas zu sehen.

»Und nun suche ich Ihnen noch ein Hotel. Wollen Sie in der Altstadt wohnen?«

»Keine Ahnung.«

Er lächelt. »Das überrascht mich nicht.«

»Sie halten mich für eigenartig, oder?«

»Nun, es steht mir nicht zu, irgendwelche Urteile über eine Kundin abzugeben.«

»Ich erlaube es Ihnen.«

»Na ja, normalerweise kommen die Leute zu mir und wollen verreisen. Sie dagegen scheinen gar kein großes Interesse an Ihrem Urlaub zu haben.«

»Es ist kein wirklicher Urlaub, um ehrlich zu sein.«

»Vielleicht machen Sie einfach einen daraus.«

Ja, denkt sie und sieht den Mann mit der Hornbrille an. Er ist ehrlich um ihr Wohl bemüht, und das rührt sie.

»Havanna ist schließlich eine großartige Stadt«, fährt er fort.

»Waren Sie schon mal dort?«

»Vor drei Jahren. Es ist toll dort. Als ob die Vergangenheit wieder lebendig würde …«

Passt ja, scheint das Linoleum Stella zuzuflüstern. »Ich sollte also in der Altstadt wohnen?«, fragt sie den Mann.

»Da gibt es zumindest die meisten Hotels, und die Sehenswürdigkeiten sind alle gut zu erreichen. Falls Sie denn doch noch was anschauen wollen.«

Sie lächelt. »Schon in Ordnung. Buchen Sie mir ein Zimmer dort. Möglichst nicht zu laut.«

»Nun, das dürfte schwierig sein.«

»Wie meinen Sie das?«

»In Havanna ist es fast überall laut. Die Menschen leben draußen auf den Straßen. Dazu die Musik … da pulsiert das Leben.«

»Okay, okay, aber lassen Sie bitte diese Reisebroschüren-Poesie.«

Er lacht. »Berufskrankheit.«

Fünf Minuten später hat er ein Zimmer für Stella reserviert. »Hübsches Haus im Kolonialstil mit Innenhof. Das werden Sie mögen.«

Ihr ist inzwischen alles recht; sie möchte jetzt nur noch eines: wieder raus aus diesem Laden, bevor sie sich die ganze Sache noch mal anders überlegt. Niemals in den letzten Jahren hat sie so schnell eine Entscheidung getroffen und umgesetzt. Als ob die Tat einen Spurt hinlegt und allen Bedenken vorausläuft, damit nur ja kein Aber sie mehr einholt.

Rasch holt sie ihre Kreditkarte aus dem Portemonnaie und reicht sie dem Mann. »Hier, ich zahle am besten gleich.«

»Ich kann Ihnen auch eine Rechnung …«

»Nein, nein. Wir erledigen das jetzt sofort.«

Als sie geht, wünscht er ihr eine gute Reise, und er meint es ehrlich, das spürt sie.

»Danke«, erwidert sie und nimmt einen Seufzer mit durch die Schwingtür ins Freie.

Sie setzt sich auf die Steinstufen auf dem Platz, holt ihr Handy heraus und wählt Pauls Nummer.

Er meldet sich nach dreimaligem Klingeln. »Stella?«

»Stör ich dich?«

»Nein, nein, ich bin noch in der Bibliothek.«

»Wann hast du dort Schluss?«

»In 'ner knappen Stunde.«

»Soll ich dich abholen? Ich dachte, wir könnten vielleicht ans Wasser fahren und eine Runde spazieren gehen.«

»Ja, sehr gern.« Seine Stimme klingt plötzlich aufgeregt.

»Ist ein bisschen überfallartig, ich weiß, aber ich …«

»Nein, nein, kein Problem. Ich freu mich, dass du anrufst. Ich dachte schon …« Er bricht ab.

Sie weiß, was er gedacht hat.

»Die Bibliothek, ist sie immer noch dort, wo sie früher war?«

»Ja.«

»Ich bin gleich da.«

Als Paul zu Stella ins Auto steigt, hat das schon fast wieder etwas Vertrautes. So vertraut wie die Straßen, durch die sie fahren. Straßen, die ihr Gesicht verändert haben, geliftet wurden durch neue Einkaufszentren, schicke Ladenzeilen und verglaste Autohäuser und dennoch altbekannte Züge zeigen.

Stella nimmt den Weg, den sie damals in der Nacht des Abiturballs genommen haben. Manchmal fragt sie Paul: »Hier entlang?«, und wenn er nickt, setzt sie den Blinker und biegt ab.

Sonst reden sie nichts, aber es wirkt nicht störend, sondern vielmehr beruhigend, dieses Schweigen, das zwischen ihnen liegt wie eine weiche Daunendecke. Die Spannung, die ihr erstes Treffen vor einer Woche mit wirren Untertiteln versehen hat, ist verschwunden.

Irgendwo bei Dänisch-Nienhof biegt Stella ab in ein Waldstück und bleibt nach ein paar hundert Metern am Rand einer Wiese stehen.

»Erinnerst du dich noch an die Lupinen?«, fragt sie.

Paul nickt. »Ein lila-rosa Meer vor dem großen Meer da unten.« Er zeigt Richtung Strand.

»Sie sind jetzt wohl ausgeblüht.«

»Wahrscheinlich. Auch Lupinen haben ihre Zeit.«

Sie steigen aus dem Auto, klettern eine kleine Böschung hinunter und landen im Sand.

Sie wenden sich nach rechts, als hätten sie das vorher so abgesprochen.

Eine Zeitlang schlendern sie einfach nebeneinanderher. Manchmal knackt es unter ihren Sohlen, wenn sie auf eine Muschel treten. Viel Seetang liegt dort, grün und glänzend vom Wasser.

»Das hast du schön gesagt«, sagt Stella irgendwann.

»Was?«

»Das mit den Lupinen.«

»Sie erinnern mich immer an Kerzen, die leuchten. Das hab ich auch gedacht, als wir damals hier ankamen.

Ein Feld voller Kerzen, die alle für uns angezündet wurden.«

»Ich mochte es, wenn du solche Sätze sagtest. Es ist gut, dass sie noch da sind. Ich hatte fast vergessen, wie es ist, ihnen zu begegnen.«

»Ich begegne ihnen auch nicht mehr so oft. Sie zeigen sich selten, wenn der Alkohol einem den Weg zu sich selbst versperrt.«

»Ist ein sehr großes Problem für dich, oder?«

»Ist es, Stella. Neben den vielen ungleich kleineren, die ich sonst noch so habe.«

»Hast du mal versucht aufzuhören?«

»Unzählige Male, doch ich bin nicht sehr stark im Durchhalten. Es gab auch irgendwie keinen richtigen Anreiz. Der Suff schien mir immer erträglicher als die Realität. Hast du nie …?«

»Ob ich getrunken habe? Nein, aber ich nehm ab und an was, damit ich schlafen kann.«

»Der Job?«

»Wohl eher die Unfähigkeit, meiner Seele ins Angesicht zu sehen.« Niemals in den letzten Jahren hat sie solche Worte gesagt. Sie hat sie nicht mal gedacht.

Er stößt einen Stein mit dem Fuß weg. »Ich war mir nicht sicher, ob du wieder anrufst«, sagt er dann.

»Das war ich auch nicht. Aber selbst wenn ich es nicht getan hätte, wäre das, als ob man Anlauf nimmt und wieder abbremst.«

Paul bleibt stehen. »War eine unglaubliche Nacht damals. Die Lupinen, die Joints, die Musik, der Mond, die Wellen, das Feuer … Und du in deinem roten Kleid …«

Sie nickt und lässt sich neben ihm in den warmen Sand fallen.

Er setzt sich zu ihr. »Immer wenn ich an dich gedacht habe, hast du dieses Kleid getragen.«

»Hast du noch Fotos aus der Zeit?«

Er schüttelt den Kopf. »Ich hab sie alle verbrannt. Und du?«

»Ich hatte noch nicht mal welche in mir. In Elisabettas Schrank habe ich einen Karton gefunden mit Bildern von Merle und uns. Und ihrer kleinen Rassel …«

Sie sieht, dass seine Augen zu schwimmen beginnen. Kurz greift sie nach seiner Hand und lässt sie gleich wieder los. Es erschreckt sie, wie sich diese Hand anfühlt. Wie hauchdünnes altes Papier, das schon der Hauch einer Berührung zerreißen kann.

»Du hast gefragt, wie wir weitertun sollen, kurz bevor du gingst«, sagt sie nach einer Weile.

Er nickt. »Mir ist nichts eingefallen. Dir?«

»Jens kam an dem Abend noch vorbei und brachte mir einen Zettel. Den hatte ihm Elisabetta im Winter gegeben mit der Bitte, ihn aufzubewahren, falls ihr mal was zustößt. Es stand eine Adresse darauf, in Havanna.« Sie hält einen Moment inne. »Tims Adresse.«

Paul zuckt zusammen. »Mein Gott. Woher …? Wie …?«

»Ich weiß es nicht, Paul. Ich weiß nur, dass ich vor zwei Stunden für übermorgen einen Flug nach Havanna gebucht habe.«

»Du hast was?«

»Es klingt verrückt, das ist mir bewusst, aber es ist eine Spur. Du hast selbst gesagt, dass wir ihn brauchen, wenn wir das hier alles endlich begreifen und auflösen wollen.«

»Ja, ja, aber woher willst du wissen, ob diese Adresse noch stimmt?«

»Ich muss es versuchen. Es ist die einzige Chance, die wir

haben.« Sie merkt, dass sie sich selbst überzeugen will von dem, was sie getan hat.

»Aber … aber hättest du nicht vielleicht erst mal anrufen sollen?«

Sie schüttelt den Kopf. »Nein, Paul. Es stand keine Telefonnummer dabei. Auch sonst nichts. Nur eine Straße und eine Hausnummer. Ich muss dahin.«

Er nickt langsam. »Hingehen und nachschauen, ob …«

»Ich kann dir nicht mal sagen, was ich mir erwarte.«

»Wohl ein bisschen von dem, was du eben gesagt hast. Begreifen, auflösen …«

»Alles hat wohl seine Zeit.«

»Wie diese Lupinen hier, meinst du, die mal eben das Blühen eingestellt haben? Schluss mit Leuchten …«

Stella nimmt einen Stein und wirft ihn ins Meer. Er landet mit einem sanften Geräusch im Wasser und zieht dort eifrig ein paar Kreise, bevor die nächste Welle kommt und dem Kreisen ein Ende bereitet.

»Die Karibik wird wohl ein bisschen blauer sein als die Ostsee«, sagt Paul und wirft einen Stein hinterher, der ungefähr dort landet, wo Stellas untergetaucht ist.

»Vermutlich.«

»Kuba …« Paul schnaubt. »Dem Kerl kann's nicht weit genug sein.«

»Er wollte schon damals da rüber.«

Er sieht sie erstaunt an. »Das wusste ich gar nicht.«

»Du warst dabei, als er es erzählte. Es war in unserem Wohnzimmer. Du hattest dich währenddessen in *Schuld und Sühne* vergraben.«

»Wie passend.« Er lacht kurz auf. »Wenn du ihn triffst, dann sag ihm … na, du wirst schon wissen, was du dort dann sagst.«

»Ehrlich gestanden weiß ich gar nicht viel.«

»Kommst du danach wieder hierher, oder bleibst du in München?«

»Keine Ahnung. Man wird sehen.« Sie steht auf und klopft sich den Sand ab. »Lass uns gehen.«

Bevor sie wieder ins Auto steigen, lässt Stella ihren Blick noch mal über das abgeblühte Lupinenfeld laufen und dort Haken schlagen wie ein Hase.

»Ihre Zeit kommt wieder«, sagt sie.

Paul lehnt sich an der Beifahrerseite gegen den Wagen, die Arme auf dem Dach abgestützt. Im Licht des frühen Abends wirkt er weniger müde.

»So viel ist zumindest sicher«, sagt er.

13

Es ist spät am Abend und es ist warm, als Stella aus dem Flughafengebäude auf die Straße tritt und sich nach einem Taxi umsieht. Es geht ein leichter Wind, in den sich der Geruch von Diesel mischt.

Sie ist müde und wach zugleich. Wie nach einer stundenlangen nächtlichen Operation, wenn sie sich den Kittel auszieht und die Haube vom Kopf reißt, um die verschwitzten Haare darunter wieder an die Luft zu lassen. Meist kann sie sich danach auch nicht sofort hinlegen und ausruhen, sondern arbeitet noch Krankenakten durch oder macht einen Gang über die Station, um nach den anderen Patienten zu sehen. Gehen Sie doch nach Hause, hat Bornheims Blick oft gesagt. Nach Hause, was ist das?, hat da etwas in ihr gehöhnt, während die Vögel vor den verriegelten Fenstern der Intensivstation den Morgen anzwitscherten, unhörbar für die, die drinnen an ihre Infusionsschläuche und ihre Beatmungsgeräte angeschlossen lagen.

Stella hat kaum geschlafen auf dem elfstündigen Flug von Paris hierher, die meiste Zeit hat sie aus dem kleinen ovalen Fenster geschaut, vor dem die Nacht langsam den Tag ablöste und den Wolken aus diesem Anlass ein paar Farben anzog – Rot, Orange, dazwischen Türkisblau und Weiß, das zunehmend Richtung Grau changierte. Manchmal waren die Stewardessen mit ihren Rollwagen vorbeigekommen. Doch meist hatte Stella den heißen Aludeckel, unter dem sich das Essen befand, nur ein bisschen geöffnet und zur Seite geschoben, ein paar Gabeln genommen und dann lieber das aufgebackene weiche Brötchen mit dem eiskalten harten Butterrechteck belegt. Sie hatte wenig Hunger. Neben ihr saßen ein älterer Mann und eine junge Frau, die ihre Tabletts bis auf den letzten Krümel leer aßen, immer wieder Wein nachorderten und sich, wenn sie gerade mal nicht aßen oder tranken, an den Händen hielten. Sie bemerkten Stella kaum, was ihr sehr recht war. Urlauber-Smalltalk hätte sie überfordert. Sie sah einfach weiter hinaus in den Himmel, selbst als er pechschwarz geworden war, als könnte sie ihm doch noch irgendwelche Geheimnisse entlocken, wenn sie ihn nur lange genug anschaute.

Ab und an fielen ihr die Augen zu, und ihr Kopf sackte etwas zur Seite; die Traumsequenzen, die dann kamen, zeigten ihr Kurzfilme von Paul und Tim; sie waren wie diese Super-8-Filme, die man früher gedreht hatte. Es traten auch Elisabetta, Roberto, Jens und Merle darin auf und der Mann aus dem Reisebüro; sie sah das gelbe Haus und den See und die Wiese mit den Obstbäumen. Weshalb also das Bordprogramm mit den neuesten Blockbustern wählen und auf den kleinen Monitor im Vordersitz starren, wenn man sein eigenes Kino in sich hatte? Als ihr das Dröhnen der Motoren irgendwann zu laut wurde, setzte sie sich die Kopfhörer auf, die jeder Passagier vor dem Start eingeschweißt in einem Plastikbeutel bekommen hatte. Das dimmte die Geräusche etwas herunter; daher bekam Stella gar nicht mit, als der Kapitän die bevorstehende Landung ansagte und bat, die Rückenlehnen senkrecht zu stellen, die Tischchen vor sich hochzuklappen und alle elektronischen Geräte auszuschalten. Sie spürte nur plötzlich einen kräftigen Stoß; die Räder setzten auf dem Rollfeld auf, und die darauffolgende Bremsung drückte sie in ihrem Sicherheitsgurt nach vorn.

»Welcome to Havana Airport …« Die Stimme aus dem Lautsprecher begrüßte sie auf Kuba, sagte noch was von Handgepäck und Flugmodus, Einreiseformalitäten und Transiträumen.

Stella hörte gar nicht hin. Sie holte Handtasche und Jacke aus der Klappe über ihrem Sitz und ließ sich mit den vielen anderen Menschen langsam aus dem Flugzeug herausspülen. Die Beine fühlten sich schwer an, der Kopf geisterte noch durch die stummen Traumfilme der letzten Stunden; Fragen nach dem Sinn dieser Reise hatte er einstweilen eingestellt, und Stella hütete sich davor, ihn daran zu erinnern.

Gut zwei Stunden stand sie in einer endlosen, nicht kürzer zu werden scheinenden Schlange am Immigration-Schalter. Sie stand völlig still, rückte nur alle paar Minuten ein paar Zentimeter weiter vor. Wortfetzen von schimpfenden Touristen drangen an ihr Ohr, aber das hatte nichts mit ihr zu tun. Ihr machte dieses Warten nichts aus. Sie spürte vielmehr Erleichterung darüber, dass die Bürokratie hier ihr noch etwas Aufschub gewährte, bevor sie ins Ungewisse hinausging.

Ihren Pass hielt sie in der linken Hand. Vorgestern hatte sie ihn aus ihrer Münchener Wohnung geholt, zusammen mit ein paar Sachen für die Reise. Viel war es nicht gewesen. Vier Sommerkleider, die sie nur selten getragen hatte. Zwei Paar Sandalen. Zwei Strickjacken. In einer Parfümerie an der Leopoldstraße hatte sie sich Sonnenschutzmittel mit hohem Lichtschutzfaktor gekauft. Und ein Parfüm. Sie konnte sich nicht erinnern, wann sie zum letzten Mal Parfüm getragen hatte, und stand etwas hilflos vor all diesen hell erleuchteten Regalen. Sie entschied sich schließlich für etwas, das die Verkäuferin ihr empfahl; es roch frisch, und der Flakon gefiel ihr. Sie nahm noch einen Lippenstift dazu. Leuchtend rot.

Sie trug den neuen Duft und den neuen Lippenstift und eines ihrer alten Kleider, als sie abends Bornheim und dessen Frau besuchte. Sie hatte ihren Chef am Nachmittag angerufen und gefragt, ob seine Einladung zum Essen noch stehe.

»Ist ein bisschen kurzfristig, ich weiß«, erklärte sie. »Aber ich wusste gestern auch noch nicht, dass ich heute hier sein würde. Und morgen reise ich weiter.«

»Nun, da bin ich aber neugierig«, antwortete er. »Und keine Ursache wegen kurzfristig und so. Dann gibt's eben nur Nudeln mit Sauce, und ich schau zu, dass ich hier möglichst schnell aus dem Laden rauskomme. Wir freuen uns.«

Es klang irgendwie beruhigend, dieses Wir, und sie freuten sich wirklich, ihr Chef und seine Frau.

Stella brachte einen Strauß Rosen mit, den Frau Bornheim sofort auf den Tisch stellte, bevor sie Tagliatelle al Ragù auftrug. Sie unterließ Bemerkungen wie »Mein Mann hat mir viel von Ihnen erzählt«, stattdessen erklärte sie, dass sie das Rezept von einer italienischen Kollegin bekommen habe, und ließ es sich nicht nehmen, alle Zutaten aufzuzählen und die Zubereitungsweise ausführlich zu erklären.

»Kochen Sie auch gern?«, fragte sie Stella.

»Ich weiß es, ehrlich gestanden, nicht genau. Ich tu's eigentlich nie.«

»Na, wenn man wenig Zeit hat und allein lebt …«

»Ja, vielleicht ist es das, denn da oben im Haus meiner Tante habe ich sogar mal den Herd eingeschaltet. Rührei und Spaghetti mit Salbei … Also nichts gegen so was wie diese feine Soße hier.«

»Mich entspannt's. Ist ein perfekter Ausgleich zum Job.«

»Was arbeiten Sie?«, fragte Stella und merkte mal wieder, wie wenig sie eigentlich wusste von dem Leben der Menschen, mit denen sie täglich zu tun hatte. So lange schon an Bornheims Seite und niemals eine Frage nach seiner Frau. Sie schämte sich fast, dass sie sich nach all den Jahren erst jetzt zu dieser Frage durchrang. Auch das war neu, die Scham. Ihre Fühltaubheit hatte alle mit eingeschlossen. Sie war sich selbst nichts angegangen, also waren es die anderen auch nicht.

»Ich bin Lektorin in einem Verlag hier in München«, erwiderte Bornheims Frau.

»Auf welchem Gebiet?«

»Krimis.« Sie stand auf und ging zum Regal. »Mein Mann sagte mir nur, Sie würden morgen verreisen, aber hat mir nicht verraten, wohin.«

»Ich hab ihm auch nichts gesagt. Ich fliege nach Havanna.«

»Hier«, sie suchte zwei Taschenbücher heraus, »die spielen in Havanna. Man erfährt viel über das Leben auf Kuba, und einigermaßen spannend sind sie auch. Ich schenke sie Ihnen.«

»Danke.« Stella nahm die Bücher und legte sie in ihre Handtasche.

Nach dem Kaffee entschuldigte sich Frau Bornheim. Sie müsse noch arbeiten. Abgabeschluss. Sie gab Stella die Hand: »Ich wünsche Ihnen eine gute Reise«, sagte sie. »Und jetzt lass ich euch beide mal allein. Ihr habt euch sicher einiges zu erzählen.«

Bornheim bat Stella zum Sofa, dort sei es gemütlicher.

Dann holte er eine zweite Flasche Rotwein aus der Küche und goss ihnen die Gläser voll. Er griff nach einer Packung Zigaretten und Streichhölzern, die vor ihm auf den Tisch lagen.

»Rauchen Sie eigentlich noch?« Er hielt ihr die geöffnete Schachtel hin.

»Wieder etwas mehr«, entgegnete sie und nahm sich eine Zigarette heraus.

»Nicht gut.« Er gab ihr Feuer.

»Ich weiß.« Sie nahm einen tiefen Zug.

»Havanna also.«

Sie nickte.

»Nun, Stella, Sie machen mich neugierig.«

»Sie haben mir kürzlich am Telefon geraten, in den Schmerz hineinzugehen.«

»Ja, ich erinnere mich.«

»Nun, das hab ich getan.«

»Und deshalb fliegen Sie morgen nach Kuba?«

Erneutes Nicken.

»Wollen Sie darüber reden?« Er sah sie an und zündete sich jetzt seine Zigarette an.

Sie sagte nichts.

»Ich nehme mal an, Sie wollen; sonst säßen Sie heute nicht hier.«

»Ich habe niemals mit irgendjemandem über all das gesprochen«, begann sie zögerlich.

»Sie meinen die alte Geschichte, die Sie erwähnten, als Sie vor ein paar Wochen mein Büro verließen?«

»Ja.«

»Nun, soll ich Ihnen jetzt mit dem zugegebenermaßen abgenutzten Spruch kommen, irgendwann ist immer das erste Mal?«

Sie lächelte. »Inzwischen ist mir auch klargeworden, warum ich nichts gesagt habe.«

Er zog die Augenbrauen hoch. Sie wusste von unzähligen Visiten mit ihm, dass das seine Art war, nachzufragen.

»Ich wusste es selbst nicht mehr«, sagte sie.

Nun runzelte er die Stirn. Klarer bitte, hieß das.

»Es klingt verrückt, ich weiß, aber ich hatte eine Vergangenheit, an die ich mich nicht erinnern konnte. Oder wollte.«

Bornheim beugte sich vor. »Stella, ich bin Onkologe und kein Psychologe.«

»Sie denken wahrscheinlich, ich sei ziemlich eigenartig geworden. Ich komme her zu Ihnen und …« Sie brach ab.

»Das war eine Einladung, Stella, ausgesprochen vor einigen Wochen, und Sie haben sie angenommen. Und ja, Sie haben sich verändert.«

»Inwiefern?«

»Sie wirken sehr fragil. Zugleich auch weiblicher. Und offener. Das, was Sie mir damals in der Klinik erzählt haben …«

»Ach, Chef, das war doch nur der Anfang«, unterbrach sie ihn und streifte die Asche ihrer Zigarette langsam im Aschenbecher ab.

»War mir klar. In diesem alten Haus von Ihrer Tante gibt's ein paar Räume, in denen Sie lange nicht mehr waren, stimmt's?«

Sie holte tief Luft. »Ich habe zwei Männer geliebt. Freunde von klein an. Wir drei waren unzertrennlich, seit wir laufen konnten. Mit dem einen bekam ich später ein Kind. Eine Tochter. Als sie zwei Jahre alt war, ertrank sie in einer Regenwanne. Da war ich grad im Begriff, mit dem anderen zu schlafen. Der eine schlug den anderen krankenhausreif und verbrachte sogar eine Nacht im Gefängnis. Ich hatte einen Nervenzusammenbruch, man könnte auch sagen: Systemausfall, und begann danach ein Leben, das nichts mehr gemein hatte mit meinem Leben davor. Das ist die Kurzfassung.« Sie drückte ihre Zigarette aus und nahm einen Schluck Rotwein. Ein wunderbarer Rotwein. Sie hatte noch nie so einen getrunken. »Ich hätte auch die Langfassung …«

»Ich bin bereit dafür.«

Und wie damals in seinem Büro in der Klinik begann sie zu erzählen. Er unterbrach sie auch diesmal nicht, sondern veränderte nur ab und zu seine Sitzposition, lehnte sich zurück und wieder vor, fasste sich ans Kinn. Einmal goss er Wein nach, ein anderes Mal bot er ihr eine zweite Zigarette an. Sie trank und rauchte und redete. Manchmal schien sie den Faden zu verlieren, aber dann besann sie sich und fügte lose Enden wieder zusammen, sorgfältig darauf bedacht, die Chronologie nicht zu verletzen. Sie war eine gewissenhafte Erzählerin – so, wie sie auch eine gewissenhafte Ärztin war. Als sie zu der Stelle von Merles Tod kam, sagte sie minutenlang nichts. Bornheim sah sie währenddessen nicht an, sondern ließ die Stille den Raum besetzen. Er schloss für einige Momente die Augen, damit seine eigenen Tränen hinter den Lidern unter Verschluss blieben. Stella sah sie trotzdem, weil die Lider flatterten und der Wimpernkranz unten so etwas wie Tautropfen bildete. Dann ließ sie den Rest der Geschichte heraus – bis zum heutigen Tag.

»Und nun fliegen Sie morgen nach Havanna …« Er unterließ es, sich über die Augen zu wischen, sondern nahm beide Gläser und hielt ihr ihres hin. »Kommen Sie, lassen Sie uns darauf anstoßen.«

»Ja, und ich weiß überhaupt nicht, was mich dort erwartet«, hielt sie dagegen, ließ ihr Glas aber dennoch kurz seines berühren. Ein leichtes Klirren antwortete ihr. »Vielleicht finde ich Tim gar nicht mehr. Vielleicht will er mich gar nicht sehen. Vielleicht …«

»Sie haben recht, Stella, Sie wissen nichts.«

»Halten Sie meine Reise für Wahnsinn? Sicher, es ist Wahnsinn, nach so langer Zeit zu glauben … ach, ich weiß gar nicht, was ich glauben will.«

»Das brauchen Sie auch gar nicht. Manchmal ist es besser, nichts zu wissen und einfach loszugehen und zu schauen, was kommt. Sie können im Morgen noch nichts tun, genauso wie Sie im Gestern nichts mehr ändern können. Klar, womöglich hat er ein neues Leben begonnen, hat mit der Vergangenheit abgeschlossen. Andererseits …«

»Ja?«

»Ihre Tante scheint in Kontakt mit ihm gestanden zu haben, zumindest bis vor einem halben Jahr, und er hätte ihr nie seine Adresse gegeben, wenn er sämtliche Brücken abgebrochen hätte.«

»Ich hab Angst, Chef.«

»Hätte ich auch, weil da so vieles wieder hochdrängt. Wenn ich mir vorstelle, wie Sie die ganzen Jahre diese Katastrophe unter Verschluss gehalten haben, kommt das hier einem Vulkanausbruch gleich. Also, im schlimmsten Fall will er nichts mehr von Ihnen und Paul wissen, aber nach allem, was Sie mir heute erzählt haben …« Er überlegte. »Schauen Sie, was Ihre Angst da mit Ihnen veranstaltet, hat nichts mit der Realität zu tun«, sagte er schließlich. »Es passiert nur in Ihrem Kopf. Ihre Vorstellungen von dem, was sein könnte, fahren Achterbahn mit Ihnen, und glauben Sie mir, ich weiß, wovon ich rede. Das kann einen völlig in den Wahnsinn treiben.«

Sie nickte.

»Es ist wie vor einer Operation. Man malt sich aus, was alles geschehen mag, welche Komplikationen eintreten könnten. Aber es besteht eine riesige Spanne zwischen Exitus und Genesung, Stella, das wissen Sie als Ärztin doch. Ein bisschen mag es unsere Kunstfertigkeit sein, aber da ist auch immer sehr viel Schicksal im Spiel, sobald man das Skalpell ansetzt. Sie haben nicht alles in der Hand, auch bei dieser Reise nicht. Sie haben sich zu diesem Schritt entschlossen. Ob die Operation gelingt, wissen wir nicht.«

»Und was heißt das?«

»Lassen Sie Ihre Bedenken hier bei mir, hier in diesem Wohnzimmer. Ich passe gut auf sie auf, das verspreche ich Ihnen. Auf dass die Jungs nicht abhauen und sich Ihnen an die Fersen heften.«

»Warum tun Sie das eigentlich?«

»Was?«

»Mir eine Auszeit verordnen, mich anrufen, mich zum Essen zu sich einladen, hier Wein trinken und Zigaretten rauchen und sich mein ganzes Leben anhören?«

Er fuhr sich mit der Hand durch die Haare, die grau, aber immer noch dicht waren. »Sie sind seit nun fast sechzehn Jahren meine Mitarbeiterin. Sie sind eine der fähigsten und tüchtigsten Ärztinnen, die ich kenne. Und Sie sind eine verschlossene Frau gewesen, die selten gelacht und sich kein bisschen Privatleben gegönnt hat. Ich habe oft mit meiner Frau über Sie gesprochen, weil ich spürte, dass Sie was mit sich rumtragen.«

»Was hat sie gesagt?«

»Sie gab mir den Rat abzuwarten, bis Sie von sich aus zu mir kämen. Nun, das habe ich getan. Und sie hat recht behalten: Sie sind zu mir gekommen.«

»Fehle ich Ihnen eigentlich in der Klinik?«

»Erwarten Sie darauf im Ernst eine ehrliche Antwort?«

»Nun, ja …«

»Als Mitarbeiterin fehlen Sie mir sehr, ja, das gebe ich zu. Sie wissen selbst, wie Ihre Kollegen da oft herumgockeln. Aber, nein, Sie fehlen mir überhaupt nicht, Stella, denn ich weiß, dass Sie Wichtigeres zu tun haben, als Chemotherapien anzuordnen. Sie sind gerade mit der Anamnese Ihres Lebens beschäftigt. Also machen Sie auch da verdammt noch mal, was Sie so gut können – einen guten Job.«

»Ich hoffe, ich mach keine finale Bauchlandung.«

»Bei alldem, was Sie mir gerade erzählt haben, ist das kaum mehr möglich. Sie sind den Dingen auf den Grund gegangen, können die Flusskiesel da unten praktisch mit den Zehen spüren. Nach den Regeln der Physik müsste nun eigentlich der Auftrieb einsetzen. Entschuldigen Sie, ich bin Naturwissenschaftler.«

»Sie sind mehr als das.«

Er sah von seinem Glas hoch.

»Ich danke Ihnen«, sagte sie.

»Hören Sie auf mit der Bedankerei. Mein Gott …« Er schüttelte den Kopf.

»Was meinen Sie?«

»Es zieht einem die Eingeweide zusammen, wenn man sickern lässt, was Sie durchgemacht haben. Ein Kind zu verlieren ist einfach nur grausam.«

»Ein verlorenes Kind zu vergessen ist …« Sie schluckte.

»Das war ein Schutz, Stella. Bitte, versprechen Sie mir eins: Verzeihen Sie sich, sonst hält die Schuld Sie wie eine Faust fest und drückt Sie zu Boden. Und verzeihen Sie auch den beiden, ich meine Tim und Paul, völlig egal, wie die Sache in Havanna ausgeht.«

»Ich war noch nie so weit weg.«

»Und sich selbst waren Sie wahrscheinlich noch nie so nah. Ich bin übrigens heilfroh, dass dieser Tim auf Kuba sitzt und nicht in irgendeinem gottverlassenen traurigen Winkel dieser Erde.«

»Waren Sie denn schon mal da?«

»Ja, auf einem Kongress vor ein paar Jahren. Das karibische Gefühl dort ist genau das, was Sie jetzt brauchen. Auch wenn Sie ihn nicht finden … Sie werden Wärme und Musik und Revolution finden. Und guten Rum.«

»Ich trinke keinen Rum.«

Er lachte. »Sie werden Rum trinken, glauben Sie mir.«

»Hello? Ma'am?«

Stella fährt zusammen. Die junge Frau hinter der Glasscheibe am Immigration Counter sieht sie erwartungsvoll an.

»Your passport, please!«

Sie schiebt ihren Pass durch eine kleine Klappe und wird dann aufgefordert, sich gerade hinzustellen, sich nicht zu bewegen und in eine Kamera an der Decke zu schauen.

Die Frau drückt Stempel in Stellas Pass, schreibt etwas auf und nickt schließlich freundlich. »Have nice holidays in Cuba!«

Stella spürt, wie sie schwitzt. Sie flieht regelrecht Richtung Gepäckausgabe.

Und nun haben sich die schweren Glasschiebetüren des Ankunftsterminals hinter ihr geschlossen. Nun steht sie hier draußen und zieht ihren Trolley hinter sich her – dorthin, wo sie die Taxis vermutet.

Spanische Wortfetzen, Leute, die ihr Schilder hinhalten und Fragen stellen, die sie nicht versteht. Einige wollen auch nach ihrem Koffer greifen, aber sie hält ihn eisern fest, als würde dieser Plastikgriff ihr wenigstens einen Rest Sicherheit bieten.

»Are you a taxi driver?« Sie sieht einen kleinen schwarzen Mann mit Mütze an.

Er zeigt ein strahlend weißes Gebiss. »Yes, Ma'am.«

Erleichtert überlässt sie ihm ihr Gepäck, steigt in den Wagen und nennt ihm die Adresse des Hotels, das ihr der junge Mann im Kieler Reisebüro gebucht hat.

Es ist etwa halb elf Uhr am Abend, und durch die offenen Scheiben kommt diese warme dieselgeschwängerte Luft herein. Es ist ein modernes Auto, irgendein japanisches Modell, aber um sie herum sind sie unterwegs, die alten amerikanischen Straßenkreuzer, von denen der bonbonfarbene Lack abblättert. Rote, grüne, himmelblaue. Eine wahre Armada cruist da durch die Straßen, als hätte ein Oldtimer-Museum seine Ausstellungsstücke herausgelassen. Lärmende schillernde Insekten in der Nacht.

Je mehr sie sich von den Lichtern des Flughafens entfernen, desto dunkler wird es. Die Stadt ist da, spürbar, aber kaum sichtbar. Keine Neonreklamen, keine grellen Fastfood-Ketten, fast keine Straßenbeleuchtung. Ein paar Gaslaternen in Hauseingängen, Menschentrauben in Schummerkegeln. Kurz strahlen die Scheinwerfer des Autos Fassaden an – da ein schmiedeeiserner Balkon, dort eine Toreinfahrt mit kunstvollem Gitter, hier ein säulengetragenes Portal –, um sie sofort wieder der Schwärze zu überlassen.

Der Fahrer dreht an den Knöpfen des Autoradios herum und bleibt bei *Chan Chan* hängen. Wehmütig ist dieses Liebeslied, sehnsüchtig, tränentreibend. Es gehört zu dieser Insel wie die Sterne zum Himmel, aber das weiß Stella noch nicht.

»Music from Cuba«, lacht der Mann am Steuer und dreht sich kurz zu Stella um.

Sie nickt pflichtschuldig und versucht, sich der zartbitteren Melancholie zu erwehren. Vergeblich. Das, was da an großen Gefühlen aus dem Radio knarzt, hat es auf ihr Herz abgesehen, und sie merkt, dass sie dagegen nicht den Hauch einer Chance hat. »El cariño que tengo, yo no lo puedo negar«. Sie weiß nicht, was das bedeutet, aber sie spürt, dass es unmittelbar mit ihr zu tun hat. Der Schweiß bricht ihr aus, ihr Sweatshirt klebt an ihrem Körper.

»Where you come from?«

Oh, mein Gott, der Mann will ein Gespräch beginnen. Sie dagegen will nur Ruhe. Sie braucht keinen Taxi-Talk, sie braucht einen Raum in sich, wo sie die Dinge bändigen kann, die auf sie einstürmen wie hungrige Löwen. Trotzdem lächelt sie und erklärt, dass sie aus Deutschland komme. Er scheint zufrieden und zählt ein paar Fußballernamen auf. Ballack, Beckenbauer, Klinsmann … Stella kennt sich nicht aus mit Fußball, aber sie nickt und sieht dabei aus dem Fenster, wo eine Stadt vorbeizieht, die sich nicht zeigt.

Irgendwann biegt der Fahrer ab. Er lenkt sein Auto durch ein paar schmale Gassen, hupt dabei einige Male und bremst schließlich abrupt.

»Ma'am, please, your hotel.«

Er verlangt Dollars.

Stella zählt ein paar Scheine ab und rundet großzügig auf.

Er bedankt sich artig, wobei er mit dem Zeigefinger der rechten Hand an seine Mütze fasst. Sein weißes Lächeln entlässt sie in die schwarze Nacht.

Sie stößt die schwere Holztür zum Hotel auf und befindet sich in einem Vorraum, der sich zu einem großen Innenhof hin öffnet. Rechts geht es zur Rezeption, wo eine Traube von Touristen steht, die alle nur eines wollen – die Schlüssel für ihre Zimmer. Die beiden Frauen hinter dem Tresen agieren mit einer Gelassenheit, die die Aufgeregtheit der Ausländer davor versanden lässt.

Stella zieht ihren Koffer hinter sich her und wirft einen Blick auf das Chaos. Eine der Frauen an der Rezeption schaut auf. »Your name?«, fragt sie

Stella antwortet über all die Menschen hinweg.

Die Frau schenkt ihr ein kurzes Lächeln und bittet sie dann, in der Hotelbar zu warten. Ein hoher schmuckloser Raum mit ein paar verschlissenen Kunstledersesseln. Ein wandhoher Spiegel, davor viele Rumflaschen und zwei Bourbons. Stella bestellt ein Bier. Ohne großes Interesse besieht sie sich die Leute, die hier sitzen wie sie und die Zeit müde mit einem Getränk totschlagen. Drei Paare, zwei Männer; einer davon raucht eine Zigarre, deren Rauch sich schwer auf die alten Möbel und die Gäste legt.

Das Bier ist lauwarm.

Was tu ich, hier? Die Frage läuft wie ein nervöses Tier durch diese armselige Bar, und Stella sucht Antworten, um sie einzufangen, aber keine ist stark genug, um das Tier ins Netz gehen zu lassen.

Eine halbe Stunde sitzt sie da, bestellt ein zweites Bier und wartet. Auf was, weiß sie selbst nicht so genau. Fast fatalistisch überlässt sie sich dem zähen Lauf der Dinge. Als die Frau von der Rezeption schließlich mit dem Schlüssel kommt, schreckt Stella hoch. Sie war eingeschlafen.

Das Zimmer befindet sich im zweiten Stock. Es ist schmucklos eingerichtet. Ein Doppelbett mit steifgezogenen Laken, ein wackeliger Rattantisch mit Stuhl davor, ein Aschenbecher mit Resten von Asche darin.

Die Klimaanlage ächzt und rauscht und klappert. Eine monströse Zumutung, die der Trostlosigkeit des Zimmers den Rest gibt. Stella versucht, sie auszuschalten, aber egal, in welche Richtung sie den Temperaturregler dreht – das Geräusch lässt sich nicht abstellen. Sie geht zum Fenster und öffnet es. Straßenlärm flutet das Zimmer. Stimmen, Motorräder, Musik.

Erschöpft lässt sie sich auf das Bett sinken. Das Sweatshirt klebt wie eine zweite Haut an ihrem Körper, aber das spürt sie kaum noch. Sie spürt etwas anderes: Angst. Die Stadt da draußen, die ihr lautes Leben rücksichtslos in diesen Raum wirft, macht ihr Angst.

Sie schaltet das Licht aus und tastet nach ihrer Handtasche, die sie neben dem Bett abgestellt hat. Der Zettel von Elisabetta steckt im Seitenfach. Sie brauchte ihn gar nicht mehr, denn längst weiß sie die Adresse auswendig, aber er gibt ihr ein vages Gefühl von Sicherheit. Als würde ihre Tante sie streicheln, wie sie das früher immer getan hat, wenn sie nicht schlafen konnte.

Das Fläschchen mit dem Schlafmittel liegt noch in dem Plastikbeutel, der für Flüssigkeiten im Handgepäck vorgeschrieben ist. Stella holt es heraus, dreht den Schraubverschluss auf und träufelt sich etwa fünfzehn Tropfen auf die Zunge.

Ihre Erinnerung verirrt sich kurz in ein anderes Hotelzimmer. Eines mit Spitzendeckchen und einer Zimmerpflanze, an der Läuse klebten. Jahrzehnte scheint das zurückzuliegen, seit sie in ihren alten Golf gestiegen und zu Elisabettas Beisetzung gefahren ist. Dabei sind es nur ein paar Tage, in denen ihre Vergangenheit sich zurückgemeldet hat, um ihre Gegenwart zu verwüsten.

Das Kopfkissen riecht nach Waschmittel. Ein aufdringlicher, strenger, sauberer Geruch, der Stella in einen traumlosen Schlaf eskortiert.

Nach etwa drei Stunden wacht sie auf. Sie schwitzt, ihr Kopf schmerzt, die Luft im Zimmer ist schwül.

Wo bin ich? Ihre Gedanken tasten durchs Dunkle. Havanna. Du bist in Havanna. Wie ein Blitz erhellt die Erkenntnis das Zimmer.

Stella setzt sich auf und horcht in die Nacht. Der Straßenlärm hat abgenommen, die Klimaanlage hat den Dienst quittiert.

Mit einem Seufzen steigt sie aus dem Bett und stolpert ins Badezimmer. Sweatshirt, Jeans, Slip wirft sie auf den gefliesten Boden. Aus der Dusche kommt kaltes, nach Chlor riechendes Wasser. Stella bleibt gut fünf Minuten darunter stehen; in der Zeit wird das Wasser nur minimal wärmer. Sie trocknet sich mit einem dünnen weißen Handtuch ab und geht zurück zum Bett. Jetzt kriecht sie unter das Laken und zieht es sich bis zum Hals. Nicht nachdenken, denkt sie noch, dann schläft sie wieder ein.

Erst das Krähen von Hähnen am Morgen weckt sie, und es braucht eine gewisse Zeit, bis sie realisiert, dass dieses Geräusch eigentlich nicht in eine Großstadt passt.

Der Frühstücksraum liegt im Innenhof des Hotels, unter einem großen Dach mit bunten Glasfenstern, die das Sonnenlicht rot, grün, gelb und blau einfärben und auf die eingedeckten Tische werfen.

Es gibt einen Obstteller mit Pampelmuse, Guave, Papaya und Ananas, dünnen Kaffee, ein Körbchen mit Toast und ein winziges Stück leicht ranzige Butter. Stella merkt, dass sie Hunger hat, und bestellt noch ein blasses Rührei dazu.

Über ihr schieben dunkelhäutige Frauen mit weißen

Häubchen gemächlich ihre Wagen durch die Gänge, die den Innenhof auf vier Etagen wie eine Galerie umschließen. Zimmermädchen-Ballett in Zeitlupe.

Stella bleibt länger sitzen, auch als sie ihren Kaffee längst ausgetrunken hat. Dieser Raum hat irgendwie etwas Beruhigendes, und am liebsten würde sie ihn gar nicht mehr verlassen. Als fast alle anderen Gäste gegangen sind und die Kellner die Tischdecken einsammeln und die schmiedeeisernen Stühle zurechtrücken, steht sie endlich auf.

Ihr kommt es vor, als müsste sie eine sichere Insel verlassen, um auf ein unbekanntes Meer hinauszusegeln. Ein Meer mit gefährlichen Untiefen und unberechenbaren Strömungen.

Wieso kann ich nicht einfach losziehen wie andere Urlauber?, fragt sie sich. Weil ich seit über zwanzig Jahren keinen Urlaub gemacht habe. Weil ich keine Urlaubsübung habe. Und weil dies hier, verdammt noch mal, kein Urlaub ist. Dies ist … ja, was eigentlich? Eine Art Suche nach der verlorenen Zeit? Proust hat sie nie gelesen, aber den Titel hat sie immer gemocht. Paul hatte ihn öfter zitiert, zu einer Zeit, als diese noch nicht verloren war.

Entschlossen stößt Stella die schwere Tür des Hotels auf. Ein ohrenbetäubender Lärm empfängt sie, ungefähr zehnmal so stark wie gestern Nacht. Fahrrad-Taxis, Motorroller, Lieferwagen bahnen sich ihren Weg durch die enge Straße. Und Menschen, eine Unzahl an Menschen. Männer mit Baseballkäppis, die Stella Pfiffe und billige, durch die Zähne gezischte Komplimente hinwerfen. Dicke Frauen in bunten Kleidern, die zum Turban geknotete Tücher auf dem Kopf und Kinder an der Brust tragen. Schönheiten in engen Miniröcken, die viel Po und meterlange Beine in gefährlich hohen Plateauschuhen zeigen. Jungs mit Rotznase und Schrammen an den Knien. Mädchen mit schwarzen Augen und neonfarbenen Schleifen im Haar. Sie alle schwimmen mit in diesem Strom, der sein morgendliches Hochwasser durch die Gassen treibt. Redend, gestikulierend, schimpfend, lachend, nur eines nicht – schweigend. Stella drückt ihre Handtasche eng an sich, darauf achtend, nicht in eines der zahllosen Schlaglöcher zu treten, die die Straßen regelrecht durchsieben. Bereits nach ein paar hundert Metern fühlt sie sich hoffnungslos überfordert und möchte am liebsten sofort wieder umkehren. Zurück ins Hotel, zurück zum Flughafen, zurück nach Deutschland. Aber sie beißt die Zähne zusammen und läuft weiter. Wohin, weiß sie selbst nicht. Sie weiß nur, dass Stillstand in diesem Gedränge ihren Untergang bedeuten würde.

Sie läuft ohne Ziel. Vorbei an einer Straßenbar, vor der Trauben von Touristen stehen. *La Bodeguita del Medio* steht dort, und Paul ist plötzlich wieder da, der ihr und Tim in einer fernen Winternacht mal von Hemingways Stammkneipe erzählt hatte. Der von diesem begnadeten Schriftsteller und begnadeten Alkoholiker geredet hatte wie von einem Gott, der die Welt besucht, ihr seine Abenteuer und seine genialen Sätze geschenkt und sich dann mit einem gezielten Kopfschuss wieder verabschiedet hatte. Er hatte ihnen auch vorgelesen aus *Der alte Mann und das Meer*, und irgendwann hatten sie alle drei geweint. Und jetzt? Jetzt ist Paul selbst Alkoholiker, wenngleich ein weniger begnadeter.

Stella überquert einen kleinen quadratischen Platz, auf dessen Kopfsteinpflaster Musikgruppen ihre Instrumente aufbauen und verbeulte Hüte danebenstellen und eine Wahrsagerin mit weißem Gewand und dicker Zigarre im Mundwinkel den Leuten das Blaue vom zweifelsohne strahlenden Himmel herunterlügt.

Stella verlangsamt ihren Schritt, weil das, was sich ihren Augen anbietet, nach mehr Zeit verlangt, als sie sich bis jetzt gestattet hat. Sie lockert den Griff, mit dem sie ihre Tasche hält, und verlegt sich vorsichtig aufs Schlendern. Ab und an bleibt sie sogar stehen. Riskiert einen Blick in marode Treppenaufgänge, wo grelle Graffiti neue Zeiten versprechen. In Hinterhöfe, wo zwischen Unkraut und Schutt Betonmischer Sanierung ankündigen. In Apotheken, wo prächtige Kronleuchter verblichene Medikamentenschachteln und ein paar Tuben Vaseline beleuchten. In ein Geschäft, wo es nichts gibt außer bunten Schleifen für die schwarzen Haare eitler Mädchen.

»Plaza de Armas« liest Stella auf einem Straßenschild. Wie ein Schmuckkasten öffnet sich dieser Platz – mit hohen Bäumen, in deren Schatten Verkaufsstände analoge Kameras, verblichene Che-Guevara-Poster, zerkratzte Nat-King-Cole-Schallplatten und vor allem alte Bücher anbieten. Mario Puzos *Pate* liegt neben Kafkas *Prozess* und Márquez' *Hundert Jahre Einsamkeit*, und darunter liegen die Straßenhunde und dösen in den Mittag hinein.

Ein Händler spricht Stella an, als sie beginnt, in bereits vergilbten Ausgaben von *National Geographic* zu blättern.

»Nein, nein«, erwidert sie hastig, sie wolle eigentlich gar nichts kaufen.

Woher sie komme, fragt der Mann.

Er spricht ein nahezu perfektes Deutsch und lädt sie ein, Platz zu nehmen auf einem kleinen Schemel neben seinem Büchertisch.

Sie will abwinken, aber er sieht sie so freundlich an, dass sie sich hinsetzt.

Er schiebt seinen Klappstuhl daneben.

»Wo haben Sie Deutsch gelernt?«, fragt Stella.

»In Leipzig«, erwidert er. »Ich habe dort drei Jahre studiert. Damals gab es die DDR noch. Viele Kubaner waren in Deutschland.«

»Ja, ja, natürlich«, sagt sie. »Was haben Sie denn studiert?«

»Maschinenbau.«

»Und nun verkaufen Sie Bücher?«

Er lacht. »Das schließt sich doch nicht aus. In Kuba machen die meisten Leute ganz verschiedene Dinge. Ich habe einen Freund, der repariert Autos und ist Professor an der Universität.«

»Diese alten amerikanischen Autos?«

»Genau die. Viele Touristen kommen nur wegen der Oldtimer hierher.«

»Ich muss zugeben, ich weiß nicht viel über Kuba. Wenn ich ehrlich bin, sogar sehr wenig. Dass es die Revolution gegeben hat und, tja, das war's dann auch schon.«

»Ja, ja, die Revolution. Sie war gut, wissen Sie. Unser Volk hat sehr davon profitiert. Die Bildung, die medizinische Versorgung, die Grundversorgung mit Nahrungsmitteln … Aber nun wollen die Menschen mehr. Dollars vor allem.«

»Verstehe. Und Sie? Was wollen Sie?«

»Schwierige Frage. Ich will das Alte behalten, das, was uns gutgetan hat, aber die Welt kennenlernen will ich auch. Mal die Freiheitsstatue sehen oder auch nur im Internet spazieren gehen. Sagt man das so? Spazieren gehen?«

Stella lacht. »Nein, man nennt es surfen.«

»Wie auf Wellen?«

»Genau.«

»Was haben Sie für einen Beruf?«

»Ich bin Ärztin.«

»Oh, das ist gut. Ärzte sind wichtig. Treffen Sie hier in Havanna Kollegen?«

»Nein.«

»Dann machen Sie also Urlaub?«

»Nun ja, nicht wirklich, ich …«

»Entschuldigen Sie mich, ich bin zu neugierig.«

Sie sieht ihn an. Sieht in große dunkelbraune Augen, die sie mit einer Mischung aus Höflichkeit und Warmherzigkeit anschauen. Dieser Mann scheint ihr auf einmal der einzige Mensch in dieser fremden Stadt zu sein, dem sie sich anvertrauen kann.

»Nein, nein«, sagt sie. »Fragen Sie ruhig. Wissen Sie, ich weiß selbst nicht genau, was ich hier in Havanna eigentlich tue. Wenn ich ehrlich bin, war ich vorhin noch total durcheinander. Ich wollte schon wieder nach Hause fliegen. Aber dieser kleine Spaziergang von meinem Hotel hierher, der hat mit mir irgendwas gemacht. Die Menschen, die Luft, die Musik, die Straßen …«

»Ja, ja, Havanna ist wie eine alte Tante, die einen in ihre Arme nimmt.«

Plötzlich steigen ihr Tränen in die Augen.

Der Mann sieht sie erschrocken an. »Hab ich was Falsches gesagt?«

Stella schüttelt den Kopf. »Es ist nur … Meine alte Tante ist vor ein paar Wochen gestorben.«

»Oh, das tut mir leid.«

»Sie hat mir eine Adresse hinterlassen, hier in Havanna. Und nun bin ich hergekommen, um jemanden wiederzufinden, den ich vor langer Zeit verloren habe. Ich weiß auch nicht, warum ich Ihnen das erzähle …«

Er streicht über einen Stapel Bücher vor sich; der Staub, der sich darauf abgelegt hat, verschwindet in der Innenfläche seiner Hand. »Vielleicht weil ich da bin und wir hier zusammen sitzen, Sie und ich«, sagt er. »Manchmal öffnet man sein Herz Fremden leichter als vertrauten Menschen.«

»Ja, das mag sein. Ich frag mich die ganze Zeit, was ich tun soll. Einfach in ein Taxi steigen und zu der Adresse fahren?«

»Nun, das wäre zumindest eine praktikable Idee. Wo ist es denn?«

»Paseo heißt die Straße.«

»Aha, die liegt hinter La Rampa.«

»La Rampa?«

»Eine große breite Avenue mit Filmpalästen und Hochhäusern aus den 50ern. Alles ziemlich in die Jahre gekommen, aber ich mag dieses Viertel. Es ist ganz anders als die Altstadt hier, wo schon viel wieder aufgeputzt wurde. Die berühmteste Eisdiele Havannas steht auch dort. Coppelia. Aber Verzeihung, für all das haben Sie sicher überhaupt keinen Sinn.«

»O doch, erzählen Sie nur.«

»Da, wo Ihre Straße liegt, ist das Villenviertel. Jedenfalls war es das früher mal. Wunderschöne Häuser gibt es dort, in riesigen parkähnlichen Gärten.«

»Und wer wohnt da so?«

»Ach, wissen Sie, ganz unterschiedliche Leute. Ein Freund von mir hat dort sein Atelier. Er ist Fotograf. Früher hat er sogar mal für Fidel gearbeitet; inzwischen macht er Porträts für Ausweise, und manchmal lädt man ihn auch zu einer Hochzeit oder Taufe ein. Die Villa hat mal einem amerikanischen Industriellen gehört. Die mussten damals flüchten. Tja, das Haus stand jahrelang leer, bis sich Adalberto seine Dunkelkammer da eingerichtet hat. Wissen Sie, was Ihr Bekannter macht?«

Sie schüttelt den Kopf. »Ich weiß gar nichts mehr über ihn. Aber …« Sie schaut in die Baumkronen über sich, und kurz denkt sie an die Obstbäume in Elisabettas Garten. Eine Welt und doch eine ganz andere.

»… aber er hat Ihnen mal viel bedeutet?«, fragt der Mann, von dem sie noch nicht einmal den Namen weiß.

»Mehr als das«, sagt sie leise. »Er hat mir alles bedeutet.« Sie hat keine Ahnung, warum ihr das einfach so herausgerutscht ist, hier auf diesem wackeligen Plastikhocker, auf diesem mittagsschläfrigen Bücher-Platz, auf diesem fernen Kontinent. Aber sie fühlt, dass es die Wahrheit ist. Diesem Fremden gegenüber räumt sie plötzlich ein, was sie im Vagen belassen hat. Schon damals in Griechenland und später an dem Silvesterabend bis hin zu dem Tag im September hatte sie die Gewissheit mit Furcht ummauert. Sie hatte sie nur einen winzigen Moment lang atmen lassen, die Gewissheit. Das war auf der Spätsommerwiese. Das war der Moment, als Merle starb.

Stella steht auf und streckt die Hand aus. Der Mann ergreift sie und drückt sie fest.

»Ich danke Ihnen für dieses Gespräch«, sagt sie. »Ich danke auch dieser Stadt.«

Er lächelt. »Ich habe einen Rat für Sie.«

»Was für einen?«

»Gehen Sie jetzt eine heiße Schokolade trinken.«

»Eine Schokolade? Bei der Hitze?«

»Ja, in der Calle Obispo, hier gleich um die Ecke. Das tue ich auch immer, wenn ich meine Gedanken beruhigen muss. Nehmen Sie die mit Zimt und Vanille. Ich verspreche Ihnen – danach haben Sie ein gutes Gefühl im Bauch.«

»Die Touristen hier halten sich sonst eher an Mojitos, scheint mir.«

»Auch nicht schlecht, aber was für andere Stimmungen.«

»Ich bin keine Rumtrinkerin.«

Er verzieht die Mundwinkel, was ihn jünger aussehen lässt. »In Havanna könnten Sie zu einer werden.«

Bornheim hat ungefähr das Gleiche zu ihr gesagt an ihrem letzten Abend in München.

Sie wendet sich zum Gehen. »Wie ist Ihr Name?«, fragt sie noch.

»Achille«, erwidert er.

»Ich heiße Stella. Auf Wiedersehen, Achille.«

»Machen Sie's gut, Stella. Und wenn Sie mal wieder vorbeikommen wollen – Sie wissen ja jetzt, wo Sie mich finden.«

Sie nimmt ein Lächeln mit, das sich in ihr ausbreitet, als sie kurz darauf vor einer Tasse Schokolade sitzt. Das kleine Café ist eisgekühlt; irgendwer hat hier aus der Klimaanlage das Äußerste herausgeholt. Aber Stellas Getränk ist warm und dick und süß.

Sie bestellt eine zweite Tasse Kakao, und Elisabetta steht auf einmal vor ihr mit einem Tablett in der Hand. Ihr Kakao war dünner als dieser hier, und statt Vanille hat sie Nelken hineingetan. Eigenartig, denkt Stella, jetzt ist sie in Havanna und trinkt, was ihre Tante ihr immer zur Beruhigung gekocht hat. Und warum? Weil da ein Kubaner gewusst hat, dass sie genau das braucht.

Nachdem sie gezahlt und das Café verlassen hat, geht sie direkt in ihr Hotel.

Das Zimmer erscheint ihr weniger karg als in der Nacht zuvor. Irgendwer hat eine bunte Decke über das Bett gelegt und einen Strauß Plastikblumen auf das Tischchen gestellt. Rote und gelbe Blumen. Die Klimaanlage schweigt noch immer. Die Sonne scheint durch das geöffnete Fenster und wirft ihre Strahlen auf den blanken Fliesenboden.

Stella entdeckt erst jetzt auf dem Dach gegenüber unter

Stromleitungen und Wäscheleinen notdürftig zusammengezimmerte Bretterverschläge mit Gittern. Kaninchen sitzen darin – und Hühner. Wahrscheinlich ist auch ein Hahn darunter, das erklärt das Krähen heute früh. Ein kleiner Junge rennt zwischen den Käfigen herum und kickt einen zerbeulten Fußball vor sich her. Er versucht zu dribbeln, was er ziemlich gut kann, aber dann schießt er, und der Ball landet direkt bei den Hühnern, die hysterisch zu gackern beginnen.

Das Stockwerk darunter bietet den direkten Blick in ein Wohnzimmer. Rote Plastikmöbel stehen unter einem Fliegenfänger mit einer blauen Neonröhre. Ein Fernseher läuft, davor sitzt ein alter Mann und kratzt sich im Schritt. Das tut er so lange, bis eine dicke Frau mit langem Rock, aber oben nur mit einem BH bekleidet, hereinkommt und irgendetwas zu ihm sagt. Sie gestikuliert heftig, und er nickt öfter, ohne dabei den Fernseher aus den Augen zu lassen. Nachdem sie gegangen ist, kratzt er sich am Kopf.

Kino, denkt Stella, das ist wie Kino – und ihr wird bewusst, dass sie jahrelang in keinem Kino mehr gewesen ist.

Sie dreht sich um und sieht den ungeöffneten Koffer vor dem Schrank stehen. Schnell räumt sie ihre Sachen aus, hängt die vier Kleider, die sie mitgenommen hat, auf Bügel und packt Hosen und T-Shirts in die Schubladen. Im Bad legt sie Gesichtscreme, Körperlotion, Deo, Zahnbürste und Zahnpasta auf die kleine Glasablage. Etwas Make-up und Lidschatten hat sie sich im Duty-free-Shop in Paris gekauft; dazu passen der rote Lippenstift und das Parfüm aus München. Sie wirft einen Blick in den Spiegel. Ihr Haar ist gewachsen in den letzten Wochen; es berührt bereits die Schultern.

Wieder eine Dusche, doch diesmal nimmt sie sich mehr Zeit als in der Nacht. Danach schaut sie ihre vier Kleider ein paar Minuten lang an und entscheidet sich schließlich für ein blaues, dunkler als das, das sie an jenem Nachmittag im September getragen hat.

Alles, was sie nun tut, läuft einfach – wie eine Kugel auf einer schiefen Ebene, die nichts und niemand mehr anhalten kann. Stella trägt Lippenstift auf, bürstet das Haar durch und sprüht Parfüm auf die Handgelenke. Dann greift sie nach ihrer Tasche, überprüft, ob Portemonnaie und Pass darin sind, und verlässt mit einem letzten Blick Richtung Fenster das Zimmer. Der Junge von gegenüber nimmt wieder Anlauf, um ein neues Tor im Hühnerstall zu landen.

An der Rezeption bittet Stella den Mann, der gerade Dienst hat, ihr ein Taxi zu bestellen. Sie muss gut zehn Minuten warten, bis der Wagen da ist. Sie wartet, ohne an etwas zu denken.

Das Auto, in das sie einsteigt, ist ein himmelblauer Chevrolet mit vielen Roststellen. Sie nimmt im Fond Platz und zeigt dem Fahrer Elisabettas Zettel mit der Adresse. Er schaut kurz drauf, nickt und gibt Gas.

14

»Ma'am?«

Stella schreckt hoch. Der Taxifahrer sieht sie erwartungsvoll an.

Wir sind da, bedeutet sein Blick.

Sie hat nichts mitbekommen. Irgendwann hat sie einfach die Augen geschlossen und sich dem Wogen der Polster hingegeben. Ein Gefühl wie auf hoher See.

Nun schaut sie aus dem Fenster. Das Auto steht in einer Straße, die links und rechts von riesigen Bäumen gesäumt ist. Eine Allee mitten in der Stadt. Es herrscht wenig Verkehr, anders als im historischen Zentrum. Dieses Viertel hier atmet Ruhe.

Stella reicht dem Fahrer ein paar Dollar und steigt aus. 54 – die Hausnummer, die sich in ihr eingestanzt hat, seit Jens ihr vor elf Tagen Elisabettas Zettel gegeben hat, befindet sich auf einem kleinen grünen Blechschild neben dem Eingang. Ein eisernes Türchen steht halb offen und gibt den Blick frei in einen parkähnlichen Garten mit Baumriesen, denen Revolutionen nichts anhaben konnten. Der Rasen ist bereits länger nicht geschnitten worden, da und dort wächst das Gras meterhoch, anderswo zeigen sich kahle Stellen, die von der Sonne braun gefärbt wurden. Ein paar Unkrautblumen tupfen etwas Gelb und Lila ins Bild. Und dann sind da noch Figuren – aus Blechkanistern, Fahrradgestellen und Rohren zusammengeschweißte, bunt angemalte Phantasiegestalten bevölkern den Garten. Hexen, Gnome, Roboter sehen Stella an.

Sie zögert noch. Das Taxi ist längst weggefahren, nur ab und an dieselt ein Oldtimer oder ein Mofa vorbei. Vögel zwitschern. Ob hier wohl auch Amseln wohnen wie in Elisabettas Garten? Gibt es überhaupt Amseln auf Kuba?

Stella drückt vorsichtig gegen das Türchen. Es quietscht ein wenig. Langsam geht sie über den Rasen auf ein verwittertes villenähnliches Haus zu. Sie bleibt immer wieder stehen und horcht. In den Vogelgesang mischen sich nun Kinderstimmen.

Auch hier gibt es eine Veranda, aber sie ist viel größer als die im gelben Haus am See. Stella steigt drei Stufen hoch. An der Wand hängt eine Glocke mit einem Klöppel darin. Sie verursacht einen schrillen Ton, der Stella zusammenzucken lässt. Nun gibt es kein Zurück mehr, hallt es in ihr wider.

Sie hört Schritte, dann öffnet ihr eine junge Frau mit kurzen schwarzen Haaren und kurzem gelben Kleid die Tür.

»Ich suche …« Stella stolpert über die eigenen Worte. Auf Spanisch hat sie sich ihren Satz zurechtgelegt, und nun bringt er sie zu Fall. Unwirklich, geradezu widersinnig erscheint es ihr auf einmal, diese Frau hier nach einem Mann zu fragen, den sie seit über zwanzig Jahren nicht gesehen hat.

»Sie können Deutsch sprechen«, sagt die Frau. »Was suchen Sie denn? Vielleicht kann ich Ihnen helfen.«

Wieder jemand, der ihre Sprache spricht. Wie Achille auf der Plaza de Armas heute Mittag. So weit weg erscheint ihr der freundliche Buchhändler jetzt.

»Ich suche Tim. Ist er hier?«

Die Frau lacht. »Ja, ja, klar, er ist hier. Kommen Sie rein.«

Stella wagt kaum Luft zu holen. Es ist ein Traum, sagt sie sich. Gleich werde ich wach, und alles ist vorbei. Ich liege in meinem Bett in meiner Wohnung in München und muss mir überlegen, wie der Operationsplan für heute aussieht.

Ein langer Flur mit vielen Haken an der Wand, daran kleine Jacken, darunter kleine Schuhe.

»Ist das hier eine Schule?«, fragt Stella.

»Nein, das ist ein Waisenhaus. Für Kinder, die keine Eltern mehr haben.«

Und ich bin eine Mutter, die kein Kind mehr hat, schießt es Stella durch den Kopf.

»Da entlang.« Die Frau zeigt nach rechts zu einer offen stehenden Tür, aus der jetzt Kindergesang kommt.

»Tim«, ruft sie in den Raum hinein. »Besuch für dich. Aus Deutschland.«

Der Gesang bricht ab, als Stella eintritt. Etwa zwanzig Augenpaare schauen sie an. Eines davon ist jenes, in das sie damals auf der Wiese zum letzten Mal gesehen hat.

Tim steht vom Boden auf, wo er mit den Kindern im Kreis gesessen hat. Er fährt sich mit der Hand durchs Haar, das wie zu Schulzeiten mit einem Gummi hinten zum Zopf zusammengebunden ist. Es ist grau geworden, aber noch immer dicht. Sein Gesicht ist braun gebrannt, was den Falten darin etwas von ihrer Tiefe nimmt. Der Mund zuckt leicht, als wollte er etwas sagen, sei sich aber noch nicht sicher, was.

Ein Mädchen steht auf, läuft auf Stella zu und redet sie auf Spanisch an. Kleine braune Hände fassen den Stoff ihres blauen Kleides an.

Die Frau, die Stella begleitet hat, sieht leicht irritiert von einem zum anderen. »Ist das der Tim, den Sie suchen?«, fragt sie.

Stella nickt.

»Stella?« Er bringt nur ihren Namen heraus, versehen mit einem Fragezeichen.

Wieder nickt sie, und als müsste sie sich irgendwo festhalten, greift sie nach der Hand des Mädchens. Sie ist warm, warm wie die Schokolade heute Nachmittag.

Tim steht jetzt vor ihr. »Du bist gekommen«, sagt er. »Du bist wirklich gekommen.«

»Ja, Elisabetta hat mir diese Adresse hier …« Sie zögert. »… gegeben«, sagt sie dann, nicht »hinterlassen«. Es ist zu früh für Erklärungen.

Er sieht die Frau an, die noch immer in der Tür steht. »Isabel, könntest du vielleicht die Kinder übernehmen heute? Ich … ich brauche jetzt ein paar Stunden Zeit … für anderes«, fügt er hinzu.

»Ja, klar, kein Problem.« Isabel klatscht in die Hände und sagt etwas zu den Kindern, die sich nun um sie scharen. Auch die Kleine an Stellas Hand löst langsam ihren Griff.

»Wie bist du hergekommen?«, fragt Tim.

»Mit einem Taxi.«

»Dürfen wir uns dein Rad ausleihen, Isabel?«

»Wenn ihr mir's morgen zurückbringt. Ich bleibe über Nacht hier.«

»Ja, ja.« Er dirigiert Stella hinaus, wobei er sie leicht am Ellbogen berührt.

Draußen im Garten wendet er sich zur Hauswand, an der einige Fahrräder stehen. Er holt zwei hervor. »Hier. Fahr einfach hinter mir her.«

»Wohin …?«

»Zu mir. Dort koch ich uns einen Kaffee, und dort haben

wir Raum und Zeit zum Reden. Aber erst mal radeln wir. Das wird uns guttun. Mein Gott, Stella …«

Es stimmt. Das Treten der Pedale beruhigt Stellas Herzschlag. Sie fahren die Allee hinunter und biegen dann in eine andere ein. Park reiht sich an Park, Villa an Villa. Verwildert, verwittert, verfallen – aber noch immer da. Stella sieht Tims Rücken vor sich. Der Nachmittag, als sie mit ihm und Paul an den See gefahren ist und schwimmen gelernt hat, taucht wieder auf. Wie ein Kaleidoskop zeigt ihre Vergangenheit immer neue Formen und Farben.

Irgendwann sind sie auf einer vierspurigen Straße mit viel Verkehr. »La Rampa«, steht auf einem Schild. Achille kommt Stella wieder in den Sinn – und dann sieht sie die alten Filmpaläste und die Hochhäuser mit den ehemals bunten Balkonen aus den Fünfzigern. Da ist auch die Eisdiele, von der er gesprochen hat; Menschenschlangen stehen davor.

Tim reduziert das Tempo und biegt in eine Seitenstraße ab; er dreht sich kurz um, um sich zu vergewissern, dass Stella ihm folgt. Es geht einige Male nach rechts und links, bis sie in einer schmalen Gasse anhalten. Die Häuser sind schäbig, der Putz blättert von ehemals pastellfarbenen Wänden, es riecht nach Essen, Abfällen und Seifenlauge. Die Namensschilder an dem Eingang, vor dem sie nun stehen, sind handgeschrieben. Adolfo, steht da, und Emilio und José und Tim. Ein hölzerner Vogelkäfig hängt daneben, in dem zwei Kanarienvögel das Singen eingestellt haben.

Sie schieben ihre Fahrräder in ein dunkles Treppenhaus und stellen sie am Geländer ab.

Tims Wohnung liegt im ersten Stock. Ein Zimmer, eine kleine Küche mit Dusche, ein Klo.

Stella sieht sich um. Holzkisten sind übereinandergestapelt; sie dienen als Bücherregal. Vor einem Fenster steht ein

Tisch mit zwei Stühlen davor. Über einem schmalen Bett liegt eine bunt gestreifte Tagesdecke. An den Wänden hängen viele Fotos, einige gerahmt, andere nur mit Reißzwecken dort befestigt. Menschen sind darauf zu sehen, die Stella nicht kennt, ein paar Frauen darunter, Bilder von Havanna und von einem Strand mit Palmen.

»Magst du Kaffee?«

»Ja, gern.«

Sie hört ihn in der Küche hantieren. Bislang haben sie nicht mehr als ein paar Sätze gewechselt.

Tim kommt mit zwei Bechern zurück. »Nimmst du immer noch Milch und Zucker?«

Sie nickt. Paul hat vergessen, wie ich meinen Kaffee trinke, denkt sie.

Er stellt einen Teller mit Keksen daneben. »Probier die. Sind mit Vanille. Von einer Bäckerei im Viertel.«

Sie nimmt sich einen und beißt hinein. »Wirklich gut«, sagt sie kauend. Sie merkt erst jetzt, dass sie Hunger hat.

Tim setzt sich ihr gegenüber und sieht sie an. »Seit wann bist du in Havanna?«

»Seit gestern Abend. Und du?«

»Seit sieben Jahren.«

»Du wolltest früher schon nach Kuba.«

»Das weißt du noch?«

»Ich weiß es wieder.«

»Ich wollte dich damals am liebsten mitnehmen.«

Sie sieht in ihre Kaffeetasse. »Wo warst du sonst so? Ich meine, bevor du nach Havanna gekommen bist.«

»In Bolivien, aber da war's mir irgendwann zu korrupt. Ich hab meine Leute gefragt, ob's nicht was Besseres gebe, und sie schickten mich hierher.«

»Deine Leute?«

»Ich arbeite für ein soziales Hilfsprojekt. Wir kümmern uns um Kinder. Straßenkinder, Findelkinder, Waisenkinder … Ist ein guter Job. Die Kids in Havanna sind mir besonders ans Herz gewachsen. Sie haben mich zu einem Sesshaften gemacht. Obwohl es hier nicht wirklich danach aussieht …« Er deutet auf die Einrichtung und lacht kurz auf.

»Warum Kinder?«, fragt Stella vorsichtig.

Er zuckt mit den Schultern. »Vielleicht ist das meine Art gewesen, mit vielem fertigzuwerden. Die Kleinen haben mir gezeigt, dass ich nicht der schlechte Kerl bin, den ich jahrelang meinte, im Spiegel zu sehen.«

Sie schweigt.

»Wo wohnst du hier?«

»In einem Hotel in der Altstadt, in der Calle Cuba.«

»Aha, gleich bei der Plaza de la Catedral. Der Platz ist schön in der Nacht.«

»Ich hab ihn bislang erst am Tag gesehen.«

»Wenn du magst, gehen wir da nachher noch einen Rum trinken.«

Jetzt lächelt sie.

»Was ist?«

»Ach, es ist nur so, dass alle Leute meinen, ich müsste Rum trinken.«

»Die Leute haben recht. Du bist in Kuba, Stella. Da trinkt man Rum. Und zwar am besten richtig alten. Du wirst ihn mögen, glaub mir.«

»Da weißt du mehr als ich.«

Er dreht sich zum Fenster und schaut hoch in ein kleines blaues Himmelsquadrat mit Wolken darin, das der Hinterhof frei gelassen hat. »Verdammt, ich bin so froh, dass du endlich gekommen bist«, sagt er nach einer Weile, als hätte er sich vom Himmel erst mal die Erlaubnis dafür holen müssen.

Sie sieht ihn erstaunt an. »Das klingt fast, als hättest du mich erwartet.«

»Ja und nein. Du hast meine Adresse von Elisabetta, hast du vorhin erzählt. Hat sie irgendetwas dazu gesagt? Wie geht es ihr?«

»Sie …« Stella bricht ab. »Könnte ich noch einen Kaffee haben?«, fragt sie dann.

»Ja, natürlich.«

Jetzt hat sie etwas Luft. Luft, die sie braucht, um dieses Gespräch hier fortzuführen.

Der Kaffee, den Tim ihr bringt, ist stärker als der erste.

»Gut«, sagt sie, als sie einen Schluck trinkt.

»Wie lange bleibst du in Havanna?«

»Eine Woche.«

»Haben sie dir in der Klinik nicht mehr Urlaub gegeben?«

Sie setzt sich aufrecht hin. »Woher weißt du, dass ich in einer Klinik arbeite?«

Er beugt sich vor, die Ellbogen auf die Knie gestützt. Er will etwas sagen, das spürt sie, aber es kommt nichts. Stattdessen greift er in die Brusttasche seines Hemdes und holt eine Packung Zigaretten und Streichhölzer heraus. »Magst du?«

»Danke.« Sie nimmt sich eine, ohne Filter.

Keiner sagt etwas. Da ist nur der Rauch ihrer Zigaretten, der sich verbindet, um sich dann zu verflüchtigen.

Plötzlich steht Stella abrupt auf, der Stuhl fällt dabei fast um. Sie sieht aus dem Fenster in den Hinterhof. Die Türen zu den schiefen Balkonen sind geöffnet. Irgendwo flattert Wäsche, lauter kleine bunte Hosen. Ein Hund bellt aus einer der Wohnungen heraus, eine resolute Frauenstimme versucht, ihn zu beruhigen, ein Baby beginnt zu schreien.

»Elisabetta ist tot«, sagt Stella leise.

Hinter ihr ist es ganz still. Sie hört Tim noch nicht einmal atmen. Langsam dreht sie sich um.

Er ist auf seinem Stuhl zusammengesunken. Tränen laufen über sein Gesicht, lautlos ziehen sie ihre Bahnen über seine Wangen.

»Wann?«, fragt er.

»Vor drei Wochen.«

»Wie?«

»Sie hatte einen Fahrradunfall, ganz früh morgens auf der Landstraße zum Nachbardorf. Niemand kann sich erklären, wieso sie …«

Er lässt ihren unvollendeten Satz stehen.

»Elisabettas Zettel mit deiner Adresse in Havanna hab ich von Jens bekommen«, fährt Stella fort. »Ja, und hier bin ich …«

Er steht auch auf und tritt hinter sie, ohne sie zu berühren. Jetzt sehen beide in den Hinterhof. Das Baby schreit heftiger, der Hund hat das Bellen aufgegeben.

»Ich bin froh, dass du gekommen bist.« Seine Stimme taumelt ein bisschen. Er dreht sich um. »Siehst du das da?« Er zeigt auf eine große grüne Blechdose in seinem Holzkistenregal.

»Was ist damit?«

»Das ist die Antwort auf deine Frage vorhin.«

Sie runzelt die Stirn.

»Die Dose ist voll mit Briefen. Briefen von Elisabetta.«

»Sie hat …?«

»Ja. Sie hat mich damals weiter im Krankenhaus besucht,

als du schon weg warst. Sie hat mich sogar eine Zeitlang bei sich wohnen lassen, nachdem ich entlassen wurde.«

»Du hast bei meiner Tante gelebt, während ich in München studiert habe?«

»Ein paar Monate, ja.«

Ihr wird schwindlig, als ob sie plötzlich in einen Abgrund sieht. Da sind Dinge, die sie nicht gewusst hat. Nicht wissen durfte. Dinge, die Elisabetta ihr vorenthalten hat, weil es so angeblich besser war für sie. Doch hinter Stellas neuem Leben hatte das alte weiter bestanden; ihre Tante hatte die letzten Fäden nicht aus der Hand gegeben.

»Sie war es, die versucht hat, mir zu erklären, was sie sich selbst kaum erklären konnte«, fährt Tim fort. »Dass du abgeschlossen hattest mit allem. Und dass du nicht mehr wissen wolltest, wer ich war.«

»Das … das hatte nichts mit Wollen zu tun, Tim«, unterbricht Stella ihn. »Es war wirklich alles weg. Wie luftdicht abgeschlossen lag es in mir, ich hatte keinen Zugang dazu. Erst jetzt nach Elisabettas Tod bricht da etwas auf. Es ist auch dieses Haus – als ob es zu mir spricht. Ich habe dort zum ersten Mal wieder an Merle gedacht. An Paul. Und an dich.«

»Ich hab das nicht kapiert damals. Ich bin fast durchgedreht, als Elisabetta mir sagte, dass du verschwunden warst. Gestorben wie deine Kleine, aber wie eine Untote durchs Leben geisternd. Ich dachte immer, das würden wir hinbekommen, du und ich. Doch deine Tante hat mir wenig Hoffnungen gemacht.«

»Trotzdem hat sie dir all die Jahre geschrieben?«

Er nickt. »Manchmal lagen Monate zwischen zwei Briefen, aber immer wieder kam eine Nachricht. Von ihr erfuhr ich, dass du Medizin studiert hast, Ärztin geworden bist und in München arbeitest.«

Sie schluckt. »Wolltest du mich nie sehen?«

»Und ob! Aber jedes Mal, wenn ich zu dir fahren wollte, hielt Elisabetta mich auf. Du würdest mich abweisen, sagte sie. Sie hatte wohl auch Angst davor, dass bei dir die Sicherungen rausknallen ...«

»... und ich in der Psychiatrie lande wie sie.«

»Klar, sie hat alles dafür getan, dass das nicht passiert. Sie hat mit Therapeuten und Psychologen und Ärzten geredet, hat sich Rat geholt, aber sie hätte sich jedem in den Weg gestellt, der dich in eine Klinik hätte bringen wollen.«

Er greift nach seinen Zigaretten, holt eine heraus und zündet sich eine neue an. »Du auch?« Er hält Stella die Packung hin.

Sie schüttelt den Kopf.

»Einmal hab ich mich allerdings über Elisabetta hinweggesetzt«, fährt er fort. »Ich hab ihr nichts davon gesagt. Ich nahm den Nachtzug nach München, irrte dort im Univiertel herum, suchte dich überall. Ich hatte ja keine Adresse von dir, keine Telefonnummer. Irgendwann war ich so erschöpft, dass ich aufgab. In einer Studentenkneipe lernte ich ein Mädchen kennen, und mit ihr verbrachte ich dann die Nacht. Ich hab ihr die ganze Zeit nur von dir erzählt. Um vier Uhr morgens warf sie mich raus. Am Münchener Hauptbahnhof setzte ich mich auf eine Bank und wartete auf den ersten Zug nach Hamburg. Es war kalt, aber ich spürte nichts mehr, nur noch eine schreckliche Leere. Zu wissen, dass du da warst, in dieser Stadt, unerreichbar für mich, das war unerträglich.«

Stella beißt sich auf die Oberlippe. »Und danach?«, fragt sie leise.

»Danach tat ich, was ich immer getan hatte. Ich ging ins Ausland, weit weg von allem. Weit weg von dir. Trotzdem teilte ich Elisabetta stets mit, wo ich war. Sie war oft einsam und oft verzweifelt wie ich. Das Schicksal hat irgendwie einen dicken Knoten um uns gemacht. Und solange wir uns schrieben, hatte ich eine Verbindung zu dir. Sie war so etwas wie eine Nabelschnur zu meinem früheren Leben. Du kannst es auch Hoffnung nennen.«

»Hast du … eine Frau?«

»Ich hatte viele. In der Hinsicht hab ich mich nicht geändert.«

Stella schaut zu den Fotos an der Wand.

Er folgt ihrem Blick. »Ja, das sind einige davon.«

»Gab es eine, die länger blieb?«

»Es gab zwei. Mit einer war ich ein Jahr zusammen, mit der anderen ein paar Monate länger. Wir hatten sogar eine gemeinsame Wohnung, da lebte ich noch in Europa, in Rom war das. Aber irgendwann wurde ich untreu, und sie wurde wütend. Da bin ich einfach weitergezogen. Andere Orte, andere Frauen.«

»Bist ziemlich rumgekommen …«

»Kann man sagen. Und du, Stella?«

»Ich vermute mal, Elisabetta hat dir davon geschrieben.«

»Sie meinte nur immer, du seist unglaublich fleißig in deinem Job, würdest viele Überstunden machen, hättest …«

»Das war kein Fleiß«, unterbricht sie ihn.

»Was dann?«

»Es gibt in der Medizin das Phänomen, dass Narben taub werden. Das passiert oft nach Knochenbrüchen. Die Leute spüren einfach nichts mehr. So ähnlich ist das bei mir gewesen. Merles Tod war der Bruch. Danach befand ich mich in einer absoluten Fühltaubheit. Das einzig verlässliche Gerüst in meinem Leben war meine Arbeit. In die hab ich mich regelrecht hineingegraben, um ja nicht abzustürzen.«

»Nie Urlaub?«

Sie schüttelt den Kopf. »Ich bin Berge raufgeklettert, bis mir die Luft wegblieb. Und einmal war ich in Frankreich, aber ich fuhr vorzeitig wieder heim. Ansonsten waren da nur die Besuche bei Elisabetta. Sie hat genau die Dinge getan, die sie früher getan hat. Kuchen und Kekse gebacken, Kakao gekocht. Manchmal hat sie mir sogar vorgelesen. Dass ich nicht so viel arbeiten solle, sagte sie oft, aber das habe ich ignoriert. Nach zwei, drei Tagen fuhr ich meist wieder zurück nach München.«

»Und jetzt Kuba …«

»Als wenn sich doch noch ein Kreis schließt. Elisabetta hat mich übrigens mal gefragt, ob ich mit ihr hierherfahren wolle.«

»Wann war das?«

»Vor ein paar Jahren. Jetzt begreife ich erst, warum sie damit ankam. Sie wusste ja von dir. Wahrscheinlich war es ein vorsichtiger Versuch, ein Wiedersehen zu arrangieren.«

»Davon hat sie mir nichts geschrieben.«

»Ich hab auch sofort abgeblockt. Aber es war eigenartig … Für einen winzigen Augenblick hab ich an dich gedacht, glaube ich. Als wenn das Stichwort Kuba mich kurz mal aus meinem Vakuum herausgeholt hätte. Mir war das gar nicht bewusst, ich hab nur gespürt, dass da was passierte mit mir.«

»Und wie ist es für dich hier in Havanna?«

»Wie gesagt, ich bin das Reisen nicht gewohnt. Das Fremde macht mir Angst, aber …« Sie überlegt. »… aber hier ist es auch warm. Ich meine nicht nur die Sonne, die scheint. Die Menschen sind warm. Heute Morgen zum Beispiel hab ich einen Buchhändler kennengelernt. Er war so freundlich, dass ich ihm von mir erzählt habe. Und danach ging es mir besser. Wenn du so willst, hat er es mir leichter gemacht, zu dir zu kommen. Er hat mir geraten, heiße Schokolade zu trinken.«

»In der Calle Obispo?«

»Genau. Kennst du das Café?«

»Klar kenn ich das. Es ist fast so bekannt wie die Eisdiele Coppelia.«

»Davon hat er auch gesprochen.«

»Denk ich mir. Wir sind vorhin dran vorbeigeradelt.«

Sie nickt. »Ich hab's gesehen.«

»Wie geht es dir jetzt?«

»Ich bin unglaublich erschöpft, Tim. Als hätte ich Felsbrocken bewegt.«

»Na, in gewisser Weise hast du das ja auch. Komm, Stella, lass uns rausgehen. Hinaus in diese Stadt. Lass uns Rum trinken – darauf, dass du gekommen bist, und auf Elisabetta. Sie hätte gewollt, dass wir feiern.«

Stella versucht zu lächeln. Es gelingt ihr nicht ganz.

»Gut, gehen wir«, sagt sie.

Sie nehmen diesmal nicht die Räder. Zu Fuß sehe man mehr, sagt Tim, und Stella ist dankbar, dass er ihr sagt, wo's langgeht.

Sie überqueren wieder diese große Straße, La Rampa.

Durch eine Seitengasse laufen sie abwärts. Tim zeigt nach rechts. »Schau, das ist das Hotel Nacional. Da trafen sich früher die Mafiabosse und teilten das große Geld unter sich auf. Das Kasinogeschäft blühte damals und die Prostitution auch.«

Stella sieht ein weißes Grandhotel mit einer palmengesäumten Auffahrt, wo blank geputzte Taxis Gäste auswerfen und auf neue warten.

»Eine tolle Terrasse haben die da, mit roten Ledersofas.

Merk dir den Platz, wir gehen in den nächsten Tagen mal dahin auf einen Aperitif.«

Dass Tim ganz selbstverständlich Zukunft ins Heute streut, beruhigt und beunruhigt Stella gleichermaßen. Sie läuft neben ihm her, doch sie kann kaum Schritt halten. Elisabetta, Tim, Paul, Merle … sie alle scheinen ihr Fußfesseln anzulegen, sie fernhalten zu wollen von dem, was jetzt ist.

»Und bitte schön!« Tim breitet die Arme aus, als würde das Meer, das sich nun vor ihnen auftut, ihm gehören. »Der Malecón. Havannas Promenade.«

Sie schaut auf aufgewühltes, schäumendes, wütendes Wasser.

»Hey, wir haben Riesenglück«, sagt Tim.

Sie sieht ihn verständnislos an. »Wieso?«

»Ist für den Verkehr gesperrt heute. Das tun sie immer, wenn der Wind zu stark ist und die Brandung über die Brüstung schwappt. Das sind ganz besondere Tage, denn da hat man diese Straße fast für sich allein.«

Sie atmet tief durch. Hinsehen, sagt sie sich, ich muss hinsehen. Viel zu lange hab ich alles ausgeblendet, und diese Stadt ist zumindest so was wie eine Gleichgesinnte, die auch nicht genau zu wissen scheint, was sie mit ihrer Vergangenheit anfangen soll.

Es dämmert bereits, und die schmiedeeisernen Laternen am Ufer werfen langsam ihre Lichter an. An den Fassaden der ehemaligen Prachtbauten hat das Salz des Meeres gefressen, und sie wirken jetzt im Abendlicht wie übrig gebliebene Kulissen aus einem Schwarzweißfilm längst verblasster Tage. Viele Fenster sind mit Brettern vernagelt, von den Balkonen schaut die Melancholie – auf den Ozean, wo weit draußen ein Frachtschiff seinen Kurs über die Horizontlinie nimmt.

Ein paar Jungs spielen »Beisbol«. So steht es auf ihrem Ball, den sie mit Besenstöcken hin und her schießen, wie ihr Lachen, das zwischen ihnen über den Asphalt rollt.

Ein Schäferhund, der irgendwem von der Leine gegangen ist, legt seine Vorderpfoten auf die Kaimauer. Mir machst du keine Angst, scheint er dem fauchenden Meer zuzubellen, und ein bisschen beneidet ihn Stella um seine unbändige Wut.

Daneben nimmt ein Halbwüchsiger immer wieder Anlauf, um mit einem gezielten Sprung auf der Mauer zu landen, direkt neben den Pfoten des Hundes. Es ist eine waghalsige Nummer, und Stella beneidet auch ihn – weil er ihr vorführt, was sie einst selbst gehabt hatte: Mut.

Ihre Haare und ihr blaues Kleid sind im Nu feucht, aber das spürt sie kaum. Sie spürt plötzlich etwas, das sie nicht mehr gekannt hat seit jenen Zeiten, die hinter dem Horizont verschwunden sind wie das Frachtschiff, das nun nicht mehr zu sehen ist. Sie spürt Wärme. Ein Hauch von Wärme zwar nur, der vom nächsten Windstoß sofort wieder mitgenommen wird, aber genug für diesen einen Moment auf dem Malecón.

Irgendwann biegt Tim rechts ab. »Verlassen wir das Meer fürs Erste«, sagt er. »Ich zeige dir jetzt den Paseo del Prado. Erinnert mich immer ein bisschen an die Ramblas von Barcelona.«

»Ich war nie in Barcelona«, erwidert Stella.

Der Boulevard ist breit, links und rechts lärmt der Verkehr vorbei, die Mitte ist den Fußgängern vorbehalten. Unter Platanen stehen Menschen und plaudern und gestikulieren, manche lachen; Jugendliche haben einen Ghettobluster aufgestellt, das Klatschen ihrer schwarzen Hände begleitet westliche Musik. Auf den Steinbänken haben sich Liebespaare niedergelassen und geben sich einander hin – und diesem Abend, der gerade alle Register zieht.

»Schön, nicht wahr?«, fragt Tim, und etwas in seiner Stimme scheint sie überzeugen zu wollen, dass es richtig ist, den Blick jetzt erst mal aufs Außen zu lenken, statt das Innen auszuleuchten.

Stella nickt.

»Mir kommt diese Straße immer vor wie eine Bühne, auf der gleich mehrere Stücke aufgeführt werden. Manchmal setze ich mich einfach her und sehe ein, zwei Stunden zu.«

»Hast du so viel Zeit neben der Arbeit?« Sie wirft ihm diese Frage hin wie ein Seil, an dem sie sich nun gemeinsam in vorerst Unverfängliches hangeln können.

»Ich nehme sie mir.«

»Gibt es keinen festen Stundenplan?«

Er schüttelt den Kopf. »Wir sind zehn Leute in dem Haus, und wir teilen es uns ein, wie es uns gerade passt. Das klappt ganz gut. Keine Dienstpläne wie …«

»… bei mir in der Klinik.«

»Ist ziemlich stressig dort, oder? Ich meine, die vielen Überstunden und so.«

Stella kickt einen kleinen Stein mit dem Fuß vor sich her. »Ich müsste das nicht. Ich habe mich schließlich freiwillig für die ganzen Sonderschichten eingetragen. In meinem Kopf gab es nur Visiten, Befunde und OP-Termine. Mein sonstiges Leben war so was wie Brachland.«

»Hast du keine Freunde?«

Sie schüttelt den Kopf. »Ich habe nur einen Chef, der es gut mit mir meint. Mit ihm habe ich zum ersten Mal überhaupt über mich geredet. Nachdem Elisabetta gestorben war.« Sie bleibt stehen. »Wohin gehen wir überhaupt?«

»Zur Plaza de la Catedral.«

Sie schaut hoch zu den Baumkronen. »Was für ein Tag!«, sagt sie und weiß selbst nicht genau, wie sie das meint. Die Gefühle in ihr befinden sich auf schwankendem Boden, suchen mühsam das Gleichgewicht. »Ich bin noch unsicher«, gesteht sie. »Wie damals, als wir in Santorin das Schiff verlassen haben.«

Er stutzt kurz, dann lächelt er. »Die Wackelkandidaten-Nummer?«

Sie nickt, erleichtert, ihn in der gemeinsamen Erinnerung abgeholt zu haben.

Er führt sie weiter, vorbei am alten Hotel Inglaterra am Ende des Paseo. Teuer gekleidete Gäste werden von gläsernen Schwingtüren verschluckt, Kubaner bleiben davor stehen und machen der einen oder anderen Touristin die üblichen Komplimente. Die Frauen aus Europa tragen Dollars in ihren Handtaschen und die Männer aus Kuba Sehnsüchte nach einem besseren Leben in ihren Herzen.

Tim folgt Stellas Blicken. »Ist ein Geben und Nehmen«, sagt er. »Sollen gute Liebhaber sein, die Jungs.« Er nimmt kurz ihre Hand, und zusammen überqueren sie den stark befahrenen Platz. Auf der anderen Seite lässt er sofort wieder los; für den Bruchteil eines Augenblicks bedauert sie das.

Sie folgt ihm nach links – hinein in erneutes Gassengewirr. Wieder Menschen, wieder Gerüche, wieder Musik. Die Eindrücke prasseln auf sie ein wie Starkregen. Ihr Kleid ist noch immer feucht vom Meerwasser; hinzu kommt der feine Dunst ihres Schweißes. Sie beginnt sich so zu mögen, so nass und verschwitzt. In das fremde Gefühl mischt sich ein vertrautes, das vor langer Zeit fremd- und dann verlorengegangen war.

Tim bewegt sich schnell und geschickt. Er hat sie noch immer, diese Sicherheit, die Stella damals in jener Novembernacht, als die Nerven ihrer Tante rissen, Halt gab. Flüchtig streift sie jetzt die Erinnerung an den ersten Kuss, aber sie wird sofort mitgenommen, die Erinnerung, von einer Kubanerin, die Stella anrempelt und mit einem Zahnlückenlachen um Entschuldigung bittet.

Und dann sind sie da.

Die Plaza de la Catedral wirkt jetzt am Abend so ganz anders als am Tag. Trotz der Menschen, die in den Bars und Restaurants sitzen und die Luft mit ihren Gesprächen füllen, hat sich eine gewisse Ruhe hier niedergelassen. Die Wahrsagerin in dem weißen Kleid hockt nach wie vor stoisch auf ihrem viel zu kleinen Schemel, aber sie scheint das Interesse an den Touristen verloren zu haben, denen sie tagsüber für ein paar Dollar in die feuchten Hände guckt und etwas von großer Liebe oder schweren Schicksalsschlägen erzählt, je nachdem, wie viel Scheine in ihrem Bastkörbchen landen. Nun raucht sie eine Zigarre, die so dick ist, dass sie einen Großteil dieser Nacht durchglühen könnte, und schaut hinauf zur Kathedrale, über der sich gerade ein Dreiviertelmond in Stellung bringt.

»Die Alte ist immer hier«, sagt Tim und gibt einem Kellner zu verstehen, dass sie einen Platz suchen.

Der junge Mann sieht sich um und zeigt dann auf einen freien Tisch.

»Zwei Añejos«, bestellt Tim, und als er Stellas Gesicht sieht, lacht er. »Wir fangen mit einem einfachen Rum an. Sorry, da musst du durch.«

Zwei Minuten später stehen die Gläser vor ihnen. Sie stoßen an.

»Auf Elisabetta!«, sagt Tim.

Der Rum schmeckt süß.

»Auf Elisabetta!«, sagt Stella.

Tim beugt sich vor. »Weißt du Genaueres über ihren Tod?«

»Wie gesagt, die Polizei geht von einem Unfall aus. Du kennst die Dorfstraße, da gibt es eine Stelle, wo es sehr steil ein paar Meter die Böschung runtergeht. Dort ist sie abgestürzt. Aber diese Strecke ist sie normalerweise wie im Schlaf gefahren. Und ich frag mich immer wieder, was sie so früh am Morgen dort wollte. Sie ist anscheinend Hals über Kopf von zu Hause aufgebrochen. Das Frühstücksgeschirr stand noch auf dem Tisch.«

»Roberto ist sehr krank. Wusstest du das?«

Sie sieht ihn erstaunt an. »Nein. Woher?«

»Na ja, von Elisabetta vielleicht …«

»Ich hatte keine Ahnung. Was … was hat er denn?«

»Dein Fachgebiet, Stella.«

»Krebs?«

»Ja, im Endstadium. Er hat es Elisabetta im Februar erzählt. Das hat sie mir in ihrem letzten Brief geschrieben. Für sie war es, als würde er sie ein zweites Mal verlassen.«

»Jens hat gesagt, dass sie geplant hätten, zusammenzuziehen und endlich …«

»Das wollten sie auch, aber … Verfluchtes Leben!«

Sie versucht, ihre Gedanken einzusammeln. Jens taucht auf, der meinte, Roberto habe so merkwürdig reagiert, als er von Elisabettas Unfall erfahren hat. Fast erleichtert habe er geklungen, hatte er gesagt. Sie merkt gar nicht, wie sie all diese Gedanken ausspricht. Erst als Tim seine Hand auf ihren Unterarm legt, hält sie inne. »Meinst du …?« Sie sieht ihn erschrocken an.

»Es ist egal, was ich meine. Und es ist auch egal, was sich wirklich zugetragen hat. Elisabetta ist tot, und Roberto wird es auch bald sein. Aber wir zwei leben und sitzen heute hier auf diesem Platz. Und glaub mir, es hätte sie mehr als glücklich gemacht, uns beim Rumtrinken zuzugucken.«

Er winkt den Kellner herbei und bestellt nun zwei 20-Jährige. »Keine Sorge«, sagt er. »Diesen noch und zum Abschluss einen mit 28 Jahren. Mehr bekommst du heute nicht. Soll ja nicht in einem Besäufnis enden, unser Wiedersehen.«

»Paul ist Alkoholiker«, erklärt sie unvermittelt.

Tims Gesicht verdunkelt sich. »Hast du Kontakt zu ihm?«

Sie schüttelt den Kopf. »Nein, nein, all die Jahre war er aus meinem Leben verschwunden. Wie du.«

»Aber wieso weißt du denn ...?«

»Als ich vor zwei Wochen in das alte Haus kam, hatte er mir eine Nachricht auf dem Anrufbeantworter hinterlassen. Es war wie eine Kettenreaktion, Tim ... Ein Glied griff ins andere. Als hätte Elisabetta durch ihr Sterben bei mir wieder etwas zum Leben erweckt.«

»Habt ihr euch getroffen, du und Paul?«

»Ja.« Und dann erzählt sie ihm von dem fremden alten Mann, der sie besucht hat, von den Auseinandersetzungen, die sie hatten, und davon, dass sie Paul am liebsten fortgejagt hätte. Sie lässt nichts aus; nur dass Paul bei ihr im Bett die Nacht verbringen wollte, verschweigt sie Tim. »Er weiß, dass ich jetzt hier bin«, beendet sie ihre lange Rede. »Hier in Havanna, um dich zu suchen.«

Tim trommelt mit den Fingern auf dem Tisch. »Dieser gottverdammte Idiot«, sagt er schließlich. »Das sieht ihm ähnlich. Ruiniert sich sein Leben und beklagt sein Schicksal.« Er schüttelt den Kopf.

»Er ist wirklich am Ende, Tim.«

»Ja, ja, so ist er schon immer gewesen. Ein intellektueller Jammerlappen.«

Sie weiß, was er meint.

»Der feingeistige, sensible Paul«, fährt Tim fort. »Der allerdings so arrogant sein konnte, dass einem ganz frostig wurde. Wir haben das erlebt, du und ich. Und trotzdem haben wir diesen Scheißkerl mit seiner klugen schwarzen Brille geliebt.«

»Ich hätte jetzt gern noch einen Rum.«

»Ah, er schmeckt dir. Sehr gut!« Er ordert den 20-Jährigen.

»Verzeih, aber ich bin noch etwas verwirrt«, entgegnet sie und trinkt einen Schluck.

»Dass du heute nach über zwanzig Jahren zu mir gekommen bist, das ist für mich das Wesentliche.«

»Hattest du eigentlich ...« Sie zögert, will das Wort noch nicht rauslassen. »... Schuldgefühle?«, fragt sie dann.

»Nein«, erwidert er, ohne nachzudenken. »Unsere Gefühle füreinander waren echt, Stella. Da war nichts Falsches. Merle ist in dem Moment in diese Wanne gefallen und ertrunken, als wir sie uns endlich zeigen wollten.«

Er hat seine Antworten schon seit langem gefunden, das spürt sie, während sie sich noch unablässig Fragen stellt. Ihr Kopf beginnt, den Film dieses Spätsommertages wieder abzuspulen. Es sind nur kurze Sequenzen, die er ihr zeigt, aber die sind tiefenscharf. Ihr fröstelt, obwohl es warm ist.

»Ich arbeite jetzt seit Jahren mit Kindern«, erklärt Tim. »Ich weiß, was passieren kann, wenn man sie nur eine Sekunde aus den Augen lässt. So was kommt vor. Hier noch heute Schuldige ausmachen zu wollen ist Wahnsinn. Merle hat ihr Leben verloren. Du hast deine Tochter verloren und Paul und mich. Paul hat euch verloren und mich. Und ich habe dich verloren und, ja, Paul auch. Wir haben alle verloren, und gebüßt haben wir auch, jeder auf seine Weise.«

Sie atmet ein paarmal tief durch, bis die Bilder wieder verschwunden sind. »Du siehst das Ganze viel klarer als Paul«, sagt sie schließlich.

Er lacht kurz auf. »Das hab ich früher schon immer getan. Er hat sich ewig den Kopf zergrübelt, aber vor lauter Denken ist er kaum zum Handeln gekommen. Alles hat er in sich reingefressen und dort ständig wieder aufgekocht, und da lag das Zeug dann herum wie Gallensteine und verursachte ihm Bauchschmerzen. Na ja, bis er geplatzt ist. Den Rest kennen wir ja …«

»Hasst du ihn?«

Er sieht zur Kathedrale hinauf, als würde er dort in den Türmen eine Antwort suchen. Sein Gesicht wirkt plötzlich hart. »Nein, ich war damals nur unglaublich wütend auf ihn. Weil er so ein Arschloch gewesen ist, weil er dich von oben herab behandelt hat, weil er in seiner Selbstgefälligkeit vernichtend sein konnte. Und nachdem das Unglück passiert war, hat er sich volllaufen lassen und wahrscheinlich auf alle mit dem Finger gezeigt, nur nicht auf sich. Nicht mal Elisabetta konnte er die Hand reichen, dabei hat sie so sehr darauf gewartet.«

»Ich glaube, er bereut das alles bitter.«

»Auch das passt zu ihm. Erst sämtliche Brücken abreißen und dann bedauern, dass man nicht mehr ans andere Ufer kommt. Aber nein, Stella, gehasst habe ich ihn nie. Selbst damals nicht, als er mich fast totgeprügelt hätte. Ich hatte nur diese Riesenwut im Bauch.«

»Hätten wir, du und ich, denn überhaupt eine Chance gehabt? Ich meine, wenn das mit Merle nicht passiert wäre?«

»Keine Ahnung. Das ist Spekulation. Klar, in dem Moment auf der Wiese hab ich's geglaubt, und du hast das auch, denke ich. Aber dann …« Er macht eine ausladende

Handbewegung, und es ist, als würde er damit die Härte aus seinem Gesicht streichen. »Es ist genug. Fürs Erste lassen wir mal alles sacken, okay?«

»Okay.«

»Wie fühlst du dich?«

»Das hast du mich vorhin schon mal gefragt.«

»Vorhin ist nicht jetzt.«

»Ich weiß nicht genau. Ich kann es noch immer nicht fassen, dass du heute in diesem Waisenhaus warst und ich nun hier mit dir sitze. Der Platz ist wunderschön, ehrlich gestanden hab ich noch nie auf so einem gesessen. Und was tun wir? Wir reden über ein totes Kind, über eine tote Tante, über Schuld und Krankheit und zerbrochene Freundschaften und, und, und …«

»Schau mal nach oben.«

Sie blickt in einen tintenblauen Nachthimmel.

»Dieser Himmel über diesem Platz hat mir immer wieder Orientierung gegeben. Ein Viereck, in dem der Mond aufgeht und später ein paar Sterne dazukommen. Das hat irgendwie was Verlässliches. Manchmal hab ich auch an deinen Namen gedacht dabei.«

»Und deine vielen anderen Frauen?«

»Die haben mich einfach ein Stück weit durchs Leben begleitet, aber irgendwann waren sie auch wieder weg. Sie haben mir was bedeutet, bis sie verblasst sind. Sie waren nichts weiter als Sternschnuppen. Du dagegen bist wie dein Name. Das ist wohl Fluch und Segen zugleich gewesen.«

»Und nun?«

»Nun bringe ich dich in dein Hotel. Du musst hundemüde sein.«

Sie nickt, und als würden erst seine Worte ihr das klarmachen, will sie auf einmal nur noch schlafen.

Tim blättert dem Kellner ein paar Dollarscheine auf den Tisch und steht auf.

Vor dem Hotel nimmt er sie kurz in den Arm. »Du bist noch immer sehr schön, Stella. Da ist etwas Mädchenhaftes in dir geblieben.«

Sie spürt, dass sie rot wird, aber das macht nichts, weil es sowieso dunkel ist.

»Komm doch morgen Vormittag zu mir und den Kindern«, sagt er. »Ich bin so ab elf Uhr dort. Du könntest mir bis etwa zwei Uhr helfen, und danach fahren wir zwei ans Meer. Was hältst du davon?«

»Ich denke … ich glaube … Kinder? Ich weiß nicht …« Sie ringt mit Worten und Gefühlen gleichzeitig.

Er tritt zur Seite und lässt ein Motorrad vorbei. »Du hast bereits einen großen Schritt getan, Stella. Jetzt bleib nicht stehen. Das passt nicht zu dir.«

Sie schaut zu Boden. »Einverstanden«, sagt sie. »Ich werde kommen.«

»Ich freu mich auf dich. Gute Nacht.«

Er dreht sich um und geht, und sie kann es jetzt, da sie ihm nachsieht, kaum fassen, dass es wirklich Tim ist, der da die schmale Straße hinunterläuft.

Der ganze Tag kommt ihr auf einmal vor wie ein Traum.

15

Zweiundvierzig kleine Hände winken, als Stella in den roten Cadillac steigt.

Sie winkt mit der linken Hand zurück. In der rechten hält sie einundzwanzig Blätter Papier. Einundzwanzig Zeichnungen mit lauter Sternen darauf. Die Kinder haben sie ihr gemalt – nachdem Tim ihnen erzählt hat, dass Stella Stern heißt. Sie lässt sich in die beigefarbenen Lederpolster sinken. Die Chromteile des Armaturenbretts vor ihr strahlen sie an. Es irritiert sie, dieses Strahlen.

»Woher hast du das Auto?«, fragt sie, um erst mal von dem Aufruhr in ihrem Innersten abzulenken.

»Von José, einem guten Freund. Der Wagen ist sein ganzer Stolz. Manchmal hab ich den Verdacht, er liebt ihn mehr als seine Frau.«

Er ruft Isabel, die ihn vor einer Viertelstunde abgelöst hat, etwas auf Spanisch zu.

Stella sieht noch, wie die junge Frau die winkenden Kinder einsammelt. Dann gleitet das Auto wie ein Schiff auf die Straße. Sie lehnt sich zurück und schaut aus dem Fenster. Eine Rikscha fährt vorbei; der Mann auf dem Sattel müht sich ab. An einer Ampel nimmt er kurz sein Käppi ab, um sich damit Luft zuzufächern.

Ich brauche auch Luft, denkt Stella. Und dann denkt sie

wieder an die letzten Stunden, und ihr Blick blendet den Rikschafahrer aus.

Noch beim Frühstück im Hotel war sie drauf und dran gewesen, alles hinzuwerfen. Die Angst davor, in einem Raum mit lauter Kindern zu sein, wurde so groß, dass sie zu hyperventilieren begann wie manche ihrer Patienten, die Angst vor dem Tod hatten. Aber sie konnte gar nicht absagen; sie hatte keine Telefonnummer von Tim. Das Einzige, was sie hatte, war die Adresse des Waisenhauses.

Also zog sie Jeans und ein weites weißes Hemd an und fuhr los.

Die Panik fuhr mit. Sie schnürte ihr fast die Luft ab, als sie den Raum betrat, in dem Tim und die Kinder auf sie warteten. Er hatte ihnen wohl erzählt, dass sie Besuch bekämen; jedenfalls nahmen sie Stella von der ersten Minute an in Beschlag. Sie versuchte, den Kloß in ihrer Kehle herunterzuschlucken, und setzte sich zwischen die Mädchen, die sofort Stofftiere und Puppen anschleppten und Stella erwartungsvoll ansahen. Sie lächelte. Das Lächeln verunglückte, aber Stella begann trotzdem zaghaft, sich auf die Spiele einzulassen. Tim schaute manchmal in ihre Richtung, während er den Jungs Fußballregeln erklärte.

Es ging gut. Es ging sogar besser, als sie erwartet hatte. Bis irgendwann dieses Mädchen angelaufen kam. Maria hieß sie, und in den Händen hielt sie zwei Haarspangen, an denen gelbe Plastikblumen befestigt waren, und sie fragte, ob Stella ihr Zöpfe flechten könne. Die dunklen Augen sahen sie bittend an.

Stella nahm die Spangen entgegen. Maria hob ihr grünes Kleid hoch und setzte sich zu ihr auf den Boden. Stella teilte die Haare am Hinterkopf, nahm einen Strang, machte aus diesem sorgfältig drei gleich dicke Strähnen und begann zu flechten. Und da passierte es: Das schwarze Haar wurde plötzlich blond. Stella blinzelte, doch es blieb blond.

Der Kloß in ihrer Kehle bildete sich sofort wieder, schlimmer als zuvor, während ihre Hände verbissen eine Strähne über die andere legten, so dass ein Zopfmuster entstand; sie zitterten, als sie nach einer Haarspange griffen, als würden sie bereits ahnen, was sie damit auslösten: Aus den gelben Blumen wurden rote Kirschen, und das Mädchen vor Stella trug nun auch kein grünes Kleid mehr, sondern eine gelbe Latzhose.

Stella schrie laut auf und ließ alles los. Der Zopf löste sich auf, die Haarspange fiel zu Boden. Die Kleine drehte sich erschrocken um, die anderen Kinder sahen ebenfalls in Stellas Richtung. Tim sprang auf und war mit einem Satz bei ihr.

In dem Moment kamen die Tränen, hundertfach kamen sie, liefen ihr über die Wangen bis hinunter zum Hals. Ein leiser Wind, der vom offenen Fenster hereinwehte, versuchte, sie zu trocknen, doch es folgten ständig neue nach.

»Sie ist da«, schluchzte sie.

Die Kleine streichelte ihr über die Wangen, und es war, als ob diese Hände Brandspuren auf Stellas Gesicht hinterließen.

Tim hockte sich neben Stella. »Wer?«, fragte er. »Wer ist da?«

»Merle«, schluchzte Stella. »Sie ist hier. Das Haar … es wurde blond, und die Spange … da waren Kirschen dran. Alles wie bei Merle. Und plötzlich hatte dieses Mädchen eine Latzhose an, eine gelbe Latzhose. Du weißt … Merle trug so eine Hose, als sie …«

Tim holte tief Luft. »Ich weiß«, sagte er. Zu den Kindern sagte er etwas auf Spanisch, das sie nicht verstand, aber die Jungs und Mädchen begannen sich daraufhin abzuwenden und ihre Malbücher und Stifte zu nehmen, nicht ohne immer wieder zu Stella und Tim zu schauen. Auch die Kleine im grünen Kleid erhob sich; ihre Haare fielen ihr über die Schultern, die Zopfspangen sammelte sie vom Boden auf.

Stella wischte sich mit dem Handrücken übers Gesicht. »Sie war so lange fort«, sagte sie schließlich. »Selbst letzte Woche, als ich die alten Fotos fand und mit Paul über sie sprach, sah ich sie nur schemenhaft, aber jetzt ist sie auf einmal so nah, Tim. Als würde sie wieder leben.« Sie schluchzte erneut auf.

Tim legte ihr den Arm um die Schulter und zog sie zu sich heran. Seine Haut roch nach Tabak.

»Es ist gut«, sagte er. »Es ist alles gut.«

Sie wusste nicht, ob sie ihm glauben konnte. Sie wollte es, doch ihre Tränen ließen sich nicht beirren.

»Es ist gut, dass du weinen kannst.« Tim strich ihr eine Haarsträhne aus der Stirn.

»Es waren die Kinder. Und dann dieses Mädchen … Als hätte sie Merle hergeholt.«

»Es wurde auch Zeit, dass sie kommt, Stella.«

Sie hob den Kopf. »Es tut nur so weh. Es tut ganz schrecklich weh.«

»Das glaub ich dir. Elisabetta hat mir erklärt, dass du Merles Tod nicht wirklich wahrgenommen hast, weil du den Schmerz nicht ausgehalten hättest, und sie hat oft gesagt, dass der Tag kommen wird, an dem du bereit dafür bist. Heute ist wohl dieser Tag – und schau, an sich ist es ein schöner Tag. Die Sonne scheint, du bist nicht allein, und die Kleinen hier mögen dich.«

»Sie denken wahrscheinlich, ich bin verrückt.«

Er schüttelte den Kopf. »So denken Kinder nicht.« Und dann rief er etwas in den Raum.

»Was hast du ihnen gesagt?«

»Dass Stella Stern bedeutet und dass jeder von ihnen dir einen Stern malen soll.«

»Möchtest du jetzt lieber allein sein?« Tim sieht Stella von der Seite an, während er darauf wartet, dass die eine Ampel auf Grün springt.

Stella schrickt hoch. »Ja«, stammelt sie. »Nein. Ich weiß nicht.«

»Ich bring dich in dein Hotel, wenn du willst. Oder in meine Wohnung. Du könntest dich erst mal hinlegen …«

»Nein, nein«, wehrt sie ab. »Lass uns einfach weiterfahren. Es beruhigt mich sogar, das Autofahren.«

»Gut.« Er gibt Gas.

»Du hast es absichtlich getan, oder?«, fragt sie.

»Ja, hab ich.«

»Heute Morgen dachte ich, das pack ich nicht. Ich wollte schon absagen, aber …«

»Aber was?«

»Ich hatte deine Telefonnummer nicht.«

»Kannst du auch nicht. Ich besitze gar kein Telefon.«

»Du hast kein Telefon? Kein Handy?« Sie lenkt jetzt ab.

»Nein, wozu? Man erreicht mich auch so. Du hast es ja auch geschafft. Und stell dir vor, du hättest mich heute früh anrufen können. Du wärst nicht gekommen.«

Sie nickt.

»Bist du wütend auf mich?«

Sie schüttelt den Kopf. »Nein, ich bin nur völlig durcheinander. Du hast mir geholfen, eine Wunde zu öffnen, die dringend Luft brauchte. Aber es tut höllisch weh.«

»Ich gebe zu, bei der Sache war ich mir nicht hundertprozentig sicher. Ehrlich gesagt hatte ich sogar ziemlich Bammel, dass da Dinge hochkommen, die uns überfordern. Aber irgendwas in mir hat gesagt: Tu's einfach! Setz Stella zwischen diese Kinder! Vielleicht weil ich weiß, wie heilsam Kinder sein können. Sie haben mir schon so manches Mal den Arsch gerettet.«

»Wie haben die Kinder hier ihre Eltern verloren?« Sie will fort von Merle. Weit fort. Die Wunde braucht jetzt Ruhe, fordert die Ärztin in ihr – und Stella glaubt ihr.

Tim versteht. »Durch Unfall oder Krankheit«, erwidert er. »Manche sind auch nach der Geburt einfach im Krankenhaus zurückgelassen worden, und irgendwann kommen sie dann zu uns.«

»Wie lange bleiben sie bei euch?«

»Entweder finden sie Pflegeeltern, oder sie ziehen um in ein Heim für Jugendliche. Das zumindest ist in Kuba alles recht gut organisiert.«

»Ist es nicht schwer, sie wieder gehen zu lassen?«

»Man gewöhnt sich dran. Du darfst dein Herz nicht zu sehr an ein Kind hängen. Den Fehler hab ich anfangs öfter gemacht, und hinterher hab ich Rotz und Wasser geheult.«

»Früher wolltest du gern immer Kind bleiben.«

»Ich weiß, ja. Die Welt der Erwachsenen kam mir so eng vor. Und du, Stella, warst mir da nicht unähnlich.« Er überlegt. »Auf eine gewisse Weise konnte auch Paul so sein«, sagt er dann.

»Ja, das konnte er«, erwidert sie.

Eine Zeitlang sagt keiner von ihnen etwas.

Sie fahren hinaus aus der Stadt, über Straßen, auf denen nur wenige Autos und ein paar Busse unterwegs sind, vorbei an Plattenbauten, deren Beton schmutzig grau und rissig geworden ist.

»DDR-Erbe«, wechselt Tim das Thema. »Die haben damals ihre Architekten und Ingenieure hierhergeschickt und diese Scheußlichkeiten bauen lassen. Und nun gammelt alles vor sich hin. Na ja, der karibische Himmel sorgt wenigstens dafür, dass es nicht ganz so trostlos aussieht wie in Leipzig oder Bitterfeld.«

Sie nimmt den Faden dankbar auf. »Viele Kubaner sprechen Deutsch, ist mir aufgefallen.«

»Ja, ja, ungefähr jeder zweite war mal drüben bei Honecker und hat da studiert. Jetzt sitzen sie hier mit ihren Träumen, die Rost ansetzen wie das ganze Land.«

»Klingt desillusioniert.«

»Eher realistisch. Ich habe viele Freunde in Kuba, und sie alle verehren Che und Fidel.«

»Trotzdem?«

»Auf die Jungs und die Revolution lassen sie nichts kommen, und am ersten Mai schwingen sie noch immer einigermaßen enthusiastisch ihre roten Fähnchen.«

»Aber?«

»Aber sie hätten eben gern ein bisschen mehr vom großen Kuchen. Ein paar Dollars, um der Oma ein ordentliches Bett zu kaufen oder auch nur ein paar westliche Fernsehsender. Wenn man ihnen ein bisschen Freiheit gäbe, wär alles okay. Die meisten wollen gar nicht nach Amerika, die wollen hier glücklich sein, weil sie ihr Land lieben.«

»Und du?«

»Ich hab auf Kuba viel gelernt. Zu improvisieren, Beamte zu umgarnen, bescheiden zu bleiben, aber vor allem eines: das Leben zu nehmen, wie's ist. Ändern kann man eh nix. Man kann nur dealen mit dem, was ist.«

»Dealst du auch mit dem, was damals geschehen ist?« Diese Frage stellt sie ihm, als sie eine Stunde später auf zwei Plastikliegestühlen unter einem Sonnenschirm aus verblichenem Stroh sitzen. Stella hat ihre Jeans ausgezogen. Das Hemd hat sie anbehalten. Tim lachte, als sie ihm gestand, dass sie keinen Bikini mehr besitzt und auch nicht dran gedacht hat, einen zu kaufen. Sie sei wohl eine der wenigen Frauen, die ohne Bikini in die Karibik fliegen.

Jetzt steht die Frage zwischen ihnen; das Rauschen der Wellen füllt das Schweigen. Tim antwortet nicht.

Vielleicht hat er mich nicht gehört, denkt sie, aber sie wiederholt ihre Frage nicht.

Irgendwann setzt er sich aufrecht hin und kreuzt die Beine vor sich. »Ja«, sagt er endlich; sein Ja geht in einer besonders großen Welle fast unter. »Es ist verdammt schwer, und es holt mich oft genug ein, aber eine andere Möglichkeit hab ich nicht gesehen.«

Sie schaut aufs Meer. Es ist, als ob sie das Türkisblau erst in diesem Moment wirklich wahrnimmt. »Paul meinte, die Karibik wird wohl anders aussehen als die Ostsee«, sagt sie irgendwann.

»Der alte Klugscheißer.«

»Vermisst du ihn?«

»Ich weiß nicht, Stella. Was ich vermisse, ist eher das, was wir damals miteinander hatten, wir drei. Dieses Unerschütterliche. Daran hab ich geglaubt. Bevor die Erde zu beben begann …«

»Wir haben uns mal versprochen, dass wir uns nie trennen. Das war an dem Tag, als ihr mir schwimmen beigebracht habt, du und Paul.«

»Ich erinnere mich. Aber hat das heute noch irgendeine Gültigkeit? Nach allem, was passiert ist?«

Sie zuckt mit den Schultern. »Etwas verbindet uns. Noch immer, denke ich«, sagt sie schließlich.

Er wühlt seinen rechten Fuß in den Sand. »Klar, sonst würden wir jetzt nicht hier sitzen und über Paul reden. Du hast mir damals diese Kreide zum Geburtstag geschenkt und gesagt, du würdest mir immer helfen, wenn ich mal die Richtung verliere. Aber als ich gar nicht mehr wusste, wo's langgeht, hast du dich aus dem Staub gemacht.«

Sie sieht ihn erschrocken an. »Das ist nicht fair.«

»Ist es nicht, ich weiß, aber ich bin auch nicht immer fair, Stella. Es war auch nicht fair, dem besten Freund die Freundin auszuspannen. Aber du warst einfach so unglaublich süß, und ich war so unglaublich vernarrt in dich und so unglaublich eifersüchtig auf diesen Kerl.«

Sie sieht in das Loch im Sand, das sein Fuß hinterlassen hat. »Er war wach, als wir uns in der Nacht in Griechenland auf das Dach zurückschlichen«, sagt sie. »Er hat alles mitbekommen.«

»Sicher hat er das, und ich hab's sogar ein bisschen ausgekostet. Denn überleg mal, wie es mir ging, wenn ich morgens Brot beim Bäcker holte und genau wusste, dass ihr's in der Zeit miteinander getan habt.«

»Woher wusstest du das?«

»Ich seh einer Frau an, wenn sie grad Sex gehabt hat. Nein, ehrlich, Stella, dieser Nachtspaziergang mit dir dort auf Paros hat meine Gefühle völlig zum Kochen gebracht. Und Paul war mein Freund. Der hat genau gemerkt, was mit mir los war. Wahrscheinlich war er total erleichtert, als ich mit diesem Hippiemädchen was anfing.«

»Ich war fast krank vor Eifersucht.«

»Na ja, alles kann man eben nicht haben. Ein Wort von dir, und ich wäre …«

Sie seufzt. Ein tiefer Seufzer, der über zwei Jahrzehnte in ihr auf seinen Einsatz gewartet zu haben scheint, um genau in diesem Moment endlich rauszukommen. »Hast du sie eigentlich geliebt, diese Francine?«

»Du weißt sogar noch ihren Namen?«

Sie nickt.

»Ne, Liebe war das nicht … Wir haben fröhlich unter den Windmühlen von Mykonos gevögelt, und, ja, das hat gutgetan. Sie hat mir gegeben, was ich brauchte, um dich fürs Erste aus meinem Kopf zu kriegen und Paul nicht ständig zum Teufel zu wünschen.«

»Ich hab dich unheimlich vermisst …«

»… was dich nicht davon abgehalten hat, schwanger zu werden.«

»Es ist einfach passiert, Tim. Ich war selbst erschrocken.«

»Ja, aus deinem Ping-Pong-Spiel wurde Ernst. Mal war es ich, dann Paul, dann wieder ich. Ich wollte dich immer schon fragen, warum du auf dem Schulhof damals Paul gebeten hast, dich ins Krankenhaus zu Elisabetta zu begleiten. Ich meine, du und ich, wir hatten's gut in dem gelben Haus, verdammt gut sogar. Die ersten Küsse, die ersten Nächte … Ich war glücklich, und du warst es auch. Und dann nimmst du Pauls Hand, und ich steh da wie ein Esel.«

»Das hab ich nicht gewollt.«

»Vielleicht hast du zu viel gewollt.«

»Ich wollte von euch beiden geliebt werden, weil ich euch beide liebte. Mir war gar nicht bewusst, was ich da losgetreten hatte …«

»… bis das Baby kam.«

»Das hat mich zunächst total überfordert. Ich saß da mit diesem Schwangerschaftstest und wusste nicht, was ich tun sollte. Aber dann kam die Freude, weil Paul sich so gefreut hat. Es schien auf einmal alles entschieden und alles gut. Und trotzdem, immer wenn deine Postkarten im Briefkasten lagen, machten die was mit mir, und als du an diesem Dezembertag in unserem Wohnzimmer gesessen bist, nun … du warst dabei …«

»Ich dachte, ich krieg das hin.«

»Das dachte ich auch.«

»Mein Gott, was waren wir blauäugig.«

»Nein, wir waren nur nicht imstande, einen Traum zu leben. Elisabetta hat's genau gesehen, und sie hatte diese winzige Hoffnung, wir würden schaffen, was sie nicht geschafft hat.«

»Freie Liebe? Ne, ich denke, das funktioniert nicht. Ich hab deine Tante wirklich verdammt gern gehabt, aber ich glaube, in dem Punkt war sie eine hoffnungslose Illusionistin. Wir wissen ja, wie's ausgegangen ist. Pauls Schläge werde ich nie vergessen.«

»Er wollte was von mir, jetzt an dem Abend, als er bei mir war.«

Sein Gesicht verdunkelt sich. »Er wollte mit dir …?« Er spricht den Satz nicht zu Ende.

Sie nickt.

»Und?«

»Er war völlig betrunken. So betrunken, dass er für einen Moment wohl glaubte, ich sei diejenige, die ihn retten könnte. Er ist ein alter kranker Mann, der meint, dass er nichts mehr zu verlieren hat.«

»Scheiße.« Er schaut aufs Meer, als würde er dort irgendwo eine Erklärung aus der Tiefe holen können.

Sie fühlt sich auf einmal unglaublich müde.

»Komm.« Er steht auf und reicht ihr die Hand. »Lass uns schwimmen gehen.«

»Aber ich hab doch keinen Bikini«, wehrt sie erschrocken ab.

»Du wirst einen BH anhaben, oder?«

Sie nickt.

»Das reicht.«

Sie lässt sich von ihm nach oben ziehen und beginnt ihr Hemd aufzuknöpfen. »Das ist keine gute Idee«, versucht sie matt dagegenzuhalten.

»Es ist die beste!«

Das Wasser ist wärmer, als sie gedacht hat. Sie tauchen schnell unter und lassen sich dann von den Wellen tragen. Lange tun sie das. Stella spürt, wie sich ihr Körper entspannt. Die Muskeln lassen locker wie vor zwei Wochen, als sie zum ersten Mal wieder in den See gesprungen ist. Sie schwimmen ein Stück hinaus. Hinein in das Türkisblau, das fast unwirklich erscheint.

»Nicht zu weit«, ruft Tim ihr irgendwann zu. »Hier gibt's ein paar böse Unterströmungen.«

Sie gehorcht, dreht sich auf den Rücken und schwimmt mit kräftigen Armbewegungen zurück Richtung Ufer. Tim bleibt bei ihr, und sie begreift erst in diesem Augenblick, dass er all die Jahre bei ihr geblieben ist. Dass er wütend war und aufgelöst und verzweifelt, dass er immer wieder neue Frauen hatte und immer wieder neue Kinder, dass er mit leichtem Gepäck durch die Welt reiste und sich schwertat, sesshaft zu werden – aber dass er bei ihr geblieben ist. Er hätte Elisabetta nicht schreiben müssen, doch er hat es getan. Er hat es getan, weil …

Stella denkt den Gedanken noch nicht zu Ende. Alles hat seine Zeit – auch Gedanken. Kurz fallen ihr die Lupinen ein und die Ostsee und Paul; dann läuft sie aus dem Wasser zu den Liegestühlen.

Tim wirft ihr ein Handtuch zu. »Hier, rubbel dich gut trocken, und dann lass uns die Sonne noch ein bisschen ausnutzen, denn da hinten braut sich was zusammen.«

Ihr Blick folgt seinem Finger. »Du meinst, die paar Wolken dort?«

»Die paar Wolken werden uns einen veritablen Wolkenbruch bescheren.«

»Ach, vielleicht verziehen sie sich auch wieder.« Sie legt sich zurück, schließt die Augen, aber nur so weit, dass sie aus den Augenwinkeln noch beobachten kann, wie er sich abtrocknet. Sein Körper ist muskulös und braun gebrannt. Er sieht jünger aus, als er ist, denkt sie. Und er sieht viel jünger aus als Paul. Paul, der inzwischen so alt aussieht.

»Sicher nicht«, erwidert Tim. »Wir sind in der Karibik und nicht an der Ostsee«, sagt er noch, aber das hört sie schon nicht mehr. Sie ist eingeschlafen.

Regentropfen auf ihrem Bauch wecken sie.

Er lacht, als hätte das nahende Unwetter das Unwetter in ihm verdrängt. »Ich hab's dir gesagt.«

»Hast recht«, erwidert sie und packt schnell ihre Sachen zusammen. Unter dem Sonnenschirm zieht sie sich Hose und Hemd an. »Und nun?« Sie schaut sich an dem fast menschenleeren Strand um, über den jetzt ein heftiger Wind weht. Auch das Meer hat seine Farbe gewechselt – es sieht dunkel und grau aus.

»Dahinten«, sagt Tim und deutet auf eine Bretterbude.

»Ist das dein Ernst?«

»Es ist unsere einzige Möglichkeit, wenn wir nicht völlig durchnässt werden wollen.«

Sie laufen zu der Bude, vor der ein paar Tische und Stühle im Sand stehen, darüber hängt ein schiefes Blechdach, auf das die Regentropfen wie hundertfach verstärkt niederprasseln. Ein Polizist sitzt dort mit zwei Kubanern in Badehose. Sie trinken Bier. Eine Gruppe aus zwei Frauen und drei Männern hat am Nebentisch Platz genommen und diskutiert laut auf Spanisch. In einer anderen Ecke hockt ein dicker, kahlgeschorener Typ und schaut missmutig auf seinen Teller, in dem ein paar rote Bohnen in einer dicken Sauce schwimmen.

Hinter einer notdürftig zusammengezimmerten Bar winkt ein junger Mann Tim und Stella zu.

»Zwei Mojitos«, ruft Tim ihm zu.

»Es ist erst Nachmittag«, protestiert Stella.

»Aber du bist in Kuba, und hier trinkt man Mojito wie die Limonade von Elisabetta.«

»Okay.« Sie nippt vorsichtig an dem Getränk, das kurz darauf vor ihr steht. Es schmeckt frisch, nach Limette und Minze. Sie nimmt einen größeren Schluck.

»Man scheint dich zu allem überreden zu müssen«, sagt Tim.

Sie nickt. »Ich hab einfach keine Übung mehr. In den Tag hinein leben, baden, sonnen, trinken … das alles hat es in meinem Leben nicht gegeben.«

»Nun, das hab ich inzwischen begriffen. Aber auch du hast wieder ein bisschen Anrecht auf die Leichtigkeit des Seins. Du warst früher nämlich in dieser Hinsicht ausgesprochen begabt.«

»Lass uns heute nicht mehr von früher reden«, bittet sie. »Und jetzt bestellst du uns noch zwei von dieser Limonade, bitte.«

Kurz darauf suchen vier Musiker ebenfalls unter dem Blechdach Schutz. Wie aus dem Nichts scheinen sie plötzlich aufgetaucht zu sein. Sie wischen ihre Instrumente mit einem Lumpen trocken, den sie von dem Kerl hinter der

Bar unaufgefordert bekommen, zusammen mit vier Mojitos. Eine Trompete, ein paar Trommeln, Kongas und Rasseln bleiben nicht lange auf dem Tisch liegen. Irgendwann schnappt sich der Älteste von ihnen die Trompete und nickt den anderen zu.

Sie spielen die üblichen kubanischen Gassenhauer, aber auch Jazz-Standards. Der karibische Sound vermischt sich mit dem amerikanischen, während die Regentropfen wie ein Metronom den Takt schlagen, und es dauert nicht lang, bis eine der Frauen aufsteht, sich einen Mann aus ihrer Gruppe schnappt und zu tanzen beginnt. Der Polizist klatscht in die Hände, die zwei Kubaner an seinem Tisch tun es ihm gleich. Die zweite Frau erhebt sich und schiebt ihr dickes Hinterteil, das in engen gelben Shorts steckt, an den Plastikstühlen vorbei dorthin, wo sie Platz hat, die Hüften kreisen zu lassen. Nur der Kahlrasierte schaut weiter starr seine Bohnen an, als würde er erwarten, dass sie zu sprechen beginnen und ihm etwas Wichtiges mitteilen, das er auf keinen Fall verpassen darf.

»Na, Stella?« Tim sieht sie auffordernd an.

»Was meinst du?«

»Wie wär's mit Tanzen?«

Sie schüttelt energisch den Kopf. »Ich kann nicht tanzen.«

»O, du Lügnerin, ich weiß, dass das nicht stimmt.« Er zieht sie hoch.

»Nein, nein, bitte nicht«, wehrt sie sich.

Er lacht. »Wie war das vorhin mit dem Überreden? Hey, du warst so ziemlich die beste Tänzerin auf dem Abiball. Das verlernt man nicht, und außerdem, was soll's? Hier sehen dich eh nur ein paar schräge Typen, denen du nie wieder begegnen wirst.«

Sie spürt, dass jeder Widerstand zwecklos ist, und ehe sie

sich versieht, bewegt sie sich zur Musik, und der Mann, der die Trommeln bearbeitet, legt noch mal an Tempo zu. Die zwei Frauen rufen Stella etwas zu, das sich wie Anerkennung anhört, und nun weiß sie, dass es hier und jetzt kein Falsch mehr gibt. Es fühlt sich richtig an, was ihr Körper da tut. Er übernimmt einfach die Regie und lässt dem Kopf keine Chance, noch Einwände zu erheben. Sie tanzt mit Tim und mit den anderen, doch in erster Linie tanzt sie mit sich. Die Musik dringt durch jede Pore ihrer Haut, verschafft sich Zugang zu etwas in ihr, das nur darauf gewartet zu haben scheint, endlich gelöst zu werden. Fast wie vorhin im Meer, nur unendlich viel kraftvoller. Sie wird wieder zu dem Mädchen im roten Kleid, das in einer Sommernacht an einem anderen Strand tanzte und fest daran glaubte, dass das Leben immer leuchten würde wie die Lupinen auf der Wiese nebenan. Sie dreht sich, wiegt sich, versenkt sich und merkt gar nicht, dass irgendwann alle um sie herumstehen und sie mit den Händen klatschend begleiten. Sie merkt auch nicht, dass es bereits lange aufgehört hat zu regnen. Sie tanzt, als gäbe es nichts weiter auf dieser Welt.

Als der Trompeter nach einer guten Stunde das Konzert mit einem fulminanten Solo beendet, ist es Stella, die sich danach vor ihm verbeugt. Der Applaus der fremden Menschen um sie herum holt sie zurück in die Wirklichkeit. Fast verwirrt sieht sie sich um und lässt sich von Tim zurück an den Tisch führen, wo der Barkeeper ihnen zwei frische Mojitos hingestellt hat – die würden aufs Haus gehen, sagt er.

»Sag mal, habt ihr mir was in die Drinks getan?« Stella schaut Tim an; ein paar feuchte Haarsträhnen hängen ihr in die Stirn, die sie mit einer energischen Handbewegung wegstreicht.

Er schüttelt den Kopf.

»Aber was war es dann?«

»Das warst du. Einfach du.«

Sie greift über den Tisch nach seiner Hand und drückt sie fest. »Lass uns gehen«, sagt sie dann.

Den Abend verbringen sie bei José, der Tim seinen Wagen geliehen hat. »Gern wieder«, bietet er an, als sie sich mit einer Flasche Rum bei ihm bedanken.

Er lädt sie ein, mit ihm und seiner Familie zu essen. Es gibt Huhn und Süßkartoffeln in einem Hinterhof, wo ein großer Baum mit staubigen Blättern am Tag für Schatten und in der Nacht für Geborgenheit sorgt. Ein paar Lampions hat Evita, Josés Frau, dort hineingehängt, und ihre beiden kleinen Söhne werden nicht müde, den dicken Stamm zu umrunden und dabei zu versuchen, sich gegenseitig zu fangen.

»Hast du Kinder?«, fragt José, während er Stellas Teller füllt und dabei darauf achtet, ihr besonders gute Stücke zu geben.

»Ich hatte eine Tochter«, erwidert sie. »Sie ist mit eineinhalb Jahren gestorben.« Sie sagt das einfach so, völlig ruhig, als sei es ganz selbstverständlich zu sagen, was sie so viele Jahre nicht zugelassen hat.

»Oh, mein Gott, das tut mir leid. Wann ist das passiert?«

»Vor langer, langer Zeit.«

»War sie krank?«

»Nein, sie war so gesund und fröhlich wie die zwei da.« Sie lächelt kurz, bevor sie wieder ernst wird. »Sie ist in einer Regenwanne ertrunken.«

»Wie furchtbar!«

Sie nickt. »Ja, es ist furchtbar, ein Kind zu verlieren. Aber bei allem Schmerz, das Leben geht weiter. Das habe ich heute begriffen.« Sie sieht Tim an. Der macht seinem Freund ein Zeichen, und von da an reden sie darüber, wo man so ein wunderbares Huhn bekommt. Evita erklärt ausführlich das Rezept, und als die beiden Jungs irgendwann müde werden, bringt die Mutter sie ins Bett, und José schenkt seinen Gästen von dem Rum ein, den sie mitgebracht haben.

Sie sitzen bis kurz nach Mitternacht dort unter dem großen Baum, reden und trinken, und irgendwann stehen Tim und Stella draußen auf der Straße.

»Soll ich dich in dein Hotel bringen?«, fragt er.

»Darf ich bei dir bleiben?«, fragt sie.

Als sie in dem kleinen Zimmer sind, muss er sie zu nichts mehr überreden.

»Ich weiß gar nicht mehr, wie's geht«, sagt sie noch, aber er legt ihr den Zeigefinger auf den Mund. »Brauchst du auch nicht. Verlass dich auf mich.« Er hat Erfahrung in diesen Dingen, das spürt sie – und sie ist froh, dass es so ist.

Nach Paul hat sie mit keinem Mann mehr geschlafen. Als hätte ihr Körper darauf gewartet, mit Tim zu Ende zu bringen, was sie damals am See begonnen hatten. Das Tanzen am Nachmittag ist ein Vorspiel gewesen für das, was jetzt geschieht. Mit jeder Berührung, jedem Seufzer findet sie in sich selbst zurück, und sie begreift, was sie damals bereits geahnt, wenn nicht gewusst hat – dass Tim der bessere Liebhaber ist. Was ihr gefehlt hat, ist plötzlich da. Endlich, denkt sie noch. Dann denkt sie nichts mehr.

Am nächsten Morgen weckt er sie mit einer Tasse Kaffee; Milch und Zucker hat er bereits hineingerührt.

»Danke«, flüstert sie verschlafen, und etwas in ihren Augen sagt ihm, dass sie mehr als nur den Kaffee meint.

Sie setzt sich im Bett auf. Die Tasse umfasst sie mit beiden Händen. Ihr Blick wandert durch den Raum und bleibt an der grünen Blechdose hängen. Der Dose mit Elisabettas Briefen.

Sein Blick folgt ihrem.

»Darf ich mal reinlesen?«, fragt sie.

Wortlos steht er auf, holt die Dose aus dem Regal und trägt sie zum Bett. Als er den Deckel hebt, sieht Stella die ausladende Handschrift ihrer Tante.

»Hier«, sagt Tim, »das ist ihr letzter.« Er faltet ein Blatt Papier auseinander und reicht es Stella. Es ist auf beiden Seiten eng beschrieben.

Mein lieber Tim, liest Stella. *Wie geht es Dir dort in Havanna? Sicher scheint die Sonne, und es ist warm und mild. Dieser Februar ist nie mein Monat gewesen, sag ich Dir. Er zeigt einem, dass die Winter hier so endlos sein können. Es liegt Schnee im Garten, und an den Fenstern wachsen Eisblumen. Die Kälte kriecht mir ins Gemüt. Die Tabletten, die sie mir im Herbst verschrieben haben, versuche ich regelmäßig zu nehmen, aber sie scheinen stärker zu sein als üblich. Ich schlucke sie tapfer, weil ich nicht wieder in diese Klinik will. Noch einmal schaffe ich das dadrinnen nicht, vor allem weil ich dann ohne Roberto sein werde. Letztes Wochenende haben wir telefoniert, er und ich, und da sagte er mir, er habe Krebs in der Bauchspeicheldrüse, im Endstadium. Die Ärzte geben ihm nicht mehr viel Zeit. Einige Monate vielleicht noch. Ich wollte sofort zu ihm fahren, aber das wollte er nicht. Ich solle ihn so in Erinnerung behalten, wie er war, meinte er, und wir könnten ja telefonieren und uns schreiben. Weißt Du, Tim, jetzt hätten wir unser Glück endlich leben können, und jetzt sagt das Leben nein. Ich bin so müde von alldem. Ich wollte nie eine alte Frau werden, die ihr Schicksal beklagt, ich wollte mir mein Lachen bewahren, aber es reicht nur noch für Stella. Für mich bleibt nichts mehr. Meiner Nichte versuche ich die Wärme zu geben, die sie braucht, aber ich friere innerlich wie mein Garten da draußen. Stella ist Weihnachten nur drei Tage bei mir geblieben. Sie sah blass aus; die viele Arbeit zehrt an ihr. Ich wünsche mir so sehr, dass wenigstens sie eines Tages wieder lachen kann – aber dafür muss viel passieren. Sehr viel. Ich habe sie angelogen im Herbst. Ich habe ihr erzählt, ich sei verreist. Ich, die Lügen nicht leiden kann … Ich schäme mich, auch dafür, dass ich wieder in diese Irrenanstalt musste. Ja, ich schreibe bewusst Irrenanstalt, weil es genau das ist. Sie zertrümmern Dir darin Dein Gehirn und packen es dann in Reißwolle. Was bleibt, sind Taubheit und Stummheit und Blindheit. Ich spüre mich immer weniger; ich arbeite viel an meinen Skulpturen, um wieder ins Fühlen zu kommen, aber bei der Kälte werden mir die Finger steif, da draußen im Schuppen. Jens kommt ab und an abends vorbei. Der gute alte Jens, ich bin so froh, ihn zu haben. Ihm kann ich alles erzählen, wie ich es Dir schreiben kann. Na ja, fast alles erzählen; das mit Roberto hab ich ihm verschwiegen. Er würde sich zu viele Sorgen um mich machen. Ich freu mich immer, wenn ich einen Brief oder eine Karte von Dir bekomme. Auch wenn wir uns all die Jahre nicht mehr gesehen haben, Du bist mir nah, weil Du meine Stella nie vergessen hast. Die Stella, die sie mal war und die sie, in irgendeiner geheimen Kammer ihrer selbst, noch immer ist – das glaube ich zumindest. Manchmal sehe ich sie an, wenn sie sich unbeobachtet fühlt, und dann sehe ich das Mädchen von früher. Du hast mich mal gebeten, Dir immer von ihr zu erzählen. Das tue ich, und ich bedaure, dass ich ihr nicht von Dir erzählen kann, wenn sie hier bei mir ist. Ich habe noch mal mit meinem Arzt darüber gesprochen, aber er hat mir abgeraten, die alten Geschichten hervorzuholen. Das Leben tut das schon selbst, sagte er. Ich vertraue ihm, Tim.*

Ich wünsche mir Sonne! Vielleicht kannst Du ein paar Strahlen für mich einpacken …

Es grüßt Dich von Herzen
Elisabetta

Stella lässt das Blatt Papier auf die Bettdecke sinken. »Mein Gott«, sagt sie leise.

»Es ist ihr offenster Brief«, sagt Tim. »Und es ist ein Abschiedsbrief. Im Grunde spricht sie alles darin an; ich hab es nur noch nicht erkannt, als ich ihn erhielt.«

»Hast du ihr geantwortet?«

»Ich hab ihr eine Karte geschickt, auf dem ein kubanischer Künstler die Sonne gemalt hat. Außerdem habe ich sie eingeladen, nach Havanna zu kommen und mich zu besuchen. Danach habe ich nichts mehr von ihr gehört.«

»Es ist verrückt. Ich habe nicht zugelassen, dass sie das tun konnte, was sie sich so sehnlichst wünschte – nämlich offen mit mir über alles zu reden. Und jetzt, da ich mir nichts sehnlicher wünsche, als noch mal mit ihr sprechen zu können, ist sie tot …«

Er sagt nichts.

»Sie war die ganze Zeit da, aber ich hab sie nur wie durch eine Milchglasscheibe wahrgenommen. Ein gelegentlicher Besuch zwischen zwei Nachtschichten. Ich habe sie nicht zu mir durchgelassen, und sie hat alles, was sie durchgemacht hat, von mir ferngehalten.«

»Es ist verrückt, du hast recht, aber es bewegt sich was. Als wenn sie gegangen wäre, damit du kommen kannst.«

Stella faltet das Papier zusammen. »Pack die Briefe weg«, sagt sie dann. »Und koch uns noch einen Kaffee. Einen möglichst starken.«

»Es bleiben uns vier Tage.«

Tim legt diesen Satz am Abend auf die roten Kunstlederpolster, die der Terrasse des Hotel Nacional etwas gediegen Gestriges geben. Sie trinken alten Rum. Der Kellner hat Spitzendeckchen unter die Gläser gelegt und eine silberne Schale mit Erdnüssen daneben gestellt. Irgendjemand spielt Klavier, ein paar Misstöne sind dabei.

»Hier in Havanna, meinst du?«, erwidert Stella.

»Ja.«

»Vier Tage sind eine lange Zeit …«

»… und wiederum viel zu kurz.«

»Wie tun wir weiter?« Es ist genau die Frage, die Paul ihr vorletzte Woche in Elisabettas Küche gestellt hat.

Er beugt sich vor. »Ich will dich nicht wieder verlieren.«

Sie weiß, dass sie das auch nicht will. Sie weiß aber auch, dass sie zurück nach Deutschland fliegen wird und dass da dieses Haus am See ist und Paul, der sich Antworten von ihr erhofft, und Bornheim, der ihr sechs Monate Auszeit gewährt hat, von denen einer bereits vergangen ist.

Sie rückt etwas näher an Tim heran, und das rote Polster knarzt dabei.

Und während das Meer vor dem Malecón unter ihnen Abendröte aufträgt, machen sie Pläne für die verbleibende Zeit.

Etwas Hemingway wünscht sich Stella.

»Nichts leichter als das!«, sagt Tim.

Tags darauf besuchen sie die Finca La Vigía, wo der Dichter in sich Worte bewegte, die später dann die Welt bewegten. Sie besichtigen die »Pilar«, jenes Boot, das ihn und seinen Freund, den Fischer Gregorio Fuentes, hinaustrug, damit sie mit Harpunen Fische jagen konnten. Sie steigen in den Turm, den eine seiner Ehefrauen ihm gebaut hatte, damit er ungestört schreiben konnte und einen Blick bis zum viele Kilometer entfernten Meer hatte – dort, wo er seine Sehnsüchte zu Wasser ließ.

»Paul würde das gefallen.« Es ist Tim, der das irgendwann sagt. Und in Cojímar, dort, wo Hemingways alter Mann sein Boot den Wellen anvertraute, um nach Wochen des Kampfes mit dem Gerippe eines Fisches heimzukehren, ist es Stella, die fragt: »Glaubst du, er wollte dich umbringen?«

Tim zuckt mit den Schultern. »Ich weiß es nicht. Wahrscheinlich nicht, aber in dem Moment, als ich dort am Boden lag, dachte ich, das ist das Ende.«

»Du bist sein bester und einziger Freund gewesen. Deshalb hat er wohl auch so zugeschlagen.«

»Und du, Stella? Wie sind deine Gefühle für ihn? Ich meine, wie sind sie heute?«

»Ich spüre, dass er mir nah ist. Immer noch. Ich habe in den letzten Tagen oft an ihn gedacht, und ich weiß, dass du das auch getan hast. Aber …« Sie sucht nach den passenden Worten. »… aber ich würde mich nicht mehr in seine Arme legen wollen. Die Zeit ist vorbei. Wenn ich ehrlich bin, war sie schon vorbei, bevor Merle gestorben ist.«

»Hört sich an, als hättest du dich entschieden.«

Sie schüttelt den Kopf. »Das musste ich nicht, Tim. Ihr gehört beide in meinen Traum, du und Paul. Aber mir scheint, dass wir jetzt endlich die Rollen richtig besetzt haben.«

»Das hab ich schon mal gedacht.«

»Traust du mir nicht?«

Er sieht sie lange an. »Doch, aber ich will keine Spiele mehr. Keinen Traum zu dritt. Das ist vorbei.«

»Aber Paul gehört zu uns. Du und ich, wir brauchen ihn, und er braucht uns. Nur eben anders, als wir das damals glaubten.«

Seine Hand ballt sich zur Faust, sekundenlang, dann entspannen sich die Finger wieder. »Okay«, sagt er danach. »Wir drei brauchen einander, um das Drama aufzulösen. Vielleicht brauche ich auch irgendwann eine Aussprache mit ihm und er eine mit mir. Aber was ich definitiv nicht brauche, ist eine Neuauflage deiner Bäumchen-wechsel-dich-Nummer.«

Sie zuckt zusammen.

»Versteh mich bitte«, setzt er nach. »Ich bin nicht immer so cool gewesen, wie ich getan habe. Manchmal hätte ich mein Herz am liebsten entsorgt, um es nie wieder fühlen zu müssen. Aber ich liebe dich, Stella, immer noch und jetzt wieder ziemlich heftig, und ich will, dass dir das klar ist.«

Sie schließt die Augen. Schnell sind sie da, die Bilder. Ein Daumenkino der Erinnerung. Ein Mädchen auf einer Schaukel, ein Mädchen auf einem Dreimeterturm, ein Mädchen auf dem Fahrrad, ein Mädchen auf einem Schiff in der Ägäis, ein Mädchen auf dem Balkon in einer Silvesternacht … Und bei ihr, mit ihr, neben ihr zwei Jungen. Zwei Jungen, die Freunde waren und Gegner wurden. Wie Boxer, die sich noch umarmen, bevor sie in den Ring steigen, um irgendwann doch auszuholen zum K.-o.-Schlag.

Plötzlich beginnt Stella zu lachen. Sie lacht so sehr, dass ihr die Tränen übers Gesicht laufen.

»Was ist?« Er runzelt die Stirn.

»Du hast wirklich eine sehr besondere Art, mir zu sagen, dass du mich liebst.«

Er stutzt, bis er auch anfängt zu lachen. »Ich bin wohl etwas aus der Übung.«

»Und was ist mit deinen vielen Frauen?«

»Lassen wir das. Die sind hier unwichtig.«

Sie weiß, dass ihr diese Antwort genügen muss. Er ist

immer noch Tim, denkt sie. Dann sagt sie: »Ich liebe dich übrigens auch.« Und: »Komm, wir fahren zurück nach Havanna.«

An ihrem letzten Abend besuchen sie noch einmal die Plaza de la Catedral. Unser Wohnzimmer, nennt Stella diesen Platz inzwischen. Sie gehen vorbei an der Wahrsagerin in ihrem weißen Gewand, sie umrunden die Straßenhunde, die sich auf dem von der Sonne des Tages aufgewärmten Kopfsteinpflaster strecken und müde mit dem Schwanz wedeln. Sie werfen den Musikern ein paar Cucs in den Hut und suchen sich einen Tisch unter den Arkaden. Sie bestellen gleich einen sehr alten Rum und stoßen ihre Gläser aneinander.

»Das mit dem Trinkspruch lassen wir besser sein«, sagt Tim.

Sie lächelt. »Na ja, wir könnten darauf trinken, dass ich Rum lieben gelernt und diese Stadt ins Herz geschlossen habe und …«

»Und was?«

»Wir haben schon ein paar Rituale. Alles andere wissen wir.«

Sie sagen sich, dass Worte nun nur noch stören und zerstören können. Daher halten sie sich an den Händen und sehen zusammen in den Himmel, der wieder dieses Tintenblau trägt und heute einen nahezu vollen Mond präsentiert.

»Ich bin ziemlich schlecht im Abschiednehmen«, sagt Tim, als er Stella zum Hotel bringt.

»Dann lassen wir's einfach sein. Wir wissen, wo wir uns finden. Das reicht.«

Er zieht sie zu sich heran und gibt ihr einen Kuss. »Dieser Pragmatismus – das ist meine Stella.«

Sie fährt ihm mit der Hand über den Kopf, bis sie zu seinem Pferdeschwanz kommt, an dem sie sich festhält. »Du hast diese Stella wiederbelebt, Tim. Als Ärztin würde ich sagen, sie war bereits klinisch tot, aber manchmal gibt es eben doch so was wie spontane Wunderheilungen. Jetzt braucht die Patientin noch etwas Zeit, um vollends auf die Beine zu kommen.«

»Soll ich nicht doch heute Nacht bei dir bleiben?«

»Nein. Mein Flieger geht morgen sehr früh. Und ich mag nicht verschlafen auf Wiedersehen sagen. Ich möchte mit dir keinen Wecker stellen müssen.«

In ihrem Zimmer wirft sie ihre Sachen in den Koffer. Es dauert keine fünf Minuten, bis alles eingepackt ist. Dann öffnet sie das Fenster und lässt die inzwischen so vertrauten Geräusche der Stadt herein. Sie würde keine Tropfen brauchen heute Nacht. Sie würde gut schlafen, bis der Mann von der Rezeption sie um sechs Uhr anrufen würde, um ihr zu sagen, dass es Zeit sei. Dann würde sie mit einem Taxi zum Flughafen fahren. Wenn sie Glück hätte, wäre es eines dieser alten Taxis.

16

Es hat geschneit in der letzten Nacht. Dicke Flocken haben sich auf den Garten gelegt. Jetzt ist keine Wiese mehr zu sehen, und die kahlen Bäume tragen weiße Mützen. Der See ist seit gestern zugefroren; der Steg steht jetzt im Eis, und manchmal ächzt das Holz, als würde es leise wimmern.

Stella trägt einen Rollkragenpullover. Ihre Haare hat sie wachsen lassen in den vergangenen Monaten; sie fallen ihr jetzt weit über die Schultern. Sie steht auf der Veranda, ihre Augen folgen den Fußspuren, die zum See hinunterführen. Einen Abstand haben die zwei Paar Füße zunächst gelassen, um dann kurz vor dem Ufer zusammenzufinden. Die beiden Männer sind bis zum Ende des Stegs gegangen. Stella sieht nur ihre Rücken.

Es ist so kalt, dass der Atem seine Spuren in der Luft hinterlässt, und unwillkürlich reibt Stella ihre Hände aneinander.

Tim ist vor fünf Tagen angekommen. Wie damals kam er kurz vor Weihnachten.

Sie hatten sich Briefe geschrieben in der Zeit dazwischen, denn er besaß ja kein Handy und auch keine Mailanschrift. Manchmal brauchte die Post mehr als zwei, drei Wochen, um nach Havanna und wieder zurück zu gelangen, aber irgendwann war sie da und mit ihr eine im Laufe der Monate wachsende Sehnsucht, die um die halbe Welt gereist war.

Zunächst war Stella fast froh gewesen, allein zu sein, damit das, was in Kuba geschehen war, Zeit bekam, sich zu setzen. Nach all den Jahren der Starre und der Taubheit war ihr Herz plötzlich offen, doch das, was da hineinstürmte, konnte sie kaum fassen. Sie und Tim hatten sich zwar gesagt, dass sie sich liebten, aber das Gefühl selbst brauchte Zeit, um wirklich in ihr anzukommen. Es brachte auch Zweifel mit: Was würde Tim dort allein in Havanna tun? Wären andere Frauen über Nacht bei ihm? Wie stand es um diese Isabel, die so vertraut mit ihm war? Hatte er auch mit ihr geschlafen, und würde er es wieder tun? Stella begann seine Briefe ungeduldiger zu erwarten, und sobald einer kam, siegte wieder die Zuversicht über die Zweifel. Doch diese Erleichterung hatte eine immer kürzere Halbwertzeit.

Wie ein warmer Traum kam ihr die Reise irgendwann vor. Ein Traum, der mit dem einsetzenden Herbst kühler wurde. Im Garten fielen die Blätter, und Stella rechte sie zusammen, und während sie das tat, kamen ihr die Erinnerungen an den Malecón und die Plaza de la Catedral und das Meer bei Cojímar vor wie diese Blätter, die ihre Farbe verloren hatten. Stellas Welt hier war so anders als Tims Welt. Die Menschen waren in ihren Häusern statt auf den Straßen, und abends konnte man die Stille fast mit den Händen greifen. Manchmal genoss Stella diesen lautlosen Zustand, dann wieder hielt sie ihn kaum aus, und sie wäre am liebsten zu dem jungen Mann ins Reisebüro nach Kiel gefahren, um ihn zu bitten, ihr für den nächsten Tag einen Flug nach Havanna zu buchen. Diese Stadt, die Achille, der Buchhändler, eine alte Tante genannt hatte. Eine Tante, die wie Elisabetta Stella in die Arme genommen und ihr Wärme und Liebe geschenkt hatte. Wie fern schien das hier auf einmal alles, und doch war da das gelbe Haus, Elisabettas Haus, und wenn Stella abends den Kamin anfeuerte, kam die Wärme zurück – und mit ihr die Gedanken an Kuba. In diesen Momenten schien sich alles zu schließen, wie die Kreidekreise, die Tim damals gemeinsam mit ihr auf dem Schulhof geschlossen hatte.

Sie wusste inzwischen genau, wann der Briefträger kam, und wenn er sich mal verspätete, was nicht selten vorkam, da er sich gern auf eine Tasse Kaffee oder ein Glas Schnaps von den Nachbarn einladen ließ, wurde sie ärgerlich, als wenn dieser Mann ihr etwas vorenthielte, was sie dringender zu brauchen schien als die Luft zum Atmen. Erst jetzt, da sie der Liebe wiederbegegnet war, wurde ihr bewusst, was sie in ihrer emotionalen Quarantäne entbehrt hatte – und sie wollte es nicht wieder hergeben. Oft ging sie zu dem alten Apfelbaum, unter dem sie damals im September ihre Decke ausgebreitet hatten, weil sie sich Tim hier näher fühlte.

An einem Samstagnachmittag klingelte das Telefon. Nicht Stellas Handy, sondern Elisabettas altes Telefon. Als Stella abhob, hörte sie zunächst nur ein fernes Rauschen, dann hörte sie Tim.

»Hallo? Bist du das, Stella?«

Sie brachte zunächst keinen Ton heraus, nickte nur, bis ihr klar wurde, dass er ihr Nicken ja nicht sehen konnte.

»Ja«, sagte sie hastig, »ja, ich bin hier. Woher hast du die Nummer?«

Er lachte. »Ist immer noch die alte.«

»Wo bist du?«

»In der Post in Havanna. Ich weiß, es ist verrückt, und wir schreiben uns ja auch, aber ich musste einfach mal deine Stimme hören.«

Ihr Herz machte einen Sprung. Freude, dachte sie, das ist Freude. »Wie geht es dir?«, fragte sie.

»Du fehlst mir.«

»Du mir auch. Deine Briefe ... Ich kann sie immer kaum erwarten. Willst du dir nicht doch mal einen Mail-Account zulegen?«

Er lachte wieder. »Nicht, solange ich in Kuba bin. Es ist hier schwerer, ins Internet zu kommen, als eine Ausreisegenehmigung in die Vereinigten Staaten zu kriegen, und du weißt, dass schon das nahezu chancenlos ist.«

»Hier in Deutschland ist es kalt geworden.« Sie wusste auch nicht, warum sie das erzählte.

»Hier ist es immer noch warm. Ich war mit den Kindern gestern am Meer. Dort, wo wir auch schwimmen waren.«

Für einen Moment war der Nachmittag am Strand wieder da – die Liegestühle im Sand, der Regen, die Bar, die Musik ...

»Ich vermisse das alles so sehr«, sagte sie. Wie dich, dachte sie.

Es knackte in der Leitung.

»Ich glaube, wir werden gleich unterbrochen«, sagte Tim. »Soll ich bald zu dir kommen, Stella?«

Jetzt setzte wieder dieses Rauschen ein, lauter, störender als zu Beginn. Warum sagte sie es nicht?

»Ja«, rief sie. »Ja, ja, ja.« Doch sie war sich nicht sicher, ob er ihre Antwort noch gehört hatte.

An diesem Samstag setzte sie sich in ihr Auto und fuhr zu Jens. Sie wolle nicht allein sein, erklärte sie ihm. Freude müsse man teilen. Er verstand und lud sie zum Abendessen ein. Es gab Wurst- und Käsebrote und Tee mit Kandiszucker. Danach schauten sie zusammen Fernsehen, jeder mit einer Wolldecke über den Knien. Wie ein ungleiches Paar saßen sie dort, und Stella dankte wem auch immer, dass es diesen alten Freund gab.

Als sie gegen Mitternacht durch den Garten zum gelben Haus ging, schaute sie zum Himmel. »Elisabetta«, sagte sie laut. »Ich weiß endlich wieder, was Glück ist. Hörst du mich?«

Doch mit dem Himmel war es ungefähr so wie mit der Leitung nach Havanna. Der Wind rauschte, und in den Bäumen knackten die Äste.

In der zweiten Novemberhälfte bekam Stella schließlich einen Brief von Tim, in dem er schrieb, dass er einen Flug gebucht habe. Einige Wochen wolle er bleiben, einstweilen. Dann werde man weitersehen ... So war er noch immer. Er mochte dieses Ungefähre, das Raum ließ für alles.

Stella begann unterdessen ihrem neuen Leben Raum zu geben. Mit Hilfe von Jens entrümpelte sie zunächst das Haus. Sie räumte jeden Schrank, jede Truhe, jede Schublade aus. Unbewusst suchte sie. Suchte nach den Briefen, die Tim Elisabetta geschrieben hatte – aber sie blieben unauffindbar. Viele alte Möbel gab sie einem Trödler, einige Stücke behielt sie. Sie kaufte ein neues Bett. Die Parkettböden ließ sie abschleifen und frisch versiegeln, das Bad bekam eine moderne Dusche, eine ohne Boiler. Sie entsorgte fadenscheinige Vorhänge und bestellte farbenfrohe Nachfolger.

Eines Abends fragte Jens, wann sie sich denn eigentlich entschieden habe zu bleiben.

Sie sah ihn erstaunt an. »Das habe ich doch noch gar nicht«, erwiderte sie.

»Es sieht aber ganz danach aus, min Deern.«

In dem Moment wusste sie, dass ihr Herz entschieden und den Kopf gar nicht um Erlaubnis gebeten hatte.

Einen Tag später rief sie Bornheim an. Bornheim, den sie nach ihrer Rückkehr aus Havanna in München auf einen Kaffee getroffen hatte, bevor ihr Anschlussflug nach Hamburg ging.

»Ich sehe, es ist gutgegangen«, hatte er sie begrüßt.

Sie hatte ihn verwundert angeschaut.

»Na ja, wenn ich nicht wüsste, dass Sie es sind, würde ich es kaum glauben, Stella. Meine alte Oberärztin gibt es nicht mehr, scheint mir.«

Jetzt dauerte es eine Weile, bis sie ihn am Telefon hatte, und sie hörte an seiner Stimme, dass er unter Anspannung stand. Seine OP-Stimme nannte sie das immer, weil er vor einer Operation jedes Mal den Stress der Ruhe unterordnen wollte, was ihm mal mehr, mal weniger gelang.

»Ich melde mich heute Abend bei Ihnen zu Hause, okay?«, fragte sie.

Er lachte. »Sie kennen mich gut, Stella. Also dann, ich erwarte Ihren Anruf gegen acht.«

Er wusste, was sie wollte, noch bevor sie irgendetwas gesagt hatte. »Es fällt mir echt schwer, Sie gehen zu lassen«, erklärte er.

»Es tut mir leid …«, setzte sie an.

»Hören Sie auf mit dem Unsinn«, unterbrach er sie. »Sie gehören hier einfach nicht mehr hin. Sie wollen doch nicht ernsthaft in das Leben zurückkriechen, das Sie gerade erfolgreich abgestreift haben.«

Nein, das wollte sie nicht.

Er schlug vor, mit einem Kollegen an der Kieler Uniklinik zu sprechen »Da werden immer wieder mal Stellen frei.«

»Das ist sehr lieb von Ihnen«, erwiderte sie. »Vielleicht komme ich irgendwann auf Ihr Angebot zurück. Doch einstweilen will ich erst mal gar nicht arbeiten. Meine Tante hat mir nicht nur dieses Haus hier, sondern auch etwas Geld hinterlassen. Außerdem hab ich einiges gespart in den letzten Jahren.«

»Verstehe.«

»Wirklich?«

»Aber ja. Sie haben einiges nachzuholen. Wenn Sie irgendwas brauchen, melden Sie sich.«

»Vielen, vielen Dank, Chef.«

»Lassen Sie's gut sein. Das mit dem Chef und überhaupt … Laden Sie mich und meine Frau demnächst lieber mal ein in Ihr Haus am See.«

Sie versprach es ihm.

Und dann war da noch Paul. Stella ließ viel Zeit verstreichen, bis sie ihm eine SMS schickte. »Wieder da!«, schrieb sie. Als sie auf »Senden« drückte, war ihr auf einmal klar, warum sie so lange gewartet hatte mit dieser Nachricht. Alles, was in Havanna geschehen war, musste sich erst mal mit ihr im gelben Haus niederlassen. Und erst jetzt war sie wirklich da.

Zwei Tage später stand er vor ihrer Tür. Er sah verwahrlost aus, schlimmer noch als beim letzten Mal. Und wieder waren es nur seine Augen, die an den Paul von früher erinnerten. Augen, die nun den Garten und das Haus abtasteten, langsam die Veränderung wahrnehmend.

»Du willst also bleiben?«, fragte er vorsichtig.

»Ja, das will ich.«

Sie saßen auf der Veranda bis der Abend kam und die Kühle des Herbstes zu ihnen heraufkroch. Dann gingen sie hinein, und Stella legte Holzscheite in den Kamin. Paul trank zwei Flaschen Wein; sie beließ es bei einem Glas.

Irgendwann begann sie von Havanna zu erzählen. Er hatte nichts gesagt, aber die Frage nach ihrer Reise las sie in seinen immer glasiger werdenden Augen, und sie gab ihm die Antworten, nach denen er dürstete wie nach dem Wein, den sie ihm nachgoss. Sie ließ nichts aus, und als er wissen wollte, ob sie und Tim nun ein Paar seien, nickte sie.

»Du siehst gut aus«, sagte er, als sie fertig war.

»Du nicht«, sagte sie.

Zum ersten Mal konnten sie zusammen lachen.

»Wird er herkommen? Wird Tim dich hier besuchen?«

»Ja.«

»Und dann?«

»Woher soll ich das wissen, Paul? Ich weiß nur, dass es richtig war, dass ich diese Reise gemacht habe. Du hattest recht – ohne Tim hätten wir das niemals auflösen können. Und Elisabetta hat das gewusst. Weißt du, dass sie mit mir schon vor einigen Jahren nach Kuba fahren wollte?«

Er sah auf, und seine Augen begannen zu schwimmen.

»Ich hab ihr damals keine Chance gegeben. Aber sie hat nicht lockergelassen, meine Tante.«

Jetzt weinte er. »Was für ein Narr war ich nur«, brachte er schließlich heraus. »Sie war hier. All diese Jahre war sie hier. Ich hätte nur herfahren und an ihrer Tür klingeln müssen. Ich hätte …«

»Ich hab auch nicht mit ihr geredet, ich meine, wirklich geredet«, unterbrach sie ihn. »Aber Tim. Tim hat's getan, sozusagen stellvertretend für dich und mich.«

»Er ist also mit sich im Reinen, oder?«

»Die Kinder haben ihm geholfen. Sie haben auch mir geholfen. Erst hat's unheimlich weh getan, aber dann ist der Schmerz erträglicher geworden. Er ist da, wird wahrscheinlich auch nie ganz verschwinden, aber ich kann endlich wieder an Merle denken und über sie sprechen. Sie ist wieder zu einem Teil meines Lebens geworden.«

»Er hatte immer mehr Glück als ich …«

Sie spürte plötzlich Wut. Unbändige Wut. »Nennst du es Glück, wenn einen der beste Freund fast totschlägt?«, brach es aus ihr hervor.

»Aber …«

»Hör auf mit deinen Abers. Und hör endlich auf, dich zu bedauern. Das Unglück hat uns alle drei kalt erwischt, und jeder von uns hatte seine Art, damit klarzukommen. Da gibt's kein Besser oder Schlechter. Merle wird nicht mehr lebendig, aber wir leben. Du, Tim und ich, wir leben.«

Er schaute zu Boden, dorthin, wo nun ein neuer Teppich lag. »Ich bin müde«, sagte er schließlich, und diesmal bestand er darauf, mit dem Auto nach Hause zu fahren.

Stella hielt ihn nicht auf. Sie räumte die Gläser und die Flaschen weg und schaltete das Licht im Wohnzimmer aus. Ein letztes Holzscheit im Kamin glomm noch. Es würde irgendwann in der Nacht ganz von allein erlöschen.

Als der Tag von Tims Ankunft näher rückte, wurde sie ruheloser. Die Zweifel, die sein Anruf und sein darauffolgender Brief zerstreut hatten, ließen sich nun wieder häufiger blicken, und sie lieferten sich ziemlich heftige Duelle mit der Zuversicht, und nicht selten endete das Ganze mit einem zermürbenden Patt. »Ich will keine Spiele mehr.« Dieser Satz, den Tim in Cojímar gesagt hatte, hatte auch Vorbehalte in die Liebe gestreut, die sie sich beide gestanden hatten und die ihre Briefe nun verschwenderisch mit Ausrufezeichen versahen, in deren Schatten aber – das wussten sie beide – noch immer einige Fragezeichen lauerten.

Sie holte ihn am Hamburger Flughafen ab. Während der Fahrt sprachen sie wenig. Die Winterlandschaft zog an ihnen vorbei. Die Felder sahen aus, als hätte jemand große weiße Laken ausgebreitet, darüber spannte sich ein milchiger Himmel.

»Eine andere Welt«, sagte Tim.

Stella nickte; er sprach aus, was sie in den letzten Monaten so oft gedacht hatte.

Ihrer beider Gedanken trafen sich in Havanna.

Stellas Herz klopfte, als sie das Auto in der Einfahrt abstellte und mit ihm über die Wiese zum gelben Haus ging.

»Es ist wie damals und doch anders«, sagte er.

»Ich habe auch viel verändert«, erwiderte sie. Und dann zeigte sie ihm, was sie alles neu gemacht und angeschafft hatte, sogar das Geschirr, das sie gekauft hatte, holte sie aus dem Schrank. Sie hatte Lammkoteletts besorgt und Kartoffeln und Bohnen. »Du hast doch sicher Hunger?«, fragte sie, doch er nahm sie nur an der Hand und zog sie wieder hinaus auf die Veranda. »Langsam, langsam«, sagte er. »Wir haben jetzt ganz viel Zeit.«

»Hast du eigentlich ein Rückflugticket gebucht?«

Er fasste sie an den Schultern, ziemlich genau an der Stelle, wo Paul dasselbe im Sommer getan hatte.

»Ich bin eher der Typ für One-Way-Tickets«, sagte er.

»Und die Kinder?«

»Irgendwer ist immer traurig, so ist das eben. Doch sie werden auch ohne mich klarkommen. Sie haben Isabel und die anderen.«

»Wirst du wieder zurückgehen?«

»Hey, Stella, ich bin gerade erst angekommen, und du willst schon wissen, wann ich …«

»Entschuldige.« Sie sah nach unten zu den Fliesen, die sie hatte reinigen lassen und die nun wieder in hellem Weiß-Blau erstrahlten.

»Schon gut. Und ja, sicher werde ich meine Kinder wiedersehen. Aber wann das sein wird, weiß ich heute noch nicht. Vielleicht kommst du ja sogar mit.«

»Ich habe meinen Job gekündigt«, sagte sie.

»Also München ade?«

»München ade, ja. Ich …« Sie sah wieder hoch. »Ich freu mich so, dass du da bist.«

Er zog sie fester zu sich heran. »Ich freu mich auch.«

Sie spürten beide, dass die Zuversicht jetzt antrat, entschlossen, die Zweifel vom Feld zu jagen.

»Komm!« Er nahm ihre Hand und zog sie hinunter in den Garten zu dem alten Apfelbaum, den Elisabetta in einer Novembernacht umarmt hatte und unter dem sie an einem Septembertag ihre Decke ausgebreitet hatten.

»Ich hab oft an ihn gedacht in all den Jahren«, sagte er. »Ich habe durch seine Blätter den Himmel gesehen und direkt danach die Hölle. Das Letzte, an das ich mich erinnern konnte, bevor mich die Sanitäter auf die Trage legten, war sein dicker Stamm. Der wird stehen bleiben, auch wenn ich draufgehe, dachte ich damals noch. Dann wurde ich bewusstlos.«

»Wie ich. Mich haben sie fast zwei Wochen lang mit Medikamenten ruhiggestellt.«

»Und Paul haben sie abgeführt. Schon ein Wahnsinn, wie drei Menschen, die so verbunden waren, durch diese Katastrophe in völlig andere Umlaufbahnen geschleudert wurden.«

»Schicksal? Prüfung?«

»Von beidem etwas, vermute ich.« Er klopfte gegen den Baumstamm. »Ich hab mich gesehnt nach dir, Stella. Sehr sogar. Aber ich hatte auch Angst herzukommen.«

»Angst ist etwas, das du normalerweise nicht hast.«

»Dies hier ist alles andere als normal.«

Sie nickte.

»Gib mir etwas Zeit«, sagte er. »Du hast einen gewissen Vorsprung.«

»Ja, das stimmt. Als ich im Sommer in diesem Haus ankam, haben die Geister der Vergangenheit mich auch ziemlich heftig rangenommen.«

»Ich glaube, ich kapiere erst jetzt wirklich, wie schwer das war. Hier spricht ja jeder Stein mit einem.«

»Und sie können verdammt laut werden, die Steine.«

Er lachte. »Erwähntest du vorhin nicht ein paar Lammkoteletts?«

Nun lachte sie auch.

Arm in Arm gingen sie zurück zum Haus. Der alte Baum blieb, wo er war; er bewegte lediglich ein paar Zweige, seinen Ästen konnte der Wind schon lange nichts mehr anhaben.

Sie saßen bis weit nach Mitternacht in der Küche an diesem Abend. Tim hatte eine Flasche alten Rum aus Kuba mitgebracht, und sie stießen an. Auf ihre neuen Rituale!

Sie verließen die Gegenwart und erzählten sich viel – Tim, weil er das gut konnte und weil er herumgekommen war. Er nahm Stella mit auf seine Reisen, und sie folgte ihm bereitwillig überallhin.

Als sie endlich die vierzehn Stufen nach oben stiegen, zählte Stella wie immer halblaut mit, und Tim erinnerte sich daran, dass sie das schon als kleines Mädchen getan hatte.

»Du kommst mir vor wie ein Buch, in dem ich über mich lesen kann«, sagte sie.

»Tja, ich hab einiges reingeschrieben in all den Jahren. Irgendwas musste ich ja schließlich machen.«

An der Schwelle zu Elisabettas altem Schlafzimmer blieb

Tim stehen. »Mein Gott, ist das schön!« Er zeigte auf die Wand über Stellas neuem Bett.

Sie hatte die einundzwanzig Zeichnungen mit den einundzwanzig Sternen, die ihr die Kinder in Havanna geschenkt hatten, rahmen lassen und aufgehängt.

»Die zeigen mir nun immer den Weg durch die Nacht«, erklärte Stella und ging zum Fenster, um die Läden zu schließen.

Tim trat hinter sie und legte beide Arme um sie. »Mein Engel«, sagte er. Sie lächelte, weil sie beide plötzlich wieder auf diesem Dorfplatz in Griechenland standen – nur dass sie sich jetzt für einen anderen Weg entschieden.

Sie schliefen schnell ein, der Tag hatte sie müde gemacht.

Draußen blies inzwischen ein starker Wind, der sich langsam zu einem Sturm auswuchs. Aber das tat den Sternen über ihnen keinen Abbruch. Sie leuchteten.

»Willst du ihn sehen?«, fragte sie ihn beim Frühstück.

Er wusste, wen sie meinte.

»Ich denke, alles andere wäre Flucht vor etwas, das einen immer wieder einholt.«

»Gut, dann sag ich ihm, er soll am Sonntag kommen.«

»Meinst du, er will?«

Sie griff nach ihrem Handy, das auf dem Küchentisch lag, und schrieb eine SMS.

Eine Minute später zeigte ein Ton den Eingang einer Antwort-SMS an.

Stella schaute auf das Display. »Er will«, sagte sie.

Bis zum Sonntag waren es noch zwei Tage. Tage, in denen sie die Nähe zwischen ihnen füllten wie die mit Muscheln beklebten Schatzkästchen, die sie als Kinder neben dem Bett aufbewahrt und in die sie all die Sachen gelegt hatten, die ihnen kostbar waren. Damals waren das Steine, gepresste Blumen, vierblättrige Kleeblätter oder Ringe und Miniaturautos gewesen, die sie aus einem Kaugummiautomaten gezogen hatten. Heute legten sie ihre Liebe hinein. Aber sie passten genauso auf, dass ihnen nichts davon abhandenkam. Sie lasen sich vor aus den Büchern, die Elisabetta hinterlassen hatte. Viele Gedichte lasen sie, von Tucholsky und Kästner und Ringelnatz. Sie lagen dabei vor dem Kamin, während das Feuer sie mit Knistern unterhielt.

Über Paul sprachen sie nicht, aber sie wussten, dass sie beide an ihn dachten.

Als sie sein Auto am Sonntag in der Einfahrt hörten, schraken sie zusammen. Bist du nervös?, fragten ihre Blicke. Das Nicken übernahmen ihre Hände, die zeitgleich nacheinander griffen und Halt suchten.

Stella sah an Tims Augen, wie erschüttert er war, als er Paul näher kommen sah. Diesen alten, leicht gebeugten Mann, dem selbst die Koordination seiner Füße Mühe zu machen schien.

Sie begrüßten sich mit einem Hallo. Ein dreifaches Hallo, das sofort vom Wind mitgenommen wurde, der noch immer heftig blies und mit seinem eisigen Atem Neuschnee ankündigte.

Es war Stella, die das Schweigen brach. Sie fragte, ob sie Tee kochen sollte.

Die beiden Männer nickten, und gemeinsam gingen sie ins Haus, wo es warm war und nach Kuchen roch. Stella hatte getan, was Elisabetta stets getan hatte, auch wenn das Ergebnis nicht so perfekt war wie bei ihrer Tante.

Sie setzten sich ins Wohnzimmer, vielleicht weil hier das Feuer prasselnd Gesprächslücken füllte.

»Dir scheint es wirklich gutzugehen«, sagte Paul zu Tim.

»Ja, doch, es geht mir gut.« Das sonst eher Selbstsichere hatte seine Stimme verlassen; er tastete sich vielmehr durch die Worte, darauf bedacht, keine falschen zu wählen.

»Mir geht es nicht gut.«

»Das sehe ich. Was ist passiert?«

»Hat dir Stella nichts erzählt?«

»Doch, hat sie.«

»Na, dann weißt du ja Bescheid … Das Leben ist mir halt passiert.«

»Das ist uns allen so ergangen.«

»Bei dir hat es anscheinend weniger Furchen hinterlassen.«

Stella goss Tee ein und stellte vor jeden einen Teller mit Kuchen. Apfelkuchen.

»Hast du vielleicht etwas …?« Paul deutete auf den Tee.

»Rum?« Tim stand auf und holte die Flasche, die er aus Havanna mitgebracht hatte, aus der Küche. Er gab einen Schuss davon in Pauls Tasse, der sie sofort leer trank.

Paul pikste ein Stück Kuchen mit seiner Gabel auf. Das Kuchenstück fiel herunter.

»Das mit dem Alkohol …«, begann Paul.

»Schon gut«, unterbrach ihn Tim. »Du musst dich nicht rechtfertigen.«

»Ich komm von dem Zeug nicht los. Hat Stella dir sicher auch erzählt, oder?« Er sah in ihre Richtung.

Sie sah in ihre Teetasse.

»Hast du's versucht?«

»Ja, schon, aber … Ach, verdammt, das wird hier nichts.«

»Was?«

»Dieses Wiedersehen. Dich wiederzusehen … ich pack das nicht.«

Tim beugte sich vor. »Aber du wolltest es doch auch, oder?«

»Ja, ja, wollte ich, aber jetzt fühl ich mich wie ein Versager. Ein mieser kleiner Versager. Ihr zwei, du und Stella, ihr seht aus wie frisch aus dem Bilderbuch. Euch scheint das hier alles leichtzufallen. Ich komm mir vor wie ein Angeklagter, dem von euch der Prozess gemacht wird.«

Tim lehnte sich zurück. Seine Augen verengten sich. »Du hast jetzt genau zwei Möglichkeiten, Paul«, sagte er leise. »Entweder wir vergessen das, was du da gerade gesagt hast, und beginnen das Gespräch noch mal von vorn. Oder du gehst auf der Stelle, und wir sehen uns nie wieder. Und ich meine wirklich – nie wieder!«

Paul sackte in sich zusammen. »War ein schlechter Start«, flüsterte er.

»War ein Scheißstart, würde ich sagen«, erwiderte Tim.

Stella stand auf. »Ich glaube, es ist besser, wenn ich euch zwei allein lasse«, sagte sie.

Tim nickte ihr zu. Ja, hieß das. Diesmal schlägt er mich nicht, schien sein Blick sagen zu wollen.

Sie ging hinaus in den Flur und schloss die Tür leise hinter sich. Tims wortloses Versprechen nahm sie mit nach oben wie etwas sehr Kostbares, das leicht in tausend Scherben zerspringen konnte.

Sie legte sich aufs Bett und nahm sich ein Buch, das auf dem Nachttisch lag. *Der alte Mann und das Meer*. Sie hatte es sich nach ihrer Rückkehr aus Kuba gekauft. Jetzt las sie von Cojímar, und all die Bilder von dort kamen zurück und beruhigten sie wie die Wellen des Ozeans. Und trotzdem: Manche Absätze begann sie vier-, fünfmal immer wieder von vorn, weil die Untiefen in ihr die oberflächliche Ruhe zu zerstören drohten.

Es wurde Abend. Es wurde Nacht.

Irgendwann hörte sie von unten laute Stimmen. Tims Stimme. Pauls Stimme. Etwas fiel zu Boden. Eine Tasse oder ein Teller. Dann war es plötzlich ruhig.

Stella spürte, wie die Angst in ihr hochkroch. Nicht wieder, flehte etwas in ihr. Bitte nicht wieder! Panik jagte durch ihren Kopf, begleitet von Beschwichtigungen, die nicht den Hauch einer Chance hatten.

Sie hielt sich an dem Buch fest, das sie längst ausgelesen hatte, als könnte sie das vor dem retten, was immer übermächtiger wurde. Was passierte da unten? War dies ein verfluchtes Haus, nur dazu da, Unglück geschehen zu lassen? Und war sie so dumm gewesen, ihm neuerlich die Tür zu öffnen, jetzt, da sie endlich glaubte, das Glück gefunden zu haben?

Sie könnte hinuntergehen und nachsehen, aber ihr Körper war wie gelähmt. Nicht mal die Nachttischlampe konnte sie ausknipsen. Sie lag einfach nur auf dem Bett, unfähig, sich zu bewegen, zum Warten verdammt.

Weit nach Mitternacht hörte sie Schritte die Treppe heraufkommen. Sie sah, wie die Türklinke nach unten gedrückt wurde. Lass es Tim sein, flehte sie.

Als er sich kurz darauf zu ihr legte und sie in den Arm nahm, begann sie zu schluchzen. Er streichelte sie. Ihre Wangen, ihre Schultern, ihre Arme, ihre Hände. »Es ist alles gut«, sagte er immer und immer wieder, als würde die Wiederholung diesem Satz mehr Glaubwürdigkeit geben.

»Ich bin so froh, dass du da bist«, brachte sie irgendwann hervor. »Ich bin fast gestorben vor Angst.«

»Das glaub ich dir.«

»Was ist da zerbrochen vorhin?«

»Ein Teller. Paul hat ihn auf den Boden geworfen.«

»Wo ist er jetzt?«

»Der Teller?«

Plötzlich musste sie lachen.

Er atmete tief durch. »Er schläft seinen Rausch aus.«

»Was …?« Sie sah ihn fragend an.

»Ich denke, wir haben uns alles an den Kopf geworfen, was sich angestaut hatte. Ehrlich gestanden hatte ich selbst keine Ahnung, dass es so viel war.«

»Und?«

»Wir haben die Flasche Rum geleert, das heißt, eigentlich hat Paul sie geleert. Worüber wir geredet und mit was wir gerungen haben, erspar ich dir, Stella, aber es war bitter nötig. Der Kerl wäre sonst in seinem Selbstmitleid ersoffen, und ich hätte mir den Rest meines Lebens Vorwürfe gemacht, vor dieser Auseinandersetzung den Schwanz eingezogen zu haben.«

Sie nickte.

»Er ist mal mein bester Freund gewesen«, fuhr Tim fort, »und daher musste das hier einfach sein. Du und ich und er, wir dürfen uns nichts mehr vormachen.«

»Und was wird nun?«

»Ich habe ihn davon überzeugt, einen Entzug zu machen, zumindest hoffe ich das. Er hat mir versprochen, sich gleich morgen um einen Platz in einer Klinik zu kümmern, vielleicht weil er kapiert hat, dass er im Prinzip keine andere Chance hat.«

»Meinst du, er hält das durch?«

»Keine Ahnung. Aber er wird uns und dieses Leben nur aushalten können, wenn er trocken wird und bleibt.«

»Es kommt mir so vor, als sei er derjenige, der nun die Höchststrafe bekommt. Haben wir zwei irgendwas besser gemacht?«

»Glaub ich nicht. Aber in einem hatte Paul recht – wir haben uns drei gebraucht, um zu begreifen, was da eigentlich passiert ist. Und um uns endlich zu verzeihen, dafür haben wir uns auch gebraucht. Diese verfluchte Schuld, die da zwischen uns herumwaberte, konnten wir nur gemeinsam entsorgen. Ich weiß, du hast in Havanna schon darüber gesprochen, aber richtig verstanden habe ich das erst heute Nacht.«

Sie setzte sich auf und strich sich die Haare aus der Stirn. »Was meinst du? Werden wir ihn wiedersehen?«

Er zuckte die Schultern. »Vermutlich ja, ganz sicher sogar, aber es wird anders sein. Er hat einiges vor sich, und dabei können wir ihm kaum helfen.«

Vorhin hat sie sich von Paul verabschiedet und ihm Glück gewünscht.

»Hab's gut, Stella!«, erwiderte er, und es sah aus, als wollte er sie in den Arm nehmen.

Also tat sie, was er sich nicht traute. Er fühlte sich zerbrechlich an, als würde er kaputtgehen, wenn sie zu fest drückte.

»Wir sind in Gedanken bei dir«, sagte sie noch.

»Das weiß ich«, sagte er.

Seine Worte klingen noch in ihr nach, während sie jetzt zum See hinuntersieht, wo die beiden Männer auf dem Steg stehen.

Paul und Tim bleiben eine Weile dort unten. Als sie zurückkommen, trennen sich ihre Spuren im Schnee. Paul geht zu seinem Auto, Tim zur Veranda.

Stellas Blick wandert zum Tisch. Vor ein paar Wochen hat sie die kleine Skulptur dorthin gestellt, und jedes Mal, wenn sie hinausging, streiften ihre Gedanken diesen Stein gewordenen Traum, und sie spürte, dass sich da etwas verändert hatte in ihr.

Jetzt greift sie nach der Figur und geht Tim entgegen. »Warte hier auf mich«, sagt sie und läuft an ihm vorbei hinunter an den Steg. Ihre Fußspuren setzt sie zwischen die von Paul und Tim.

Sie sieht die Skulptur noch einmal an, die Elisabettas Hände geformt haben. Dann holt sie aus und schleudert sie hinaus auf den See. Das Eis ist noch dünn, also hinterlässt Stellas Traum ein Loch und sinkt in die Tiefe.

Stella dreht sich langsam um und sieht Tim auf der Veranda stehen. Sie winkt ihm, und dann breitet sie die Arme aus. Sie laufen beide im selben Moment los. Als sie sich treffen, lassen sie sich in den frischen Schnee fallen. Wie Kinder das tun.

Der Geschmack des Glücks

ANNETTE HOHBERG

Alles, was bleibt

ROMAN

Siebzehn Jahre lang führten Leo und Gesine eine Ehe wie aus dem Bilderbuch. Doch dann sagt Leo eines Tages den schicksalhaften Satz: »Mir ist da was passiert.« Der 50-Jährige hat sich in eine jüngere Frau verliebt, Gesine steht vor den Scherben ihrer Ehe und tut das, was sie immer zusammen mit ihm gemacht hat: Sie kocht – und sie reist in das gemeinsame Haus in der Normandie, im Gepäck 17 Fotos, die die Geschichte ihrer Liebe erzählen und allmählich die Brüche aufzeigen, die sie zu lange nicht sehen wollte. In Frankreich findet Gesine schließlich zu sich selbst – und trifft beinahe eine tragische Entscheidung …

Stell dir vor, du triffst nach Jahren die Liebe deines Lebens wieder …

ANNETTE HOHBERG

Ein Sommer wie dieser

ROMAN

Es ist ein herrlicher Sommer. Klara und Stephan sind Anfang 20, als sie sich in Italien kennenlernen und ineinander verlieben – bis eine unglückliche Verkettung von Umständen sie trennt. Die Jahre vergehen, jeder führt sein eigenes Leben. Durch einen Zufall begegnen sie sich Jahrzehnte später wieder und entdecken, dass sie noch immer dieselben starken Gefühle füreinander haben. Doch Klara ist verheiratet und hat eine erwachsene Tochter, und Stephan ist Literaturprofessor und hat seine Affären. Sollen sie das wirklich alles aufgeben und den Sprung ins Ungewisse wagen? Es kommt der Tag, da müssen sie eine Entscheidung treffen …

Am Ende bereuen wir nur, was wir nicht getan haben

ANNETTE HOHBERG

Das unendliche Blau

ROMAN

Als die Journalistin Martha ohne ein Wort von der Party zu ihrem 50. Geburtstag verschwindet, stehen ihre Freunde und ihre Tochter vor einem Rätsel: Warum hat sie ohne eine Erklärung das Haus verlassen? Doch Martha weiß, was sonst niemand weiß: Sie hat nicht mehr lange zu leben. Ganz spontan fährt sie nach Bologna. Dort findet sie Antworten auf Fragen, die sie sich bis dahin nie gestellt hat. Sie findet Lachen, Lebensfreude … und Michele. Und sie will endlich jeden Tag so auskosten, als sei es der letzte.

»Dieses Buch ist nichts für Feiglinge.
Es macht Über-Mut, das Leben endlich zu packen.
Eine Hommage ans Jetzt – klug, mutig, rührend.«
Nina George,
Autorin des Bestsellers
Das Lavendelzimmer